Né en 1954 à Cove… le divertissement pour … it ans avant de se lance… k. Son premier roman, … un best-seller international et remporte de nombreux prix. Tous les livres de Lee Child connaissent depuis le même succès. La neuvième enquête de Jack Reacher, *Folie furieuse*, a été adaptée au cinéma en 2012 avec Tom Cruise dans le rôle principal.

Paru dans Le Livre de Poche :

ELLE SAVAIT

LEE CHILD

61 heures

ROMAN TRADUIT DE L'ANGLAIS (ÉTATS-UNIS)
PAR WILLIAM OLIVIER DESMOND

CALMANN-LÉVY

Titre original :

61 HOURS
Publié avec l'accord de Bantam Press, Londres, 2010

ISBN 978-2-253-17761-6 – 1re publication LGF

Pour ma directrice littéraire,
l'irremplaçable Marianne Velmans

CHAPITRE 1

14 h 55. Exactement soixante et une heures avant que cela n'arrive. L'avocat entra dans le parking vide et se gara. Il y avait deux ou trois centimètres de neige fraîche sur le sol, il passa donc une bonne minute à tâtonner sous le volant pour enfiler ses caoutchoucs. Puis il descendit de voiture, remonta son col et se dirigea vers l'entrée des visiteurs. Un vent mordant soufflait du nord. Il était lourd de gros flocons de neige paresseux. La tempête n'était qu'à une centaine de kilomètres. Ils ne parlaient que de ça à la radio.

L'avocat franchit la porte et tapa des pieds pour se débarrasser de la neige. Pas de file d'attente. Ce n'était pas jour de visite. Devant lui, il n'y avait qu'une salle déserte, le tapis roulant du contrôle aux rayons X, un portique de détection et trois gardiens qui attendaient en se tournant les pouces. Il leur adressa un signe de tête, bien que ne les connaissant pas. Mais il considérait qu'il était de leur côté, et eux qu'il était du leur. La prison est un monde binaire. On y est enfermé, ou pas. Ils ne l'étaient pas. Lui non plus.

Pour le moment.

Il prit un bac en plastique gris au sommet d'une pile branlante et plia son manteau dedans. Enleva son veston et le posa sur le manteau. Il faisait chaud dans cette prison. Moins cher de brûler un peu plus de mazout que de donner deux jeux de vêtements aux détenus, un pour l'hiver, l'autre pour l'été. Les bruits qu'ils faisaient lui parvenaient, claquements contre le métal et le béton, cris déments, vociférations et marmonnements bas de voix râleuses, tout cela assourdi par les corridors à angle droit et de nombreuses portes fermées.

Il vida ses poches : clefs, portefeuille, portable, pièces, et nicha ces objets personnels propres et tièdes sur son veston. Il prit le bac en plastique. N'alla pas le poser sur le tapis roulant. Mais le porta de l'autre côté de la salle, à un petit guichet dans le mur. Là, il attendit qu'une femme en uniforme le prenne et lui donne un ticket numéroté en échange.

Il alla se placer, raide, devant le détecteur de métal. Il se tapota les poches et regarda droit devant lui, l'air d'attendre une invitation. Comportement acquis, après tous ses voyages en avion. Les gardiens le laissèrent planté là une minute, petit homme nerveux en manches de chemise, les mains vides. Pas de porte-documents. Pas de carnet de notes. Pas même un stylo. Il n'était pas là pour conseiller. Il était là pour l'être. Pas pour parler, mais pour écouter, et sûr et certain qu'il n'allait pas confier ce qu'il entendrait à un bout de papier.

Les gardiens lui firent signe de passer. Lumière verte, pas de bip, néanmoins le premier garde fit usage de son détecteur et le deuxième le palpa des pieds à la tête. Le troisième l'escorta loin dans le dédale, par des portes qui ne pouvaient être ouvertes tant que la précédente et la suivante n'étaient pas fermées, en faisant de nombreux zigzags serrés destinés à ralentir qui aurait voulu courir, et en passant devant d'épaisses vitres verdâtres derrière lesquelles se tenaient des visages attentifs.

L'entrée avait un côté administratif, avec lino sur le sol, murs vert menthe et néons au plafond. Et elle était reliée à l'extérieur ; des bouffées d'air froid y entraient quand on ouvrait la porte, et des taches de sel et des flaques de neige fondue constellaient le sol. La prison elle-même était différente. Rien ne la reliait à l'extérieur. Pas de ciel, pas d'intempéries. Aucun effort de déco. Rien que du béton brut, déjà bruni de gras là où manches et épaules s'y étaient frottées, encore pâle et poussiéreux ailleurs. Une peinture grise rugueuse recouvrait le sol, comme dans le garage d'un fana de voitures. Les caoutchoucs de l'avocat y couinaient.

On comptait quatre pièces pour les entretiens. Chacune était un cube en béton sans fenêtre, divisé exactement en deux par un comptoir allant d'un mur à l'autre et fermé par du verre de sécurité dans sa partie supérieure. Des ampoules grillagées brillaient au-dessus du comptoir. Lequel comptoir était lui-même fait d'un simple coffrage en béton. On voyait encore le grain des planches dans lesquelles il avait été coulé. Le verre de sécurité, épais, légèrement verdâtre, était constitué de trois panneaux se superposant de manière à laisser des fentes latérales pour pouvoir se parler. Le panneau central comportait une fente pour laisser passer des documents, dans le bas. Comme à la banque. Chaque moitié de pièce avait sa chaise et sa porte. Symétrie parfaite. Les avocats entraient d'un côté, les détenus de l'autre. On repartait ensuite par où on était arrivé, chacun pour une destination différente.

Le gardien ouvrit la porte depuis le corridor, avança de un mètre dans la pièce et vérifia visuellement que tout y était normal. Puis il se mit de côté et laissa entrer l'avocat. Qui attendit que le gardien ait refermé la porte. Une fois seul, il s'assit et consulta sa montre. Il avait huit minutes de retard. Il avait roulé lentement, à cause du mauvais temps. Normalement, il aurait considéré ça comme une faute d'arriver en retard à un rendez-vous. Peu professionnel et manquant de respect. Mais pour les visites à la prison, c'était différent. Le temps ne signifie rien pour les détenus.

Huit minutes plus tard, l'autre porte s'ouvrit dans le mur au-delà de la vitre. Un gardien différent entra, vérifia la pièce, recula et laissa passer un détenu qui traînait des pieds. Le client de l'avocat. Blanc, affligé d'un surpoids considérable, marbré de graisse et complètement chauve. Il portait un survêtement orange. Il avait, reliant ses poignets à sa taille et à ses chevilles, une chaîne qui paraissait aussi délicate qu'un bijou. Regard vague, visage n'exprimant rien sinon la docilité, mais ses lèvres bougeaient légèrement, comme celles d'un demeuré qui s'efforce de retenir une information compliquée.

La porte dans le mur au-delà de la vitre se referma. Le détenu s'assit.

L'avocat rapprocha sa chaise du comptoir. Le prisonnier fit de même.

Symétrie.

— Désolé pour le retard, dit l'avocat.

Le prisonnier resta muet.

— Comment ça va ?

Le prisonnier ne répondit pas. L'avocat se tut. Il faisait chaud dans la pièce. Une minute plus tard, le détenu se mit à parler, à réciter par cœur des listes, des instructions, des phrases, des paragraphes qu'il avait mémorisés. De temps en temps, l'avocat disait : « Pas si vite, pas si vite. » Chaque fois, le type marquait une pause et recommençait au début de sa dernière phrase, sans changer de rythme, sans rien altérer dans son chantonnement. Comme s'il n'avait pas d'autre moyen de communiquer.

L'avocat avait ce qu'il estimait être une excellente mémoire, en particulier pour les détails, comme la plupart des avocats, et il faisait extrêmement attention : se concentrer sur le processus de mémorisation le distrayait du contenu des instructions qu'il recevait. Mais même ainsi, dans un recoin de son esprit, il ne compta pas moins de quatorze propositions criminelles différentes avant que le détenu en ait terminé et ne se redresse sur sa chaise.

L'avocat ne disait toujours rien.

— Vous avez tout noté ? demanda le détenu.

L'avocat fit oui de la tête, le prisonnier tomba dans un silence bovin. Ou d'équidé, d'âne dans le pré, infiniment patient. Le temps ne signifiait rien pour les détenus. En particulier pour celui-là. L'avocat repoussa sa chaise et se leva. Sa porte n'était pas fermée à clef. Il passa dans le couloir.

15 h 55. Restaient soixante heures.

L'avocat retrouva le même gardien, qui l'attendait. Deux minutes plus tard il était de retour dans le parking. De nouveau habillé de pied en cap, ses affaires ayant retrouvé ses poches – présence rassurante de leur poids, normalité. Il neigeait plus fort, l'air était plus froid, le vent plus féroce. Le crépuscule tombait vite, en avance. L'avocat attendit un moment pendant que son siège chauffait et que les essuie-glaces repoussaient des amas de neige à droite et à gauche sur le pare-brise. Puis il démarra et décrivit un lent demi-tour qui fit couiner ses pneus dans la neige récemment tombée tandis que ses phares découpaient des arcs brillants au milieu du tourbillon blanc. Il prit la direction de la sortie, il y eut la clôture grillagée, l'attente, la vérification du coffre, puis la longue route droite qui traversait le bourg pour rejoindre l'autoroute.

***

Quatorze propositions criminelles. Quatorze vrais crimes, s'il relayait les propositions et si elles étaient suivies d'effet, ce qu'elles seraient certainement. Ou plutôt quinze, vu que lui-même serait complice. Ou encore vingt-huit, si un procureur décidait de considérer qu'il y avait chaque fois deux chefs d'inculpation différents, ce qu'un procureur pouvait très bien faire, juste pour le plaisir. Ou juste pour la gloriole. Vingt-huit chemins séparés le conduisant à la honte, à l'ignominie, à son éviction du barreau, à un procès, à une condamnation et à l'emprisonnement. À vie, certainement, étant donné la nature de l'une de ces quatorze propositions, et seulement s'il pouvait négocier sa peine. Les conséquences, dans le cas contraire, étaient trop affreuses pour être envisagées.

L'avocat négocia la rampe d'accès à l'autoroute et resta sur la file de droite. Tout autour de lui n'était que mur gris, mouvant et épais de cette neige de fin d'après-midi. Peu de circulation. Seulement quelques voitures et camions allant dans la même direction que lui, certains roulant plus vite, d'autres moins que lui, la situation étant la même de l'autre côté de la séparation des voies. Ne conduisant plus que d'une main, il redressa son dossier et sortit son portable. Le soupesa. Trois possibilités. Un, ne rien faire. Deux, appeler le numéro qu'on lui avait dit d'appeler. Trois, appeler le numéro qu'il aurait dû vraiment appeler, à savoir le 911, vu les circonstances, et tout de suite après, le département local de police, la police de la route, le shérif du comté et le barreau… et un avocat pour lui-même.

Il choisit la deuxième option, comme il savait qu'il le ferait. L'option un ne l'aurait mené nulle part ; elle n'aurait fait que retarder le moment où ils lui tomberaient dessus. La trois aurait signé son arrêt de mort – mort lente, inéluctable, après, il en était certain, des heures ou même des jours d'une agonie hideuse. Il n'était qu'un petit homme nerveux. Il n'avait rien d'un héros.

Il composa le numéro qu'on lui avait dit d'appeler.

Il le vérifia deux fois avant d'appuyer sur *appel*. Il porta l'appareil à son oreille, ce qui, dans de nombreux États, aurait constitué un délit supplémentaire en soi.

Mais pas dans le Dakota du Sud. Pas encore.

Petite consolation.

***

Il avait déjà entendu quatre fois auparavant la voix qui répondit. Rauque, éraillée, pleine d'une espèce de grossière menace animale. Venant de ce qui était à ses yeux un univers entièrement différent. « Vas-y, balance, mon pote », dit la voix, avec un sourire et quelque chose d'une joie cruelle, comme si l'homme jouissait de son pouvoir, de son contrôle absolu, et de sentir le malaise, la peur et la révulsion de l'avocat.

Celui-ci déglutit et commença à parler, récitant les listes, les instructions, les phrases et les paragraphes de manière très proche de ce qui lui avait été dit. Il commença à parler onze kilomètres et sept minutes avant d'arriver à un pont sur l'autoroute. Lequel pont n'avait pas tellement l'air d'un pont. La chaussée continuait, absolument plate, le paysage en dessous s'enfonçant légèrement dans une petite dépression évasée. Dépression qui était à sec la plupart du temps, mais que la fonte des neiges, au printemps, transformerait en un torrent rageur. Les ingénieurs des routes l'avaient rectifiée en la canalisant et disposé quatre énormes tubulures en béton sous la chaussée, afin d'empêcher les fondations d'être emportées une fois par an. Le système fonctionnait très bien au printemps. Il n'avait qu'un seul défaut, qui devenait apparent en hiver. Pour pallier le problème, les ingénieurs avaient placé des panneaux de part et d'autre des deux voies. On y lisait : RISQUE DE VERGLAS SUR LE PONT.

***

L'avocat conduisait et parlait. Au bout de sept minutes de son monologue, il arriva à la plus brutale, la plus inhumaine et la plus énorme des quatorze propositions. Il la débita dans le téléphone sur le même ton qu'on la lui avait servie à la prison, autrement dit sur un ton neutre et dépourvu d'émotion. La voix éraillée à l'autre bout du téléphone se mit à rire. Ce qui fit frissonner l'avocat. Un sursaut moral jaillit littéralement du plus profond de lui-même. Il eut un brusque mouvement des épaules et il écrasa le téléphone contre son oreille.

Et bougea la main sur son volant.

Ses pneus avant dérapant légèrement sur le verglas du pont, il corrigea trop brutalement sa trajectoire et, ses pneus arrière dérapant à leur tour, il fit un, deux, trois tête-à-queue. Et coupa les trois voies dans sa glissade. Vit un autocar qui arrivait dans l'autre sens, là, au milieu de la neige qui tombait. Blanc. Énorme. Roulant vite et se dirigeant droit sur lui. La partie arrière de son cerveau lui dit que la collision était inévitable. La partie avant que non, qu'il avait et le temps et l'espace, qu'il y avait la séparation médiane engazonnée et deux solides glissières métalliques qui le séparaient de tout véhicule arrivant dans l'autre sens. Il se mordit la lèvre, décrispa sa main sur le volant et redressa tandis que l'autocar passait à quelques mètres de lui, à toute allure et selon une trajectoire parfaitement parallèle.

Il souffla.

— Quoi ? demanda la voix au téléphone.

— J'ai dérapé.

— Finis ton rapport, trouduc.

L'avocat déglutit à nouveau et reprit au début de la phrase laissée en suspens.

***

L'homme au volant de l'autocar blanc qui venait en sens inverse avait douze ans de métier derrière lui. Dans le petit monde des transports en commun, il était aussi bon qu'il est possible de l'être. Il avait son permis, reçu une bonne formation et était expérimenté. Il n'était plus jeune, mais pas encore vieux. D'un point de vue mental comme physique, il était sur un vaste plateau de sens commun, de maturité et de pleine capacité. Il n'était pas en retard. Il ne roulait pas trop vite. Il n'avait pas bu. Il n'était pas drogué.

Mais il était fatigué.

Cela faisait presque deux heures qu'il scrutait un rideau de neige horizontal sans contours précis. Il avait vu la voiture qui dérapait, deux cents mètres devant lui. L'avait vue partir en diagonale droit sur lui. Sa fatigue s'était traduite par un retard d'une fraction de seconde dans son appréciation. Après quoi, la tension comme engourdie de son corps fatigué avait déclenché une réaction trop brutale. Il avait braqué comme pour éviter un coup. Trop et trop tard. Inutile, de toute façon. La voiture avait redressé et était déjà derrière lui lorsque ses pneus mordirent enfin. Ou essayèrent. Ils arrivèrent sur le verglas du pont juste au moment où on leur intimait l'ordre de braquer. Ils perdirent leur adhérence et glissèrent. Tout le poids du car se trouvait à l'arrière. L'énorme bloc-moteur en fonte. La réserve d'eau. Les toilettes.

Comme un pendule, là-bas tout au bout. L'arrière de l'autocar entreprit de dépasser l'avant. N'alla pas très loin. Juste quelques degrés, mais cruciaux. Le chauffeur fit tout ce qu'il fallait. Se battit contre le dérapage. Mais la direction ne pesait plus rien et les pneus avant avaient perdu toute adhérence. Ça ne réagissait plus. L'arrière du car se réaligna, puis partit dans l'autre sens.

Le conducteur fit tout ce qu'il pouvait sur trois cents mètres. Pendant douze longues secondes. Qui lui firent l'impression de douze longues heures. Il tourna le grand volant en plastique à gauche, le tourna à droite, essaya de compenser le dérapage, de l'empêcher de s'accentuer. Mais il s'accentua quand même. Et prit de l'ampleur. Le grand poids au bout du pendule partit d'un côté, puis partit de l'autre. La suspension trop souple s'écrasa, rebondit. La haute superstructure s'inclina et oscilla. L'arrière fit un écart de quarante-cinq degrés à gauche, puis de quarante-cinq degrés à droite. Risque de verglas sur le pont. Le car franchit la dernière des quatre conduites de béton et les roues avant retrouvèrent de l'adhérence. Mais à un moment où elles étaient braquées vers le bas-côté. Tout le véhicule partit dans cette direction, comme s'il avait reçu un ordre légitime. Comme s'il était soudain redevenu docile. Le chauffeur écrasa le frein. Devant les pneus, la neige était déjà damée. Le car conserva sa trajectoire. Ralentit.

Mais pas assez.

Les roues avant franchirent la bande d'arrêt d'urgence, puis franchirent le bas-côté et se retrouvèrent dans un fossé peu profond rempli de neige et de boue gelée. Le bas de caisse heurta et racla la chaussée sur plus de trois mètres avant de réduire tout l'élan acquis. Le car s'arrêta en travers, légèrement incliné, un tiers avant dans le fossé, les deux tiers arrière toujours sur le bas-côté; le compartiment moteur encore sur la voie de droite. Les roues avant pendaient au maximum de leur débattement. Le moteur avait calé, l'on n'entendit plus que le sifflement des pièces brûlantes dans la neige, le souffle bas du frein à air qui se vidait et les cris des passagers se transformant en soupirs avant de n'être plus que grand silence.

***

Les passagers constituaient un groupe homogène, à l'exception d'un seul d'entre eux. Vingt seniors à cheveux blancs plus un homme beaucoup plus jeune, dans un bus prévu pour quarante passagers. Douze de ces seniors étaient des veuves. Les huit autres quatre vieux couples. Ils étaient de Seattle. Les paroissiens d'une église en voyage culturel. Ils avaient visité la « petite ville dans la prairie[1] ». Et venaient d'attaquer le long trajet vers l'ouest, jusqu'au mont Rushmore. En plus, on leur avait promis la visite du centre géographique des États-Unis. Quelques parcs nationaux et la prairie seraient visités en chemin. Superbe itinéraire, mais mauvaise saison. Le climat du Dakota du Sud, l'hiver, n'est pas réputé pour sa douceur. D'où les nombreuses places vides, en dépit du faible prix de l'excursion.

Le passager qui détonnait avait au bas mot trente ans de moins que le plus jeune des autres. Il était assis seul, trois rangées derrière le dernier des seniors. Ceux-ci le considéraient comme une sorte de passager clandestin. Il avait embarqué le matin même, lors d'un arrêt pour se restaurer juste à l'est d'une ville du nom de Cavour. Soit après la « petite ville dans la prairie » et avant le Dakotaland Museum. On ne leur avait donné aucune

1. De Smet, Dakota du Sud, rendue célèbre par le livre *La Petite Ville dans la prairie*, de Laura Wilders. *(Toutes les notes sont du traducteur.)*

explication. Il était juste monté dans le bus. Certains l'avaient vu s'entretenir auparavant avec le chauffeur. D'autres disaient que de l'argent avait changé de mains. Personne ne savait trop que penser. S'il avait payé, c'était plus un passager occasionnel qu'un clandestin. Un peu comme un auto-stoppeur, mais pas exactement.

De toute façon, ils voyaient en lui un compagnon tout à fait agréable. Il était silencieux et poli. Il mesurait trente centimètres de plus que le plus grand des seniors et était de toute évidence très costaud. Il n'était pas aussi beau qu'une star de cinéma, mais pas laid non plus. Il faisait penser à un athlète qui vient juste de prendre sa retraite. Un joueur de football, peut-être. Et pas habillé de la meilleure façon. Il portait une chemise froissée dont les pans dépassaient d'un blouson en toile matelassée. Il n'avait pas de bagage, ce qui paraissait bizarre. Mais dans l'ensemble, c'était plutôt rassurant d'avoir un homme comme lui à bord, en particulier depuis qu'il s'était montré civilisé et en rien menaçant. Un comportement menaçant de la part d'un homme de son gabarit aurait paru incongru. De bonnes manières chez un tel gaillard charmaient. Certaines des veuves les plus audacieuses avaient pensé lier conversation avec lui. Mais l'homme semblait décourager pareilles tentatives. Il dormait presque tout le temps pendant qu'ils roulaient, et ses réactions aux ouvertures des unes et des autres avaient jusqu'à présent été certes courtoises mais brèves, et vides de toute substance.

Au moins connaissait-on son nom. L'un des hommes s'était présenté à lui en revenant des toilettes. L'inconnu de haute taille avait levé les yeux et hésité un court instant, comme s'il évaluait les avantages et les inconvénients qu'il y avait à répondre. Puis il avait pris la main qu'on lui tendait et répondu :

— Jack Reacher.

CHAPITRE 2

Reacher se réveilla lorsque l'élan de la glissade lui écrasa la tête contre la vitre. Il sut tout de suite où il se trouvait. *Dans un car.* Il passa la fraction de seconde suivante à calculer les risques. *Neige, verglas, vitesse raisonnable, peu de circulation. Nous allons heurter le rail ou échouer dans le fossé. Dans le pire des cas, le car se renversera.* Pas de problème pour lui. Il n'en allait pas de même pour les petits vieux devant lui. Ils survivraient, probablement. C'est surtout pour après qu'il s'inquiétait. Vingt personnes âgées – sous le choc, peut-être blessées, des coupures, des ecchymoses, des os cassés –, échouées à des kilomètres du premier patelin alors qu'une tempête hivernale se préparait…

Pas bon, tout ça.

Il passa les onze secondes et demie suivantes à s'agripper et résista doucement à la traction alternée de l'inertie pendant les tête-à-queue. C'était le passager le plus à l'arrière du bus, et donc lui qui l'éprouvait le plus. À l'avant, les seniors décrivaient des arcs plus réduits. Mais ils étaient aussi plus faibles. Il vit les cous ballottés d'un côté et de l'autre. Et le visage du chauffeur dans le rétroviseur. Le type s'accrochait.

Pas mal. Mais c'était perdu d'avance. Un autocar de luxe est un véhicule peu maniable. *Méfie-toi de ce que tu souhaites.* Se trouvant à Marshall, Minnesota, pour une raison qui n'avait rien d'inoubliable, il avait été pris en stop par un type qui se rendait à Huron, Dakota du Sud, et qui, pour une raison qui le regardait, ne voulait pas l'emmener jusqu'au bout et l'avait largué sur une aire de repos près d'un endroit appelé Cavour. Ce qui au début lui avait fait l'effet d'un coup de déveine, Cavour n'ayant pas une circulation transcontinentale des plus intenses. Mais deux tasses de café plus tard, un autocar de luxe tout blanc s'était garé devant le restaurant et seulement vingt personnes en étaient descendues – et cela signifiait qu'il restait des places libres. Le chauffeur ayant l'air d'un type direct et réglo, Reacher l'avait approché de manière directe et réglo. Vingt dollars pour aller jusqu'à Rapid City ? Le type en avait demandé quarante, ils s'étaient mis d'accord pour trente ; sur quoi Reacher était monté à bord et avait passé confortablement le reste de la journée. Mais ce confort tenait à une suspension trop molle et à une direction trop souple, deux éléments qui, pour l'heure, ne jouaient pas du tout en faveur du chauffeur.

Mais au bout de sept secondes, Reacher redevint optimiste. Le chauffeur n'ayant plus le pied sur l'accélérateur, le véhicule ralentissait. On ne s'en rendait pas compte, mais c'était forcément le cas. Physique élémentaire. Lois de Newton sur le mouvement. À moins d'entrer en collision avec un autre véhicule, ils allaient zigzaguer quelques instants et finir par s'arrêter, peut-être en travers de la chaussée, ou à contresens de la circulation, mais le car debout et apte à repartir. Puis il sentit les roues avant reprendre de l'adhérence et vit qu'elles les dirigeaient droit vers le bas-côté. Beaucoup moins bien. Mais le chauffeur freinant tant qu'il pouvait et tenant bon en dépit des secousses et des raclements, ils finirent une moitié du car sur la chaussée, l'autre sur le bas-côté, ce qui n'était pas si grave, sinon qu'ils avaient l'arrière-train sur une voie de circulation, ce qui était moins bien, et que soudain il n'y avait plus le moindre bruit mécanique, comme si le car avait trépassé… et ça, ce n'était pas bien du tout.

Reacher regarda derrière lui et ne vit aucun phare se dirigeant vers eux. Pas pour le moment. Il se leva, remonta vers l'avant du car et ne vit qu'une étendue plate recouverte de neige devant lui. Pas de falaise. Pas de talus. Conclusion : aucun risque de transfert de poids. Il repartit donc vers l'arrière, l'échine courbée, et entreprit d'encourager tous les vieux chnoques à venir s'asseoir à l'avant. Comme ça, si jamais un trente tonnes les heurtait, il défoncerait l'arrière du car, mais ne tuerait personne. Sauf que secoués, les seniors refusaient de bouger. Ils restaient scotchés à leur place. Reacher retourna donc à l'avant. Le chauffeur se tenait inerte sur son siège et clignait de l'œil en déglutissant pour ravaler son afflux d'adrénaline.

— Bon boulot, mec, lui lança Reacher.

Le type hocha la tête.

— Merci.

— Vous croyez pouvoir nous sortir de ce fossé ?

— Peux pas dire.

— Mais… à votre avis ?

— Probablement pas.

— Bon, d'accord. Vous avez des feux de balise ?

— Des quoi ?

— Des feux de balise. Parce que là, le cul du car dépasse sur la chaussée.

Le type resta un moment sans réaction. Sonné. Puis il se pencha, ouvrit un casier à côté de ses pieds et en sortit trois feux de détresse, des tubes en carton d'un rouge terni se terminant par une pique métallique. Reacher les lui prit.

— Vous avez une trousse d'urgence ?

Le type fit à nouveau oui de la tête.

— Prenez-la et vérifiez si les passagers n'ont pas des coupures ou des ecchymoses. Essayez de les convaincre de venir le plus possible à l'avant. Et de se mettre de préférence tous ensemble dans l'allée centrale. Si on se fait rentrer dedans, ce sera par le cul.

Le chauffeur acquiesça pour la troisième fois, se secoua comme s'ébroue un chien et se mit en mouvement. Il prit la trousse d'urgence dans un autre casier et se leva de son siège.

— Ouvrez d'abord la portière, dit Reacher.

Le type appuya sur un bouton et la portière s'ouvrit avec un chuintement. Une bouffée d'air glacial entra dans la cabine avec de gros flocons de neige tourbillonnants. Un vrai blizzard.

— Refermez quand je serai sorti, reprit Reacher. Il faut garder la chaleur.

Puis il sauta dans le fossé et se battit avec la glace et la boue pour remonter sur le bas-côté. Il passa sur la chaussée et courut vers l'arrière du véhicule. La neige lui fouettait le visage. Il s'aligna sur la bande blanche intermittente et fit trente pas en arrière. Trajectoire en courbe. Trente enjambées, trente mètres. Ou presque. Vingt-neuf mètres-seconde, soit à peu près cent à l'heure, et les cinglés qui roulent à cent dans une tempête de neige ne manquent pas. Il se pencha en avant et enfonça la pique d'un premier feu dans le macadam. Elle s'alluma automatiquement et brûla fort. Il continua dans la courbe et fit encore trente enjambées en courant. Planta le deuxième feu. Et recommença une dernière fois pour compléter la séquence : trois secondes, deux, une… *tire-toi de là !*

Puis il revint, toujours en courant, dut patauger à nouveau dans le fossé et martela la portière jusqu'à ce que le chauffeur interrompe ses soins et vienne lui ouvrir. Reacher remonta dans le car. Accompagné d'un tourbillon de neige. Il avait déjà sérieusement froid. Le visage engourdi. Les pieds glacés. Et l'intérieur du car se refroidissait déjà. La buée commençait à s'étaler en ronds sur les vitres.

— Vous devriez laisser tourner le moteur. Pour faire fonctionner le chauffage.

— Peux pas, répondit le chauffeur. L'alimentation en fuel pourrait être arrachée. Là où on a frotté.

— Je n'ai rien senti dehors, fit observer Reacher.

— Je ne peux pas prendre le risque. Pour l'instant, tout le monde est vivant. Pas question de les incinérer.

— Vous préférez qu'ils gèlent à mort ?

— Remplacez-moi pour les soins. Je vais essayer de téléphoner.

Reacher rentra donc de nouveau la tête dans les épaules pour aller s'occuper des vieux. Le chauffeur avait fait les deux premières rangées. Ça se voyait. Les quatre passagers côté fenêtre avaient des pansements sur les coupures qu'ils s'étaient faites contre le rebord métallique des vitrages. *Méfie-toi de ce que tu souhaites.* Meilleure vue, risque plus grand. Une femme avait un deuxième pansement sur le côté du visage, sans doute suite au coup porté par la tête de son mari secoué comme une poupée de chiffon.

Le premier os brisé se trouvait dans la troisième rangée. Une vieille dame toute menue, une carcasse d'oiseau. Elle avait été propulsée sur sa droite quand le bus avait chaloupé vers la gauche. Elle avait heurté brutalement la fenêtre. Et s'était cassé la clavicule. Reacher le voyait rien qu'à la manière dont elle tenait son bras droit dans le creux du gauche.

— Madame ? Vous permettez que je jette un coup d'œil à ça ?

— Vous n'êtes pas médecin, répondit-elle.

— J'ai suivi une formation à l'armée.

— Vous étiez infirmier ?

— Non, policier militaire. Nous avons une formation médicale.

— J'ai froid.

— Le choc, dit-il. Et il neige.

Elle tourna le buste vers lui. Consentement implicite. Il posa le bout des doigts sur sa clavicule, sous le chemisier. L'os était aussi fragile qu'un crayon. Il était cassé au milieu. Fracture propre. Pas multiple.

— C'est grave ? demanda-t-elle.

— Non, c'est plutôt bon, répondit-il. L'os a fait son boulot. La clavicule est comme un coupe-circuit. Elle casse pour permettre à l'épaule et au cou de ne pas être endommagés. Ça guérit vite et facilement.

— Il faudrait que j'aille à l'hôpital.

Il acquiesça.

— Nous vous y amènerons.

Il continua d'avancer. Un poignet foulé rangée quatre, un poignet cassé rangée cinq. Plus un total de treize coupures, de nombreuses contusions mineures et beaucoup d'états de choc. La température chutait à la vitesse d'une pierre. Il vit les feux par la vitre latérale à l'arrière. Ils brûlaient toujours, trois boules écarlates vacillant dans les tourbillons de neige. Aucun phare en vue. Rien. Circulation zéro. Il remonta l'allée, la tête toujours penchée, et retrouva le chauffeur. L'homme s'était rassis sur son siège, tenait son portable ouvert dans la main droite et regardait devant lui à travers le pare-brise en pianotant de la main gauche sur son volant.

— On a un problème, dit-il.

— Quel genre ?

— J'ai fait le 911. Les deux patrouilles de la police de la route sont à plus de cent kilomètres à l'ouest, ou à l'est d'ici. Deux grosses tempêtes approchent. L'une arrive du Canada, l'autre des Grands Lacs. Il y a des catas partout. Tous les engins de remorquage sont avec eux. Ils ont un carambolage de cent bagnoles sur les bras. L'autoroute est fermée derrière nous. Et devant.

Pas de circulation.

— Où sommes-nous ?

— Dakota du Sud.

— Ça, je sais.

— Alors vous savez ce que je veux dire. Si nous ne sommes ni à Sioux Falls ni à Rapid City, nous sommes au beau milieu de nulle part. Et nous ne sommes ni à Sioux Falls ni à Rapid City.

— Nous sommes bien quelque part.

— D'après le GPS, il y a un patelin dans le secteur. Bolton. À une trentaine de kilomètres. Mais c'est un trou. Juste un point sur la carte.

— Et un bus de remplacement, vous pouvez en avoir un ?

— Je viens de Seattle. On pourrait peut-être en avoir un quatre jours après la fin de la tempête.

— Il y a de la police à Bolton ?

— J'attends un appel.

— Ils ont peut-être des dépanneuses ?

— Je suis sûr que oui. Au moins une. À la station essence du coin peut-être… pour dégager des pick-up d'une demi-tonne en panne. Pas pour des véhicules de cette taille.

— Ils ont peut-être des tracteurs agricoles ?

— Il en faudrait au moins huit. Et un sacré jeu de chaînes.

— Et un bus scolaire ? Ça permettrait au moins de faire le transfert !

— La police de la route ne nous laissera pas tomber. Ils vont se débrouiller pour venir.

— Vous vous appelez comment ? lui demanda Reacher.

— Jay Knox.

— Il faut anticiper un peu, monsieur Knox. La police de la route est à une heure d'ici, dans le meilleur cas. À deux avec ce temps. À trois, en fait, avec tout ce qu'ils ont probablement à faire. Alors nous avons besoin de nous bouger. Parce que dans une heure, ce car sera une glacière. Et dans deux heures, nos petits vieux vont se mettre à tomber comme des mouches. Peut-être même avant.

— C'est quoi, votre idée ?

Reacher était sur le point de répondre lorsque le portable de Knox sonna. Il répondit et son visage s'éclaira un peu. Puis retomba. Il dit « merci » et referma le téléphone. Regarda Reacher.

— Il semble que Bolton ait bien un commissariat. On nous envoie un type. Mais ils ont leurs propres problèmes et ça va prendre un certain temps.

— Combien ?

— Au moins une heure.

— De quel genre, les problèmes ?

— Ils ne l'ont pas dit.

— Il va falloir faire tourner le moteur.

— Ils ont des manteaux.

— Ça ne suffira pas.

— Il y a un risque d'incendie.

— Le diesel est beaucoup moins volatil que l'essence.

— Vous êtes quoi ? Un spécialiste ?

— J'étais dans l'armée. Tous nos camions et nos Humvee tournaient au diesel. C'était pour une bonne raison. (Il regarda dans l'allée.) Vous avez une lampe torche ? Un extincteur ?

— Pourquoi ?

— Je vais aller vérifier dessous. Si tout m'a l'air en ordre, je taperai deux fois sur le bas de caisse. Vous démarrerez et si quelque chose prend feu, je l'éteindrai et taperai une deuxième fois pour que vous coupiez le moteur.

— Je sais pas, moi…

— C'est ce qu'il y a de mieux à faire. Et il faut faire quelque chose.

Knox garda le silence un instant, puis il haussa les épaules, ouvrit encore deux autres compartiments et en sortit une Maglite argentée et un extincteur. Reacher les prit, attendit l'ouverture de la portière et passa dans le monde écarlate des feux de détresse. De nouveau dans le fossé. Cette fois-ci, il avança dans le sens contraire des aiguilles d'une montre et contourna le véhicule par l'avant, le côté gauche étant en plus grande partie sur la chaussée que le droit. Ramper dans le fossé gelé n'était pas une perspective séduisante. Ramper sur l'épaulement l'était marginalement davantage.

Il trouva l'ouverture de la pompe à gasoil, s'assit dans la neige, pivota, s'allongea sur le dos et se coula sous le bas de caisse. Alluma la torche. Trouva le gros tuyau reliant la pompe au réservoir. Il paraissait intact. Le réservoir lui-même était un gros cylindre à pans coupés. L'impact l'avait un peu bosselé et rayé. Mais il ne présentait aucune fuite. Et le tuyau d'alimentation qui partait vers le moteur avait lui aussi l'air intact. La neige commençant à imbiber sa veste et sa chemise, l'humidité lui gela la peau.

Il frissonna.

Il donna deux coups contre un longeron avec le bout de la torche.

Il entendit un cliquetis de relais et la pompe à gasoil démarra. Ça siffla et chuinta. Il surveilla le réservoir. Et le tuyau d'alimentation aussi loin qu'éclairait la torche. Donna des coups de pied dans la neige et s'enfonça un peu plus loin sous le car.

Pas de fuites.

Le démarreur s'enclencha.

Le moteur démarra. Avec des claquements au début, puis avec de lourds martèlements réguliers.

Pas de fuites. Pas d'incendie.

Pas de vapeurs.

Il lutta contre le froid et se donna une minute de plus pour effectuer d'autres vérifications. Les gros pneus paraissaient en bon état. Une partie de la suspension avant semblait avoir souffert. Le plancher du compartiment à bagages avait pris des coups ici et là. Quelques petits tuyaux étaient écrasés, coupés ou tordus. Un assureur de Seattle allait avoir une note salée à payer.

Il ressortit en rampant, se leva et essuya la neige qu'il avait sur lui. Les flocons tourbillonnaient tout autour de lui. De gros flocons, bien lourds. Cinq centimètres de neige fraîche sur le sol. Les empreintes de pas de sa première sortie, quatre minutes avant, se comblaient déjà de blanc. Il les suivit jusqu'au fossé, où il pataugea pour regagner la portière. Knox l'attendait. La portière s'ouvrit, il monta. Une rafale chargée de neige l'accompagna en hurlant. Il frissonna. La portière se referma.

Le moteur cala.

Knox reprit place dans son siège et appuya sur le démarreur. Venant de l'autre bout du car, on l'entendit tourner et tourner, laborieux, rauque, asthmatique.

Et rien ne se produisit.

— Qu'est-ce que vous avez vu en dessous ? demanda Knox.

— Des dégâts. Pas mal de trucs esquintés.

— Des durites écrasées ?

— Quelques-unes.

Knox hocha la tête.

— L'alimentation en gasoil a dû être pincée. Nous venons d'utiliser ce qui restait dans le tuyau, mais plus rien ne passe. Sans compter que les freins doivent être foutus. C'est peut-être aussi bien que le moteur ne tourne pas.

— Rappelez la police de Bolton, dit Reacher. Ça devient sérieux.

Knox composa le numéro et Reacher retourna voir les passagers. Il descendit les manteaux des porte-bagages et dit à tout le monde de se vêtir chaudement. De mettre des chapeaux, des foulards, des gants, des cache-nez, tout ce qu'ils pouvaient avoir.

Lui n'avait rien. Seulement ce qu'il avait sur lui, et ce qu'il avait sur lui était trempé et glacial. Sa chaleur corporelle était en train de filer. Il grelottait, pas beaucoup, mais continûment. En petits frissons qui rampaient partout sur sa peau. *Méfie-toi de ce que tu souhaites*. Une vie sans bagages présente de nombreux avantages. Mais aussi quelques inconvénients majeurs.

Il retourna voir le chauffeur. La portière laissait passer de l'air. Il faisait plus froid à l'avant du car qu'à l'arrière.

— Alors ? dit-il au chauffeur.

— On va nous envoyer une voiture dès que possible.

— Ça ne suffira pas.

— C'est ce que je leur ai dit. J'ai décrit le problème. Ils ont dit qu'ils allaient trouver quelque chose.

— Vous avez déjà vu des tempêtes pareilles ?

— Ce n'est pas une tempête. La tempête est à cent kilomètres d'ici. Nous sommes juste au bord.

Reacher frissonna.

— Elle vient sur nous ?

— Aucun doute.

— Vite ?

— C'est rien de le dire.

Reacher l'abandonna pour redescendre l'allée jusqu'à la dernière rangée. Il s'assit par terre devant les toilettes et s'adossa à la paroi dans l'espoir de capter un peu de la chaleur résiduelle du moteur qui refroidissait.

Il attendit.

16 h 55.

Restaient cinquante-neuf heures.

CHAPITRE 3

Quarante-cinq minutes plus tard, l'avocat arriva chez lui. Après un long et laborieux trajet. Son allée n'ayant pas été dégagée, il craignit un instant que le gel ait immobilisé la porte de son garage. Mais quand il appuya sur la télécommande, le petit moteur d'un demi-cheval accroché au plafond fit son boulot et, la porte s'élevant dans son rail, il entra. En revanche, le battant ne voulut pas se refermer, la neige que ses pneus avaient entassée déclenchant la sécurité enfant. Il dut donc batailler pour enfiler à nouveau ses caoutchoucs, prendre sa pelle et repousser la neige dehors. La porte se ferma. Il enleva ses caoutchoucs, attendit un moment dans la petite pièce où on les rangeait, retrouva son calme, se toiletta intérieurement et prit une douche mentale. 17 h 40. Il poussa la porte et entra dans la chaleur de la cuisine où il salua les siens, comme si c'était une journée ordinaire.

***

À 17 h 40, il faisait sombre et froid à l'intérieur du car et Reacher, pelotonné contre la cloison, frissonnait violemment. Devant lui, les vingt seniors et Knox en étaient tous à peu près au même stade. Les fenêtres du côté au vent étaient noires de neige collée. Celles de l'autre côté encadraient un panorama gris. Le blizzard, arrivant du nord-est et chassé par un vent d'hiver violent et impitoyable, se heurtait à l'obstacle aérodynamique que représentait le car en carafe et tourbillonnait dans la dépression creusée de l'autre côté, d'énormes flocons de neige sans poids dansant une gigue effrénée en haut, en bas, à gauche et à droite.

Puis : de faibles lumières dans la grisaille.

Des lumières blanches, et rouges, et bleues, de pâles sphères de clarté qui disparaissaient et réapparaissaient dans le crépuscule. Le claquement lointain de chaînes à neige dans le silence ouaté, surnaturel. Une voiture de flic, se dirigeant vers eux mais du mauvais côté de l'autoroute, au-delà du terre-plein, progressant avec lenteur et précaution dans la tempête.

***

Une longue minute plus tard, un flic se retrouva à l'intérieur du car. Il avait dû passer par le fossé pour atteindre la portière, mais il sortait d'une voiture chauffée, portait des chaussures d'hiver, un pantalon imperméable, des gants, une parka, et avait une protection en plastique pour sa chapka en fourrure avec rabats – bref, il était plutôt en bonne forme. Grand et mince, il avait des yeux plissés entourés de petites rides dans un visage qui avait dû affronter bon nombre de soleils d'été et de vents d'hiver. Il déclara s'appeler Andrew Peterson et être l'adjoint du patron de la police de Bolton. Il enleva ses gants, passa dans l'allée et serra la main à tout le monde en se présentant chaque fois par son nom et son titre – sans oublier personne et d'une manière destinée à paraître spontanée, franche, enthousiaste : le bon p'tit gars de la cambrousse absolument ravi de porter secours en cas d'urgence. Mais Reacher qui étudiait ces yeux bleus entourés de ridules pensa que ce déploiement d'amabilités était bidon. Reacher pensa que Peterson était en réalité un type astucieux qui avait bien plus de choses derrière la tête qu'un simple sauvetage de naufragés de la route.

L'impression fut renforcée lorsque Peterson commença à poser des questions. Qui étaient-ils donc tous ? D'où venaient-ils ? D'où étaient-ils partis ce matin-là ? Quelle était leur destination pour ce soir ? Avaient-ils des réservations dans un hôtel quelque part ? Réponses faciles pour Knox et les vingt seniors qui voyageaient en groupe, étaient tous de Seattle et faisaient étape entre le Dakotaland Museum et le mont Rushmore et oui, ils avaient confirmé des réservations dans un motel près du monument, treize chambres en tout, pour les quatre couples mariés, plus huit personnes faisant chambres communes, plus quatre qui avaient payé un supplément chambre seule, plus une pour Knox.

Informations certes toutes vraies, mais qui n'avaient rien d'indispensable étant donné les circonstances.

Peterson se fit montrer la confirmation de réservation envoyée par le motel.

Puis il se tourna vers Reacher. Sourit et dit :

— Je m'appelle Andrew Peterson et suis de la police de Bolton. L'adjoint du patron. Pouvez-vous me dire qui vous êtes ?

Dans ce genre de région au cœur du pays, les policiers étaient souvent d'anciens militaires ; mais Reacher ne pensait pas que ce soit son cas. Il ne détectait pas les vibrations. Ce type-là n'avait pas dû beaucoup voyager ; un gosse sans problème qui avait bien travaillé à l'école et qui était resté au pays, au service de sa communauté. Un expert à sa manière dans tout ce qui touchait aux affaires locales, mais un peu dépassé par ce qui n'était pas de son domaine – cela dit, déterminé à faire pour le mieux devant ce genre d'imprévu.

— Monsieur ? le relança Peterson.

Reacher donna son nom. Peterson lui demanda s'il faisait partie du groupe. Reacher lui répondit que non. Peterson lui demanda ce qu'il faisait dans ce bus. Reacher lui répondit qu'il allait vers l'ouest, dans le Minnesota, d'où il comptait partir le plus vite possible vers le sud dans l'espoir d'y trouver un temps plus clément.

— Vous n'aimez pas notre temps ?

— Pas vraiment.

— Et vous avez fait du stop avec un car ?

— J'ai payé mon passage.

Peterson regarda Knox et Knox acquiesça.

Peterson revint sur Reacher.

— Vous êtes en vacances ?

— Non.

— Dans ce cas, quelle est exactement votre situation ?

— Ma situation n'a aucune espèce d'importance. Rien de tout ceci n'a d'importance. Aucun de nous ne s'attendait à se retrouver à l'endroit où nous sommes en ce moment. Toute cette affaire était imprévisible. Il s'agit d'un accident. Si bien qu'il n'y a aucun rapport entre nous et ce que vous pouvez avoir à l'esprit. C'est impossible.

— Qui dit que je pense à quelque chose ?

— Moi.

Peterson regarda Reacher, longtemps et fort.

— Qu'est-ce qui est arrivé au car ?

— Verglas, je crois, répondit Reacher. Je dormais quand c'est arrivé.

Peterson hocha la tête.

— Il y a un pont qui n'a pas l'air d'un pont. Mais il y a des panneaux « risque de verglas ».

Knox prit la parole :

— Une voiture arrivait dans l'autre sens et faisait de grandes embardées. J'ai tressailli.

Ton légèrement défensif. Peterson lui adressa un regard plein de sympathie et dépourvu de tout jugement, et hocha de nouveau la tête.

— Un tressaillement peut suffire, oui. C'est arrivé à des tas de gens. Moi y compris.

— Nous devons absolument faire quitter le car à ces personnes, dit Reacher. Sinon elles vont geler à mort. Et moi avec.

Peterson resta silencieux pendant une longue seconde. *Si bien qu'il n'y a aucun rapport entre nous et ce que vous pouvez avoir à l'esprit.* Puis il hocha une fois de plus la tête, définitivement, comme si sa décision était prise, et lança :

— Écoutez, tout le monde. Nous allons vous amener en ville, où on pourra s'occuper de vous comme il faut. La dame qui a la clavicule cassée et celle qui a le poignet brisé vont repartir avec moi dans la voiture et nous allons rapidement trouver un mode de transport pour les autres.

***

Descendre dans le fossé constituant trop d'efforts pour les deux blessées, Peterson en porta une et Reacher l'autre. La voiture n'était qu'à une dizaine de mètres, mais l'averse de neige était d'une telle densité qu'on la distinguait à peine. Et quand Reacher fit demi-tour une fois Peterson reparti, il ne vit plus du tout le car. Il se sentit soudain complètement seul dans ce vide blanc. Il avait de la neige sur le visage, dans les yeux, les oreilles, le cou, elle tourbillonnait autour de lui, l'aveuglait. Il avait abominablement froid. Il eut une fraction de seconde de panique. Si, pour une raison ou une autre, il partait dans la mauvaise direction, il ne s'en rendrait pas compte. Il marcherait jusqu'à ce qu'il gèle et meure.

Mais il fit un grand pas de côté et distingua les halos écarlates des feux de détresse. Ils brûlaient toujours vaillamment. Il s'en servit comme de points de repère pour retrouver le car. Il le rejoignit par le côté abrité du vent, en contourna l'avant, pataugea dans le fossé, trouva la portière. Knox lui ouvrit et tous les deux, ils s'accroupirent dans l'allée pour scruter les ténèbres et attendre de voir quel genre de transport on allait leur envoyer.

17 h 55.

Restaient cinquante-huit heures.

***

À 18 heures, la quatorzième proposition criminelle se retrouva finalement consignée sur du papier. Le type qui avait répondu au coup de fil de l'avocat était on ne peut plus intelligent – d'une intelligence de dégourdi de la rue –, mais il avait toujours pensé que le comble de l'intelligence était de connaître ses limites, et les siennes comportaient une tendance à être un peu flou sur les détails quand il était soumis à la pression. Et de la pression, il allait en avoir. C'était fichtrement garanti. Transformer ces propositions en actes allait exiger l'aval de personnes des plus prudentes. Il avait donc tout écrit, en quatorze paragraphes séparés, puis débranché du chargeur le portable prépayé, tout neuf et impossible à repérer, et commencé à composer un numéro.

***

Le mode de transport qu'on leur avait envoyé était bien un bus scolaire, mais pas tout à fait. Il en avait la taille, la forme et les proportions, mais il était gris et non jaune, avec d'épais grillages métalliques soudés aux fenêtres, et les mots *Centre de correction* écrits au pochoir sur les flancs.

Il paraissait presque neuf.

— C'est mieux que rien, fit observer Knox.

— Je prendrais même un corbillard s'il était chauffé, lui renvoya Reacher.

Le véhicule de la prison exécuta un demi-tour laborieux sur les trois voies, avançant et reculant en dents de scie jusqu'à ce qu'il soit exactement parallèle au car en panne, son entrée se retrouvant à la hauteur du milieu du car. Reacher comprit pourquoi. Le car de tourisme comportait une issue de secours, un panneau vitré prêt à sauter. Peterson avait vu le fossé, les passagers et le panneau, et avait pris une bonne décision en appelant pour prévenir. Peterson était un type raisonnablement intelligent.

En temps normal, il aurait fallu faire preuve de beaucoup de diplomatie pour convaincre vingt seniors de sortir dans le blizzard par une écoutille, et de se jeter dans les bras d'un inconnu, mais le froid mordant avait eu raison de leurs inhibitions. Knox les aidait en haut, Reacher les réceptionnait pour les poser au sol. Le boulot aurait été facile s'il n'y avait eu la neige et le froid. Le plus léger des passagers était un vieux monsieur qui ne devait pas peser plus de quarante-cinq kilos. Le plus lourd était une femme qui devait en peser pas loin de quatre-vingt-dix. Les hommes voulurent tous parcourir à pied la courte distance entre les deux véhicules. Les femmes furent ravies d'être portées.

Si le bus de la prison était presque neuf, il n'avait rien de luxueux. Une paroi métallique brillante faisant cage séparait les passagers du conducteur. Étroits et durs, les sièges étaient recouverts d'un plastique luisant. Un tapis de caoutchouc recouvrait le plancher. Le grillage qui masquait les fenêtres avait un côté menaçant. Mais il y avait le chauffage. Pas nécessairement par bonté d'âme de l'État vis-à-vis de ses prisonniers. Le constructeur l'avait prévu pour les écoliers que le bus était censé transporter. On l'avait laissé. C'est tout. Une sorte de bienveillance passive. Le chauffeur l'avait monté au maximum, de même que la ventilation. Peterson s'était montré bon en termes de prévoyance.

Reacher et Knox firent asseoir les passagers, puis retournèrent dans le froid glacial pour récupérer les bagages dans la soute de l'autocar décédé. Tous ces petits vieux allaient avoir besoin de leurs pyjamas, de leurs médicaments, de leurs trousses de toilette et de leurs vêtements de rechange. Il y avait beaucoup de valises. Elles remplirent les sièges inoccupés du bus scolaire et la plus grande partie de l'allée. Knox s'assit sur une. Reacher resta debout à côté du conducteur, aussi près que possible d'une des bouches diffusant l'air chaud.

Le vent secouait le bus, mais les pneus étant équipés de chaînes, ils progressèrent à une allure régulière. Ils quittèrent l'autoroute au bout d'une dizaine de kilomètres et passèrent en grondant devant un panneau de signalisation grêlé de trous de chevrotine. Puis ils roulèrent sur une route à deux voies, longue et toute droite. Passèrent devant un panneau sur lequel on lisait : *Centre pénitentiaire dans le secteur. Ne prenez pas d'auto-stoppeurs.* Le panneau était flambant neuf, la peinture réfléchissante le faisait briller. Le voir fut loin de réjouir Reacher. Cela signifiait qu'il allait avoir un peu plus de mal à repartir le lendemain matin.

***

La question inévitable fut posée moins d'une minute plus tard. Une femme assise à l'avant regarda à droite, puis à gauche, l'air un peu gênée. Mais parla néanmoins.

— Ça ne veut pas dire qu'on va nous mettre en prison, si ?

— Non, madame, répondit Reacher. Dans un motel, c'est probable. C'était sans doute le seul bus disponible ce soir.

— Tous les motels sont pleins, lança l'homme au volant.

Sur quoi il se tut.

18 h 55. Restaient cinquante-sept heures.

***

La route secondaire à deux voies resta rectiligne sur plus de quinze kilomètres. À aucun moment la visibilité ne dépassa dix mètres. Les flocons de neige brillaient dans les phares ; au-delà, il fallait deviner. Un territoire plat, estima Reacher, à en juger par le bruit du moteur qui ne variait jamais. Pas de collines, pas de vallons. Rien que de la prairie, rendue encore plus plate par ce qui serait sans doute une couche de trente centimètres de neige le matin venu.

Puis il y eut un nouveau panneau : *Bolton. Pop : 12 261 habitants*. Pas si petit que ça, en fin de compte. Plus qu'un simple point sur la carte. Le conducteur ne ralentit pas. Les chaînes continuèrent à ferrailler, encore un kilomètre, deux, trois. Puis il y eut la lueur diffuse d'un lampadaire. Et d'un autre. Puis une voiture de flic garée en travers de l'entrée d'une rue latérale pour la bloquer. Gyrophare rouge qui tourne paresseusement. Le véhicule n'avait pas bougé depuis un bon moment. C'était évident : ses traces de pneu étaient à moitié comblées par de la neige fraîche.

Le bus parcourut encore quatre cents mètres dans le claquement des chaînes, puis ralentit et tourna trois fois. Droite, gauche, droite. Reacher vit un mur bas surmonté d'un épais rebord de neige, un panneau illuminé annonçant sur toute sa longueur : *Bolton Police Department*. Derrière le mur, il y avait un grand parking à moitié plein de véhicules civils. Des berlines, des utilitaires, des pick-up. Tous paraissaient avoir roulé récemment et devaient être garés depuis peu. Traces de pneus encore nettes, pare-brise dégagés, neige qui fondait sur les capots. Le bus passa devant, ralentit et s'arrêta devant une entrée éclairée. Le moteur se mit à tourner au ralenti. Le chauffage continua à fonctionner. Le commissariat était long et bas. Important. Toit plat avec une forêt d'antennes qui dépassaient de la neige. L'entrée de l'accueil était flanquée de deux poubelles. Comme des sentinelles qui montent fièrement la garde.

Il paraissait faire chaud dans le hall d'accueil.

Le chauffeur de la prison manœuvra un levier et la portière s'ouvrit, tandis qu'un type en parka de la police sortait avec une pelle à neige et entreprenait de dégager l'allée entre les poubelles. Reacher et Knox se mirent à transférer les bagages du bus au commissariat. Il neigeait un peu moins, mais l'air était plus froid que jamais.

Puis ce fut au tour des passagers d'être transférés. Knox les aida à descendre les marches, Reacher à marcher le long de l'allée et le type en parka à les faire entrer. Certains s'assirent sur des bancs, d'autres restèrent debout ou firent les cent pas. Le hall d'accueil était un simple espace carré avec sol en lino et murs recouverts d'une peinture brillante. La paroi, derrière le comptoir de la réception, au fond, comprenait de grands panneaux de liège, sur lesquels étaient punaisées des notices de toutes les tailles et de tous les genres. Un homme âgé habillé en civil était assis devant, sur un tabouret. Ce n'était pas un flic. Mais un aide, d'un genre ou d'un autre.

Le type en parka disparut un moment pour revenir accompagné d'un homme qui – Reacher le pensa –

devait être le chef de police de Bolton. Il portait un ceinturon et un uniforme avec deux barrettes métalliques fixées aux pointes de son col de chemise. Comme les insignes d'un capitaine de l'armée. Le type lui-même était ce que serait Peterson dans une quinzaine d'années : un grand gaillard noueux des plaines commençant à être légèrement voûté par l'âge et moins coriace. Il paraissait fatigué, préoccupé, assailli de problèmes ; un peu nostalgique aussi, comme s'il préférait le passé au présent, mais en même temps temporairement heureux qu'on lui ait donné un problème facile à résoudre. Il prit position, dos au comptoir, et leva les mains pour réclamer le silence, même si personne ne parlait.

— Bienvenue à Bolton, messieurs dames, dit-il. Je suis le chef Tom Holland et je suis là pour veiller à ce qu'on s'occupe correctement de vous et qu'on vous trouve un hébergement pour la nuit. La mauvaise nouvelle est que tous nos motels affichent complet ; la bonne est que les habitants de Bolton ne sont pas du genre à laisser des voyageurs échoués comme vous passer la nuit sur des lits pliants dans le gymnase du lycée. Nous avons donc passé le mot pour avoir des chambres d'ami et j'ai le plaisir de vous annoncer que la réaction a été bonne : nous avons déjà plus d'une douzaine de personnes, ici même, prêtes à vous accueillir chez elles exactement comme des visiteurs qu'on honore ou des amis perdus de vue depuis longtemps.

Il y eut quelques échanges à voix basse après ce discours. Un peu de surprise, un peu d'incertitude et beaucoup de soulagement. Les vieux visages s'éclairèrent, sourirent, les vieux corps se redressèrent. Le chef

Holland fit alors entrer leurs futurs hôtes, qui avaient attendu dans une pièce voisine : cinq couples et quatre hommes et quatre femmes venus seuls. Il y eut soudain foule dans le hall. Les gens allaient et venaient, se serraient la main, se présentaient, se regroupaient et se mettaient à la recherche de leurs valises.

Reacher tint le compte dans sa tête. Treize regroupements, ce qui impliquait treize chambres d'ami vides, soit le chiffre exact de chambres réservées au mont Rushmore sur les documents de Knox. Décidément, Peterson était un excellent prévisionniste.

Mais Reacher ne figurait pas sur ces documents officiels.

Il regarda le hall se vider. Des valises furent soulevées, des coups de main offerts, des portes s'ouvrirent, des groupes de trois et de quatre sortirent et se dirigèrent vers les véhicules qui attendaient. Tout fut terminé en cinq minutes. Reacher se retrouva seul. Puis le type en parka revint de dehors et ferma la porte. Et disparut dans un couloir en coude. Le chef Holland revint. Regarda Reacher et dit :

— Allons attendre dans mon bureau.

19 h 55. Restaient cinquante-six heures.

CHAPITRE 4

Reacher avait déjà vu des centaines de bureaux comme celui de Holland. Décor municipal bas de gamme, boulot remporté par le soumissionnaire le moins-disant. Laque passée partout à la va-vite, avec des épaisseurs, des boursouflures et des plis, vinyle sur le sol, bureau en bois de placage, classeurs là depuis six générations et mal alignés le long du mur sous l'horloge réglementaire. Une photographie encadrée était posée sur le classeur situé sous l'horloge. On y voyait un Holland plus droit, plus fort, plus jeune, debout et souriant à une femme et une enfant. Portrait de famille, vieux d'une dizaine d'années, sinon plus. La femme était séduisante, dans un style blonde naturelle au teint clair et aux traits accentués. L'épouse de Holland, très certainement. La fillette, âgée de huit ou neuf ans, avait un visage très pâle et aux formes encore imprécises. Leur fille, sans doute. Deux dés étaient posés sur le bureau. Deux gros dés anciens en os, érodés par l'usage et le temps, les points devenus presque invisibles par le frottement, les cubes striés de veines en relief là où des minéraux plus durs avaient résisté à l'usure. En dehors de la photo et des dés, il n'y avait rien de personnel dans la pièce. Tout le reste était travail-travail.

Holland s'installa dans le fauteuil de cuir usé, derrière son bureau. Il y avait, dans son dos, une baie vitrée à triple vitrage. Propre. Dehors, la nuit. De la neige sur le rebord extérieur, un radiateur sous le rebord intérieur.

Reacher s'assit dans le fauteuil réservé aux visiteurs, devant le bureau. Holland garda le silence.

— Qu'est-ce que je suis censé attendre ? demanda Reacher.

— Nous voulions vous offrir la même hospitalité qu'aux autres.

— Mais je suis moins facile à vendre ?

Holland eut un sourire fatigué.

— Pas vraiment. Andrew Peterson s'est porté volontaire pour vous accueillir. Mais pour l'instant, il est occupé. Vous allez devoir attendre un peu.

— Occupé à quoi ?

— À faire ce que font les flics.

— Cet endroit est plus important que ce que je pensais, fit observer Reacher. D'après le GPS du car, ce n'était qu'un point sur la carte.

— Nous nous sommes développés. Les données du GPS doivent dater un peu.

Il faisait trop chaud dans le bureau. Reacher avait arrêté de frissonner et commençait à transpirer. Ses vêtements séchaient, raides et sales.

— Vous vous êtes développés grâce à la prison qu'on a construite ici.

— Comment avez-vous découvert ça ?

— Le bus neuf pour le transport des détenus. Le panneau au bord de la route.

Holland hocha la tête.

— Nous avons en effet un pénitencier fédéral flambant neuf. Nous nous sommes battus pour l'avoir. Tout le monde le voulait. C'est comme si Toyota avait ouvert une chaîne de montage. Ou Honda. Beaucoup d'emplois, beaucoup de dollars. Alors l'État a installé son pénitencier ici, dans le même périmètre… ce qui faisait encore plus d'emplois, encore plus de dollars. La prison du comté est là, elle aussi.

— Raison pour laquelle les motels affichent complet ce soir ? Demain est jour de visite ?

— Il y a en tout trois jours de visite par semaine. Et vu le service de car que nous avons, la plupart des gens doivent passer deux nuits en ville. Autrement dit, un taux d'occupation de six jours sur sept. Les propriétaires des motels s'en mettent plein les poches. Sans parler des restaurants, des fast-foods, des pizzerias et des navettes de bus. Comme je vous l'ai dit, plein d'emplois et de dollars.

— Où est le complexe ?

— À environ huit kilomètres au nord d'ici. Notre vache à lait… un cadeau du ciel.

— Veinard, dit Reacher.

Holland ne répondit pas tout de suite.

— Il y a longtemps, j'ai appris qu'à cheval donné, on ne regarde pas les dents.

Le type en parka frappa, entra aussitôt et tendit un dossier fermé à Holland. L'horloge murale indiquait 20 heures, ce qui correspondait à peu près à l'heure que Reacher avait dans la tête. Holland fit pivoter son fauteuil, ouvrit le dossier en le tenant à quatre-vingt-dix degrés et le maintint à cet angle inconfortable pour que Reacher ne puisse pas en voir le contenu. Mais le reflet, derrière la tête de Holland, était limpide. Il y avait des photos de scènes de crime en couleurs brillantes, format 20 × 25, une étiquette imprimée dans le coin en bas. Holland feuilleta le dossier. Un plan général, puis une séquence de plans de plus en plus rapprochés. Un corps habillé de noir, probablement un homme, probablement mort, étendu sur la neige, important traumatisme crânien à la tempe droite. Pas de sang.

Dans l'autocar de tourisme, Knox avait refermé son portable et dit : « Il semble que Bolton ait bien un commissariat. On nous envoie un type. Mais ils ont leurs propres problèmes et ça va prendre un certain temps. »

Holland referma le dossier. Ne dit rien. Réservé, taciturne, le bonhomme. Comme Reacher lui-même. Ils finirent par rester en face-à-face sans rien dire. Pas hostile, ce silence, mais avec quelque chose de sous-jacent tout de même. Holland avait la main posée sur le dossier et levait de temps en temps les yeux sur son visiteur, l'air de se demander lequel des deux était son plus gros problème.

***

20 heures à Bolton, Dakota du Sud, soit 21 heures à Mexico. Près de deux mille sept cents kilomètres au sud, plus chaud de trente ou quarante degrés. L'homme qui avait reçu l'appel du portable payé d'avance impossible à repérer était sur le point de téléphoner lui-même – de sa villa fortifiée à une ferme fortifiée, à cent cinquante kilomètres de là. Là, un autre homme écouterait, ne ferait aucun commentaire et promettrait de prendre une décision d'ici à douze heures. Ainsi en allait-il la plupart du temps. On ne faisait rien de bien sans avoir

réfléchi et calculé. Par la réflexion et le calcul, on pouvait éviter les erreurs dues à l'impulsivité, on pouvait prendre des initiatives audacieuses.

***

Le bureau de Holland était calme et silencieux et la porte fermée, mais Reacher entendait des bruits dans le reste du commissariat. Des allées et venues, pendant près d'une demi-heure. Puis de nouveau le silence. Changement d'équipe, se dit-il. Curieux horaire pour les trois-huit. Plutôt un service de douze heures. Les gars de jour qui partent, les nuiteux qui pointent, douze heures et douze heures, disons de 8 h 30 à 20 h 30. Inhabituel et probablement pas permanent. Indiquant sans doute une courte période de tension. *Mais ils ont leurs propres problèmes.*

***

Andrew Peterson revint au commissariat un peu avant 21 h 20. Il passa la tête à la porte de Holland et le chef alla le rejoindre dans le couloir avec le dossier des photos de scène de crime. La conférence impromptue ne dura pas longtemps. Moins de cinq minutes. Reacher se dit que Peterson avait dû voir le cadavre sur place et n'avait donc pas eu besoin d'étudier les photos. Les deux flics revinrent dans le bureau et restèrent debout au milieu de la pièce, leur langage corporel proclamant « C'est l'heure de partir ». Fin d'une longue journée, longue journée demain, mais jusque-là, rien. C'était une impression que Reacher avait bien connue à l'époque où il travaillait. Une impression qu'il avait partagée à la fin de certaines journées. Mais pas quand des cadavres apparaissaient dans sa juridiction.

— Allons-y, dit Peterson.

21 h 25. Restaient cinquante-quatre heures trente.

***

21 h 25 dans le Dakota du Sud, soit 22 h 25 dans la ferme entourée de murs à cent cinquante kilomètres de Mexico. Le propriétaire des lieux était un homme de très petite taille du nom de Plato. Certains pensaient qu'il était brésilien, et avait donc suivi la coutume brésilienne qui veut qu'on adopte un nom court et facile à retenir à la place de la kyrielle de prénoms et de noms composés qui jonchent les certificats de naissance. Comme le footballeur Edson Arantes do Nascimento se donnant du Pelé. Ou bien Ricardo Izecson dos Santos Leite se faisant appeler Kakà. D'autres prétendaient que Plato était colombien, ce qui était à bien des titres plus logique, vu le genre d'activité qu'il avait choisi. Pour certains, enfin, il était bel et bien mexicain. Tous s'accordaient cependant à reconnaître que Plato était petit, même si personne n'aurait osé le lui dire en face. Son permis de conduire mexicain indiquait qu'il mesurait un mètre cinquante-sept et demi. En réalité il mesurait un mètre cinquante-deux et demi avec des talonnettes, et un mètre quarante-sept et demi sans.

La raison pour laquelle personne ne faisait la moindre allusion à sa stature devant lui était un de ses anciens associés du nom de Martinez. Martinez s'était disputé avec Plato, avait perdu son sang-froid et l'avait traité d'avorton. Martinez s'était retrouvé dans le meilleur hôpital de Mexico, inconscient. On l'avait fait passer dans une salle d'opération et anesthésié. Mesuré, et là où le mètre indiquait un mètre quarante-cinq, on lui avait tracé deux traits sur les tibias, un peu plus près des genoux que des chevilles. Ensuite, toute une équipe de chirurgiens et d'infirmières avait procédé, avec le plus grand soin, à une double amputation. Martinez était resté deux jours à l'hôpital, puis avait été ramené chez lui en ambulance. Plato avait fait envoyer un cadeau de bonne guérison, accompagné d'une carte exprimant le vœu que le cadeau soit apprécié à sa juste valeur et conservé en permanence à une place d'honneur. Vu les circonstances, le vœu avait, et à juste titre, été interprété comme un ordre. Les Martinez avaient cru que le cadeau était un aquarium de poissons tropicaux, à cause de son poids, de sa taille apparente et parce que l'objet était manifestement rempli d'eau qui clapotait. En le déballant, ils avaient constaté que c'était effectivement un aquarium. Mais sans poisson. Il était rempli de formol et contenait les pieds, les chevilles et une partie des tibias de Martinez, soit vingt-cinq centimètres au total.

Plus personne n'avait jamais mentionné la petite taille de Plato.

Il avait reçu l'appel de la maison fortifiée de la ville et promis de prendre sa décision d'ici à douze heures, mais il ne valait pas la peine d'investir tant de temps dans un problème relativement mineur et concernant un avant-poste mineur dans ce qui était une grande et complexe organisation internationale. Si bien qu'au bout d'une heure et demie, sa décision avait été prise : il allait autoriser qu'on fasse définitivement taire le témoin. Il enverrait son spécialiste dès que ce serait praticable.

Et il prendrait une précaution supplémentaire. Il ajouterait un quinzième point à la liste. Il était un peu contrarié que personne ne l'ait proposé avant. Mais voilà, lui, c'était Plato, et eux non. Il romprait la chaîne, pour des motifs de sécurité.

Il ferait aussi taire l'avocat.

CHAPITRE 5

Peterson précéda Reacher dans la nuit glaciale et lui demanda s'il avait faim. Reacher répondit que oui, il était affamé. Le policier le conduisit donc dans un restaurant franchisé, à côté de la station-service, sur la route par laquelle ils étaient arrivés. Sa voiture était une Crown Victoria, le modèle standard de la police, équipée de pneus d'hiver à l'avant et de chaînes à l'arrière. L'intérieur dégageait une odeur tiède chargée de relents de caoutchouc, de graisse de hamburger et de circuits surchauffés. Il avait presque arrêté de neiger.

— Il commence à faire trop froid pour qu'il neige, dit Peterson.

Ce qui paraissait exact. Le ciel nocturne s'étant en partie dégagé, un immense couvercle d'air arctique glacial s'était refermé sur le paysage. Le froid transperçant la tenue insuffisante de Reacher, il se remit à grelotter pendant le court trajet à travers le parking du restaurant.

— Je croyais qu'il devait y avoir une grande tempête, dit-il.

— On va en avoir deux, répondit Peterson. C'est comme ça que ça se passe : elles poussent l'air froid devant elles.

— Dans combien de temps arriveront-elles ?

— Ça ne devrait pas traîner.

— Il fera moins froid ?

— Juste un peu. Assez pour qu'il neige.

— Bien. Je préfère encore la neige au froid.

— Parce que vous trouvez qu'il fait froid ? lui demanda Peterson.

— On peut pas dire qu'il fasse chaud.

— Vous n'avez rien vu.

— Je sais. J'ai passé un hiver en Corée. Il faisait encore plus froid qu'ici.

— Mais... ?

— L'armée m'avait offert un bon manteau.

— Et... ?

— Au moins, la Corée, c'était intéressant.

Histoire d'asticoter un peu Peterson. Le restaurant était vide et paraissait sur le point de fermer. Ils y entrèrent néanmoins. Ils s'assirent à une table de deux, et le plateau en laminé de soixante-quinze centimètres semblait soudain bien petit entre eux.

— La ville de Bolton est tout à fait intéressante, protesta Peterson.

— Le mort ?

— Oui. (Il marqua un temps.) Quel mort ?

Reacher sourit.

— Trop tard.

— Ne me dites pas que le chef Holland vous en a parlé !

— Non. Mais je suis resté longtemps dans son bureau.

— Seul ?

— Pas un instant.

— Il vous a laissé voir les photos ?

— Tout au contraire. Mais ceux qui sont chargés du nettoyage font très bien les vitres, chez vous.

— Vous les avez toutes vues ?

— Je n'aurais pas pu dire si le type que je voyais était mort ou inconscient.

— C'est pour ça que vous m'avez fait le coup de la Corée, hein ?

— J'aime bien savoir. Je suis affamé de connaissances.

Une serveuse arriva, une quadragénaire fatiguée en chaussures de sport et dont la tenue comprenait une cravate nouée et une chemise. Peterson commanda du bœuf en cocotte et Reacher l'imita, et demanda du café comme boisson.

— Combien de temps êtes-vous resté dans l'armée ? demanda Peterson.

— Treize ans.

— Dans la police militaire ?

Reacher acquiesça.

— Avec une formation médicale ?

— Vous avez parlé avec les passagers.

— Et avec le chauffeur.

— Vous avez fait des recherches sur moi.

— Et comment ! Que croyez-vous que je fabriquais pendant tout ce temps ?

— Et vous tenez à m'accueillir chez vous ?

— Vous avez un meilleur point de chute ?

— Où vous pourrez me surveiller.

— Si vous le dites.

— Pourquoi ?

— Il y a des raisons.

— Vous ne voulez pas me dire lesquelles ?

— Parce que vous êtes affamé de connaissances ?

— Par exemple.

— Tout ce que j'ai à vous dire, pour le moment, c'est que nous aimons bien savoir qui vient et qui s'en va.

Peterson n'ajouta rien et, une minute plus tard, leurs assiettes arrivèrent. Les portions, énormes, étaient accompagnées de purée et noyées dans la sauce. Le café datait d'une heure et ce qu'il avait gagné en force, il l'avait perdu en goût.

— Que faisiez-vous exactement, en tant que policier militaire ? reprit Peterson.

— Tout ce qu'on nous demandait de faire.

— Des crimes graves ?

— Parfois.

— Des homicides ?

— Toute la gamme, de la tentative aux meurtres multiples.

— Quelle formation médicale avez-vous eue ?

— Vous n'avez pas confiance dans la cuisine, ici ?

— Moi aussi, j'aime bien savoir les choses.

— En réalité, cette formation n'allait pas très loin. Je tentais juste de rassurer toutes ces personnes âgées, c'est tout.

— Ils m'ont dit beaucoup de bien de vous.

— Ne leur faites pas confiance. Ils ne me connaissent pas.

Peterson ne répliqua rien.

— Où a-t-on retrouvé le mort ? demanda Reacher. Là où la voiture de police bloquait l'entrée de la petite rue ?

— Non, ça n'a rien à voir. Le mort, c'est ailleurs.

— Ce n'est pas là qu'il a été tué.

— Comment vous le savez ?

— Pas de sang sur la neige. Quand on frappe si violemment quelqu'un à la tête qu'il en meurt, le crâne est fracturé. C'est inévitable. Et ça pisse sacrément le sang. Il y aurait eu une flaque rouge de un mètre de large.

Peterson mangea une minute sans rien dire.

— Où habitez-vous ? demanda-t-il enfin.

La question était difficile. Pas pour Reacher. Pour lui, la réponse était simple. Il n'habitait nulle part. Depuis toujours. Fils d'un officier de l'armée, il était né dans une maternité de Berlin ; depuis le jour où il en était sorti dans ses langes, il avait été ballotté sur toute la planète, son enfance se réduisant à un brouillard de bases militaires se succédant sans fin, d'installations sommaires dans des postes avancés ; après quoi il s'était lui-même engagé et avait vécu de la même manière. Les quatre années qu'il avait passées à West Point étaient son temps de résidence le plus long en un même endroit, et il n'avait aimé ni West Point, ni cette stabilité. Et à présent qu'il avait quitté l'armée, il continuait sa vie d'errance. C'était tout ce qu'il aurait pu répondre – et une habitude avec laquelle il était incapable de rompre.

Pas qu'il ait jamais vraiment essayé.

— Je suis nomade, répondit-il.

— Les nomades possèdent des animaux, fit observer Peterson. Ils se déplacent pour trouver de nouveaux pâturages. C'est la définition du nomade.

— D'accord. Je suis un nomade sans animaux.

— Donc un clodo.

— Possible.

— Vous n'avez pas de bagages.

— Ça vous pose un problème ?

— C'est un comportement bizarre. Les flics n'aiment pas les comportements bizarres.

— Qu'est-ce qu'il y a de bizarre à se déplacer plutôt qu'à rester toujours au même endroit ?

Peterson ne répondit pas tout de suite.

— Tout le monde a au moins quelques affaires.

— Je n'ai pas besoin d'affaires. Qui voyage léger voyage loin.

Peterson ne répondit pas.

— Je ne suis en rien un problème pour vous, reprit Reacher. C'est la première fois de ma vie que j'entends parler de Bolton. Si le chauffeur n'avait pas donné ce brusque coup de volant, je serais au mont Rushmore.

Peterson acquiesça à contrecœur.

— L'argument est imparable, admit-il.

21 h 55. Restaient cinquante-quatre heures.

***

À quelque deux mille sept cents kilomètres au sud, dans la vaste ferme enclose de murs à cent cinquante kilomètres de Mexico, Plato mangeait lui aussi – une entrecôte venue par avion d'Argentine. Près de 23 heures, heure locale. Dîner tardif. Plato était en pantalon de toile, chemise blanche, mocassins en cuir noirs, le tout provenant de la collection « Garçons » de Brooks Brothers. Chaussures et habits, tout lui allait très bien, mais sur lui, les vêtements avaient quelque chose de bizarre. Ils étaient conçus pour des petits Américains obèses de la classe moyenne et Plato, vieux, sombre de peau et trapu, avait le crâne comme une boule de billard. Mais il était important pour lui de s'habiller en prêt-à-porter. Le sur-mesure était de toute évidence hors de question. Un tailleur aurait déroulé son centimètre à ruban, gardé le silence, puis inscrit des chiffres ridicules en s'efforçant de donner l'impression de les trouver normaux.

Modifier des vêtements de confection, c'était pareil. La visite d'une couturière locale nerveuse, ses gestes furtifs pour faire disparaître le morceau de tissu de trop, tout cela le mettait dans tous ses états.

Il reposa son couteau et sa fourchette et s'essuya délicatement la bouche avec une grande serviette blanche. Puis il prit son portable et appuya deux fois sur le bouton vert pour rappeler son dernier correspondant. Dès qu'il l'eut en ligne, il lança :

— Nous n'avons pas besoin d'attendre. Envoyez le type et descendez le témoin.

L'homme de la maison fortifiée en ville demanda :

— Quand ?

— Dès que ce sera prudent de le faire.

— OK.

— Et descendez l'avocat aussi. Pour rompre la chaîne.

— OK.

— Et arrangez-vous pour que ces idiots sachent bien qu'ils me doivent beaucoup.

— OK.

— Et dites-leur qu'ils ont intérêt à ne plus jamais me casser les couilles avec ce genre de conneries.

***

À la moitié de son assiette, Reacher demanda :

— Mais alors, pourquoi la rue était-elle bloquée ?

— Un câble électrique était peut-être tombé, répondit Peterson.

— J'espère que non. Parce que ce serait le signe d'un sens un peu curieux des priorités. Vous laissez se geler vingt personnes âgées sur l'autoroute pour monter la garde auprès d'une ligne électrique tombée dans une ruelle ?

— Il y avait peut-être eu un accrochage.

— Même réponse.

— C'est important ? Vous étiez déjà en route pour la ville à ce moment-là.

— Cette voiture était là depuis au moins deux heures. Ses traces étaient presque effacées par la neige. Et vous nous avez répondu que vous n'aviez personne.

— Ce qui était vrai. Ce policier n'était pas disponible. Il faisait un boulot.

— Quel boulot ?

— Ça ne vous regarde pas.

— Combien vous êtes, dans votre commissariat ?

— En nombre suffisant.

— Et tout le monde était occupé ?

— Exact.

— Et combien étaient assis à ne rien foutre dans leur bagnole ?

— Si ça vous intéresse, je vous suggère de venir habiter ici, de commencer à payer vos impôts et d'en parler au maire ou au chef Holland.

— J'aurais pu attraper froid.

— Mais vous allez très bien.

— C'est trop tôt pour le dire.

Ils se remirent à manger. Jusqu'à ce que le téléphone de Peterson sonne. Il le porta à son oreille, écouta, coupa la communication et repoussa son assiette de côté.

— Faut que j'y aille, dit-il. Attendez-moi ici.

— Pas possible. Ils ferment. Il est 22 heures. La serveuse n'attend plus que notre départ. Elle a envie de rentrer chez elle.

Peterson ne dit rien.

— Et je ne peux pas partir à pied. Non seulement je ne sais pas où je dois aller, et il fait trop froid pour marcher de toute façon.

Peterson garda le silence.

— Je resterai dans la voiture. Ne vous occupez pas de moi.

— D'accord, dit finalement Peterson, pas franchement content.

Reacher laissa un billet de vingt sur la table. La serveuse lui sourit. Il n'aurait plus manqué que ça, songea Reacher. Deux plats du jour et un café, vu les prix au Dakota du Sud, il lui laissait un pourboire de soixante pour cent. Peut-être de cent pour cent, si Bolton était un de ces bourgs où les flics mangent gratis.

La Crown Victoria avait conservé encore un peu de chaleur. Peterson écrasa le champignon, les chaînes mordirent dans la neige et la voiture avança. Il n'y avait aucune circulation en dehors des chasse-neige qui profitaient du calme du soir. Littéralement des « charrues à neige » en anglais. Ce mot composé laissait Reacher perplexe. Une charrue est destinée à retourner la terre et à la laisser sur place. Ce n'était pas ce que faisaient les charrues à neige. Il s'agissait plutôt de bulldozers. Toujours est-il que Peterson les dépassa tous, ne s'arrêta pas aux carrefours, ne leur laissa jamais la priorité et ne tint aucun compte des feux rouges.

— Où allons-nous ? lui demanda Reacher.

— Banlieue ouest.

— Pourquoi ?

— Des intrus.

— Dans une maison ?

— Dans la rue. C'est dans le cadre d'une surveillance de quartier.

Pas d'autre explication. Peterson se contentait de rouler penché sur son volant, tendu, inquiet. Reacher s'enfonça confortablement dans le siège à côté de lui en se demandant quel genre d'intrus forçaient l'adjoint du chef de police à réagir de manière aussi urgente à l'appel d'une mouche du coche.

***

À quelque deux mille sept cents kilomètres au sud, l'homme de la villa fortifiée de Mexico composa un numéro aux États-Unis. Sa dernière tâche de la journée. 23 heures, heure locale, 22 heures, heure du centre dans le grand pays au nord de la frontière. Quelqu'un répondit, et l'homme de la villa relaya les instructions de Plato, lentement, scrupuleusement. Pas question qu'il y ait méprise. Pas question qu'il y ait une erreur. Il attendit la confirmation et raccrocha. Et ne rappela pas Plato. Inutile. Plato ne comprenait pas le concept de confirmation. Pour lui, obéir suivait l'ordre comme la nuit suit le jour. C'était inévitable. Pour que cela n'arrive pas, il aurait fallu que la Terre arrête de tourner sur son axe.

CHAPITRE 6

Peterson avait monté le son de sa radio de bord et Reacher distingua quatre voix différentes venant de quatre véhicules différents. Tous sillonnaient les quartiers ouest, mais aucun n'avait aperçu le moindre intrus. Peterson se dirigea vers les rues qui n'avaient pas encore été patrouillées. Il tournait à droite, tournait à gauche, s'avançait dans des impasses, en repartait en marche arrière et allait voir plus loin. La lune voguant bas dans le ciel, Reacher vit qu'ils circulaient dans une banlieue proprette, au milieu de petites maisons bien alignées et dont les fenêtres diffusaient une lumière chaude, tous les trottoirs, toutes les allées et toutes les pelouses ayant le même aspect plat et uniforme et la même couleur bleuâtre à cause de l'épaisse couche de neige. Celle-ci s'accumulait haut sur les toits. Certaines rues avaient reçu la visite des chasse-neige et les caniveaux disparaissaient sous de hauts murs de neige. D'autres voies étaient encore recouvertes d'une couche récente, profonde, mais pas autant que dans les allées et les jardins. Manifestement, la présente chute de neige n'était que la deuxième ou la troisième de la semaine. Les routes et les rues étaient recouvertes et dégagées, recouvertes et dégagées, dans une alternance hivernale sans fin.

— Combien d'intrus ? demanda Reacher.

— Deux signalés, répondit Peterson.

— Dans un véhicule ?

— À pied.

— Et faisant quoi ?

— En train de marcher, juste ça.

— Dans ce cas, passez plutôt par les rues qui ont été dégagées. Personne n'irait patauger dans quinze centimètres de neige juste pour le plaisir.

Peterson ralentit et réfléchit une minute. Puis, sans un mot, il tourna et s'engagea dans une rue qui avait été dégagée. Le chasse-neige avait zigzagué dans les artères principales comme dans les rues secondaires. Il n'y restait plus qu'une couche fine toute blanche. La neige en excès était empilée sur les côtés, encore molle et propre.

Ils trouvèrent les intrus quatre minutes plus tard. Il y en avait deux – épaule contre épaule, face à une troisième personne. Cette troisième personne était le chef Holland. Son véhicule était garé à quelques mètres. Une Crown Victoria banalisée. Bleu marine ou noire. Impossible à dire dans ce clair de lune. Équipée police, avec antenne sur le capot du coffre et des gyrophares d'urgence sur la plage arrière. La portière du conducteur était ouverte et le moteur tournait au ralenti. Deux flaques jumelles, noirâtres, dues à la condensation de la vapeur d'eau, s'étalaient sous la sortie du double pot d'échappement. Holland était descendu et avait affronté seul les deux hommes, bille en tête. C'était clair.

Les deux types étaient grands, lourdement charpentés, dépenaillés. Des Blancs en bottes Fry noires, jeans noirs, chemise en toile, blousons en cuir noir, moufles noires et bandana noir. Le tout sous une parka noire à la fermeture Éclair ouverte. Ils avaient exactement le même aspect que le mort des photos de scène du crime.

Peterson freina et s'arrêta à une dizaine de mètres, laissant le moteur tourner au ralenti. Ses phares éclairaient la scène. Dans cette situation bloquée, Holland ne semblait pas avoir l'avantage. Il paraissait nerveux. Pas les deux types. Ils avaient acculé le chef contre un remblai de neige. Ils s'étaient avancés dans son espace privé et se tenaient penchés en avant. Holland paraissait coincé. Impuissant.

Reacher comprit pourquoi.

À la ceinture de Holland, le holster était débouclé et vide, mais il ne tenait aucun pistolet à la main. Il regardait vers sa gauche.

Il avait laissé tomber son arme sur le remblai de neige. Ou se l'était fait tomber de la main.

Mauvais, dans un cas comme dans l'autre.

— C'est qui, ces types ? demanda Reacher.

— Des indésirables.

— Indésirables au point que le chef de police lui-même s'est joint à la chasse ?

— Vous voyez la même chose que moi.

— Qu'est-ce que vous comptez faire ?

— C'est délicat. Ils sont probablement armés.

— Vous aussi.

— Je n'ai pas envie de faire passer le chef Holland pour un idiot.

— C'est pas sa faute. Froid aux mains, lui fit remarquer Reacher.

— Il vient juste de sortir de voiture.

— Non, ça fait un moment. La voiture tourne au ralenti sur place depuis dix minutes. Regardez les flaques sous le pot d'échappement.

Peterson ne répondit pas. Et ne bougea pas.

— C'est qui, ces types ? répéta Reacher.

— Qu'est-ce que ça peut vous faire ?

— Simple curiosité. Ils vous font peur.

— Vous croyez ?

— S'ils ne vous faisaient pas peur, ils seraient déjà menottés et assis à l'arrière de la voiture.

— Ce sont des bikers.

— Je vois pas de motos.

— C'est l'hiver, lui expliqua Peterson. L'hiver, ils roulent en pick-up.

— Et c'est illégal ?

— C'est des tweakers.

— Des tweakers ? C'est quoi ?

— Ils se shootent au cristal.

— Amphétamines ?

— Méthylées. Ils la fument. Ou pour être techniquement plus précis, ils la vaporisent et l'inhalent. Dans des pipes en verre, des ampoules cassées ou des cuillères en papier d'alu. Vous chauffez et vous reniflez. Ça rend incohérent et imprévisible.

— Tout le monde l'est.

— Pas comme ces types.

— Vous les connaissez ?

— Pas individuellement. Mais comme groupe, oui.

— Ils habitent ici ?

— À huit kilomètres à l'ouest. Ils sont nombreux. C'est un vrai campement. En général ils restent entre eux, mais les gens ne les aiment pas.

— Le mort était l'un d'entre eux, dit Reacher.

— Apparemment, répondit Peterson.
— Alors ils cherchent peut-être leur pote.
— Ou à se venger.
Peterson regardait toujours la scène sans bouger. À dix mètres devant eux, le ballet de langage corporel se poursuivait, répétitif. Le chef Holland frissonnait. De froid, ou de peur.

Ou des deux.

— Vous feriez bien de faire quelque chose, dit Reacher.

Peterson ne fit rien.

— Intéressante, votre stratégie. Si je comprends bien, vous attendez juste qu'ils gèlent à mort.

Peterson ne répondit pas.

— Le seul problème, c'est que c'est Holland qui va geler le premier.

Peterson restait silencieux.

— Je vais venir avec vous, si vous voulez.
— Vous êtes un civil.
— Seulement d'un point de vue technique.
— Vous n'êtes pas convenablement habillé. Il fait froid dehors.
— Ça peut prendre combien de temps ?
— Vous n'êtes pas armé.
— Contre des types comme ça, je n'ai pas besoin de l'être.
— Le cristal, c'est pas une plaisanterie. Zéro inhibition.
— Ça les met juste à égalité avec moi.
— Avec cette saloperie-là, ils ne sentent même pas la douleur.
— Ils n'ont pas besoin de la sentir. Tout ce dont ils ont besoin, c'est d'être conscients ou inconscients.

Peterson garda le silence.

— Prenez par la gauche, je prendrai par la droite. Je les contourne et vous vous placez derrière eux.

Dix mètres devant, Holland dit quelque chose, les deux types firent un pas en avant, Holland eut un mouvement de recul, trébucha et tomba lourdement assis sur le remblai de neige. Il n'était plus à portée de main de l'endroit où son arme avait dû tomber.

22 h 30.

— Ça ne peut pas attendre, dit Reacher.

Peterson acquiesça d'un hochement de tête. Ouvrit sa portière.

— Ne les touchez pas, dit-il. Ne déclenchez rien. Pour le moment, ils ne sont coupables de rien.

— Avec Holland sur le cul ?

— Ils sont innocents jusqu'à preuve du contraire. C'est la loi. Je suis sérieux. Ne les touchez pas.

Peterson descendit de voiture. Resta une seconde derrière sa portière ouverte, puis la contourna et s'avança. Reacher calqua son comportement sur le sien, au pas près.

Les deux types les virent arriver.

Reacher obliqua à droite et Peterson à gauche. Il avait régné un agréable vingt-deux degrés dans la voiture. L'air de la nuit était une quarantaine de degrés plus froid. Sinon plus. Reacher remonta la fermeture Éclair de son blouson jusqu'en haut, enfonça les mains dans ses poches et rentra la tête dans les épaules pour que le col remonte le long de son cou. Même ainsi, il frissonna au bout de cinq pas. Il faisait plus que froid. À croire que l'air était sur le point de se liquéfier. Les deux bikers s'éloignèrent un peu de Holland. Lui laissèrent de la place. Holland se remit sur ses pieds. Peterson alla se placer près de lui. Il n'avait pas dégainé. Reacher s'engagea sur la fine couche blanche gelée et s'arrêta deux mètres derrière les deux bikers. Holland avança d'un pas, fouilla dans la neige et récupéra son arme. Il l'épousseta et examina le canon pour vérifier qu'il était dégagé avant de le remettre dans son holster.

Immobilité générale.

La neige qui restait dans la rue était en partie de la poudreuse blanche qui brillait, en partie cristaux de glace. Qui étincelaient et scintillaient au clair de lune. Peterson et Holland regardaient les deux types droit dans les yeux, et bien que se trouvant derrière eux, Reacher fut sûr que les deux types les regardaient eux aussi droit dans les yeux. Il tremblait de tout son corps, ses dents commençaient à claquer, son haleine se condensait dès qu'elle lui sortait de la bouche.

Personne ne parlait.

Le type à la droite de Reacher mesurait dans les un mètre quatre-vingt-cinq et dépassait les un mètre de large. Une partie de sa masse était due à l'isolation en duvet de sa parka noire, mais surtout à une ossature et à une musculature puissantes. Le type de gauche était un peu plus petit et un peu moins large, mais plus actif. Nerveux, il dansait d'un pied sur l'autre, se déhanchait, roulait les épaules. Il avait froid, pas de doute, mais il ne frissonnait pas vraiment. Reacher se dit que tous ces tremblements étaient dus à la chimie, pas à la température.

Personne ne parlait.

Reacher rompit le silence.

— Les gars, dit-il, ou bien vous vous bougez les fesses, ou bien l'un de vous va me prêter un manteau.

Les deux hommes se tournèrent, lentement. Le grand balèze de droite avait un mufle blanc profondément enfoui dans une barbe noire. Bordée de gel, la barbe. On aurait dit un explorateur des pôles, ou un montagnard. Le plus petit avait une barbe de deux jours et donnait des coups d'œil nerveux partout. Sa bouche s'ouvrait et se fermait comme celle d'un poisson rouge qui vient à la surface de l'eau. Lèvres fines mobiles, dents gâtées.

— T'es qui, toi ? demanda le balèze de droite.

— Rentrez chez vous, répondit Reacher. Il fait trop froid pour faire l'imbécile dans les rues.

Pas de réponse.

Derrière les deux types, Holland et Peterson ne faisaient rien. Leurs armes étaient dans leurs holsters et leurs holsters étaient fermés. Reacher anticipa ses mouvements suivants. Il vaut toujours mieux les préparer. Il ne prévoyait pas de difficultés majeures. Il aurait mieux aimé avoir le plus costaud à sa gauche, ce qui aurait maximisé l'impact de son droit – la courbe décrite aurait été marginalement plus longue –, et de plus, il préférait toujours commencer par le plus costaud quand il avait affaire à deux adversaires. Mais il savait faire preuve de flexibilité. Il valait peut-être mieux commencer par mettre l'agité hors de combat. Il y avait des chances pour que le plus grand soit plus lent, et peut-être moins déterminé sans assistance chimique.

— Ou vous me filez un manteau ou vous prenez un râteau, les gars, dit Reacher.

Aucune réponse des deux hommes. Puis le chef Holland se réveilla, derrière eux. Il fit un pas agressif en avant et lança :

— Foutez-moi le camp de ma ville.

Et poussa le plus petit dans le dos.

Le petit partit en avant vers Reacher, contra le mouvement, fit un cent quatre-vingts degrés, se prépara à expédier un direct et brandit le poing, le batteur de base-ball qui s'apprête à tout casser. Reacher l'attrapa par le poignet, le retint une fraction de seconde et le relâcha, le type étant tellement déséquilibré dans son élan que son mouvement se termina sur un swing ralenti, tout faible et qui manqua complètement Holland.

Mais il pivota sur la droite et prépara un deuxième swing dirigé droit sur Reacher. Ce qui, du point de vue de Reacher, rendait complètement caduque cette histoire d'innocent-jusqu'à-ce-qu'on-ait-prouvé-le-contraire. Il fit un pas à gauche, le poing lancé lui passant à quelques centimètres du menton. Mais l'élan précipita le type en avant et Reacher, d'un balayage du pied, l'expédia tête la première dans la glace. Alors le costaud entra dans la danse, cuisses énormes, poings comme des jambons, deux trompettes de vapeur lui sortant du nez comme des naseaux d'un taureau en colère dans un livre d'images pour enfants.

Gibier facile.

Reacher contra sa charge en s'élançant lui aussi avec tout son poids et en élevant le coude au milieu de l'espace blanc entre la barbe du type et le haut de son front. Ce fut comme si le costaud s'était jeté à pleine vitesse sur une tubulure d'échafaudage. Fin de partie, si ce n'est que le plus petit était à genoux et cherchait à se redresser, déjà à quatre pattes dans la position du sprinter dans les starting-blocks. Reacher lui expédia un bon coup de pied dans la tête. Les yeux du type roulèrent et il tomba sur le côté, les jambes repliées sous lui.

Reacher remit les mains dans ses poches.

— Putain de Dieu ! dit Peterson.

Les deux bikers gisaient côte à côte, deux tas noirs sur la glace éclairée par la lune, de la vapeur montant en nuage au-dessus d'eux. Peterson n'ajouta rien. Holland repartit d'un pas vif vers sa voiture banalisée, passa un appel radio, revint une bonne minute plus tard et lança :

— Je viens d'appeler deux ambulances.

Et regarda Reacher droit dans les yeux.

Et Reacher n'eut aucune réaction.

— Vous voulez bien m'expliquer pourquoi j'ai dû appeler deux ambulances ? lui demanda Holland.

— Parce que j'ai glissé, répondit Reacher.

— Quoi ?

— Sur la glace.

— C'est ça, votre version des faits ? Vous avez glissé et vous vous êtes cogné à eux ?

— Non, j'ai glissé quand j'ai frappé le grand costaud. Du coup, l'impact a été atténué. Si je n'avais pas glissé, vous n'auriez pas appelé deux ambulances. Vous auriez appelé une ambulance et le fourgon du légiste.

Holland détourna les yeux.

— Allez attendre dans la voiture, dit Peterson.

***

L'avocat alla se coucher à onze heures moins le quart. Ses enfants l'avaient précédé de deux heures et sa femme était encore dans la cuisine. Il rangea ses chaussures, plaça sa cravate dans un tiroir et accrocha son costume sur un cintre. Il jeta sa chemise, ses sous-vêtements et ses chaussettes dans le panier de linge sale. Il enfila son pyjama, pissa, se brossa les dents, se glissa sous les couvertures et se mit à contempler le plafond. Il entendait encore le rire dans sa tête, le rire du type au téléphone pendant qu'il dérapait sur l'autoroute. Un aboiement, un jappement plein d'excitation. D'énervement. De jubilation. *Éliminez le témoin*, avait-il récité, et l'homme au téléphone avait ri de bonheur.

***

Reacher remonta dans la voiture de Peterson et referma la portière. Il avait la figure complètement engourdie par le froid. Il braqua les grilles de la ventilation sur lui et la monta à fond. Attendit. Cinq minutes plus tard, les ambulances arrivèrent, les éclairs rouges et blancs de leurs gyrophares se reflétant avec éclat sur la neige. Ils embarquèrent les deux bikers. Ils étaient toujours inconscients. Commotions, et sans doute les maxillaires un peu endommagés. Rien de grave. Trois jours à l'hôpital, une semaine d'une convalescence prudente et ils seraient comme neufs. Plus quelques antalgiques, tout de même.

Reacher continua à attendre dans la voiture. Dix mètres devant lui et à travers l'air limpide, il vit Holland et Peterson qui continuaient à parler debout dans la neige. Ils étaient près l'un de l'autre, en partie tournés, et s'entretenaient à voix basse. À en juger par la façon dont ils ne regardaient jamais derrière eux, Reacher comprit qu'ils parlaient de lui.

Le chef Holland demandait :

— Est-ce que ça pourrait être le type ?

— Si c'est lui, il vient juste d'expédier deux de ses alliés putatifs à l'hôpital. Ce serait étrange.

— C'était peut-être pour nous tromper. Une mise en scène. Ou alors l'un des types allait dire quelque chose de compromettant. Il aura été obligé de les faire taire.

— Il vous protégeait, chef.

— Au début, oui.

— Après, il n'a fait que se défendre.

— Vous êtes vraiment sûr que ce n'est pas le type ?

— Oui, à cent pour cent. C'était tout simplement pas faisable. Il y a une chance sur un million qu'il soit déjà ici.

— Il n'aurait pas pu provoquer l'accident de l'autocar ?

— Pas sans avoir remonté l'allée pour s'en prendre physiquement au chauffeur. Et personne n'a dit qu'il l'a fait. Ni le chauffeur, ni les passagers.

— OK, dit Holland. Dans ce cas, est-ce que ça pourrait être le chauffeur ? N'a-t-il pas pu provoquer volontairement l'accident ?

— Un sacré risque à prendre.

— Pas forcément. Disons qu'il connaît la route parce qu'il est déjà passé par là, en été ou en hiver. Il connaît les endroits où il y a un risque de verglas. Et il fait exprès de faire déraper le car.

— Une voiture venait droit sur lui.

— C'est ce qu'il dit maintenant.

— Mais il aurait pu être blessé lui-même. Il aurait pu tuer des gens. Il aurait pu terminer à l'hôpital ou être accusé d'avoir provoqué la mort de personnes sans intention de la donner, il n'aurait pas été libre d'aller où il voulait.

— Pas forcément. Ces véhicules modernes ont tout un tas de systèmes de contrôle électroniques. Antidérapage, antiblocage des freins, des trucs comme ça. Tout ce qu'il avait à faire, c'était un petit dérapage et s'envoyer dans le bas-côté. Ça n'a rien d'impossible. Et après, nous, on les accueille les bras ouverts comme le bon Samaritain.

— Je pourrais parler à Reacher ce soir. Il a été témoin de ce qui s'est passé dans le car. Avec ce qu'il me dira, nous pourrons nous faire une idée plus précise.

— Ce type est un psychopathe. Je veux qu'il fiche le camp.

— Les routes sont fermées.

— Alors, qu'on l'enferme.

— Vous êtes sérieux ? demanda Peterson. À dire la vérité, chef, il m'a fait l'impression d'un type intelligent. Pensez-y. Il vous a épargné un nez cassé et il m'a évité d'avoir à descendre deux personnes. Il nous a fait une sacrée fleur à tous les deux, ce soir.

— Par hasard.

— Peut-être le contraire.

— Vous croyez qu'il savait ce qu'il faisait ? Là, comme ça ?

— Oui, je le crois. Je crois même que c'est le genre de type qui voit les choses cinq secondes avant tout le monde.

— Vous parlez sérieusement ?

— Oui, chef. J'ai passé un certain temps avec lui.

Holland haussa les épaules.

— D'accord, dit-il. Parlez-lui. Si vous y tenez vraiment.

— On ne pourrait pas encore l'utiliser ? C'est un ancien militaire. Il n'est pas impossible qu'il soit au courant de quelque chose.

— Sur quoi ?

— Sur ce qu'il y a là-bas, à l'ouest.

— Il vous plaît, ce type ?

— Peu importe qu'il nous plaise ou pas. Il pourrait nous être utile. Ce serait de la négligence de ne pas nous servir de lui, vu les circonstances.

— Ce serait reconnaître que nous avons perdu.

— Non, chef, c'est du simple bon sens. Mieux vaut demander de l'aide avant que se faire botter les fesses après.

— Que devrions-nous lui révéler ?

— À peu près tout, répondit Peterson. Tout, peut-être. De toute façon, il a sans doute déjà sa petite idée.

— Et c'est ce que vous feriez à ma place ?

— Oui, chef.

Holland réfléchit. Hocha la tête.

— D'accord, dit-il. Ça me va. Parlez-lui.

22 h 55. Restaient cinquante-trois heures.

CHAPITRE 7

Peterson rentra chez lui dans son véhicule de patrouille. Ce que Reacher trouva curieux. D'après ce qu'il savait, les flics des petites villes laissaient leurs voitures de fonction au garage de la police et retournaient chez eux dans leurs moyens de transport personnels. Sur quoi l'équipe suivante prenait le véhicule pendant que le moteur et les sièges étaient encore chauds. Peterson lui expliqua que la police de Bolton disposait de beaucoup de voitures. En fait, chaque policier avait la sienne. Et tous avaient obligation d'habiter au plus à dix minutes du commissariat.

Peterson habitait à deux minutes, soit à un peu moins de deux kilomètres à l'est de la ville, dans une maison édifiée sur les fondations d'une ancienne ferme. Le bâtiment, avec sa solide structure en bois, avait la forme d'un quatre-quarts ; il était peint en rouge avec des parements blancs, et une chaude lumière jaune filtrait de plusieurs fenêtres. Il y avait une grange du même style. Une épaisse couche de neige couvrait les deux toits. Un silence gelé régnait sur le paysage tout blanc des alentours. Terrain carré. Devait faire trois ou quatre mille mètres carrés. Il était entouré de barbelés accrochés à des poteaux ayant subi bien des intempéries. Les poteaux dépassaient d'environ trente centimètres de la couche de neige.

L'allée avait été déneigée en forme de Y. L'une des branches conduisait à la grange, l'autre sur le devant de la maison. Peterson se gara dans la grange. C'était une vaste structure ancienne à façade ouverte et comprenant trois divisions. L'une était occupée par un pick-up Ford équipé d'une lame de chasse-neige, la deuxième était remplie par un tas de bois de chauffage. Reacher descendit de voiture, Peterson le rejoignit et ensemble ils descendirent la première branche du Y pour remonter l'autre et prendre la direction de la maison.

La porte, sans décoration et en bois plein, était peinte du même rouge que le reste. Elle s'ouvrit à l'instant où Peterson et Reacher étaient sur le point de l'atteindre. Une femme se tenait dans l'entrée, avec derrière elle de la lumière et de l'air chauds. Elle avait à peu près le même âge que Peterson, était d'une taille bien supérieure à la moyenne et mince. Cheveux blonds retenus en queue-de-cheval, pantalon noir et un chandail noir, tricoté de motifs compliqués.

La femme de Peterson, se dit Reacher.

Tous trois marquèrent un temps d'arrêt en une pantomime de politesse muette, Peterson étant désireux de quitter rapidement le froid, sa femme de ne pas laisser filer la chaleur, et Reacher ne voulant pas faire irruption sans y être invité. Après une longue seconde d'hésitation, la femme ouvrit plus grand la porte, Peterson posa une main sur l'épaule de Reacher et ils entrèrent. Le vestibule avait un plancher ciré, un plafond bas, du papier peint aux murs. Il donnait à gauche sur un salon et à droite sur une salle à manger. Droit devant eux, vers le fond de la maison, se trouvait la cuisine. Un poêle à bois ronflait énergiquement quelque part. Reacher sentit l'odeur de la fonte chauffée et, presque imperceptible, celle de la fumée.

Peterson fit les présentations. Il parla à voix basse, Reacher se dit qu'il devait y avoir des enfants qui dormaient à l'étage. La femme de Peterson s'appelait Kim et paraissait tout à fait au courant de l'accident de car et de la nécessité d'héberger les naufragés de la route. Elle expliqua qu'elle avait préparé un lit pliant dans le coin bureau. Elle le fit sur le ton de l'excuse, comme si elle regrettait de ne pouvoir lui offrir une vraie chambre.

— Madame, dit Reacher, le plancher aurait parfaitement fait l'affaire. C'est moi qui suis absolument désolé de vous déranger de cette façon.

— Oh, ça ne me dérange pas du tout.

— J'espère pouvoir repartir dès demain matin.

— Je ne pense pas que ça sera possible. Il va beaucoup neiger avant le lever du jour.

— Alors peut-être plus tard dans la journée, madame.

— J'ai bien peur que les routes restent fermées à la circulation. N'est-ce pas, Andrew ?

— C'est probable, dit Peterson.

— Vous pourrez rester tant que ce sera nécessaire.

— Madame, c'est très généreux. Je vous remercie.

— Vous avez laissé vos bagages dans la voiture ?

— Il n'a pas de bagages, dit Peterson. Il prétend n'avoir rien à faire de quoi que ce soit.

Kim ne dit rien. Son visage était sans expression, comme si elle avait du mal à digérer pareille information. Puis elle regarda tour à tour le blouson, la chemise et le pantalon de Reacher.

— J'irai au magasin demain, dit-il. C'est comme ça que je fais. J'achète des vêtements neufs tous les deux ou trois jours.

— Au lieu de les laver ?

— Oui.

— Pourquoi ?

— Parce que c'est logique.

— Vous allez avoir besoin de quelque chose de plus chaud.

— On dirait bien.

— Ce n'est pas la peine d'acheter un manteau. Trop cher juste pour quelques jours. On pourra vous en prêter un. Mon père est à peu près de votre taille. Il en laisse un ici, pour les fois où il nous rend visite. Ainsi qu'un bonnet et des gants.

Elle se tourna, ouvrit la porte d'un placard, s'étira vers le fond et retira un cintre de la tringle. Pour en sortir une énorme parka d'un marron terreux. Ses gros bourrelets horizontaux de duvet avaient la taille de tuyaux. Son usure montrait qu'elle ne datait pas d'hier et il y avait des taches plus foncées là où il y avait eu des badges attachés, puis enlevés. Des traces de chevrons étaient visibles sur les manches.

— Un flic à la retraite ? demanda Reacher.

— Police de la route, lui répondit Kim Peterson. Ils ont le droit de garder leurs vêtements, du moment qu'ils enlèvent les insignes.

La parka avait un capuchon bordé de fourrure ; un bonnet de fourrure était enfoncé dans une des poches et des gants dans l'autre.

— Essayez-le, dit-elle.

Il s'avéra que le père de Kim n'avait pas la même taille que Reacher. Il était encore plus large d'épaules. La parka était d'une taille trop grande. Mais trop grand est toujours mieux que trop petit. Reacher l'ajusta sur lui et regarda l'emplacement des galons. Et sourit. Ils lui donnaient l'impression d'être efficace. Il avait toujours bien aimé ses sergents. Ils faisaient du bon boulot.

Le vêtement sentait l'antimite. Le bonnet avait l'odeur des cheveux d'un autre. Il était en Nylon marron et en lapin.

— Merci, dit Reacher. C'est vraiment gentil de votre part.

Il enleva la parka d'un mouvement d'épaules ; elle la lui prit et l'accrocha à un portemanteau, sur l'un des murs de l'entrée, à côté de la parka réglementaire de Peterson. Puis ils se rendirent tous les trois dans la cuisine-séjour. La pièce occupait presque tout l'arrière de la maison dans la largeur. On y trouvait les éléments classiques d'une cuisine, plus une table pas toute jeune et six chaises. Elle comportait un coin salon avec un vieux canapé et deux fauteuils devant un écran de télévision. Le poêle à bois était à l'autre bout de la pièce. Il ronflait comme une locomotive. Un peu plus loin, il y avait une porte fermée.

— C'est là, dit Kim. Allez-y.

Reacher crut comprendre qu'il devait prendre congé pour la nuit et se tourna pour la remercier encore, mais Peterson lui avait emboîté le pas.

— Il veut vous parler, lui dit Kim. Je le sais parce qu'à moi, il ne dit rien.

***

L'homme à qui on avait dit de tuer le témoin et l'avocat entreprit de nettoyer l'arme qu'on lui avait donnée pour faire le boulot. Il s'agissait d'un Glock 17, ni vieux ni neuf mais qui avait fait ses preuves et était bien entretenu. Il le démonta, passa le chiffon, le huila et le remonta. Les flancs de la crosse étaient striés et un peu de saleté s'était accumulée dans les creux minuscules. Il les nettoya avec un Q-tip plongé dans du solvant. Le nom du fabricant figurait au bas de la crosse – logo amateur un peu trop compliqué avec un grand G entourant le reste du nom. Il était facile de ne voir dans ce G qu'un vague dessin, et donc de l'oublier. Au premier coup d'œil, on lisait seulement LOCK. Il y avait de la crasse partout entre les lettres. L'homme replongea son Q-tip dans le solvant, se remit au travail et n'en eut que pour une minute.

***

L'antre de Peterson était un espace carré pas très grand, sombre, masculin. Situé dans un angle au fond de la maison, avec deux murs donnant sur l'extérieur, chacun agrémenté d'une fenêtre. Les rideaux, faits d'un épais tissu écossais, étaient ouverts. Trois portes dans les deux autres murs. Outre celle du séjour, il y en avait une qui devait donner dans un placard et l'autre dans une petite salle de bains. Ce qui restait d'espace sur les murs était occupé par des classeurs d'occasion et un vieux bureau en bois sur lequel trônait un petit réfrigérateur. Sur le frigo était posé un réveille-matin à l'ancienne – *tic-tac* bruyant et double timbre en métal. Outre cela, il y avait dans la pièce deux fauteuils bas de type scandinave et un canapé deux places qui avait été déplié pour en faire un lit étroit.

Reacher s'assit sur le lit. Peterson sortit deux bouteilles de bière du frigo, dévissa les capsules, les jeta dans une corbeille à papier et tendit une des bouteilles à Reacher. Puis il s'installa dans le fauteuil en cuir.

— Nous avons un sérieux problème en ce moment, dit-il.

— Je sais, répondit Reacher.

— Qu'est-ce que vous savez, exactement ?

— Que vous mettez des gants pour vous occuper d'une bande de bikers drogués. Comme si vous aviez peur d'eux.

— Nous n'en avons pas peur.

— Alors pourquoi mettre des gants ?

— Nous allons y venir. Que savez-vous d'autre ?

— Que vous avez un commissariat de police plutôt important.

— D'accord.

— Ce qui implique pas mal de policiers.

— Soixante hommes.

— Et que vous avez tourné à effectif complet toute la journée et toute la soirée, au point même que le chef et son adjoint, bien que n'étant normalement pas de service, ont dû répondre à un appel des citoyens à 22 heures. Ce qui me fait dire que la plupart de vos hommes sont sur des barrages routiers. Qu'en gros vous avez fermé toute la ville.

— Parce que… ?

— Parce que vous craignez la venue de quelqu'un de l'extérieur.

Peterson prit une longue rasade de bière.

— L'accident du car... ce n'était pas un coup monté ?

— Je ne suis pas votre homme, dit Reacher.

— Nous le savons. Vous n'aviez aucun contrôle. Mais c'est peut-être le chauffeur.

Reacher fit non de la tête.

— Beaucoup trop compliqué. Ce truc aurait pu mal tourner de cent façons différentes.

— A-t-il vraiment cherché à contrôler son dérapage ?

— Au lieu de quoi ?

— De le provoquer ?

— Il aurait pu se contenter de couper le moteur et de simuler une panne, non ? Juste à côté de l'échangeur.

— Trop évident.

— Je dormais. Mais ce que j'ai vu en me réveillant m'a paru bien réel. Je ne crois pas que ce soit lui.

— Mais ça pourrait.

— Tout est possible. Moi, je serais venu en tant que visiteur à la prison. Le chef Holland m'a dit que vous en aviez en pagaille. Que les motels affichaient complet six jours sur sept.

— Nous les connaissons tous très bien. Ce sont surtout des longues peines, ici. Les têtes ne changent pas. Et nous les surveillons. Dès qu'on en voit une que nous ne connaissons pas, nous téléphonons à la prison pour vérifier qu'elle est bien sur la liste. Et de toute façon, ce sont surtout des femmes et des enfants. C'est un homme que nous attendons.

Reacher haussa les épaules. Prit une gorgée à sa bouteille. La bière était une Miller. Le petit frigo se mit à bourdonner. De l'air chaud était entré quand Peterson avait ouvert la porte. La machine luttait contre lui.

Peterson reprit la parole.

— La construction de la prison a pris deux ans. Il y avait des centaines d'ouvriers. On leur a monté un camp, à sept ou huit kilomètres à l'ouest. Domaine public. Autrefois il y avait des installations militaires. On a ajouté des préfabriqués et des mobil-homes. C'était comme un petit village. Et ils sont partis.

— Quand ça ?

— Il y a un an.

— Et ensuite ?

— Les bikers se sont installés. Ils ont pris possession de l'endroit.

— Combien sont-ils ?

— Aujourd'hui, plus de cent.

— Et… ?

— Ils vendent de la méthamphétamine. En grandes quantités. Vers l'est comme vers l'ouest, grâce à l'autoroute. Ils travaillent à grande échelle.

— Eh bien, faites une descente.

— On voudrait bien. Ce n'est pas si facile. Nous n'avons aucun motif valable pour perquisitionner. Ce qui normalement n'est pas un problème. Un labo de méth dans un mobil-home, durée de vie probable : deux jours. Ils sautent. Suffit de suivre les pompiers. Toutes sortes de produits chimiques volatiles. Ces types doivent faire particulièrement attention. Pas encore un seul accident.

— Mais… ?

— Nous avons eu un coup de pot. Un gros bonnet de Chicago est venu sur place pour négocier un achat important. Il a rencontré leur boss ici même, à Bolton. Terrain neutre, on est civilisé. Il a acheté un échantillon au cul d'un pick-up, dans le parking du restaurant. Celui où nous avons mangé.

— Et… ?

— Quelqu'un a assisté à toute la transaction. Le type de Chicago est reparti, mais nous avons saisi la came et l'argent et incarcéré le biker. Il est au placard dans la prison du comté et attend son procès.

— Leur boss ? Ce n'était pas un motif suffisant pour obtenir un mandat de perquisition ?

— Son pick-up a des plaques du Kentucky. Son permis de conduire a été délivré en Alabama. Il prétend qu'il faisait juste que passer. Qu'il n'habite pas ici. Nous n'avons rien pour le relier à quoi que ce soit. On ne peut pas obtenir un mandat du seul fait qu'il s'habille comme d'autres types qu'on a vus. Ce n'est pas comme ça que fonctionnent les juges. Il leur faut quelque chose de plus substantiel.

— Et quel est votre plan ?

— On va un peu le travailler. On va lui proposer un plaider-coupable et il nous donnera ce dont nous avons besoin pour nettoyer tout ce merdier.

— Il est d'accord ?

— Pas encore. Il fait traîner. Il attend de voir si le témoin n'oublierait pas des trucs. Ou meure.

— Qui est ce témoin ?

— Une vieille dame très gentille, ici en ville. Elle a plus de soixante-dix ans. Elle a été prof et bibliothécaire. Totalement crédible.

— Est-ce qu'elle risque d'oublier des trucs ou de mourir ?

— Bien entendu. C'est comme ça qu'ils procèdent, ces gens-là. Ils fichent la frousse aux témoins. Ou les tuent.

— Raison pour laquelle vous vous inquiétez de l'arrivée d'un inconnu. Vous vous dites qu'il pourrait venir pour elle.

Peterson acquiesça d'un hochement de tête. Mais ne dit rien.

Reacher prit une longue rasade à sa bouteille et demanda :

— Pourquoi partir du principe qu'il n'est pas de Bolton ? Les bikers ne peuvent pas s'en charger eux-mêmes ?

— Dès que l'un d'eux se pointe en ville, nous lui tombons dessus. Comme vous avez vu ce soir. Tout le monde les surveille. Ce ne sera donc pas un biker. Toute leur stratégie consiste à ne pas nous donner le moindre prétexte pour les arrêter.

— OK.

— Il y a quelqu'un d'autre qui s'est mis en route. Forcément. Pour leur compte. Quelqu'un que nous ne reconnaîtrons pas quand il arrivera ici.

CHAPITRE 8

Reacher prit une troisième longue rasade à sa bouteille.

— Ce n'est pas le chauffeur du car, dit-il.

— Vous en êtes tout à fait sûr ? demanda Peterson.

— Combien de fric se font ces types avec leur méth ?

— Deux cents billets le gramme, pour autant que nous le sachions, et ils se déplacent en pick-up, ce qui fait beaucoup, beaucoup de grammes. Ils pourraient se faire des millions.

— Auquel cas ils peuvent s'offrir les services d'un professionnel. Un tueur à gages qui travaille comme chauffeur de bus, c'est peu probable.

Peterson acquiesça.

— D'accord, ce n'est pas le chauffeur. M. Jay Knox est innocent.

— Et du côté des visiteurs de la prison ?

— Nous les surveillons. Ils arrivent au motel, ils prennent la navette jusqu'à la prison, ils reviennent, ils repartent le lendemain. Au moindre changement de programme, nous leur tomberions dessus.

— Et le témoin ? Où est-elle ?

— Chez elle. Elle s'appelle Janet Salter. Elle est vraiment adorable. Une vraie grand-mère de conte pour enfants. Coup de chance, elle vit dans une rue en impasse. Une de nos voitures en bloque l'entrée, jour et nuit. Vous l'avez vue.

— Pas suffisant.

— Nous le savons. Nous avons un autre véhicule juste devant chez elle et un troisième dans la rue suivante, pour surveiller l'arrière de la maison. Plus des officiers femmes dans la maison, les meilleures que nous ayons, minimum quatre en permanence, deux de veille, deux qui se reposent.

— Quand le procès doit-il avoir lieu ?

— Dans un mois, si on a de la chance.

— Et elle ne veut pas partir ? Vous pourriez la planquer dans un hôtel ! Quelque part aux Antilles, disons. Voilà un truc sur lequel je sauterais, moi.

— Elle ne veut pas partir.

— Elle est au courant du danger qu'elle court ?

— Nous lui avons expliqué la situation. Mais elle tient à faire tout ce qu'il faut. Elle dit que c'est une question de principe.

— C'est bien de sa part.

Peterson acquiesça de nouveau.

— C'est bien aussi pour nous parce que ça nous permettra de tous les épingler. Mais dur en même temps. Parce que ça nous demande de faire appel à toutes nos ressources.

Ce fut au tour de Reacher d'acquiescer.

— Raison pour laquelle vous prenez des gants. Pour laquelle vous ne leur tombez pas dessus. Vous ne seriez pas assez pour une guerre totale en ce moment.

— Sans compter qu'il faut vendre ça à un jury. Pas question que la défense proteste qu'il s'agit d'une campagne de harcèlement de notre part. Sans compter que les bikers ne sont pas idiots. Ils gardent les mains propres. Techniquement, en tant qu'individus, ils n'ont pas commis le moindre délit. En tout cas, pas en public.

— En fait, il semble que ce soit même le contraire. J'ai vu les photos.

— Exactement, dit Peterson. Il semble bien qu'un de nos braves concitoyens ait battu l'un d'eux à mort.

***

Le réveille-matin sur le frigo poursuivait son *tic-tac* et atteignit minuit moins cinq. Restaient cinquante-deux heures. Dehors, la lune avait subrepticement pris de l'altitude. La neige qui venait de tomber brillait. L'air était calme. Pas de vent. Le froid était tellement intense que Reacher le sentait s'infiltrer par les murs de la maison. Il y avait une zone intermédiaire d'une trentaine de centimètres dans laquelle la chaleur du poêle luttait contre le froid et commençait à perdre la bataille.

— D'après vous, demanda Reacher, le chef Holland est-il à la hauteur ?

— Pourquoi cette question ? dit Peterson.

— Une première impression. Il m'a paru un peu dépassé.

— Holland est un type bien.

— Ça ne répond pas à ma question.

— Vous remettiez vos supérieurs en cause à l'armée ?

— Tout le temps. Avec ceux du même grade.

— Sommes-nous du même grade ?

— À peu près.

— Et ils étaient comment, vos supérieurs ?

— Il y en avait des bien, et il y avait des trous-du-cul.

— Holland est bien, dit Peterson. Mais il est fatigué. Il a perdu sa femme. Puis sa fille a grandi et a quitté la maison. Il est tout seul et se sent un peu déprimé.

— J'ai vu la photo, dans son bureau.

— Celle des jours heureux. Ils formaient une chouette famille.

— Je répète donc ma question : est-il à la hauteur de la tâche ?

— Assez pour demander de l'aide quand il en a besoin.

— Et à qui en demande-t-il ?

— À vous.

Reacher finit de vider sa Miller. Il avait chaud, il était confortablement installé et fatigué.

— Que diable puis-je faire pour lui ?

— À l'endroit où on a installé le camp pour les ouvriers du chantier, avant, il y avait une base militaire.

— Vous me l'avez déjà dit.

— Nous aimerions bien savoir de quoi il s'agissait exactement.

— Vous l'ignorez ?

Peterson répondit d'un hochement de tête.

— C'est une installation très ancienne. Il n'y a qu'un seul bâtiment en dur, à peu près de la taille d'une maison.

— C'est tout ?

Peterson acquiesça encore.

— Une longue route droite conduisant à un petit bâtiment isolé au milieu de la prairie.

— De la taille d'une maison ?

— Plus petit que celle-ci.

— Quelle forme ?

— Angles droits. Rectangulaire. Comme une maison.

— Avec un toit ?

— Bien sûr.

— Parce que je me demandais si ça ne pouvait pas être un silo à missiles. Il y en a pas mal dans les deux Dakota.

— Ce n'est pas un silo.

— Dans ce cas, ça peut être n'importe quoi. Quelque chose qui a été entrepris mais jamais terminé.

— Ce n'est pas ce que nous pensons. Les vieux se souviennent de certaines choses… comme une sorte de mémoire collective. Ils disent qu'il y a eu des centaines d'ingénieurs pendant des mois. Et un périmètre de sécurité. Et beaucoup d'allées et venues. Ça fait une sacrée dépense d'énergie pour un truc de la taille d'une maison.

— J'ai entendu raconter des choses encore plus bizarres.

— Nous avons besoin de découvrir de quoi il s'agit. Il y a de fortes chances que nous soyons obligés d'y aller pour procéder à une centaine d'arrestations. Nous devons savoir à quoi nous avons affaire.

— Appelez quelqu'un. Le ministère de la Défense.

— Nous l'avons fait. Nous avons appelé. La Commission du comté a appelé, le gouvernement de l'État a appelé.

— Et… ?

— Personne n'a eu la moindre réponse.

— Quel âge ont vos anciens les plus anciens ?

— C'est important ?

— Ce que je voudrais savoir, c'est la date du chantier. Est-ce que ce sont eux qui ont vu les ingénieurs ? Ou bien tiennent-ils cette histoire de leurs parents ou grands-parents ?

— Les lieux ont une cinquantaine d'années.

— Et depuis quand les militaires les ont-ils quittés ?

— Ils n'y sont jamais venus. Les lieux n'ont jamais été occupés.

Reacher haussa les épaules.

— Dans ce cas, c'est une installation datant de la Guerre froide. Qui n'a peut-être jamais été achevée. Un jour, ça paraît être une bonne idée, une moins bonne le lendemain. Ce genre de chose arrivait tout le temps à l'époque, à cause de la fluidité de la stratégie. Ou parce que personne n'avait la moindre idée de ce qui se passait. Ce n'est pas une grande affaire. Une maison en dur offrira plus de résistance aux armes légères qu'un baraquement ou un mobil-home, mais je suppose que vous n'envisagez pas de leur faire une guerre ouverte.

— Nous avons besoin de savoir.

— Je ne peux pas vous aider. Je n'ai jamais servi dans le secteur. Et je n'ai jamais rien entendu dire.

— Vous pourriez peut-être activer vos réseaux. Vous devez connaître encore des gens.

— J'ai quitté l'armée depuis longtemps.

— Vous pourriez aller y jeter un coup d'œil.

— C'est un bâtiment en pierre. Les bâtiments en pierre de l'armée sont les mêmes que n'importe quel bâtiment en pierre.

— Dans ce cas, pourquoi ces centaines d'ingénieurs ?

— À quoi pensez-vous ?

— Nous nous demandons s'il n'y a pas des installations souterraines. Le bâtiment en dur n'est peut-être que le haut d'une cage d'escalier. Il pourrait y avoir un dédale de tunnels là-dessous. Les bikers pourraient y avoir planqué leur labo. Ce qui expliquerait qu'il n'y ait pas eu d'incendie ou d'explosion dans les mobil-homes. Ils ont très bien pu transformer tout le bazar en forteresse. Ils pourraient y avoir mis des réserves de nourriture et d'eau, et des armes. Et du coup, l'affaire se transformerait en siège. Nous n'en voulons pas.

Peterson se leva et alla prendre deux nouvelles bouteilles dans le petit frigo. Ce qui fit comprendre à Reacher qu'ils n'étaient qu'à la moitié de leur conversation. Sinon à un tiers, si par hasard il y avait six bouteilles.

— Il y a autre chose, dit Peterson.

— Sans blague.

— Nous avons mis leur patron sous les verrous, mais les ordres continuent de passer. Leur truc fonctionne toujours.

— C'est qu'il a un adjoint.

— Ce n'est pas comme ça, dans les gangs.

— Dans ce cas, il continue à communiquer. Par téléphone portable ou par des notes passées en douce.

— Exclu.

— Vous en êtes certain ?

— Absolument.

— Alors, c'est par son avocat. Un entretien privé chaque jour, ils font semblant de parler de l'affaire, votre type donne ses instructions verbalement et son avocat fait la commission.

— C'est ce que nous nous sommes dit. Mais ce n'est pas ça non plus.

— Comment le savez-vous ?

— Parce qu'ils ont des enregistreurs vidéo et audio planqués dans les salles de réunion.

— Pour des entretiens normalement confidentiels entre clients et avocats ? C'est légal ?

— Possible. C'est une prison flambant neuve. Et c'est fou ce qu'il y a d'écrit en petits caractères dans la nouvelle législation fédérale.

— Ce n'est pas un détenu fédéral.

— OK, alors disons que ce n'est pas tout à fait légal.

— Mais vous le faites tout de même.

— Oui, dit Peterson. Et nous n'avons pas entendu une seule instruction, la moindre chose relative à leur trafic. Aucune note de passée, rien d'écrit.

— Vous n'avez pas entendu parler du Quatrième Amendement ? Ce truc-là pourrait foutre votre affaire en l'air.

— Nous ne prévoyons pas d'utiliser ce que nous avons entendu. Le procureur n'est même pas au courant. Nous ne cherchons qu'à être prévenus à l'avance, c'est tout… ici, à la police, au cas où ils décideraient de s'en prendre au témoin.

— Il ne lui arrivera rien. Votre dispositif est à toute épreuve. Il n'y en a que pour un mois. Vous allez faire pas mal d'heures supplémentaires, c'est tout.

— Nous nous sommes battus pour avoir cette prison.

— Holland me l'a dit. Comme pour une usine Toyota. Ou Honda.

— Mais il a fallu donner des gages en échange.

— C'est toujours comme ça.

— Le personnel de la prison bénéficie de réductions d'impôts locaux, nous leur construisons des maisons, nous agrandissons l'école.

— Et… ?

— Il y a un dernier truc qu'il a fallu signer… leur plan de crise.

— Qui est… ?

— En cas d'évasion, nous avons un rôle précis à jouer.

— Qui est… ?

— Tous les policiers du commissariat doivent se porter sur les points d'un périmètre défini d'avance, à deux kilomètres de la prison.

— Tous ?

— Jusqu'au dernier. De service ou pas. Réveillé ou au lit. En bonne santé ou malade.

— Vous parlez sérieusement ?

— C'est ce que nous avons dû signer. Pour le bien de la ville.

— Pas bon, ça.

— Pas bon du tout, confirma Peterson. Si jamais la sirène se déclenche, nous devons tout laisser tomber et prendre la direction du nord. Tous. Autrement dit, si elle se déclenche au cours du mois qui vient, nous devrons laisser Janet Salter sans la moindre protection.

CHAPITRE 9

Reacher finit presque sa deuxième bière et déclara :

— C'est dingue.

— Seulement dans la réalité, fit observer Peterson. Pas sur le papier. La police de la route, en théorie, peut venir en renfort. Et les fédéraux nous ont offert une protection pour notre témoin. Mais la police de la route met des heures à arriver en conditions hivernales, et Mme Salter a refusé la protection. Elle dit que ce sont les bikers qui devraient être enfermés à des kilomètres d'ici, pas elle.

— Donc problème, dit Reacher.

— Vous m'en direz tant.

Reacher eut un regard pour le paysage de neige éclairé par la lune.

— Ce n'est pas exactement un temps idéal pour tenter une évasion, si ? Pas en ce moment. Pas pendant des mois, peut-être. Il y a soixante centimètres de neige vierge par terre sur des kilomètres tout autour de la prison. Le type qui réussira à franchir leurs défenses mourra de froid en une heure. Ou sera retrouvé par un hélico. Les traces de pas seront parfaitement visibles.

— Sauf que plus personne ne s'évade à pied de nos jours. On se planque dans un camion d'approvisionnement ou dans une benne à ordures.

— Alors pourquoi ce périmètre de deux kilomètres ?

— Personne n'a dit que leur plan de crise était cohérent.

— Dans ce cas, bidonnez-le. Laissez quelques agents sur place. Au moins les femmes dans la maison.

— Impossible. Il y aura un décompte. Suivi d'un audit. Si nous ne nous soumettons pas à cette clause à la lettre, nous aurons droit à dix ans de supervision par les fédéraux. La ville a signé un contrat. On a touché leurs subventions.

— Pour les véhicules supplémentaires ?

Peterson acquiesça.

— Et pour les logements. Nous habitons tous à moins de dix minutes, nous avons tous un véhicule de service, tout le monde garde sa radio branchée, tout le monde réagit sur-le-champ.

— Vous n'avez qu'à coller Mme Salter dans une de vos voitures.

— Nous sommes supposés éloigner les civils. Il n'est pas question d'en prendre un avec nous.

— Quelqu'un s'est-il déjà échappé ?

— Non, c'est une prison flambant neuve. Il n'y a eu aucun incident.

— Alors, espérons qu'il n'y en aura pas le mois prochain.

— Vous n'avez pas pigé. Bien sûr qu'on pourrait l'espérer. Si c'était une simple question de hasard ou de coïncidence, on n'en aurait pas des sueurs froides. Mais c'est pas ça. Parce que le type qui veut que nous laissions Janet Salter seule chez elle a le pouvoir de provoquer cet incident quand il veut et comme il veut.

— Il peut s'évader quand ça lui chante ? s'étonna Reacher. J'en doute. Je connais les prisons. Une évasion prend beaucoup de temps à organiser. Il faut évaluer la situation, faire un plan, trouver un conducteur de camion, créer un climat de confiance, trouver de l'argent, prendre des dispositions.

— Il n'y a pas que l'évasion. Il y a pire.

— Racontez-moi ça.

— La deuxième partie du plan de crise, c'est en cas d'émeute dans la prison. Les gardiens s'occupent de la mater et nous les remplaçons dans les tours de guet et au portail.

— Tout le commissariat ?

— Même chose que pour la première partie du plan. Et une émeute de taulards, ça ne prend pas de temps à organiser. Elle peut être déclenchée en une fraction de seconde. L'émeute de prison est une menace permanente, croyez-moi.

***

Il n'y eut pas de troisième tournée de bière. L'essentiel avait été dit. Ne restaient que quelques détails à préciser ou à répéter.

— Vous voyez ? dit enfin Peterson. Le type peut la déclencher à l'instant qu'il veut. Quelqu'un dit ce qu'il ne faut pas dire à la personne à qui il ne doit pas le dire, une minute plus tard la bagarre commence ; encore une minute et c'est l'escalade et l'émeute ; on nous appelle et dix minutes après, nous sommes tous à dix kilomètres de la maison de Janet Salter.

— Il est en détention provisoire. À la prison du comté… qui est une installation séparée, non ? Personne ne déclenche de bagarre en provisoire. Tout le monde attend son procès. Tout le monde est bien trop occupé à jouer les innocents.

— C'est un biker. Il aura des amis à la taule fédérale. Ou des amis d'amis. C'est comme ça, les gangs en prison. Ils s'occupent des leurs. Et il y a des tas de manières de communiquer.

— Pas bon, ça, dit Reacher.

— Pas bon du tout, acquiesça Reacher. Au déclenchement de la sirène, nous laissons un civil à la retraite tenir la boutique, et c'est tout. Il a pour consigne de nous appeler en cas d'alerte terroriste, mais en dehors de ça, nous sommes pieds et poings liés.

— Vous vous attendez à une alerte terroriste ?

— Pas ici. Le mont Rushmore a une valeur symbolique, mais c'est le problème de Rapid City.

— Vous avez aussi augmenté le nombre de flics ? Comme les écoles ? demanda Reacher.

Peterson acquiesça d'un hochement de tête.

— Bien obligés. La population a augmenté.

— De combien, l'augmentation ?

— Nous avons doublé de taille. À une époque où nous étions en compétition avec la prison pour engager du personnel. On a eu du mal à garder le niveau de compétence. Ce qui est une bonne partie du problème du chef Holland. C'est comme si la moitié d'entre nous était son équipe d'avant, et l'autre moitié non.

— Je ne peux pas l'aider, dit Reacher. Je suis juste un type qui passait là par hasard.

— Vous pouvez donner des coups de fil à l'armée. Ça l'aiderait. Si nous franchissons le cap du prochain mois, nous aurons besoin de cette information.

— Ça fait longtemps que je l'ai quittée. C'est une nouvelle génération aux manettes, aujourd'hui. Ils vont me raccrocher au nez.

— Vous pourriez essayer.

— Je n'irai pas plus loin que le standard.

— À l'époque où je suis entré dans la police, nous avions un numéro d'urgence spécial pour le FBI, à Pierre. Le système a changé depuis, mais je me souviens encore du numéro.

— Et alors ?

— Je me dis qu'il y a un numéro dont vous vous souvenez, vous aussi. Et qui n'est peut-être pas celui d'un standard.

Reacher garda le silence.

— Faites ça pour nous, insista Peterson. C'est tout ce que nous vous demanderons, promis. Nous nous occuperons du reste et vous pourrez poursuivre votre chemin.

Reacher ne disait rien.

— Nous pouvons vous offrir une chaise et un bureau.

— Où ça ?

— Au commissariat. Demain.

— Vous voulez que je vienne travailler avec vous ? Au commissariat ? Vous ne me faites pas encore entièrement confiance, n'est-ce pas ?

— Vous êtes sous mon toit. Avec ma femme et mes enfants qui dorment là-haut.

Reacher hocha la tête.

— L'argument est imparable.

Mais Kim Peterson ne dormait pas. Pas encore. Dix minutes après qu'Andrew Peterson l'avait laissé, Reacher se trouva incommodé par les relents de houblon des quatre bouteilles de bière vides. Il prit donc ces dernières par le col, deux par main, et les porta à la cuisine en espérant y trouver une poubelle. Au lieu de quoi il tomba sur Kim Peterson qui mettait de l'ordre dans son frigo. La pièce était sombre, mais la lumière de l'appareil éclairait de l'intérieur. Elle était baignée d'un halo jaune. Elle portait un vieux peignoir en chenille. Elle avait libéré ses cheveux qui retombaient sur ses épaules. Reacher tendit les quatre bouteilles en guise de question muette.

— Sous l'évier, lui dit-elle.

Il se pencha et ouvrit la porte. Aligna les bouteilles à côté des six qui s'y trouvaient déjà.

— Vous avez tout ce qu'il vous faut ? lui demanda-t-elle.

— Oui, merci.

— Andrew vous a-t-il demandé de faire quelque chose pour lui ?

— Oui. Il voudrait que je passe quelques coups de fil.

— À propos du camp militaire ?

Reacher acquiesça.

— Vous allez le faire ?

— Je vais essayer.

— Bien. Cet endroit le rend fou.

— Je ferai de mon mieux.

— Vous promettez ?

— Madame ?

— Vous me promettez, s'il vous le demande, de l'aider par tous les moyens possibles ? Il travaille trop dur. Il est responsable de tout, maintenant. Le chef

Holland est débordé. Il connaît à peine la moitié de ses gens. Andrew doit tout faire.

***

Il y avait une salle de bains minuscule attenante au bureau de Peterson et Reacher en profita pour prendre une longue douche très chaude. Puis il plia ses vêtements sur la chaise sur laquelle Peterson s'était assis et se glissa sous les couvertures. Les ressorts du canapé grincèrent et vibrèrent sous son poids. Il roula d'un côté, roula de l'autre, écouta le *tic-tac* bruyant du réveil et s'endormit au bout de une minute.

00 h 55. Restaient cinquante et une heures.

CHAPITRE 10

Reacher se réveilla à 6 h 50, dans un monde où régnait un silence sépulcral. De l'autre côté des fenêtres, de lourds flocons emplissaient l'air. Chute lente mais sans répit, le cumul atteignant maintenant près de trente centimètres. Il n'y avait pas de vent. Chacun de ces milliards de flocons descendait verticalement, certains en oscillant parfois légèrement, d'autres en décrivant des spirales et s'écartant de deux ou trois centimètres de leur trajectoire, leur légèreté étant la seule cause de ces infimes mouvements. La plupart venaient ajouter leur masse minuscule à l'épaisse couche matelassée sur laquelle ils atterrissaient. Certains s'élevaient en formes fantastiques sur les lignes électriques et les clôtures, les faisant paraître plus hautes.

Le lit était chaud, mais la pièce glacée. Reacher se dit que ses hôtes avaient chargé le poêle pour la nuit, vidé le cendrier et réduit l'arrivée d'air. Il se demanda un instant quel était le bon protocole à respecter pour un invité dans de telles circonstances. Devait-il se lever, ouvrir les évents et ajouter du bois ? Serait-ce utile ? Présomptueux ? Cela ne risquait-il pas de déséquilibrer un programme de combustion établi depuis longtemps et de condamner les Peterson à rendre visite à leur stock de bois en pleine nuit, dans quinze jours ?

Finalement, il ne fit rien. Il se remonta les couvertures jusqu'au menton et ferma à nouveau les yeux.

6 h 55. Restaient quarante-cinq heures.

***

À deux mille sept cents kilomètres au sud, la journée avait déjà une heure de plus. Plato prenait son petit déjeuner dans la plus petite de ses deux salles à manger extérieures. Il réservait la plus grande aux réceptions officielles et elle était donc peu utilisée, ces réceptions étant synonymes de dîners d'affaires, la plupart de ses associés en affaires actuels étant russes et les Russes n'ayant aucun goût pour la chaleur étouffante qui régnait à deux cents kilomètres de Mexico le soir. Ils préféraient l'air conditionné. Plato se disait que c'était une question d'habitude. Il avait entendu dire que dans certaines parties de la Russie, il faisait tellement froid que lorsqu'on crachait, la salive gelait et rebondissait par terre comme une bille. Il n'y croyait pas. Il était prêt à admettre que certaines parties de la Russie enregistraient de très grands froids, et que certains des chiffres les plus extrêmes des almanachs ou des bulletins de météo étaient effectivement capables de congeler un petit volume de liquide organique pendant le temps que mettait un crachat à décrire sa trajectoire. Mais pour survivre dans un tel environnement, tout être humain devait porter un masque de ski, en soie ou dans quelque matériau synthétique moderne, et cracher était une impossibilité quand on portait un masque de ski. Et d'après ce qu'il avait compris, les températures extrêmement basses s'accompagnaient en général d'un taux d'humidité extrêmement faible, ce qui ne pouvait que décourager toute envie de cracher, au point peut-être même de rendre la chose impossible. L'anecdote était parlante, certes, sans être fonctionnellement vraie.

Plato était fier de ses aptitudes analytiques.

Il pensait aux Russes parce que l'un d'eux, une heure avant, lui avait fait par téléphone une proposition qui l'intriguait. Le cousin d'un ami ou d'un beau-frère voulait une importante quantité d'une certaine substance, Plato pouvait-il l'aider ? Naturellement, celui qu'aidait Plato en priorité étant Plato lui-même, après avoir examiné la proposition sous cet angle, il en était arrivé à une conclusion intéressante qu'il pourrait transformer, en l'affinant un peu et en se montrant bon vendeur, en une affaire avantageuse. Spectaculairement avantageuse, en réalité, pour lui et seulement pour lui, mais bon, lui, c'était Plato et le cousin sans nom du Russe ne l'était pas.

Il fallait prendre en considération trois facteurs principaux.

En premier lieu, il fallait que le Russe reconsidère complètement ce qu'il avait pris pour acquis, à savoir que le chargement ne serait pas livré au Russe, mais que le Russe serait conduit jusqu'au chargement.

En deuxième lieu, l'affaire exigerait de Plato une foi entière dans le proverbe selon lequel il vaut mieux un oiseau dans la main que deux dans le buisson.

Et en troisième lieu, l'affaire allait un peu changer les choses au Dakota du Sud. Bref, la situation, là-bas, devait garder toute sa pureté, rester viable, intacte, et des plus séduisantes. Parfaitement vendable, en d'autres termes. Ce qui signifiait qu'il fallait régler la question du témoin et de l'avocat sans délai.

Plato décrocha son téléphone.

***

À 7 h 14, le calme régnait encore dans la vieille ferme. À 7 h 15, elle se transforma soudain en ruche. Reacher entendit, lointains, les *bips* et les sonneries des réveille-matin à travers murs et plafonds, puis des pas encore mal assurés au premier étage. Quatre différents, les parents et les deux enfants. Deux garçons, se dit-il, à en juger par le tapage sans complexe qu'ils faisaient. Des portes s'ouvraient, se fermaient, des chasses d'eau étaient tirées, des douches entraient en action. Dix minutes plus tard, il y eut du bruit dans la cuisine. Sifflements et hoquets d'une machine à café, claquement amorti d'une porte de frigo, pieds de chaise qui raclent le plancher. Reacher se demanda une fois de plus ce qu'il convenait de faire. Devait-il sortir et se joindre au petit déjeuner familial ? N'allait-il pas faire peur aux enfants ? Cela dépendrait de leur âge et de leur tempérament. Devait-il attendre d'être invité ? Ou que les enfants soient partis pour l'école ? Allaient-ils seulement se rendre à l'école avec la couche de neige qu'il y avait à présent sur le sol ?

Il se doucha rapidement, s'habilla, fit son lit et s'assit dessus. Une minute plus tard, il entendit à nouveau un raclement de chaise, de petits pas rapides et des coups maladroits frappés à sa porte. Elle s'ouvrit aussitôt et une tête de garçonnet passa dans l'entrebâillement. Il devait avoir sept ans. La version miniature d'Andrew Peterson. Son visage exprimait en partie le ressentiment d'avoir été envoyé en corvée, en partie l'appréhension de ce qu'il allait découvrir et encore une franche curiosité pour ce qu'il voyait.

Il examina Reacher une seconde.

— Maman a dit que vous veniez prendre une tasse de café.

Puis il disparut.

Le temps que Reacher franchisse la porte, les deux enfants avaient quitté la cuisine. Il les entendit courir dans l'escalier. Il se les imagina suivis par un nuage de poussière et des tourbillons, comme dans un dessin animé. Les parents, eux, étaient assis tranquillement à la table. Ils étaient habillés comme la veille, Andrew Peterson dans son uniforme, sa femme en chandail et pantalon. Ils ne parlaient pas. N'importe quelle conversation aurait été noyée sous le vacarme des pas au premier. Reacher alla se servir en café et le temps qu'il revienne à la table, Peterson s'était levé pour aller dans la grange chercher le pick-up et déneiger les allées jusqu'à la rue. Sa femme, elle, était remontée au premier pour vérifier que ses enfants étaient prêts. Une minute plus tard, les deux garçons dégringolaient l'escalier au pas de course et fonçaient par la porte. Reacher entendit le martèlement d'un gros moteur Diesel et aperçut une carrosserie jaune à travers la neige. Le bus scolaire, apparemment à l'heure, indifférent à la météo.

Une minute plus tard, il régnait un silence complet dans la maison. Kim ne revint pas dans la cuisine. Reacher n'eut rien à manger. Pas grave. Il était habitué à avoir faim. Il attendit sur sa chaise jusqu'à ce que Peterson réapparaisse à la porte d'entrée et l'appelle. Il enfila l'ancienne parka de la police de la route et sortit.

7 h 55. Restaient quarante-quatre heures.

***

L'avocat se battait une fois de plus avec la porte de son garage. Il y avait trente centimètres de neige dans la cour et elle s'était accumulée contre le bas du battant et le bloquait. Il avait ses surbottes et tenait sa pelle à la main. Le moteur de la porte avait du mal. Il empoigna la poignée intérieure et tira vers le haut. Les chaînes du mécanisme tressautèrent et se tendirent, la porte se souleva brusquement et la crête de neige accumulée derrière s'effondra à l'intérieur du garage. Il la repoussa avec sa pelle, monta dans sa voiture et s'apprêta à affronter sa journée.

***

Journée qui commençait par un petit déjeuner. Il avait adopté l'habitude de le prendre dehors. Un comportement à vrai dire assez courant dans les petites villes. Une cafétéria, on échange des plaisanteries, les dernières nouvelles, on noue des contacts. Tout a de l'intérêt. Mais ne vaut pas plus d'une demi-heure d'investissement. Quarante-cinq minutes au plus. À présent, il passait une heure dans son box. Des fois, une heure et demie.

Il redoutait d'aller au bureau.

Les imprimés qu'utilisait sa boîte pour transmettre des messages étaient jaunes. Chaque matin, sa secrétaire lui en tendait un paquet. La plupart étaient inoffensifs. Mais on lisait sur certains : *Le client demande une réunion concernant le dossier 517713*. Mais aucun dossier ne portait ce numéro. Pas de dossier. Rien d'écrit. Cette note était un code. Une instruction, en fait, lui intimant l'ordre de se rendre à la prison et de mémoriser ce qu'on lui dirait.

La plupart du temps, il n'y en avait pas. Certains jours, si. Il n'avait aucun moyen de prévoir. Se tenir devant le bureau de sa secrétaire, la main tendue, le cœur aux lèvres en attendant de savoir ce que la vie lui réservait, faisait maintenant partie de son rituel matinal.

***

Pendant le trajet en voiture, Reacher ne vit que de la neige. De la neige par terre, de la neige dans l'air. De la neige partout. Le monde avait ralenti, rétréci, se taisait. Les rares voitures se retrouvaient toutes massées sur des voies réduites à des ornières, au milieu des rues. De petites gerbes de neige naissaient sous les pneus et s'élevaient prudemment. De petits convois se formaient, avançant lentement, tels des trains de marchandises – on roulait maximum à trente à l'heure. Mais le véhicule de patrouille de Peterson était sûr, solide, et il y faisait chaud. Lourde voiture sur terrain plat, avec des chaînes à l'arrière et des pneus neige à l'avant. Pas de problème.

De jour, à travers la neige, le commissariat donnait l'impression d'être plus long et plus bas que lorsqu'on le voyait de nuit. C'était un vaste bâtiment sans étage en brique blanche. Il y avait des paraboles et des antennes de radio fixées à des superstructures sur le toit. Il rappelait à Reacher les baraquements habituels de la police d'État. Peut-être avait-il été construit à partir d'un plan standard. Il vit de nombreuses voitures de police dans le parking, encore chaudes – elles venaient de se garer. Le personnel de jour, venu de chez lui pour le briefing du matin avant les huit heures et demie de service. Une petite pelle mécanique s'activait entre les voitures, laissant partout la trace de ses chenilles et formant un tas de neige qui atteignait déjà deux mètres cinquante de hauteur. Peterson paraissait détendu. Reacher se dit que la neige l'arrangeait. Elle limitait un accès rapide à n'importe quel lieu, y compris à la maison de Janet Salter. Ses agresseurs attendraient un jour meilleur. Une approche discrète n'était pas facile quand on avait de la neige jusqu'aux cuisses.

Reacher prit la parka, mais laissa le bonnet de fourrure et les gants dans la voiture. Trop personnel. Il les remplacerait par des effets à lui. À l'accueil, derrière le comptoir, il y avait un type âgé différent de celui de la veille. L'homme de service de jour. Même âge approximatif que l'autre, même genre de tenue civile, mais une personne différente. Peterson passa devant lui et entraîna Reacher dans un couloir, jusqu'à la salle en plan ouvert des officiers. Elle était pleine du bruit des conversations, pleine d'hommes et de femmes en uniforme. On tenait des tasses de café à emporter, prenait des notes, lisait les bulletins, s'apprêtait à partir. Ils n'étaient pas loin de trente. Une unité forte de soixante personnes, en deux équipes égales, une de nuit, une de jour. Il y avait des jeunes, il y avait des vieux, certains étaient impeccables, d'autres beaucoup moins. Unité sans unité. Nous avons doublé de taille, avait dit Peterson. On a eu du mal à garder le niveau de compétence. Reacher en avait la preuve sous les yeux. On n'avait aucun mal à distinguer les anciens des nouveaux, ni les frictions entre eux. La cohésion de l'unité avait été rompue, son professionnalisme remis en question. Eux et nous. Reacher comprit le problème du chef Holland. Il devait gérer deux commissariats en un. Et il n'en avait pas l'énergie. Il aurait dû prendre sa retraite. Ou bien le maire aurait dû l'écarter, et cela avant même que l'encre du contrat avec la prison ne soit sèche.

Mais, chevronnés ou nouveaux, tous étaient ponctuels et, à 8 h 30, la salle de garde était presque déserte. Les barrages routiers étaient manifestement coûteux en personnel et la neige avait dû provoquer des douzaines d'accrochages : il ne restait plus que deux flics. Tous les deux en uniforme. Sur le badge du premier, on lisait Kapler. Sur celui du second, Lowell. Ni l'un ni l'autre ne portait de ceinturon. Pas d'arme, pas de radio, pas de menottes. Kapler avait le teint mat et un reste de bronzage. Lowell était blond et rougeaud, comme les gens du coin. Ils paraissaient tous les deux costauds, en forme, actifs. Mais pas heureux. Kapler partit d'un côté et Lowell de l'autre pour récupérer les dossiers éparpillés dans la salle et porter tous les documents ailleurs en passant par une porte anonyme du couloir.

Reacher demanda :

— Qu'est-ce que ça signifie ?

— Corvée de bureau habituelle, répondit Peterson.

— Alors que vous êtes à court de personnel ? Je ne vous crois pas.

— Qu'est-ce que vous supposez ?

— Mesure disciplinaire. Ils ont fait une connerie et ont été mis à pied. Holland leur a pris leur arme.

— Je ne peux pas en parler.

— Ce sont des anciens ou des nouveaux ?

— Lowell est avec nous depuis un moment. Il est d'ici. Une vieille famille de Bolton. Kapler n'est pas vraiment un nouveau. Il est arrivé de Floride il y a deux ans.

— Pour quelle raison ? Pour le climat ? Ça marche plutôt dans l'autre sens, il me semble.

— Il avait besoin de boulot.

— Pourquoi ? Qu'est-ce qui a mal tourné pour lui là-bas ?

— Pourquoi quelque chose aurait-il mal tourné ?

— Parce que avec tout le respect que je vous dois, quand on est dans la police en Floride, on ne va au Dakota du Sud que lorsqu'on n'a plus d'autre choix.

— Je ne connais pas les détails. Il a été engagé par le chef Holland et le maire.

— Et Lowell, qu'est-ce qu'il a fait pour le mériter comme binôme ?

— Lowell est un drôle d'oiseau, répondit Peterson. Un solitaire. Il lit des livres.

— Qu'est-ce qu'ils ont fait pour être punis ?

— Je ne peux pas en parler. Et vous avez du boulot. Prenez le bureau que vous voulez.

***

Reacher en choisit un dans un coin du fond. Vieille habitude. Truc en contreplaqué banal, avec une chaise pour un occupant de petite taille. Elle était encore tiède. Il avait devant lui un téléphone, un clavier et son écran. L'écran était vide. Coupé. Le téléphone pouvait recevoir jusqu'à six appels simultanés et avait un clavier à dix numéros préenregistrés.

— Tapez 9 pour sortir, lui dit Peterson.

Je me dis qu'il y a un numéro dont vous vous souvenez, vous aussi. Et qui n'est peut-être pas celui d'un standard.

Reacher composa un numéro. Le 9 pour sortir, puis le code d'une région de Virginie et sept autres chiffres. Un numéro dont il se souvenait.

Il eut droit à un enregistrement, ce qui n'était pas ce dont il se souvenait. Voix d'homme, parlant lentement et d'un ton pesant, accentuant inutilement les trois premiers mots de ses phrases.

— Vous êtes au Bureau des statistiques du travail. Si vous connaissez le numéro du poste que vous cherchez à joindre, vous pouvez le composer dès maintenant. Sinon, veuillez choisir dans le menu suivant.

S'ensuivait l'énumération monotone d'une longue liste, tapez 1 pour ça, tapez 2 pour ci, tapez 3 pour autre chose, l'agriculture, l'industrie de transformation, les industries non alimentaires…

Reacher raccrocha.

— Vous ne connaissez pas d'autre numéro ? demanda Peterson.

— Non.

— Qui avez-vous appelé ?

— Une unité spéciale. Un département d'enquête. Une unité d'élite, plus ou moins. Comme le FBI de l'armée, mais en beaucoup plus petit.

— Et vous êtes tombé sur quoi ?

— Un bureau du gouvernement. Un organisme sur les statistiques du travail.

— Les choses changent, on dirait.

— Oui, elles changent, reconnut Reacher. Ou peut-être pas, en fait. En tout cas, pas fondamentalement.

Il refit le numéro. Il eut droit au même enregistrement. « Si vous connaissez le numéro du poste que vous cherchez à joindre, vous pouvez le composer dès maintenant. » Il composa le 110. Il y eut un clic, un ronronnement, puis une sonnerie. Une nouvelle voix, une vraie, décrocha juste après.

— Oui ?

Accent du Sud, un homme, environ trente ans, très certainement capitaine, à moins que le monde ne soit devenu fou et qu'on laisse des lieutenants et des sous-offs répondre à ce numéro-là… ou pire encore, des civils.

— Il faut que je parle à votre chef de service, dit Reacher.

— Quel chef de service ?

— Le vôtre.

— À qui exactement pensez-vous parler ?

— Au quartier général du 110e de police militaire de Rock Creek, Virginie.

— Vraiment ?

— À moins que vous n'ayez changé de numéro de téléphone. Avant, on vous répondait de vive voix. On devait demander la pièce 110.

— À qui est-ce que je parle ?

— J'ai travaillé au 110e.

— À quel titre ?

— J'ai été son premier chef de service.

— Nom ?

— Reacher.

Il y eut un instant de silence.

— Et maintenant, c'est quoi la prochaine étape au menu ?

— Monsieur, si vous avez travaillé pour le 110e, vous savez que vous êtes sur une ligne réservée aux urgences. Je dois vous prier de me dire tout de suite quel est votre problème.

— Je veux parler à votre chef de service.

— À propos de… ?

— D'un service que je voudrais qu'il me rende. Dites-lui de jeter un coup d'œil dans mon dossier et de me rappeler.

Reacher lut le numéro écrit sur une étiquette collée à la base du téléphone devant lui.

À l'autre bout, le type raccrocha sans un mot.

8 h 55. Restaient quarante-trois heures.

CHAPITRE 11

À 9 h 30, le téléphone sonna sur le bureau de Reacher, mais l'appel ne lui était pas destiné. Il étira le cordon et passa le combiné à Peterson. Celui-ci donna son nom et son grade, puis écouta pendant presque une minute. Il demanda à son correspondant de rester en contact, puis rendit l'appareil à Reacher. Reacher raccrocha.

— Nous avons besoin de vos informations dès que possible.

Reacher montra le téléphone devant lui.

— Vous savez comment c'est avec les jeunes aujourd'hui. Ils n'écrivent jamais, ne téléphonent jamais.

— Je suis sérieux.

— Qu'est-ce qui a changé ?

— C'était la DEA, à l'autre bout du fil. La vraie, la Drug Enforcement Administration. Le vrai bureau fédéral. À Washington DC. Un appel pour nous prévenir. Ils avaient un type sur écoute, un Russe qu'ils soupçonnent d'être un dealer. Un nouveau, qui essaie de se faire un nom et qui cherche des coups depuis Brooklyn. Un type au Mexique du nom de Plato vient juste de l'appeler pour lui parler d'une propriété à vendre à huit kilomètres à l'ouest d'un patelin du nom de Bolton, Dakota du Sud.

— Une propriété à vendre ?

— C'est la formule qu'il a utilisée.

— Mais alors, c'est quoi ? De l'immobilier ou du trafic de drogue ?

— S'il y a bien un labo souterrain là-bas, c'est les deux, non ? Et ce sera la prochaine question de la DEA. C'est évident. Ils vont constituer un dossier et nous rappeler pour nous demander des précisions sur le coin.

— Dites-leur d'appeler directement le ministère de la Défense. Ça ira plus vite.

— Mais nous allons passer pour des demeurés ! Nous ne pouvons tout de même pas leur dire que ce truc est là depuis un demi-siècle et que nous n'avons pas la moindre idée de ce que c'est !

Reacher haussa les épaules. Montra à nouveau le téléphone.

— Vous le saurez aussi vite que moi. C'est-à-dire peut-être jamais.

— Vous étiez leur chef de service ? Une unité d'élite ?

Reacher répondit d'un hochement de tête.

— Pendant un temps. Dites, c'est un nom curieux pour un Mexicain, Plato. Ça fait plutôt brésilien, je trouve.

— Non, yougoslave, dit Peterson. Comme l'ancien dictateur.

— C'était Tito.

— Je croyais que Tito, c'était un évêque d'Afrique du Sud.

— Non, celui-là, c'est Tutu.

— Et Plato alors, c'était qui ?

— Un ancien philosophe grec. L'élève de Socrate, le maître d'Aristote.

— Le rapport avec le Brésil ?

— Me demandez pas, répondit Reacher.

***

Kapler et Lowell revinrent dans la salle de garde. Ils distribuèrent, un par panier, des mémos qui sortaient tout juste de la photocopieuse : ils étaient encore chauds et s'enroulaient sur eux-mêmes. Puis les deux hommes ressortirent. Peterson reprit la parole.

— Voilà, leur journée de boulot est terminée. Ils ont cinq heures pour déjeuner, quelque chose comme ça. Quel gaspillage !

— Qu'est-ce qu'ils ont fait ?

— Je n'ai pas le droit d'en parler.

— C'est si grave ?

— Non, pas tant que ça.

— Alors qu'est-ce que c'est ?

— Je n'ai pas le droit d'en parler.

— Mais si, vous pouvez.

— Bon, d'accord. Il y a trois jours, ils sont restés une heure sans contact radio. Ils n'ont pas voulu donner d'explication ni dire ce qu'ils faisaient. On ne peut pas le tolérer. À cause du plan d'alerte de la prison.

***

Le téléphone sonna à nouveau, à 9 h 40. Reacher décrocha et dit :

— Oui ?

Une voix de femme demanda :

— Major Reacher ?

— Oui.

— Savez-vous qui je suis ?

— Continuez de parler.

— Vous avez donné un cours pendant votre dernière année de service.

— Vraiment ?

— Sur la nécessité d'intégrer les enquêtes militaires et fédérales. Je l'ai suivi. Vous ne reconnaissez pas ma voix ?

— Continuez de parler.

— Qu'est-ce que vous voulez que je vous raconte ?

Reacher aurait bien aimé répondre « une longue histoire » parce qu'elle avait une voix sensationnelle. Chaude, légèrement rauque, un peu essoufflée, avec quelque chose d'intime. Il aimait bien la manière dont elle murmurait à son oreille. Il l'aimait même beaucoup. En esprit, il se la représenta blonde, pas plus de trente-cinq ans, pas moins de trente. Grande, probablement, et probablement canon. En tout cas, une voix sensationnelle.

Mais qu'il ne reconnaissait pas, et il le dit.

— Je suis très déçue, répondit la voix. Et peut-être même un peu blessée. Vous êtes sûr que vous ne vous souvenez pas de moi ?

— Il faut que je parle à votre patron.

— Ça devra attendre. Je n'arrive pas à croire que vous ne sachiez pas qui je suis.

— Je peux essayer de deviner ?

— Allez-y.

— Je crois que vous êtes une sorte de filtre à conneries. Je crois que votre chef veut savoir si c'est bien moi. Si je réponds que je me souviens de vous, je suis recalé. Parce que je ne me souviens pas de vous. Nous ne nous sommes jamais rencontrés. Je le regrette peut-être, mais le fait est là.

— Pourtant, j'ai suivi votre cours.

— Faux. Vous avez lu mon dossier, c'est tout. Le titre de ce cours, c'était uniquement pour la façade. J'enseignais comment baiser les fédéraux, pas comment coopérer avec eux. Si vous aviez été présente à ce cours, vous le sauriez.

Il y eut un sourire dans la voix.

— Bon boulot. Vous venez de réussir le test.

— Dans ce cas, qui êtes-vous, en réalité ?

— Moi ? Je suis vous.

— Que voulez-vous dire ?

— Je suis l'actuel chef de service de l'unité spéciale du 110e.

— Vraiment ?

— Vraiment.

— Impressionnant. Mes félicitations. Comment est-ce ?

— Vous devez certainement pouvoir l'imaginer. Je suis assise à votre vieux bureau, en ce moment, métaphoriquement comme dans la réalité. Vous vous souvenez de votre bureau ?

— J'en ai eu beaucoup.

— Ici, à Rock Creek.

En fait, Reacher s'en souvenait plutôt bien. Un modèle administratif ancien en acier, peint en vert et dont les angles avaient déjà retrouvé l'éclat du métal par usure quand il en avait hérité.

— Il présente un creux important sur le côté droit. On raconte que c'est vous qui l'avez fait avec la tête de quelqu'un.

— On raconte ça ?

— Comme une légende folklorique. C'est vrai ?

— Ce sont les déménageurs qui en sont sans doute responsables.

— Il est parfaitement concave.

— Ils ont peut-être fait tomber une boule de bowling dessus.

— Je préfère la légende.

— Et votre nom, c'est… ? demanda Reacher.

— Inventez-m'en un, répondit la voix.

— Quoi ?

— Restons dans quelque chose de non officiel. Donnez-moi un nom de code.

— Ceci n'est qu'une conversation privée.

— Pas vraiment. D'après nos systèmes, vous m'appelez d'un commissariat. Je suis sûre qu'il est équipé d'un standard et a de quoi enregistrer.

— OK, continuez de parler, dit Reacher. J'aimerais que le nom corresponde à la personne.

— Que voulez-vous que je vous raconte ?

— Lisez-moi l'annuaire. Ça me suffira.

Nouveau sourire dans la voix.

— Les gens prétendent que la concavité du bureau a été faite par la tête d'un colonel. Ils disent que c'est à cause de ça que vous avez été viré du 110ᵉ.

— Je n'ai pas été viré. J'ai reçu une nouvelle affectation. C'est tout.

— Seulement parce que personne n'aimait beaucoup le colonel en question. Mais il ne fait aucun doute que c'était professionnellement suicidaire. C'est ce que disent les gens.

— Amanda.

— « Amanda » ? OK, ça me va. Si vous avez à nouveau besoin de moi, refaites le numéro et demandez Amanda. Bon, que puis-je faire pour vous en attendant ?

— Il y a une petite ville dans le Dakota du Sud du nom de Bolton. Au milieu de l'État, en gros, et à une vingtaine de kilomètres de l'Interstate 90.

— Je sais. Nos systèmes affichent aussi vos coordonnées. Je suis en train de regarder Bolton en ce moment même.

— De « regarder » ? Comment ça ?

— Sur mon ordinateur. Avec Google Earth.

— Vous avez l'art de vous faciliter les choses, les gars.

— La technologie est effectivement une chose merveilleuse. En quoi puis-je vous aider ?

— À sept, huit kilomètres de la ville, à l'ouest, se trouvent des installations abandonnées datant de la Guerre froide. J'ai besoin de savoir de quoi il s'agit.

— Vous ne savez pas de quoi il s'agit ?

— Je ne les ai pas vues. Et apparemment, il n'y a pas grand-chose à voir. Ce n'est peut-être rien. Mais je voudrais que vous le vérifiiez pour moi.

— Ce ne serait pas un silo à missiles ? Il y en a plein dans les deux Dakota.

— Ils disent ici que ce n'en est pas un. D'ailleurs, d'après la description, ça n'en a pas l'air.

— OK, ne bougez pas. Je zoome et je cherche... D'après les images les plus récentes, la seule chose à l'ouest de la ville ressemble à un camp de prisonniers. Quinze baraquements et un bâtiment plus ancien, sur deux alignements de huit. Plus une longue route droite. Environ trois kilomètres.

— Le bâtiment le plus ancien ressemble-t-il à une maison ?

— Vu de dessus, il ressemble exactement à une maison.

— OK, mais j'ai besoin de plus que ça.

— Vous voulez que je me tape tout le chemin jusqu'au Dakota du Sud et que j'aille voir ça de plus près avec vous ?

— Étant donné que je suis coincé ici par une tempête de neige avec rien d'autre à faire, ce serait génial. Mais un petit tour par les archives devrait faire l'affaire. Ça doit bien figurer quelque part. J'ai besoin de connaître la raison d'être, l'importance et l'architecture de ces installations.

— Rappelez-moi à la fermeture des bureaux.

Il y eut un clic, et la voix disparut.

9 h 55. Restaient quarante-deux heures.

CHAPITRE 12

L'avocat se gara dans son emplacement réservé et enfila ses surbottes. Il les retira une fois dans le hall d'entrée de l'immeuble, les glissa dans un sac en papier kraft et gagna l'ascenseur en portant le sac et son porte-documents. La secrétaire le salua depuis son coin, à côté de la porte de son bureau. Il ne répondit pas. Il ignorait si ce serait un bon ou un mauvais jour. Il se contenta de tendre la main pour prendre ses messages.

Il y en avait huit.

Trois concernaient des détails oiseux internes au bureau.

Quatre, des affaires légales normales.

Le dernier était la requête d'un client demandant une consultation en prison – question urgente relative à l'affaire 517713, à midi.

***

Reacher resta seul un moment, puis il se leva et finit par retrouver Peterson dans un bureau vide, non loin de l'entrée de la salle des officiers. La pièce contenait quatre bureaux collés les uns aux autres en son centre.

Des panneaux d'affichage horizontaux, allant des hanches à la tête en hauteur, couraient le long de tous les murs. Peterson y agrafait les photos de la scène de crime de la veille. Le mort, habillé de noir. La blessure mortelle, les plans rapprochés. De la neige sur le sol, la tempe droite enfoncée. Pas de sang.

— Nous venons juste d'avoir le rapport d'autopsie, dit Peterson. Le corps a été incontestablement déplacé.

— D'autres blessures ? demanda Reacher.

— Des bleus, des traces de coups récents.

— Est-ce qu'il y a des quartiers difficiles à Bolton ?

— Certains sont pires que d'autres.

— Vous avez vérifié les bars ?

— Pour y chercher quoi ?

— Des planchers récemment nettoyés, des taches douteuses.

— Vous pensez à une bagarre qui aurait mal tourné ?

— Quelque part dans le quartier pauvre, pas dans la zone de guerre.

— Pourquoi ?

— Dites-moi ce qu'il y a sur l'arme dans le rapport d'autopsie.

— Elle était ronde, relativement lisse, probablement métallique ou en bois, peut-être un poteau de barrière, une descente d'eau.

— Ni l'un ni l'autre, dit Reacher. Un poteau de barrière ou un tuyau de descente ont un diamètre trop important pour être bien tenus et balancés avec assez de force. Je dirais plutôt une batte de base-ball. L'hiver, ce n'est pas fréquent d'en voir. Elles sont dans les placards, dans les garages, dans les caves, dans les greniers. Sauf que des fois, elles sont sous des bars, là où le barman peut la sortir le temps de le dire. Pas dans les quartiers tranquilles de la ville, bien sûr ; et dans ce que j'appelle la zone de guerre, s'ils ont une arme, c'est probablement un fusil de chasse.

Peterson ne dit rien.

— Où vont boire les gardiens de prison ? demanda Reacher.

— Vous pensez que c'est l'un d'entre eux ?

— Il faut être deux pour danser le tango. Les gardiens de prison sont habitués aux bagarres et aux durs.

Peterson réfléchit une seconde.

— Rien d'autre ?

Reacher fit non de la tête.

— Je sors. Je reviens dans un moment.

***

La neige tombait toujours aussi dru. La voiture de Peterson n'était déjà plus qu'une forme blanche accroupie dans le parking. Reacher remonta le capuchon de sa parka d'emprunt et passa juste à côté. Ayant réussi à gagner le trottoir, il regarda à droite, et regarda à gauche. La neige tourbillonnait autour de lui, s'infiltrait sous le capuchon, se collait à ses cheveux et à ses cils, se coulait jusque dans son cou. Devant lui s'étendait un lieu public, square ou parc ; au-delà, on devinait une série d'établissements commerciaux. La distance était trop grande et la neige trop dense pour déterminer exactement ce qu'ils étaient. Mais des volutes de vapeur montaient de l'un d'eux par une sortie sur le toit, il s'agissait vraisemblablement d'un nettoyage à sec ou d'un restaurant, ce qui lui donnait une chance sur deux de prendre un déjeuner tardif.

Il s'y dirigea, pataugea dans le tas de neige empilé dans le caniveau, puis il traversa le parc en glissant et dérapant. Il ne sentait déjà plus son nez, ses oreilles et son menton. Il gardait les mains au fond des poches. L'endroit d'où montait la vapeur était une cafétéria. Il entra, accueilli par un air chaud et humide. Un comptoir, quatre tables. Jay Knox était assis seul à l'une d'elles. Le chauffeur du car. À en juger par ce qui traînait sur sa table, il venait de finir depuis un moment un petit déjeuner très complet. Reacher alla se placer devant lui et posa la main sur le dossier de la chaise sans la tirer, comme pour demander la permission de s'asseoir. Knox ne parut ni content ni mécontent de le voir. Juste préoccupé et pas de très bonne humeur.

Reacher s'assit d'office et demanda :

— Ça se passe bien pour vous ?

— On m'a mis chez des gens.

— Et… ?

— J'imagine que ce sont des gens très bien.

— Mais vous êtes tout de même venu ici prendre tranquillement votre petit déjeuner.

— J'aime pas m'imposer.

— Ils ne vous ont rien proposé ?

— Ils ne me plaisent pas particulièrement, d'accord ?

Reacher ne dit rien.

— Et vous, demanda Knox, où ils vous ont mis ?

— Chez le flic qui est venu dans le car.

— Dans ce cas, qu'est-ce que vous faites ici ? Il ne vous a pas offert le petit déjeuner ?

Reacher ne répondit pas à la question.

— Des nouvelles ? se contenta-t-il de demander.

— Les camions de remorquage sont arrivés ici ce matin. Ils ont sorti mon car du fossé. On loue un véhicule de remplacement à Minneapolis. Il devrait arriver dès la fin de la tempête.

— C'est pas si mal.

— Sauf qu'il va venir avec son chauffeur. Ce qui veut dire que je serai un simple passager jusqu'à Seattle. Ce qui veut aussi dire que je ne serai plus payé à partir d'hier 16 heures.

— Ça, c'est moins bien.

— Ils devraient faire quelque chose pour ce foutu pont.

— Avez-vous des nouvelles des passagers ?

— Ils ont été dispersés un peu partout. Une femme a un bras en écharpe et l'autre un plâtre au poignet. Mais dans l'ensemble, ils ne râlent pas trop. Je n'ai pas l'impression qu'il y en ait qui aient déjà appelé leur avocat. En fait, certains voient même le bon côté des choses, comme si tout ce truc était une aventure inédite.

— Pas si mal, dit à nouveau Reacher.

Knox ne répondit pas. Il se leva brusquement, décrocha ses vêtements d'un portemanteau proche, s'enfonça un bonnet sur la tête, s'enroula une écharpe autour du cou et enfila laborieusement un lourd manteau – tout étant d'emprunt à en juger par les tailles et les couleurs. Il adressa un signe de tête à Reacher, un adieu teinté d'une pointe de mauvaise humeur, puis il gagna la porte et sortit dans la neige.

Une serveuse s'approcha et Reacher commanda le petit déjeuner le plus copieux du menu.

Plus du café.

10 h 55. Restaient quarante et une heures.

***

L'avocat laissa son porte-documents dans son bureau, mais n'oublia pas ses caoutchoucs dans son sac de commission. Il les enfila dans le hall d'entrée et refit le chemin inverse, à travers le parking, jusqu'à sa voiture. Il boucla sa ceinture, lança le moteur et brancha le chauffe-siège et les essuie-glaces. Il savait que l'autoroute était toujours fermée. Mais il existait d'autres itinéraires. Les longues routes droites du Dakota du Sud s'étiraient jusqu'à l'horizon.

Il se débarrassa de ses caoutchoucs, appuya une semelle de cuir sur le frein et mit le levier de vitesse sur Drive.

***

Reacher en était à la moitié de son petit déjeuner lorsque Peterson entra. Il portait sa tenue complète grand froid. Manifestement, Reacher se devait d'être impressionné par la facilité avec laquelle le policier l'avait retrouvé. Ce qui aurait pu être le cas, en fonction du nombre d'autres endroits dans lesquels Peterson l'avait cherché avant.

Peterson posa la main sur la chaise qu'avait occupée Knox et Reacher l'invita à s'asseoir d'un geste de sa fourchette lourdement chargée. Peterson s'assit.

— Je suis désolé que vous n'ayez pas déjeuné à la maison, dit-il.

Reacher finit sa bouchée avant de répondre.

— Pas de problème. Vous vous êtes montrés plus que généreux.

— Kim souffre de solitude, c'est tout. Elle déteste cette heure de la journée, quand les garçons et moi quittons la maison. En général, elle se planque dans sa chambre.

Reacher ne dit rien.

— Vous êtes-vous jamais senti seul ? reprit Peterson.

— Des fois, oui.

— Kim vous dirait que non. Pas si vous ne vous êtes retrouvé tous les jours assis dans votre véranda du Dakota du Sud, à regarder autour de vous et à ne voir que la terre qui s'étend sur des centaines de kilomètres dans toutes les directions.

— Elle n'est pas d'ici ?

— Si. Mais y être habitué ne signifie pas qu'on doive aimer ça.

— Sans doute pas.

— Nous avons vérifié les bars. Nous en avons trouvé un avec un plancher très propre.

— Où ?

— Au nord. Là où les gardiens de prison vont boire un coup.

— Des témoins coopératifs ?

— Non, mais le barman a disparu. Il a mis les voiles dans son pick-up hier.

— Très bien.

— Merci, dit Peterson.

— Avec plaisir.

Reacher enfourcha un morceau de bacon et un peu de jaune d'œuf et avala le tout.

— D'autres idées, par hasard ?

— Je sais comment le type que vous avez coffré communique.

— Comment ?

— Il s'est fait un pote à l'intérieur. Ou il a contraint quelqu'un. Votre type briefe le deuxième type, et le deuxième type briefe son avocat. Il emprunte une voie parallèle, en somme. Ce n'est pas la bonne pièce que vous avez mise sur écoute.

— Il y a des douzaines de visites d'avocats tous les jours.

— Dans ce cas, autant commencer tout de suite à les filtrer.

Peterson resta un instant silencieux.

— Rien d'autre ?

— Si, dit Reacher en hochant la tête. J'ai besoin d'aller dans un magasin de vêtements. Je l'ai plus ou moins promis à votre femme. Des trucs bon marché, rien d'original. Vous en connaissez un dans ce genre ?

***

Le magasin que lui recommanda Peterson, un long bloc anonyme, se trouvait à l'ouest du parc. Il proposait des vêtements robustes pour des fermiers robustes. Il y avait un rayon été et un rayon hiver, mais la différence ne sautait pas aux yeux. Certains effets ne portaient pas de marques, et ceux où il y en avait une bien visible présentaient des défauts. Il y avait un choix limité de couleurs et aucune de vive. Tout était bon marché, y compris les chaussures. Reacher partit du bas en achetant une paire de chaussures imperméables noires. Puis il passa aux vêtements. Vert olive ou bleu étaient les couleurs qu'il choisissait systématiquement. Vert olive parce qu'il avait été militaire. Bleu parce qu'une fille lui avait dit un jour que ça allait bien avec ses yeux. Cette fois, il prit du vert olive parce que ça allait à peu près bien avec la parka empruntée, qui était marron. Il se choisit un pantalon doublé de flanelle, un tee-shirt, une chemise de flanelle et un chandail en coton épais. À quoi il ajouta un caleçon long, des gants noirs et un bonnet fourré. Les dégâts s'élevaient à cent trente dollars. Le propriétaire du magasin prit cent vingt en liquide. Si Reacher les portait quatre jours, cela lui reviendrait à trente dollars par jour. Autrement dit, dix mille dollars par an rien que pour s'habiller. Délirant, diraient certains. Mais le système lui convenait. Il savait que la plupart des gens dépensent beaucoup moins que ça pour s'habiller. Ils possèdent un petit nombre d'articles qu'ils rangent dans des placards et lavent dans leurs sous-sols. Mais ces placards et ces sous-sols sont entourés de maisons, et les maisons coûtent infiniment plus cher que dix gros billets par an, qu'on les achète ou qu'on les loue, sans parler de l'entretien, des réparations, de l'assurance.

Qui donc délirait ?

Il se changea dans une cabine d'essayage et jeta ses anciennes affaires dans une poubelle, derrière le comptoir. Il s'enfonça le bonnet sur la tête et en rabattit les pans sur ses oreilles. Le recouvrit de la capuche de la parka. Remonta la fermeture Éclair. Enfila les gants. Et sortit.

Une fois sur le trottoir, il eut toujours aussi froid.

L'air était à la température d'un congélateur industriel. Il le sentait dans ses tripes, ses côtes, ses jambes, son cul, ses yeux, son visage, ses poumons. Comme ce qu'il avait connu de pire en Corée ; mais en Corée il était plus jeune, sous commandement et payé. C'était différent. La neige dansait et tourbillonnait autour de lui.

Un vent glacial lui soufflait dessus. Son nez se mit à couler. Sa vue à se troubler. Il s'arrêta dans des entrées de porte pour souffler. La marche de dix minutes jusqu'au commissariat de police se transforma en une odyssée hivernale de vingt.

À son arrivée, il tomba sur une panique totale.

11 h 55.

Restaient quarante heures.

***

On aurait dit que tous les téléphones du commissariat sonnaient en même temps. Le vieux à la réception en tenait un à chaque main et parlait dans les deux à la fois. Peterson était seul dans la salle de garde, debout derrière un bureau, un téléphone coincé entre l'épaule et l'oreille, le cordon s'étirant et se tortillant au rythme de son agitation. Il gesticulait, avec de courts mouvements secs et décidés des deux mains, tel un général faisant manœuvrer ses troupes – à croire que la ville de Bolton était disposée devant lui sur le bureau comme une carte d'état-major.

Reacher écouta et observa. La situation se comprenait d'elle-même. Nul besoin d'avoir un QI de cent cinquante pour ça. Un crime majeur avait été commis et Peterson déplaçait ses gens pour s'en occuper, tout en s'assurant que ses obligations actuelles étaient remplies. La scène du crime semblait se trouver du côté droit de son bureau, autrement dit à la limite est de Bolton. Les obligations actuelles paraissaient se situer vers le sud-ouest du centre, soit l'endroit où Janet Salter vivait, d'après ce qu'avait compris Reacher. Le témoin vulnérable. Peterson lui allouait plus de ressources qu'à la scène de crime, ce qui indiquait qu'il savait où se trouvaient ses priorités ou bien que la victime ne pouvait plus être aidée.

Ou les deux.

Une minute plus tard, Peterson arrêta de parler et raccrocha. Il paraissait inquiet. *Un expert à sa manière en tout ce qui touchait aux affaires locales, mais un peu dépassé par ce qui n'était pas de son domaine.*

— Un homme a été abattu dans sa voiture, dit-il.

— Qui ?

— D'après les plaques, il s'agit d'un avocat de l'autre comté. Il a eu quatre entretiens avec son client à la prison. Tous depuis que nous avons coffré le biker. Comme vous avez dit. C'était lui, leur voie parallèle. Leur plan est au point, maintenant. Ils font le ménage et rompent la chaîne.

— C'est encore pire, dit Reacher.

Peterson acquiesça.

— Je sais. Le type n'est pas en route. Nous l'avons manqué. Il est déjà sur place.

CHAPITRE 13

Par deux fois, Peterson essaya de quitter la salle de garde et par deux fois, il dut revenir sur ses pas pour répondre au téléphone. Il finit par gagner le couloir et se tourna vers Reacher.

— Un tour avec moi, ça vous dirait ?

— Vous tenez à ce que je vous accompagne ?

— Si vous en avez envie.

— Il y a un endroit précis où je devrais aller.

— Où ça ?

— Je devrais aller me présenter à Mme Salter.

— Pour quoi faire ?

— J'aimerais connaître la disposition des lieux. Juste au cas où.

— Mme Salter est sous protection, répondit Peterson. J'y ai veillé. Ne vous inquiétez pas pour elle.

Puis il marqua une pause avant d'ajouter :

— Quoi ? Vous pensez qu'ils vont tenter le coup aujourd'hui ? Vous pensez que l'avocat ne serait qu'une diversion ?

— Non, je pense qu'ils rompent la chaîne. Mais on dirait que je vais rester ici encore un jour ou deux. À cause de la neige. Si jamais la sirène d'évasion se déclenche, je suis votre seul joker. Mais il faudrait d'abord me présenter à cette dame.

Peterson garda le silence.

— J'essaie de vous aider, c'est tout. De vous rendre votre hospitalité.

Peterson ne disait toujours rien.

— Je ne suis pas votre tueur, dit Reacher.

— Je sais.

— Mais… ?

— Vous pourriez être utile sur la scène de crime.

— Vous vous en sortirez très bien. Vous savez ce que vous devez faire, non ? Prendre tout un tas de photos, relever les empreintes de pneus et de pas. Rechercher des douilles vides.

— D'accord.

— Mais appelez d'abord l'équipe qui est avec Mme Salter. Je ne tiens pas à déclencher la panique en me pointant dans son allée.

— Vous ne savez pas où elle habite.

— Je trouverai.

***

L'été, il n'aurait peut-être fallu que dix minutes pour gagner la maison de Mme Salter. Dans la neige, Reacher en eut presque pour une demi-heure, sa vision étant limitée et sa marche ralentie. Il refit à l'envers le trajet qu'avait suivi le bus de la prison, pataugea laborieusement dans la neige accumulée et dans les rues où le chasse-neige n'était pas passé, glissant et dérapant dans les ornières laissées par les véhicules. Il neigeait encore beaucoup. Les gros flocons blancs lui tombaient dessus, se jetaient sur lui, tourbillonnaient tout autour de lui. Il trouva la grande artère en direction du sud. Il se rappelait que le restaurant était un peu plus loin. Et qu'au-delà se trouvait la voiture de police garée. Il continua de progresser. Il faisait très froid, mais il était encore en état de fonctionner. Ses nouveaux vêtements faisaient leur boulot, mais sans plus.

Des voitures circulaient dans les deux sens, tous feux allumés, essuie-glaces en marche. Elles étaient peu nombreuses, mais cela suffisait à l'obliger à marcher sur le bas-côté et non pas dans les traces de pneus, ce qui aurait été plus facile. La chaussée devait être large sous la neige, songea-t-il, mais la circulation se concentrait sur deux voies étroites au milieu, soit quatre ornières parallèles. Chaque véhicule qui passait confirmait la décision collective de ne pas s'en écarter. Et à chaque passage, les ornières étaient un peu plus profondes et les congères plus hautes. La neige était sèche et compacte. Le fond des ornières portait les empreintes en treillis des sculptures de pneus, régulières, graisseuses, tachées de brun par endroits.

Reacher passa devant le restaurant. C'était le coup de feu du déjeuner. Les fenêtres étaient embuées. Il continua de progresser. Quatre cents mètres plus loin, il aperçut la voiture de police garée. Elle avait quitté les ornières d'une des voies, avait rompu les petites parois de neige pour créer ses propres ornières, moins grandes et faisant penser à un aiguillage de chemin de fer. Elle était rangée parallèlement à l'artère principale et bloquait complètement la rue secondaire. Son moteur était coupé, mais les gyrophares tournaient sur le toit. Le flic assis derrière le volant ne bougeait pas. Il regardait droit devant lui à travers le pare-brise, n'ayant l'air ni sur le qui-vive, ni enthousiaste. Reacher décrivit un arc de cercle pour l'aborder par l'avant gauche. Il n'avait pas envie de prendre le type par surprise.

Le flic fit descendre sa vitre.

— C'est vous, Reacher ? lança-t-il.

Reacher répondit d'un hochement de tête. Il avait la figure trop engourdie par le froid pour articuler de manière cohérente. Sur la plaque de poitrine du flic on lisait : *Montgomery*. Il n'était pas rasé et avait pas mal de kilos de trop. Il approchait la trentaine. À l'armée, il se serait sérieusement fait botter les fesses.

— La maison Salter est un peu plus loin à gauche, dit-il. Vous ne pouvez pas la manquer.

Reacher reprit sa marche laborieuse. Pas d'ornières profondes dans la petite rue. Rien que deux pistes solitaires – la voiture qui arrive, la voiture qui s'en va. Les traces étaient déjà presque complètement remplies de neige. Le changement de quart, quelques heures auparavant. Le type de nuit qui rentre chez lui, le type de jour qui arrive. Celui de jour avait un peu accéléré après le virage. Sa piste avait gardé la trace d'un léger dérapage avant de se redresser.

La rue s'incurvait doucement, bordée des deux côtés par de vastes maisons anciennes au milieu de grands terrains plats. Style victorien. Elles pouvaient avoir une centaine d'années. Jadis cossues, beaucoup gardaient encore des signes de prospérité. Elles avaient été manifestement construites au cours d'une époque dynamique. Elles n'avaient pas attendu les dollars de la prison fédérale. La neige empêchait de bien distinguer les détails, mais on sentait que c'était du solide et du durable avec leurs parements pain d'épice. Peterson ayant décrit Janet Salter comme une grand-mère de conte de fées, Reacher s'attendait à découvrir une maison de grand-mère de conte de fées – un petit cottage avec des rideaux de guingan. En particulier si cette grand-mère de conte de fées avait été enseignante et bibliothécaire. Janet Salter avait peut-être eu une vie différente. Reacher n'avait connu aucune de ses deux grands-mères. Il se souvenait d'avoir vu une photo en noir et blanc où bébé, il était sur les genoux d'une femme à l'aspect austère. La mère de son père, lui avait-on dit. Sa grand-mère maternelle était morte alors qu'il avait quatre ans, avant même d'être venue le voir.

La deuxième voiture de police était garée un peu plus loin. Tous feux éteints. L'avant dirigé vers lui. Le flic à l'intérieur l'étudiait attentivement. Reacher avança de quelques pas et s'arrêta à trois mètres du véhicule. Le flic ouvrit sa portière et contourna le capot. Ses grosses chaussures soulevaient de la poudre et faisaient rouler de petites boules de neige.

— C'est vous Reacher ? demanda-t-il.

Reacher acquiesça.

— Je dois vous fouiller.

— Qui a dit ça ?

— L'adjoint au chef.

— Me fouiller pourquoi ?

— Des armes.

— Elle a plus de soixante-dix ans. Je n'aurais pas besoin d'armes.

— C'est vrai. Mais il vous en faudrait pour les officiers qui la protègent dans la maison.

L'air de piger vite, le flic était encore du bon côté de la quarantaine. Compact, musclé, compétent. Un commissariat en deux parties, une bonne, une moins bonne. Un bleu à l'entrée de la rue, un vieux routier devant la maison. Reacher se planta sur ses pieds, défit la fermeture Éclair de sa parka et se tint bras écartés.

L'air glacé se précipita sous les pans du vêtement. Le flic le palpa jusqu'aux chaussures, puis écrasa en même temps les deux poches de la parka.

— Allez-y, dit-il. Ils vous attendent.

L'allée était longue et la maison chargée d'ornements. Elle paraissait avoir été transportée par avion tout droit de Charleston ou de San Francisco. Elle avait toute la panoplie. Une véranda couverte où mettre des rocking-chairs en faisait tout le tour ; il y avait des douzaines de fenêtres et la paroi extérieure était faite de bardeaux en écailles de poisson. Elle comportait des tourelles et davantage de vitraux qu'une église. Il grimpa les marches jusqu'à la véranda et, une fois sur le plancher, tapa des pieds pour faire tomber la neige de ses chaussures. La porte d'entrée était un beau travail d'ébéniste à panneaux multiples. À côté, le contrepoids d'une cloche pendait au bout d'un fil monté sur des poulies qui entrait dans la maison par un œilleton de bronze. Objet probablement commandé sur le catalogue de Sears Roebuck il y avait un siècle, et livré en chariot à cheval dans un coffre en bois au milieu de la paille, puis installé par un artisan davantage habitué à réparer les charrettes et à ferrer les chevaux.

Reacher tira dessus. Avec un retard d'une seconde il entendit, loin dans la maison, un carillon bas, poli, sonore. Encore une seconde, et une femme policière ouvrit la porte. Petite, le teint foncé, jeune, elle était en tenue. Son arme n'avait pas quitté son étui. Mais la bride était détachée, et la dame paraissait bien réveillée. Des officiers femmes dans la maison, lui avait dit Peterson, les meilleures que nous ayons, minimum quatre en permanence, deux de veille, deux qui se reposent.

— C'est vous Reacher ? lui demanda la femme.

Il acquiesça.

— Entrez.

Le vestibule, sombre et lambrissé, était plutôt somptueux. Il y avait des peintures sur les murs. Un escalier imposant s'élevait devant lui et disparaissait dans les hauteurs. Il y avait partout des portes fermées, peut-être en châtaignier, toutes brillantes et polies par un siècle de cire qu'on applique. Un grand tapis persan occupait le centre de la pièce. D'antiques radiateurs à vapeur étaient reliés à de gros tuyaux. Ils fonctionnaient. Il faisait bon dans ce vestibule. Il y avait un porte-chapeaux en bois coudé, sur lequel étaient accrochées quatre parkas d'hiver réglementaires, toutes neuves. Reacher se débarrassa de la sienne et l'accrocha à la patère restante. Un bon vieux machin d'autrefois croulant sous des vêtements modernes.

— Mme Salter est dans la bibliothèque, dit la femme flic. Elle vous attend.

— Et où est la bibliothèque ? demanda Reacher.

— Suivez-moi.

Elle le précéda, tel un majordome. Ils prirent une porte sur la gauche. Elle frappa et entra. La bibliothèque était une grande pièce carrée haute de plafond. Elle avait une cheminée et deux portes vitrées donnant sur le jardin. Tout le reste n'était que livres sur des étagères – des milliers de livres. Une deuxième femme flic se tenait devant les portes vitrées. Décontractée, les mains dans le dos, elle regardait dehors. Elle ne changea pas de position. Eut juste un coup d'œil, le temps que sa collègue lui adresse un signe de tête, puis elle regarda de nouveau devant elle.

Une femme âgée était assise dans un fauteuil. Mme Salter, très certainement. L'enseignante à la retraite. La bibliothécaire. Le témoin. Elle regarda Reacher et sourit poliment.

— J'étais sur le point de manger quelque chose. Voulez-vous vous joindre à moi ?

12 h 55. Restaient trente-neuf heures.

CHAPITRE 14

Janet Salter prépara elle-même le repas. Reacher la regarda faire. Il resta assis dans la cuisine spacieuse pendant qu'elle allait du réfrigérateur au comptoir et de la cuisinière à l'évier. L'image qu'il s'était faite d'elle d'après la description de Peterson ne cadrait pas avec la réalité. Elle avait plus de soixante-dix ans, pas de doute ; elle avait les cheveux gris, n'était ni grande ni petite, ni grosse ni maigre, et si son air plein de bonté n'avait rien de rébarbatif, elle se tenait droite comme un I et avait une allure vaguement aristocratique. Son comportement faisait penser à celui d'une personne habituée au respect et à l'obéissance – peut-être même de la part d'un personnel important et nombreux. Et Reacher doutait qu'elle fût vraiment grand-mère. Elle ne portait pas d'alliance et la maison donnait l'impression qu'aucun enfant n'y avait mis les pieds depuis au moins un demi-siècle.

— Vous étiez l'un de ces infortunés du bus, n'est-ce pas ? lui demanda-t-elle.

— Je crois que les autres étaient plus infortunés que moi, répondit-il.

— J'ai proposé ma maison, bien entendu. Ce n'est pas la place qui manque. Mais le chef Holland n'a pas voulu en entendre parler. Pas dans ces circonstances.

— Je crois qu'il a eu raison.

— Parce que d'autres personnes ici auraient compliqué le service de ses officiers ?

— Non, parce que d'autres personnes auraient pu devenir des victimes collatérales en cas d'attaque.

— Voilà au moins une réponse honnête. D'après ce qu'ils disent, vous êtes un spécialiste. Vous étiez dans l'armée comme officier supérieur, si j'ai bien compris.

— Un temps, oui.

— Dans une unité d'élite.

— C'était ce que nous nous disions.

— Pensez-vous que je sois sage, voulut-elle savoir. Ou sotte ?

— Par rapport à quoi, madame ?

— D'avoir accepté de témoigner à ce procès.

— Tout dépend de ce que vous avez vu.

— Que voulez-vous dire ?

— Si ce que vous avez vu permet d'envoyer ce type au trou, alors vous avez bien fait. Mais si ce que vous avez vu n'est pas concluant, je crois que c'est courir un risque inutile.

— J'ai vu ce que j'ai vu. Toutes les personnes concernées m'ont assuré que c'était assez pour obtenir une condamnation. Ou pour « l'envoyer au trou », comme vous dites. J'ai assisté à la conversation, j'ai assisté à l'inspection du produit, j'ai assisté au comptage de l'argent et à l'échange.

— À quelle distance ?

— Une vingtaine de mètres, quelque chose comme ça.

— À travers une fenêtre ?

— De l'intérieur du restaurant, oui.

— La vitre était-elle propre ? N'était-elle pas embuée ?

— Oui à la première question, non à la seconde.

— Aucun obstacle dans votre ligne de vision ?

— Aucun.

— Conditions météo ?

— Frais et clair.

— L'heure ?

— Vers le milieu de la soirée.

— Le parking était-il éclairé ?

— Brillamment.

— Avez-vous bonne vue ?

— Je suis un peu hypermétrope. Je porte parfois des lunettes pour lire. Mais en dehors de ça, jamais.

— Quel était ce produit ?

— Une brique de poudre blanche scellée dans du papier huilé. Le papier devait être ancien, il avait légèrement jauni. Il comportait une identification au stencil, sous la forme d'une couronne à trois pointes, chaque pointe se terminant par une boule, sans doute pour représenter un joyau.

— Vous avez vu tout cela à vingt mètres ?

— L'avantage d'être hypermétrope. Et le dessin était de grande taille.

— Pas le moindre doute ? Pas d'interprétation, pas de détail manquant, pas de reconstruction après coup ?

— Absolument pas.

— Je crois que vous allez être un témoin sensationnel.

Elle apporta le repas sur la table. Elle avait préparé une salade dans un saladier en bois. Le saladier portait une patine sombre à force d'avoir servi ; la salade était composée de plusieurs légumes, de thon en boîte et d'œufs durs encore légèrement tièdes. Janet Salter avait de petites mains. Pâles, peau parcheminée. Ongles faits, pas de bague.

— Combien d'autres personnes se trouvaient dans le restaurant à ce moment-là ? lui demanda Reacher.

— Cinq, plus la serveuse.

— Certaines d'entre elles ont-elles vu ce qui se passait ?

— J'ai la conviction que tout le monde l'a vu.

— Mais… ?

— Mais ils ont prétendu que non, après. La bande qui s'est installée à l'ouest de Bolton est bien connue ici. Elle fait peur aux gens. Par sa seule présence, je crois, et par le fait que ces types sont différents. Ce sont « les autres ». Ce qui est apparemment perturbant en soi. En pratique, ils ne nous font aucun tort. Nous nous regardons plus ou moins en chiens de faïence. Je ne nierai cependant pas qu'il y a comme une menace sourde qui plane.

— Vous vous souvenez de la construction du camp, dans ce secteur ? demanda Reacher.

Janet Salter fit non de la tête.

— Le chef Holland et M. Peterson m'ont posé cette question je ne sais combien de fois. Mais je n'en sais pas plus qu'eux. Je faisais mes études loin d'ici à l'époque.

— Les gens disent que les travaux ont duré des mois. Sans doute plus d'un semestre. Vous n'avez entendu parler de rien quand vous reveniez en ville ?

— J'ai fait mes études en Europe. Les voyages internationaux coûtaient cher. Je ne revenais pas aux vacances. En fait, je ne suis pas revenue pendant trente ans.

— Où ça, en Europe ?

— Université d'Oxford, en Angleterre.

Reacher ne dit rien.

— Je vous surprends ? demanda Janet Salter.

Il haussa les épaules.

— Peterson m'a parlé de vous comme d'une enseignante et d'une bibliothécaire. J'ai imaginé une simple institutrice de campagne.

— M. Peterson ressent l'aversion typique des gens d'ici pour tout ce qui sort un peu de l'ordinaire. De plus, ce qu'il a dit est tout à fait exact. J'ai été enseignante et responsable d'une bibliothèque. Tout d'abord professeur de bibliothéconomie à Oxford, puis j'ai fait partie du directoire de la Bibliothèque bodléienne avant de revenir aux États-Unis diriger la bibliothèque de Yale. Après quoi j'ai pris ma retraite et suis revenue chez moi, à Bolton.

— Quel est votre livre préféré ?

— Je n'en ai pas. Et vous ?

— Moi non plus, je n'en ai pas.

Elle changea de sujet.

— Je suis au courant pour le plan de crise à la prison.

— D'après ce qu'on m'a dit, il n'a jamais servi.

— Mais comme pour tout, on peut imaginer qu'il y aura une première fois, et qu'elle arrivera tôt ou tard.

***

Plato sauta le déjeuner, chose inhabituelle de sa part. En temps normal, il aimait le rituel cérémonieux des trois repas par jour. Son personnel lui avait bien entendu préparé un plat, mais il ne se montra pas. Au lieu de cela, il continua de marcher le long d'un sentier sinueux au milieu des buissons de sa propriété, d'un pas vif, pendu au téléphone, la sueur assombrissant sa chemise. Son indic au sein de la DEA avait procédé à un examen de routine des transcriptions d'écoutes de son service et avait sonné l'alarme. Plato n'aimait pas les alarmes. Il aimait les solutions, pas les problèmes. Son type de la DEA le savait et avait déjà pris contact avec un collègue. Impossible d'empêcher le Russe inconscient de se faire avoir par la police, mais on pouvait toujours retarder les choses jusqu'à ce que l'argent ait disparu dans l'éther, Plato s'en sortant enrichi et indemne. Ce que cela lui coûterait ? Quatre ans de frais de scolarité. Le collègue était père d'un ado de seize ans et n'avait pas d'économies. Plato avait demandé combien coûtaient les frais de scolarité et avait été légèrement surpris par la réponse. On pouvait s'acheter une bonne voiture à ce prix-là.

Plato n'avait plus qu'un seul problème à régler. Le site du Dakota du Sud servait à plusieurs choses. La plupart de ce qu'il contenait pouvait être vendu, mais pas tout. Certaines choses devraient être déplacées auparavant. Comme quand on vend une maison : on laisse le poêle, on emporte le canapé.

Il ne faisait confiance à personne. Ce qui était un avantage, la plupart du temps. Mais cela créait aussi des difficultés, dans certains cas. Comme aujourd'hui. À qui pourrait-il demander de faire les paquets et le déménagement ? Pas question d'appeler Allied van Lines. Et FedEx ou UPS n'auraient pas été mieux.

Sa conclusion, tirée à contrecœur, fut que lorsqu'on veut qu'une chose soit convenablement faite, il vaut mieux la faire soi-même.

***

Janet Salter agita les mains pour faire comprendre à Reacher de ne pas bouger et commença à débarrasser.

— Qu'est-ce que vous savez sur la méthamphétamine ? demanda-t-elle.

— J'en sais sans doute moins que vous.

— Je ne suis pas ce genre de fille.

— Oui, mais votre truc, c'est les livres. Je suis sûr que vous avez dû faire des recherches approfondies.

— Vous d'abord.

— J'étais dans l'armée.

— Ce qui sous-entend ?

— Que certaines situations et opérations exigent ce que le manuel du combattant décrit comme un état d'éveil intense, soit de la motivation, de la concentration, de la clarté d'esprit pendant de longues périodes. Et pour ça, les médecins ont toutes sortes de pilules. On commençait à retirer la méthamphétamine du marché quand je suis arrivé, mais on l'avait employée pendant des dizaines d'années.

Elle acquiesça.

— On l'appelait Pervitin. Découverte par les Japonais, améliorée par les Allemands. Elle a été très utilisée pendant la Seconde Guerre mondiale. Elle était conditionnée dans des barres chocolatées. *Fliegerschokolade*, le chocolat des aviateurs, et *Panzerschokolade*, le chocolat des tankistes. Les Alliés l'utilisaient aussi. Tout autant, sinon plus. Ils l'appelaient Desoxyn. Il est étonnant que les gens aient réussi à dormir.

— Pour dormir, ils avaient de la morphine.

— Mais aujourd'hui, c'est contrôlé. À cause des dégâts terribles que ça entraîne chez ceux qui en abusent. Elle doit donc être fabriquée illégalement. Ce qui est relativement facile à faire dans de petits laboratoires improvisés. Sauf que la fabrication d'un produit quelconque exige des matières premières. Pour faire de la méthamphétamine, on a besoin d'éphédrine ou de pseudo-éphédrine, tous produits qu'il est possible d'acheter en gros, pourvu qu'on arrive à contourner les règlements. On peut encore vous en procurer en l'extrayant des médicaments décongestionnant en vente libre. Pour ça, il faut disposer de phosphore rouge et d'iode. Ou de lithium, produit qu'on trouve dans certaines batteries. C'est une méthode alternative, dite de la « réduction de Birch ».

— On peut aussi la tirer directement des acacias de l'ouest du Texas, dit Reacher. Sans parler de la mescaline et de la nicotine. Un arbre merveilleux, cet acacia.

— Nous ne sommes pas au Texas, lui fit observer Janet Salter. Mais au Dakota du Sud. Ce que je veux dire, c'est qu'on ne fabrique pas de briques sans argile. S'ils exportent de grandes quantités de produit fini, ils importent forcément de grandes quantités de matières premières. Ça doit se voir. Il doit y avoir des camions. Pourquoi le chef Holland ne peut-il pas les coincer de cette façon sans m'impliquer ?

— Je ne sais pas.

— J'ai l'impression que le chef Holland est devenu paresseux.

— Peterson prétend qu'ils vous ont donné la possibilité de vous rétracter.

— Mais ne comprenez-vous pas ? Je n'ai pas le choix ! Je ne pourrais plus me regarder dans la glace. C'est une question de principe.

— Peterson dit aussi qu'on vous a offert une protection fédérale.

— J'aurais peut-être dû l'accepter. Mais je préfère de beaucoup rester chez moi. Le système judiciaire est supposé punir les coupables, pas les témoins. Ça aussi, c'est une question de principe.

Il jeta un coup d'œil vers la porte de la cuisine. Une femme flic dans l'entrée, une deuxième devant la fenêtre à l'arrière de la maison, deux autres se reposant au premier en attendant de prendre leur tour de garde pour la nuit, une voiture devant la porte, une autre bloquant la rue un peu plus loin. Sans compter les habitants sur le qui-vive et une force de police devenue parano. Et la neige qui recouvrait tout.

Impec, sauf si la sirène se déclenchait.

— Avez-vous des petits-enfants ? reprit Reacher.

Janet Salter fit non de la tête.

— Nous n'avons pas eu d'enfants, mon mari et moi. Nous avons attendu, puis… il est mort. Il était anglais et beaucoup plus âgé que moi. Pourquoi cette question ?

— Peterson m'a parlé de votre crédibilité lorsque vous témoignerez. Il m'a dit que vous aviez l'air d'une grand-mère tout droit sortie d'un conte de fées.

— Et vous êtes d'accord ?

— Je ne sais pas. On n'a pas dû me lire les mêmes contes de fées.

— Où avez-vous grandi ?

— Dans des bases militaires.

— Lesquelles ?

— Toutes, j'en ai l'impression.

— Moi, j'ai grandi ici, au Dakota du Sud. Mon père était le dernier d'une longue lignée de barons voleurs[1]. Nous trafiquions, nous achetions des terres aux Indiens à trente *cents* l'hectare, des actions et des obligations du gouvernement *via* des hommes de paille, des mines d'or, nous investissions dans les chemins de fer. À des taux préférentiels, cela va sans dire.

— Ce qui explique cette maison, dit-il.

Elle sourit.

— Non. C'est ici que nous nous sommes réfugiés quand les choses ont mal tourné pour nous.

Dans le vestibule, la cloche tinta une fois, avec douceur et courtoisie. Reacher se leva, alla jusqu'à la porte et regarda. La femme flic de service était assise sur la dernière marche de l'escalier. Elle se leva, traversa la pièce plongée dans la pénombre et ouvrit la porte extérieure. Le chef Holland entra, accompagné de quelques légers flocons de neige et d'un nuage d'air glacial. Il tapa des pieds sur le paillasson et frissonna au contact de la chaleur. Il enleva sa parka. La femme flic la lui suspendit par-dessus celle de Reacher.

Holland traversa le vestibule, adressa un signe de tête à Reacher et passa devant lui pour gagner la cuisine. Il dit à Janet Salter qu'il n'avait aucune nouvelle significative pour elle et ne passait que pour lui présenter ses respects. Elle lui demanda de l'attendre dans la bibliothèque. Ajouta qu'elle allait faire du café et lui en apporterait. Reacher la regarda remplir un percolateur moulé dans un aluminium terne et épais. La protection de l'alimentation électrique était en tissu.

1. Les industriels peu scrupuleux, pendant la conquête de l'Ouest.

Pratiquement une antiquité. Il avait très bien pu être fabriqué à partir d'un B-24 Liberator envoyé à la casse après la Seconde Guerre mondiale. Reacher s'avança pour l'aider, mais la vieille dame refusa d'un geste de la main.

— Allez tenir compagnie au chef dans la bibliothèque, lui dit-elle.

Il s'exécuta.

— Où en est-on ? demanda-t-il.

— De quoi ? dit Holland.

— La voiture retrouvée à l'est de la ville. Avec un mort dedans.

— Nous ne sommes pas sûrs que notre première hypothèse soit la bonne. Celle selon laquelle il s'agissait pour eux de rompre la chaîne, je veux dire. On pourrait simplement avoir affaire à un braquage qui a mal tourné.

— Comment ça ?

— Le type était avocat, mais nous n'avons pas retrouvé de porte-documents dans sa voiture. Avez-vous jamais entendu parler d'un truc pareil ? Un avocat sans son porte-documents ? Il a peut-être été emporté.

— Avait-il un portefeuille sur lui ?

— Oui.

— Et une montre au poignet ?

— Aussi.

— L'attendait-on à la prison ?

— Pas d'après la liste des visiteurs. Son client n'a fait aucune requête. Mais d'après son cabinet, il aurait reçu un appel.

— Dans ce cas, ce n'était pas juste un vol. On l'a attiré là-bas. Il n'avait pas de porte-documents parce qu'il n'envisageait pas d'écrire quoi que ce soit. Pas dans le cadre de son affaire actuelle.

— C'est possible. De toute façon, nous gardons l'hypothèse sous le coude.

— Qui a appelé son cabinet ?

— La voix était masculine. La même que les cinq premières fois. À partir d'un portable dont la trace a été impossible à remonter.

— Qui est le client qu'il voyait à la prison ?

— Une espèce de demeuré dont nous ne pourrons jamais rien tirer. Nous l'avons arrêté il y a deux mois parce qu'il avait mis le feu à une maison. On attend toujours une évaluation psychologique. Il n'ouvre la bouche que s'il en a envie. Il n'en lâche pas une.

— Il semblerait que votre petit copain biker sait choisir ses amis.

Dans la cuisine, le percolateur commença à émettre des borborygmes. Il était bruyant. Reacher l'entendait parfaitement. L'odeur de café infusé leur parvint et emplit l'air. Du colombien, se dit Reacher, grosse mouture, assez frais.

— Mme Salter et moi parlions du transport des matières premières pour le labo que, d'après vous, ils auraient là-bas.

— Vous nous croyez négligents ? Vous pensez que nous lui ferions courir un tel risque si nous avions une autre solution ?

— Je n'ai pas dit ça.

— Nous avons essayé, croyez-moi. Rien ne passe par Bolton. Nous en sommes fichtrement certains. Leurs approvisionnements viennent donc forcément de l'ouest. C'est la police de la route qui est responsable de l'autoroute. Elle échappe à notre juridiction. Tout ce que nous contrôlons, c'est la route secondaire qui va de la ville au camp. Nous y avons placé des voitures selon un programme aléatoire. Littéralement aléatoire. J'ai tiré les heures aux dés sur mon bureau.

— J'ai vu ces dés.

Le chef Holland hocha la tête.

— Si j'ai choisi cette méthode, c'est que nous n'avons rien qui nous permette d'anticiper un horaire vraisemblable. Mais jusqu'ici, nous n'avons pas eu de chance. Ils nous surveillent de près, j'imagine.

— OK.

— Nous comptons sur le procès. Ou sur le plaider-coupable, la veille. Il n'y a pas d'autre solution. Encore un mois, c'est tout.

— Peterson m'a dit qu'il n'y avait aucun moyen de truquer le plan de crise.

— C'est exact. Nous avons protesté, bien entendu, mais l'affaire a été conclue par le maire. Beaucoup d'argent en jeu, sans parler de tous les petits avantages secondaires. Nous aurions les contrôleurs du ministère de la Justice ici jusqu'à la fin des temps.

— À cheval donné…

— On aurait dû mieux regarder les dents, oui, répliqua Holland. Mais voilà, je ne suis pas propriétaire d'un motel, moi.

***

La propriété entourée de murs de Plato couvrait une quarantaine d'hectares. Le sentier entre les buissons faisait une promenade de près de cinq kilomètres. Son idée suivante lui vint alors qu'il était à l'endroit le plus éloigné de chez lui. Audacieuse, l'idée, typique du personnage. La brigade antidrogue – la DEA – allait choper le Russe. C'était couru d'avance. Plato ne se mettrait pas dans leur chemin. Les agents avaient vu le type prendre possession… mais prendre possession de quoi exactement ? Assez pour que l'inculpation tienne, aucun doute. Mais pas nécessairement de tout ce pour quoi le type allait payer. Voilà qui constituerait un excès de générosité, vu les circonstances. On pouvait retenir une petite marge. Une grande, en fait. Et peut-être même l'essentiel de la quantité négociée. Parce que qu'est-ce qu'il pouvait y faire, le Russe ? Protester et râler contre l'injustice de la vie au fond de sa cellule de haute sécurité ? De toute façon, il le ferait. Si bien que Plato pourrait récupérer toute sa camelote et la revendre à quelqu'un d'autre. Comme on vend une maison, sauf que cette fois, il emporterait tout : le poêle, les ampoules électriques, les vitres des fenêtres.

Le plan allait multiplier plus que par deux son problème de transport, mais il en viendrait à bout. Il était sûr de trouver une solution. Les détails se mettraient d'eux-mêmes en place.

Parce qu'il était Plato, et eux, non.

***

Janet Salter apporta le café à la bibliothèque sur un plateau en argent. Cafetière en porcelaine, un peu de crème, du sucre, trois tasses minuscules, trois soucoupes, trois petites cuillères. Manifestement rien de prévu pour les policières de service. On avait dû établir la séparation entre les obligations professionnelles et sociales. Et sans doute les femmes flics étaient-elles satisfaites des dispositions prises. Reacher s'était souvent trouvé dans leur situation. Il vaut toujours mieux ne pas mélanger les genres et se concentrer sur sa tâche.

Janet Salter remplit les tasses. Des tasses beaucoup trop petites pour les mains de Reacher, mais le café était bon. Il huma la vapeur qui en montait et but une gorgée. C'est à cet instant que le portable du chef Holland sonna. Holland tint sa tasse en équilibre, sortit le téléphone de sa poche et regarda le petit écran. Il ouvrit l'appareil d'une main et répondit. Écouta pendant huit secondes. Puis raccrocha et sourit, un grand sourire heureux plein de gratitude.

— Nous venons d'attraper le type qui a abattu l'avocat.

13 h 55. Restaient trente-huit heures.

CHAPITRE 15

Reacher retourna au commissariat dans la voiture de Holland. La Crown Victoria anonyme sortit laborieusement de la rue latérale, puis s'engagea dans les ornières déjà présentes et roula alors facilement et tranquillement. Peterson attendait dans la salle de garde. Il arborait un sourire tout aussi large, heureux et satisfait que celui de Holland. Reacher, lui, ne souriait pas. Il éprouvait des doutes sérieux. Fondés sur d'amères expériences. Un problème grave résolu aussi vite et facilement, c'était trop beau pour être vrai. Et les choses trop belles pour être vraies ne l'étaient pas, en règle générale. C'était même une loi fondamentale de la nature.

— Et qui est le meurtrier ? demanda-t-il.

— Jay Knox, le chauffeur du car, répondit Peterson.

***

Reacher eut droit à la version de seconde main en écoutant, un peu à l'écart, le récit qu'en fit Peterson à Holland. Quarante minutes plus tôt, un flic en voiture de patrouille avait vu un piéton qui marchait péniblement dans la neige profonde le long d'un chemin vicinal, à plus d'un kilomètre de l'agglomération. Peterson donna le nom du policier et le qualifia d'« un des nôtres ». Soit un des anciens, on pouvait le supposer. La bonne moitié du commissariat. Quelqu'un que Holland connaissait même peut-être. Le flic en voiture opérait en alerte rouge, comme on le lui avait demandé, mais même ainsi, il avait tout d'abord pris le piéton plus pour un conducteur en panne qu'un assassin. Il s'était arrêté et lui avait proposé de monter avec lui. Mais il y avait quelque chose qui ne cadrait pas dans le comportement du type. Il était renfrogné, peu coopératif, évasif. Le flic l'avait donc menotté et fouillé.

Et avait trouvé un Glock 17 de neuf millimètres dans sa poche. À l'odeur, l'arme paraissait avoir servi récemment et il manquait une cartouche dans le chargeur.

Le flic avait donc arrêté le piéton et l'avait conduit au commissariat. Quelqu'un l'avait reconnu comme étant le conducteur du car. On avait fait des prélèvements sur ses mains et sur ses vêtements pour les résidus de poudre. On en avait trouvé. Jay Knox avait tiré un coup de feu au cours des deux ou trois heures précédentes. Ses empreintes étaient partout sur l'arme. On lui avait récité ses droits. Il n'avait pas demandé d'avocat. Mais il gardait le silence.

***

Holland sortit pour aller voir Knox dans sa cellule. Le besoin était compulsif et Reacher l'avait déjà vu se manifester. C'était comme d'aller au zoo. Après la capture d'un gros bonnet, les gens se précipitent juste pour le voir. Ils restent un moment devant les barreaux à se rassasier de le voir. Après quoi, ils proclament qu'il y avait quelque chose dans le visage du type qui leur avait toujours paru suspect. Ou alors, ils parlent de la banalité du mal. Déclarent qu'il n'y a aucun indice auquel se fier.

Peterson resta dans la salle de garde. Il essayait de raccorder les éléments dans sa tête. Autre besoin compulsif que Reacher connaissait bien. Dangereux, ce besoin. Quand on étudie les choses rétrospectivement, on voit toujours ce qu'on a envie de voir.

— Combien de balles dans le corps de la victime ? demanda Reacher.

— Une, répondit Peterson. Dans la tête.

— Neuf millimètres ?

— Presque certainement.

— C'est une munition courante.

— Je sais.

— Est-ce que c'est géographiquement possible ?

— On a attrapé Knox à environ six kilomètres de la scène.

— À pied ? C'est beaucoup trop loin, non ?

— Il doit forcément y avoir un véhicule quelque part.

— Pourquoi ?

— Attendez de voir les photos.

***

Les photos arrivèrent une demi-heure plus tard. Disposées dans le même genre de classeur consulté la veille par Holland sous les yeux de Reacher. Et le même genre de photos. Des 25 × 20 brillantes, avec une étiquette dans un des coins en bas. Il y en avait beaucoup. Elles étaient en couleur, mais le gris et le blanc dominaient largement. De la neige sur le sol, de la neige dans l'air. L'objectif, en pétrifiant les flocons, les avait transformés en d'étranges formes en suspension, comme des cendres volcaniques, des poussières et des impuretés.

Le premier cliché, pris de loin pour cadrer l'ensemble de la scène, était orienté ouest-est. On y voyait une route enneigée avec deux doubles ornières proches du milieu de la chaussée. Une voiture solitaire était arrêtée au beau milieu des ornières allant vers l'ouest. Phares allumés. Elle n'avait pas zigzagué, pas dévié de sa trajectoire. Elle s'était simplement immobilisée, comme un train sur ses rails.

La deuxième photo avait été prise de plus près. On y remarquait trois choses. La première, la présence d'un homme au volant, maintenu droit par sa ceinture mais tête pendante. La deuxième, une grande tache rose qui maculait la vitre arrière côté passager. Et la troisième, qu'il n'y avait absolument rien sur la route en dehors d'une neige immaculée et des quatre ornières. Rien n'était venu déranger cet ordonnancement.

Ce que confirmait la troisième photo. Là, l'objectif avait ignoré la voiture. Il s'était tourné directement dans l'axe de la route, à hauteur de la ligne jaune enfouie sous la neige. L'image n'avait rien de caractéristique. Rien à montrer. Les roues des véhicules avaient aplati la neige, de petites parois s'élevant de chaque côté des ornières ; de minuscules avalanches s'étaient produites du sommet de ces parois vers l'extérieur, les fragments tombés commençant à disparaître sous la neige la plus récente.

Rien d'autre.

— Bonnes photos, dit Reacher.

— J'ai fait de mon mieux, dit Peterson.

— Beau boulot.

— Merci.

— Pas d'empreintes de pas.

— Exact.

***

La quatrième photo était un plan rapproché de l'une des ornières, direction est. Rien à voir là non plus, sinon des empreintes de pneu en forme de gaufres et de croisillons. Reacher avait vu les mêmes partout en ville. Impossible d'en tirer quelque chose pour l'envoyer au labo.

La cinquième photo – la voiture en gros plan – avait été prise depuis l'avant droit. Petite berline impeccable d'une marque que Reacher ne reconnut pas.

— Infiniti, dit Peterson. Japonaise. Un modèle de luxe de chez Nissan. Moteur V-6 et quatre roues motrices permanentes. Équipé de quatre pneus neige. Véhicule pratique, avec juste ce qu'il faut de chic pour un avocat du Dakota du Sud.

Couleur argentée. Carrosserie impeccable sous la crasse de plusieurs sorties récentes en conditions hivernales. Le reflet de la lumière sur la neige jouant sur la peinture lui donnait un aspect fantomatique et insubstantiel. La fenêtre côté conducteur était entièrement baissée. La ceinture de sécurité maintenait le mort droit contre le dossier du siège. De la neige s'était déposée sur lui. Il avait le menton sur la poitrine. On aurait pu le croire endormi s'il n'avait eu ce trou dans la tête.

Trou qui était au centre de la photo n° 5. Au milieu du front du type. Comme un troisième œil. L'avocat avait manifestement regardé par la fenêtre, à quarante-cinq degrés. Il avait été tué dans le plan de ses yeux. Il avait dû regarder le canon. La plaie de sortie avait répandu de la matière sur la vitre en diagonale derrière lui. Puis sa tête était retombée et avait repris sa position droite.

Le reste des photos concernait le corps et l'intérieur du véhicule, clichés pris sous tous les angles imaginables. Prenez un maximum de photos, lui avait conseillé Reacher, et Peterson avait suivi sa recommandation à la lettre. Des surbottes en caoutchouc étaient soigneusement rangées sur le plancher, côté passager. Il y avait un petit marteau en chrome multifonctions monté au milieu du tableau de bord. Reacher en avait vu la publicité dans des dépliants en avion. Il permettait d'exploser le pare-brise, si jamais la portière était bloquée après un accident. Une lame, repliée dans le manche, servait à couper les ceintures. L'accessoire idéal pour les conducteurs prudents, méticuleux et organisés. Mais Reacher se demandait si l'un de ces marteaux avait jamais effectivement servi dans toute l'histoire des transports en véhicule automobile. Quelque chose lui disait que non.

Le levier de vitesse de l'Infiniti était sur « park ». La clef de contact était tournée en position démarrage. Le compte-tours indiquait 800, soit ralenti. Le compteur de vitesse, moins de quinze kilomètres à l'heure. La température de l'habitacle était tombée à seize degrés. La radio était branchée sur une station locale.

Le bouton du son était tourné vers la gauche. Réglé au plus bas. La jauge à essence indiquait un réservoir presque plein.

— Racontez-moi, dit Reacher.

— OK. Knox est dans un véhicule. Il conduit. Il roule vers l'est. L'avocat roule vers l'ouest. Ils avancent tous les deux lentement, vu l'état de la route. Knox voit arriver l'avocat. Il baisse sa vitre. Passe un bras dehors et lui fait signe de s'arrêter. L'avocat ralentit et s'arrête. Il descend sa vitre à son tour. Il doit penser que Knox veut l'avertir d'un danger qui l'attend plus loin. Parlotte d'un conducteur à un autre, comme on fait quand les conditions sont difficiles. Au lieu de quoi, Knox l'abat et poursuit sa route.

— Qui a trouvé le corps ?

— Un autre type roulant vers l'est. Pas plus de cinq à dix minutes après les faits, sans doute. Il a ralenti, jeté un coup d'œil et nous a appelés d'une station-service trois kilomètres plus loin. Pas de portable.

— Knox est-il droitier ?

— Je ne sais pas. Mais la plupart des gens le sont.

— Avez-vous trouvé une douille ?

— Non.

— Si Knox est droitier, il a donc obligatoirement tiré en diagonale par rapport à son corps. Il a dû tendre suffisamment le bras. L'extrémité du canon devait dépasser de la fenêtre, juste un peu. L'orifice d'éjection du Glock 17 est situé à droite de l'arme. Il a donc dû faire très attention à sa position. Il a dû s'arranger pour que l'orifice d'éjection reste à l'intérieur de la voiture. Malcommode, comme position. Impossible de viser le long du canon. Mais il atteint le type pile entre les yeux. Pas facile. Knox est si bon tireur que ça ?

— Aucune idée.

— Vous devriez essayer de le savoir.

— On peut imaginer que la douille a heurté le cadre de la portière ou le pare-brise selon un certain angle et qu'elle a rebondi à l'intérieur du véhicule, lui objecta Peterson.

— Parlez-moi un peu de ce véhicule, justement.

— Arrangé d'avance. Arrivé hier en ville, il rencontre quelqu'un aujourd'hui. Un biker, peut-être. Le biker lui prête un véhicule, disons un pick-up. Knox commet l'acte, rend le véhicule et rentre en ville à pied… et c'est là que nous l'attrapons.

Reacher ne disait rien.

— Les gens chez qui nous l'avons logé hier nous ont dit qu'il avait mis un point d'honneur à rester le moins longtemps possible chez eux, reprit Peterson. Qu'il n'était pas de très bonne compagnie. Comme s'il mijotait quelque chose.

— Je l'ai rencontré ce matin à la cafétéria.

— Comment était-il ?

— Pas de très bonne compagnie. Il m'a dit que c'était parce qu'il n'était plus payé depuis hier. Il a peut-être peur de perdre son boulot.

— Il était peut-être nerveux à cause de sa mission.

— Comment aurait-il su quelle voiture conduisait l'avocat ?

— Celui qui lui a prêté un véhicule a dû le lui dire.

— Et comment savait-il que l'avocat serait sur cette route-là à ce moment-là ?

— Simple calcul. Le faux rendez-vous était prévu pour midi. Rien de plus facile que de faire un chronométrage à l'envers. Rien de plus facile aussi pour la route : tout le monde sait que l'autoroute est fermée.

— Et d'un, je n'arrive pas à avaler l'explication sur la manière dont il est arrivé ici. C'est un scénario bien trop compliqué. Il dit qu'un véhicule se dirigeait droit sur lui. C'est quelque chose qu'il n'a pas pu manigancer d'avance. Ni inventer. Il avait vingt témoins potentiels dans le car.

— Aucun ne l'a vu.

— Il ne pouvait pas le savoir d'avance, lui objecta Reacher.

— Ce véhicule qui lui fonçait dessus n'est peut-être qu'une invention. Il a peut-être eu une fraction de seconde pour l'exploiter au lieu de simuler une panne à hauteur de l'échangeur. A-t-il eu une réaction à retardement ?

— Je ne sais pas. Je dormais.

Peterson ne dit rien.

— À mon avis, vous vous trompez.

— Ce n'est pas ce que les flics aiment s'entendre dire.

— Je sais. Flic, je l'ai été. Ça n'empêche pas que ce soit vrai.

— Il avait un flingue dans la poche et il a tiré avec.

— Affaire classée ? demanda Reacher.

— C'est beaucoup s'avancer.

— Mais… ?

— Mais pour le moment, oui, je pense que c'est classé.

— Dans ce cas, soyez logique avec vous-même. Faites lever le camp à tous ces flics que vous avez mis chez Janet Salter.

Peterson réfléchit un moment.

— La décision ne m'appartient pas.

— Vous feriez quoi si elle vous appartenait ?

— Je ne sais pas.
— Holland le fera-t-il ?
— Il va falloir attendre et voir venir.
14 h 55. Restaient trente-sept heures.

CHAPITRE 16

Holland ne le fit pas. Non pas, dit-il, parce qu'il pensait que Knox était innocent. Mais parce que l'enjeu était tel qu'il croyait les gangsters capables de faire une deuxième tentative, puis une troisième et même une quatrième et une cinquième au besoin. La protection de Janet Salter resterait donc en place jusqu'à la fin du procès.

C'est alors que Jay Knox se mit à parler et les choses changèrent une fois de plus.

Il expliqua qu'il portait une arme pour sa protection personnelle et qu'il l'avait toujours fait. Qu'il était déprimé, frustré et avait le moral au plus bas à cause de l'accident du car, et qu'il était très inquiet de ne plus être payé par son employeur. Il n'aimait pas les tarés chez qui on l'avait logé. Il avait fait traîner son petit déjeuner aussi longtemps qu'il avait pu à la cafétéria, sur quoi Reacher étant venu le déranger, il avait décidé d'aller faire une grande promenade pour calmer un peu sa colère. Il essayait d'atténuer ce qu'il ressentait. Et il était alors arrivé à hauteur d'un petit pont sur chevalet qui enjambait un ruisseau pris par le gel, et il avait vu le panneau : *Risque de verglas sur le pont*. Cela l'avait mis hors de lui, il avait sorti son Glock et tiré sur le panneau. Geste pour lequel il était prêt à présenter ses excuses, mais en ajoutant que tous les foutus panneaux de signalisation qu'il avait vus au cours de sa balade étaient grêlés de trous de balles ou de plombs.

Il se rappelait où était le pont. Il se rappelait où il s'était tenu. Il se montra plutôt précis sur ce point. Il pouvait assez bien évaluer l'endroit où la douille éjectée avait dû retomber.

Peterson savait bien entendu où se trouvait ce pont sur chevalet. Son emplacement était géographiquement cohérent par rapport à l'endroit où Knox avait été arrêté. Il estima que si celui-ci disait la vérité, ses empreintes de pas seraient encore vaguement visibles, telles des marques légères dans la nouvelle couche de neige. Il n'y avait aucune chance pour que quelqu'un d'autre soit passé par là à pied entre-temps. Les gens du coin n'étaient pas si fous. Il envoya une voiture de patrouille vérifier. Elle était dotée d'un détecteur de métaux. Équipement standard, dans les juridictions où se produisent des crimes violents et où il y a de la neige.

***

Dix minutes plus tard, le flic parti avec le véhicule de patrouille appela du pont sur chevalet. Il avait trouvé des empreintes de pas. Et il avait trouvé la douille. Elle était enfouie dans la neige au bout d'un sillon pas plus long qu'un doigt. Elle l'avait creusé par la chaleur dégagée. La neige fraîche avait recouvert le sillon, mais il était encore visible à condition de savoir ce qu'on cherchait. De plus, le flic confirma qu'il y avait un nouvel impact de balle dans le panneau de signalisation, récent et bien brillant, du neuf millimètres, presque certainement, dans le blanc entre « Risque » et « de ».

Peterson eut un entretien avec Holland et les deux policiers tombèrent d'accord pour dire que l'homme qu'ils cherchaient n'était toujours pas identifié et devait se trouver dans les parages.

Et qu'il n'avait fait que la moitié du boulot.

***

Jay Knox retrouva la liberté cinq minutes plus tard. Mais on l'informa que son Glock resterait au commissariat, juste au cas où, jusqu'au moment où il quitterait la ville. Jay Knox accepta ces dispositions sans hésiter. Reacher le vit sortir du commissariat et s'avancer dans la neige, soulagé mais toujours déprimé et frustré. Peterson et Holland eurent un nouvel entretien et mirent tout le monde en alerte maximum. Jusqu'à Kapler et Lowell qui durent reprendre du service actif. Tous les flics eurent pour consigne de monter dans leur voiture et de patrouiller les rues, à la recherche de visages inhabituels, de véhicules n'ayant rien à faire dans les parages, de tout individu au comportement bizarre – manière mobile d'exprimer la crainte fondamentale de tout service de police : il y a quelqu'un de dangereux qui rôde.

***

Peterson punaisa les nouvelles photos de scène de crime sur les tableaux du petit bureau situé non loin de la salle de garde. En face des clichés représentant le type habillé de noir et allongé dans la neige. C'est là que Reacher le trouva.

— Nous nous sommes ridiculisés et nous avons perdu beaucoup de temps, déclara Peterson.

— Non, pas beaucoup, lui renvoya Reacher.

— Qu'est-ce que ferait votre unité d'élite maintenant ?

— Elle spéculerait sur les boîtes de vitesses des voitures et les personnes prudentes.

— Ce qui veut dire ?

— Qu'en dehors du fait que Knox n'est pas votre homme, je pense que vous avez tout à fait raison sur la manière dont les choses se sont passées. L'absence d'empreintes de pas dans la neige en est la meilleure preuve. Deux voitures se sont arrêtées à hauteur l'une de l'autre ou presque. Le tueur a dû faire signe à l'avocat. L'avocat s'est arrêté. La question est donc : pourquoi s'est-il arrêté ?

— Parce que c'était la chose logique à faire.

Reacher acquiesça.

— Je suis d'accord sur une route comme celle-ci. En été, à une vitesse normale, ça ne se produirait pas. Mais avec la neige, si. On avance lentement, on se dit que l'autre type a peut-être besoin d'aide ou qu'il a une information qui pourrait être utile. Donc vous vous arrêtez. Mais si vous êtes du genre à vous munir de surbottes, d'un marteau pour casser vos vitres en cas d'urgence, à écouter une station météo à la radio et à avoir toujours votre réservoir plein, vous restez probablement méfiant. Vous laissez la transmission en prise et maintenez le pied sur le frein. Afin de pouvoir repartir sans délai si nécessaire. Et peut-être n'ouvrez-vous votre fenêtre que de quelques centimètres. Sauf que ce n'est pas ce qu'a fait votre avocat. Il a mis au point mort et il a fait descendre complètement sa vitre.

— Ce qui veut dire ?

— Ce qui veut dire qu'il s'apprêtait à avoir un véritable échange. Une vraie conversation, une discussion, tout le bazar. Il a baissé sa radio, il était prêt à parler. Ce qui signifie qu'il connaissait peut-être le type qui l'avait obligé à s'arrêter. Ce qui n'a rien d'impossible vu le genre de personnes avec lesquelles il semblait être en relation.

— Et que feriez-vous maintenant ?

— Nous serions déjà en train d'éplucher la vie du bonhomme.

— Pas facile pour nous. Il habite dans le comté voisin. En dehors de notre juridiction.

— Il ne vous reste qu'à décrocher votre téléphone et à vous montrer convaincant.

— Comme vous le faisiez avec les fédéraux ?

— Pas exactement, répondit Reacher.

***

Cet après-midi-là, la promenade de Plato s'acheva par une visite à son prisonnier. L'homme était enchaîné par la cheville à un poteau métallique profondément enfoui dans le sol, tout cela en plein air. C'était un voleur. Il était devenu trop gourmand. Les transactions de Plato se faisaient toutes en liquide, bien entendu, et pendant de longues périodes, d'importantes quantités de billets devaient être stockées dans le sol, dans des caves, rester cachées ici et là, au point que l'humidité et les rongeurs le grugeaient en gros de dix pour cent de ses ressources. Cent mille dollars par million partaient ainsi en fumée.

Sauf que dans la division dont ce type était responsable, ce taux s'élevait à presque douze pour cent. Ce qui était une anomalie. Ce qui, examiné de près, s'avéra être dû au fait que le type se servait au passage, un quart de million par-ci, un demi-million par-là. Plato avait une certaine tolérance pour les erreurs, mais aucune pour la déloyauté.

D'où ce type enchaîné à un poteau par la cheville.

Les températures hivernales, à cette distance de Mexico, n'étaient pas particulièrement caniculaires. Il n'y avait aucun insecte piqueur dans l'air ou sur le sol, les serpents hivernaient et les petits mammifères nocturnes étaient en général timides. Si bien que le type mourrait soit de soif ou de faim, selon qu'il pleuvrait ou non.

À moins qu'il en décide autrement.

Une petite hache était à sa portée. La lame était tranchante et le tibia du type était toujours tout près. Il ne l'avait pas encore utilisée. Plato pensait qu'il finirait par le faire. C'était du fifty-fifty, en moyenne. La preuve de cette proposition se voyait un peu partout dans le secteur, soit sous la forme de veuves, soit sous celle d'un nombre à peu près égal de bonshommes clopinant avec des béquilles.

***

Au Dakota du Sud, l'horloge de la salle de garde arriva à 15 h 55. Restaient trente-six heures.

— 15 h 55, dit Peterson, c'est 16 h 55 plus à l'est. Les bureaux vont fermer. C'est le moment de rappeler votre ancienne unité. Nous allons avoir besoin de cette information.

Reacher se rendit au bureau du fond de la salle. S'assit. Ne composa pas le numéro. Les bureaux fermaient à 17 heures en Virginie, pas à 16 h 55. La précision était importante. Elle avait compté pour lui et il ne doutait pas qu'elle compte aussi pour celle qui lui avait succédé.

— Qu'est-ce que vous pensez de Mme Salter ? demanda Peterson.

— Elle paraît avoir beaucoup lu.

— Et comme témoin ?

— Excellente.

— Elle tient le coup ?

— Elle a peur.

— On peut pas lui en vouloir.

— Et la question des matières premières pour alimenter le labo ? Et dans le même ordre d'idée, *quid* de l'interception du produit fini quand il repart ?

— Nous essayons. Mais pour un résultat garanti, il faudrait être sur cette route vingt-quatre heures sur vingt-quatre, sept jours sur sept.

— Et avec de bons flics, ajouta Reacher. Certains de vos hommes avaient l'air pas mal assoupi dans leurs voitures. De toute façon, vous devez dire à Mme Salter que vous faites tout ce que vous pouvez. En ce moment, elle a l'impression de porter tout le poids de l'affaire sur ses épaules.

— Nous lui avons dit que rien n'était obligatoire.

— Il y a des gens qui ont une vision personnelle de leurs obligations.

Reacher décrocha le téléphone. Fit le 9 pour sortir. Puis, quand il eut la ligne, il composa le numéro dont il se souvenait et attendit le message. *Si vous connaissez le numéro du poste que vous cherchez à joindre, vous pouvez le composer dès maintenant.* Il fit le 110. La même voix masculine lui répondit. Le capitaine, le type du Sud. Même accueil monosyllabique.

— Oui ?

— Amanda, s'il vous plaît, dit Reacher.

Il y eut un clic, un ronronnement, une deuxième tonalité et la voix fut là. Chaude, rauque, haletante, intime.

— Vous êtes un sacré casse-bonbons.

— Vraiment ? dit Reacher.

— Comme si je n'avais pas assez de boulot comme ça.

— C'est quoi, le problème ?

— Votre machin à l'ouest de Bolton n'est pas exactement le joyau de nos archives. Il ne figure pas sur le registre de la liste des établissements.

— C'est normal. C'est une installation abandonnée. Qui n'a peut-être même jamais été utilisée.

— Elle n'a pas été vendue ?

— Je ne sais pas. Juste rendue, peut-être. Elle se trouve sur ce que les flics d'ici appellent le « domaine public ».

— Je suis remontée cinquante ans en arrière dans le registre des titres et je n'ai trouvé aucun transfert.

— C'est peut-être parce qu'elle nous appartient encore.

— Dans ce cas, elle devrait nous occasionner des frais. Deux inspections par an et un peu d'entretien… au moins. Mais elle n'a pas une seule ligne de budget.

— Il doit bien y avoir quelque chose quelque part. Même à l'armée, on ne construit pas une bâtisse comme ça pour l'oublier complètement.

— C'est clôturé ?

— Je l'ignore. Je me trouve à huit kilomètres de l'endroit. Pourquoi ?

— Parce que même à l'armée on ne construit pas une bâtisse comme ça pour l'oublier complètement. L'absence d'archives pourrait signifier qu'elle figure sur une liste différente. Il pourrait s'agir d'une installation secrète.

— Elles l'étaient toutes, lui objecta Reacher.

— Mais certaines plus que d'autres.

— Les vieux, ici, se souviennent d'un cordon de sécurité.

— Il y en a toujours.

— Dans quelle mesure pouvait-elle être secrète ? Ils ont fait venir des ouvriers du bâtiment sur le site.

— Secrète à l'époque, abandonnée aujourd'hui. Peut-être parce que c'était quelque chose d'un peu dingue. Ce qui pourrait être important pour vous. Mais si vous tenez vraiment à le savoir, je vais devoir faire des recherches sérieuses.

— Et vous ne pouvez pas ?

— Ça va vous coûter quelque chose.

— Quoi ?

Chaude, rauque, haletante, intime.

— Je voudrais que vous me racontiez l'histoire de la cavité dans le bureau.

— Vous n'avez pas le temps. Vous avez trop à faire.

— Pas pour l'instant. J'attends un coup de téléphone.

— Un truc intéressant ?

— Pas mal, oui.

— Racontez-moi ça.

— N'inversez pas les rôles. C'est vous qui devez me raconter une histoire.

— Je ne tiens pas à le faire en passant par un central téléphonique.

— Vous n'avez aucune raison de vous inquiéter. De toute évidence, le colonel avait des principes, sans quoi vous auriez été viré à l'époque. Et il y a largement prescription quant aux dégâts commis sur une propriété du gouvernement.

— Ces recherches, vous les ferez sérieusement ?

— Aussi sérieusement que vous me le demanderez.

— Dans combien de temps votre coup de téléphone doit-il arriver ?

— Bientôt, j'espère.

— Dans ce cas, je n'ai pas le temps de vous raconter mon histoire. Trouvez-moi ce dont j'ai besoin pour demain, et vous y aurez droit.

— Vous êtes un redoutable négociateur.

— J'espérais avoir quelque chose contre rien.

— Donnez-moi au moins un petit quelque chose.

— D'accord, répondit Reacher. Ce n'était pas un colonel, mais un général deux étoiles.

***

Affamé d'avoir sauté le déjeuner, Plato décida de dîner tôt. Il entra donc dans la cuisine. C'était quelque chose qu'il aimait bien faire, de temps en temps. Il lui semblait que c'était faire preuve de solidarité avec les personnes qui travaillaient pour lui. C'était un geste inclusif, démocratique. Mais ça tournait toujours au féodal. Ses gens s'agitaient, lui faisaient des courbettes, rampaient devant lui ; ils étaient tout rouges et stressés.

Parce qu'ils avaient peur de lui, probablement. Alors qu'il n'y avait aucune raison. Il ne s'en était jamais pris à ses domestiques. Aucun d'eux n'avait jamais souffert de son fait. Aucun de la génération actuelle, en tout cas. Deux de la précédente étaient enterrés dans la propriété, mais pas un de ceux qu'il employait actuellement ne le savait.

Il commanda une entrée froide et un plat chaud, prit une bière dans le réfrigérateur et alla attendre dans la petite salle à manger extérieure. Il ouvrit son portable et composa le numéro de la villa fortifiée de la ville.

— Comment ça se passe au Dakota du Sud ? demanda-t-il.

— La question de l'avocat a été réglée il y a six heures, répondit l'homme de la villa.

— Et le témoin ?

— Pas encore.

— Quand, alors ?

— Bientôt.

— C'est vague, « bientôt ».

— Dans très peu de temps.

Plato sentit sa pression sanguine lui monter aux tempes. Il étudia les prochaines vingt-quatre heures dans son esprit. Il aimait réfléchir visuellement. Se représenter les intervalles chronologiques de manière linéaire, comme des marques sur une règle. Il les inspectait de près, tel un oiseau volant bas sur la mer, en remplissait certains, laissait les autres disponibles.

— Appelez le type et dites-lui que pour le témoin, ça ne peut pas attendre davantage.

— Ce sera fait, répondit l'homme de la villa.

Plato raccrocha et composa aussitôt un autre numéro. L'aérodrome. Il fit mettre son avion en stand-by. Le plein devait être fait et il fallait qu'il soit prêt à décoller dans l'instant. Le plan de vol mentionnerait le Canada, mais c'était du pipeau. La réalité serait que l'appareil parcourrait 2 700 kilomètres dans un sens et 2 700 dans l'autre. Il faudrait prévoir de refaire le plein avant le retour.

Puis il passa un troisième appel. Il avait besoin de six hommes pour l'accompagner. Des bons, mais pas bons au point où il n'aurait pas pu se permettre de les abandonner en chemin. Si jamais il fallait en arriver là.

Ce qui, espérait-il, serait le cas.

***

Reacher arrêta de penser à la femme à la voix rauque quand il entendit vociférer dans l'entrée du commissariat. Une seule voix. Un coup de téléphone. Tout avait commencé normalement, poliment, puis était devenu un peu défensif, puis exaspéré. Ça s'était terminé sur des vociférations. Suivies de plusieurs allers-retours à trois. Le vieux type de la réception jusqu'au bureau de Holland, Peterson jusqu'au bureau de Holland, le vieux type de retour à sa réception, Peterson de retour dans la salle de garde.

— Un problème avec les bikers. L'un d'eux vient d'appeler. Trois des leurs manquent à l'appel… et comment se fait-il que nous ne fassions rien ? lança Peterson.

— Qu'est-ce que vous lui avez répondu ?

— Que nous nous en occupions.

— Et… ?

— Il a dit qu'on avait intérêt à s'en occuper un peu mieux, sans quoi ils allaient venir en ville et s'en occuper eux-mêmes. Qu'ils nous donnaient jusqu'à demain.

16 h 55. Restaient trente-cinq heures.

CHAPITRE 17

Peterson sortit de nouveau et Reacher resta seul dans la salle des officiers, tourné vers la fenêtre. Il neigeait toujours. Les flocons se teintaient de jaune en traversant les ronds de lumière des lampes à arc de sodium. Le ciel était sombre. La journée tirait à sa fin. Douze cents âmes se serraient au chaud dans ces maisons, tout autour, regardaient la télévision, s'apprêtaient à dîner. Au nord, la prison bouillait de colère. À l'ouest, les bikers faisaient Dieu seul savait quoi. Et quelque part, un tireur inconnu se préparait à sa deuxième intervention.

Peterson revint et dit :

— Le chef Holland pense qu'ils bluffent. D'après lui, leur stratégie depuis le début a été de rester dans le cadre de la loi pour ne pas nous donner de motif à intervenir.

Reacher ne répondit pas.

— Qu'est-ce que vous en pensez ?

— Il n'y a qu'une façon de le savoir.

— C'est-à-dire… ?

— Faire une reconnaissance.

— Vous voulez que nous allions là-bas ?

— Non, je vais y aller, moi, dit Reacher. De toute façon, il faut que je voie l'endroit. Pour savoir ce que c'est.

— Vous avez des gens qui travaillent là-dessus.

— Rien ne vaut une visite sur place.

— Vous allez juste vous y pointer ?

— Je dirai que je suis de l'armée. Inspection annuelle de notre propriété.

— Ça marchera pas. Ils vont vouloir voir votre accréditation.

— Non. Ce ne sont pas des citoyens comme les autres.

— Quand voulez-vous vous y rendre ? demanda Peterson.

— Le plus tôt possible. De nuit, c'est sans intérêt. Disons demain matin, dès les premières lueurs du jour.

***

Le commissariat disposait d'un véhicule de remplacement. Peterson informa Reacher qu'il pouvait le prendre. Les premières lueurs du jour dépendraient du temps, mais devraient se situer entre 7 et 8 heures.

— Je vais vous ramener à la maison maintenant, reprit Peterson. Vous devriez vous reposer.

Reacher fit non de la tête.

— Il vaudrait mieux me conduire chez Janet Salter. Elle ne manque pas de chambres libres. Elle m'a dit vous les avoir proposées après l'accident du car. Et qu'elle était au courant du plan de crise de la prison. C'était comme un message codé. Elle aimerait bien qu'il reste quelqu'un quand la sirène démarrera. Imaginez l'impression que ça lui ferait.

Peterson réfléchit une seconde et acquiesça. Ouvrit la bouche, mais n'alla pas plus loin.

— J'ai failli dire que j'allais vous rapporter vos bagages, mais vous n'en avez pas.

— Dites à Kim que je me suis procuré des vêtements neufs. Je crois qu'elle était un peu inquiète. Et dites-lui que je prendrai soin de la parka. Et encore merci pour son hospitalité.

***

Il neigeait toujours, mais la route entre le commissariat et la maison de Janet Salter était encore praticable. Le chasse-neige était passé au moins une fois dans la journée. Sa lame avait rejeté de hauts monticules de chaque côté, si bien que les ornières creusées par les pneus faisaient comme quatre petites tranchées à l'intérieur de la grande. Les sons étaient étouffés. Le monde silencieux. Les flocons tombaient, invisibles jusqu'au moment où ils passaient dans la lumière des réverbères. Ils descendaient, verticaux et implacables, devant la voiture qui avançait au pas.

Les rues étaient tellement rétrécies par la neige qu'avait rejetée le chasse-neige que Peterson ne put s'engager dans celle de Janet Salter. La voiture du flic de garde en fermait complètement l'accès. Le gyrophare rouge tournait paresseusement et rosissait les flocons, en faisait des grenats, des éclaboussures de sang. Reacher descendit, remonta la fermeture de sa parka et se glissa maladroitement entre le coffre de la voiture garée et le banc de neige juste derrière. Le flic de la voiture de patrouille ne lui prêta aucune attention.

Reacher s'avança au milieu de la rue, le pas lourd. Les traces laissées le matin même par le changement d'équipe avaient disparu depuis longtemps sous les nouvelles couches de neige. L'air était mordant. Une journée glaciale se terminait, une nuit féroce venait la remplacer.

Reacher monta dans la véranda de Janet Salter et tira sur le fil de la cloche. Se représenta la policière à l'intérieur en train de quitter son poste sur la dernière marche et de fouler le tapis persan. La porte s'ouvrit. Les deux femmes flics avaient échangé leurs postes. Celle-ci était celle qui surveillait la fenêtre de la bibliothèque la première fois. Elle était grande, blonde, les cheveux retenus en une queue-de-cheval d'athlète. Elle avait la main posée sur la crosse de son arme. En alerte, mais pas tendue. Prudente parce que professionnelle, mais trouvant agréable ce minuscule changement dans la routine.

Reacher accrocha sa parka d'emprunt au porte-chapeaux et prit la direction de la bibliothèque. Janet Salter était toujours installée dans le même fauteuil. Elle ne lisait pas. Restait simplement assise. L'autre femme flic était derrière elle. Celle qui était dans le vestibule la première fois. La brune de petite taille. Elle regardait par la fenêtre. Les rideaux étaient complètement tirés.

— Vous avez dû partir précipitamment avant d'avoir fini votre café. Voulez-vous que je vous en prépare un autre ?

— Avec plaisir, répondit Reacher.

Il la suivit dans la cuisine et la regarda remplir l'antique percolateur. Les robinets de l'évier étaient tout aussi anciens. Mais rien dans la pièce n'était décrépit ou en mauvais état. Les produits de qualité sont des produits de qualité et le restent longtemps.

— J'ai cru comprendre que vous alliez passer la nuit ici.

— Si cela ne vous gêne pas, oui.

— Vous n'étiez pas bien chez les Peterson ?

— Si si, très bien. Mais je n'aime pas m'imposer trop longtemps.

— Et une nuit, c'est déjà trop long ?

— Ils ont déjà pas mal à faire.

— Vous voyagez léger.

— Tel que je suis, vous me voyez avec armes et bagages.

— M. Peterson m'a raconté.

— Vous l'a raconté ou vous a mis en garde ?

— C'est une phobie ? Une manie ? Ou une décision existentielle prise consciemment ?

— Je ne suis pas sûr de m'être posé autant de questions.

— Une phobie, ce serait une peur, bien entendu, peur de s'engager, par exemple, d'être coincé. Une manie impliquerait l'amour… celui de la liberté, de l'occasion à saisir. Bien que, techniquement, les manies soient proches des pulsions anormales, dans votre cas, un goût compulsif du secret. Nous devons demander aux gens qui volent en dessous du champ du radar pourquoi ils le font. Est-ce le radar qui est en soi inacceptable, ou le terrain en dessous qui offre un attrait irrésistible ?

— C'est peut-être le troisième truc, répondit-il. Une décision existentielle.

— Votre rejet des possessions est un peu extrême. L'histoire nous apprend que l'ascétisme a de puissants attraits, mais que même les ascètes les plus convaincus possédaient quelques vêtements. Des chemises, au moins, même si elles étaient faites en peau de bête.

— Vous vous moquez de moi ?

— Vous pourriez vous permettre d'avoir un petit sac, il me semble. Cela ne changerait rien à ce que vous êtes.

— Je crois que si. Sauf s'il était vide, auquel cas il serait inutile. Remplir un petit sac signifierait choisir, sélectionner, évaluer. Il n'y a aucune fin logique à ce processus. J'aurais rapidement besoin d'un sac plus grand, puis de deux ou trois valises. Et au bout d'un mois, je serais comme tout le monde.

— Et cette perspective vous horrifie ?

— Non, je pense qu'être comme tout le monde aurait quelque chose de confortable et de rassurant. Mais on ne se refait pas. Je suis né différent.

— Et c'est votre réponse ? Que vous êtes né différent ?

— Il me semble évident que nous naissons tous différents.

Janet Salter versa le café, mais cette fois directement dans de grands mugs de porcelaine, comme si elle pensait que les plateaux d'argent et les cérémonies ne convenaient pas à un ascète, et comme si elle avait remarqué que, la première fois, il s'était senti mal à l'aise avec sa tasse sous-dimensionnée.

— Eh bien, dit-elle, quelle que soit l'interprétation exacte que vous en donnez, je suis contente de vous avoir ici. Vous pouvez rester autant que vous voulez.

17 h 55. Restaient trente-quatre heures.

***

Le café terminé, Janet Salter entreprit de préparer le dîner. Reacher dit qu'il pouvait manger dehors, mais elle lui répondit que préparer un repas pour cinq ou pour six, c'était pareil ; il comprit alors que les deux flics de service de nuit se joindraient à eux et qu'il y aurait une équipe de quatre pendant une bonne partie de la soirée. Ce qui était rassurant.

Avec la permission de la vieille dame, il profita du temps de préparation du repas pour inspecter la maison. Le rez-de-chaussée et le premier étage ne l'intéressaient pas. C'était le sous-sol qu'il voulait voir. Le Dakota du Sud connaît des tornades et Reacher était certain qu'il avait été prévu, pour une maison de cette qualité, une zone de sécurité au sous-sol. Il descendit une volée de marches située dans un petit couloir non loin de la cuisine et trouva une situation satisfaisante. La couche de terre de la prairie était telle que les fondations n'atteignant pas la roche mère, le volume était en gros une énorme boîte en bois de six côtés, construite à l'aide d'énormes troncs équarris et cerclés de fer. Murs et plafonds étaient épais pour donner de la stabilité, et le plafond l'était aussi pour résister à l'effondrement éventuel de toute la maison. Il y avait une forêt de poteaux verticaux dans tout le volume, jamais séparés de plus de deux mètres, tous taillés directement dans un tronc d'arbre. Quatre d'entre eux étaient fermés de panneaux de bois et formaient la salle de la chaudière, appareil peint en vert et taché de rouille. Elle était alimentée par un fin tuyau venant probablement d'une citerne enterrée dehors, dans la cour. Elle comprenait une pompe et un réseau compliqué de gros tuyaux métalliques qui disparaissaient par le plafond. Ancienne, l'installation. Peut-être la première de ce genre à Bolton. Mais elle fonctionnait très bien. Le brûleur ronflait, la pompe bourdonnait, les tuyaux sifflaient. La chaudière suffisait à chauffer le sous-sol.

L'escalier était fermé dans le bas par une solide porte ouvrant vers l'extérieur. On pouvait la renforcer de l'intérieur par une barre de fer qu'on engageait dans des supports métalliques. C'était un excellent abri à tornade, pas de doute. Et un assez bon abri antibombe. Très certainement capable de résister à toutes les armes de petit calibre. Reacher savait qu'une mitrailleuse lourde de .50 était capable de venir à bout d'à peu près n'importe quoi, mais un bois dur vieux de cent ans et épais de trente centimètres tiendrait probablement le coup jusqu'à ce que le canon surchauffé de l'arme finisse par se gauchir.

Il revint au rez-de-chaussée encouragé et trouva les femmes de l'équipe de nuit au travail. Elles se tenaient dans la cuisine avec leurs collègues de jour. Janet Salter se déplaçait au milieu d'elles. Il régnait une atmosphère confortable de chose habituelle. Ces cinq personnes avaient manifestement appris à s'entendre. La cuisinière chauffait la pièce. L'humidité embuait les vitres. Reacher passa dans la bibliothèque et étudia la vue à l'arrière de la maison. Rien à voir. À peine une vague impression d'étendue plate disparaissant vers l'horizon glacé. La neige tombait moins dru. Les flocons eux-mêmes paraissaient pétrifiés par le froid.

Il se détournait de la fenêtre lorsqu'il vit Janet Salter s'encadrer dans la porte.

— Pouvons-nous parler ? lui demanda-t-elle.

— Bien sûr.

— Je sais la vraie raison de votre présence ici, bien entendu. Je sais pourquoi vous avez tenu à inspecter la maison. Vous vous êtes porté volontaire pour me défendre si jamais la sirène se déclenche, et vous vous familiarisez avec les lieux. Je vous suis très reconnaissante de tant de gentillesse. Même si, pour les impératifs psychologiques qui vous sont propres, vous risquez de ne pas rester ici tout à fait assez longtemps. Le procès pourrait ne pas avoir lieu avant un mois. Cela ferait combien de chemises neuves ?

— Huit.

Elle ne répondit pas.

— Vous savez, reprit-il, il n'y aurait aucune honte à laisser tomber. Personne ne pourrait vous en vouloir. Et ces types se feront avoir pour autre chose, un jour ou l'autre.

— Il y aurait une honte considérable à cela, répliqua-t-elle, et je ne le ferai pas.

— Alors ne venez pas me parler de mes impératifs psychologiques.

Elle sourit.

— Vous êtes armé ?

— Non.

— Pourquoi ?

— Croyez-vous que les plombiers à la retraite se baladent avec une clef anglaise sur eux jusqu'à la fin de leurs jours ?

Elle lui montra une étagère du bas.

— Il y a là un livre qui pourrait vous intéresser. Un ouvrage d'histoire. Le gros… relié en cuir.

C'était un gros truc ancien de près de cinquante centimètres de haut et épais de dix. Le dos comportait des nervures horizontales avec un titre curieux en lettres d'or gravées au fer : *An Accurate Illustrated History of Mr. Smith's & Mrs. Wesson's Hand Guns*[1]. Ça sonnait victorien et ne cadrait pas. Certes, Smith & Wesson avaient fabriqué plein d'armes de poing à la fin du XIXe siècle et au début du XXe, mais il n'y avait vraiment pas de quoi en remplir un livre de cette taille.

— Jetez-y un coup d'œil.

Reacher retira le livre de l'étagère. Il était lourd.

— Je pense que vous devriez lire ça au lit ce soir, dit-elle.

Il était lourd parce que ce n'était pas un livre. Reacher souleva la couverture reliée en cuir en s'attendant à tomber sur des pages jaunies, avec des gravures décolorées ou des dessins faits à la main, peut-être même des intercalaires en papier de soie pour les protéger. La couverture était en réalité un couvercle, l'intérieur comportant deux évidements doublés de velours. Le velours était brun. Et là, exactement nichés dans les cavités, il y avait une paire de revolvers Smith & Wesson identiques, en position inversée, crosse contre extrémité du canon, comme des guillemets au début et à la fin d'une phrase. Il s'agissait de modèles conçus pour la police militaire. Canon de dix centimètres. Ils pouvaient avoir cent ans comme cinquante. Objets en acier sans la moindre fioriture, crosse avec deux plaques en noyer striées, chambre calibrée pour le .38 spécial, œilleton à cordon au bas des crosses pour les militaires ou la police.

1. Une histoire illustrée complète des armes de poing de messieurs Smith & Wesson.

— Ils appartenaient à mon grand-père, précisa-t-elle.

— Il était militaire ? voulut savoir Reacher.

— Non, commissaire honoraire à l'époque où Bolton a eu son premier service de police. Ces revolvers sont un cadeau. Vous pensez qu'ils peuvent encore servir ?

Reacher fit oui de la tête. Les revolvers sont en général bons pour l'éternité. Il faut qu'ils soient sérieusement endommagés ou complètement rongés par la rouille pour ne plus fonctionner.

— Ont-ils jamais été utilisés ?

— Je ne crois pas.

— Auriez-vous de l'huile ?

— J'ai de l'huile à machine à coudre.

— Ça fera l'affaire.

— Avons-nous besoin d'autre chose ?

— Des munitions, ce serait pas mal.

— J'en ai quelques-unes.

— Qui remontent à… ?

— La semaine dernière.

— Vous êtes prête.

— Le moment me semblait venu de l'être.

— Combien de cartouches ?

— Une boîte de cent.

— C'est parfait.

— Remettez le livre à sa place maintenant, dit-elle. Les policières ne doivent pas être au courant. D'après mon expérience, les professionnels se sentent offensés quand les amateurs prennent les choses en main.

***

Après le dîner, le téléphone sonna. Peterson, qui appelait du commissariat. Il dit à Janet Salter que le téléphone placé sur le bureau du fond avait sonné. Le 110e de police militaire. La femme avait refusé de lui parler. Elle voulait que Reacher rappelle.

Le téléphone de Janet Salter se trouvait dans le vestibule. Il était moins vieux que la maison, mais pas d'installation récente. Il avait un cadran à boutons-poussoir, mais aussi un cordon, et faisait presque la taille d'une machine à écrire portable. Posé sur une petite table, avec une chaise à côté. Comme les téléphones autrefois, quand un appareil suffisait pour toute une maisonnée et que s'en servir tenait de la petite cérémonie.

Reacher composa le numéro dont il se souvenait. Attendit l'enregistrement et fit le 110.

— Oui ?

— Amanda, s'il vous plaît.

Il y eut un *clic*. Puis la voix. Pas de tonalité. Elle tenait déjà le combiné à la main.

— Ou c'est vous qui êtes fou, ou c'est le monde qui l'est, dit-elle.

— Ou les deux, dit-il.

— Quoi qu'il en soit, je suis sur le point de laisser tomber.

— Pourquoi ?

— Parce que l'endroit pour lequel vous me cassez les pieds n'existe pas.

18 h 55. Restaient trente-trois heures.

CHAPITRE 18

Reacher changea de position sur la chaise.

— Cet endroit existe. Aucun doute là-dessus. Je crois davantage aux pierres et aux témoignages oculaires qu'aux archives de l'armée.

— Sauf que ces pierres, vous ne les avez pas vues vous-même.

— Pas encore. Mais pourquoi les gens inventeraient-ils une histoire pareille ?

— Dans ce cas, l'installation doit être incroyablement secrète. Elle a été construite, mais elle ne figure sur aucun document officiel.

— Et après ils ont laissé un camp s'édifier sur son emplacement exact ? Ça ne tient pas debout.

— Si, parce que tout a changé, voyez-vous. C'était top secret il y a cinquante ans, totalement caduc il y en a cinq. Scénario typique de la Guerre froide. Le site a dû être déclassifié au début des années quatre-vingt-dix.

— Je me fiche de la date de la déclassification. Je veux seulement savoir ce que c'était.

— Je pourrais bien prendre un avion, mais vous êtes plus près.

— Où en est votre affaire ? demanda Reacher.

— Toujours en attente. Ce qui n'est pas très encourageant. J'ai bien peur que demain matin, il n'en reste plus rien.

— Vous travaillez toute la nuit ?

— Vous savez comment c'est.

— Dans ce cas, profitez-en. Vérifiez les allocations budgétaires du Congrès pour moi. La véritable raison d'être du projet sera cachée, mais les sommes figureront quelque part. C'est toujours le cas. On peut commencer par là.

— Vous avez une idée de la taille du budget de la Défense il y a cinquante ans ? Vous avez une idée du nombre de lignes qu'il comportait ?

— Vous avez toute la nuit. Cherchez à Dakota du Sud, à la Chambre des représentants ou au Sénat. Ce truc ne paraissant pas avoir la moindre valeur stratégique, il pourrait s'agir d'une magouille pour s'en mettre plein les poches.

— Vérifier ces archives représente beaucoup de travail.

— À quoi vous attendiez-vous ? À vous tourner les pouces ? Vous auriez dû vous engager dans la marine.

— Nous avons conclu un accord, Reacher… Vous n'avez pas oublié, hein ? Alors racontez-moi cette histoire du général deux étoiles.

— Vous perdez du temps.

— J'en ai à perdre. On dirait que c'est plutôt vous qui n'en avez pas.

— C'est une longue histoire.

— Ce sont les meilleures. Résumez-la, si vous voulez, mais faites attention à ne rien oublier d'important.

— Je téléphone de chez une personne privée. Je ne peux pas abuser de sa ligne.

— Attendez une seconde, dit la voix.

Il y eut un *clic*, une seconde de silence, puis la voix revint.

— À présent, c'est le gouvernement qui casque.

— Vous pourriez faire travailler cet argent pour moi.

— C'est ce que je fais. J'ai déjà mis quelqu'un là-dessus il y a trente-cinq minutes. Je maintiens les normes toujours aussi serrées ici, croyez-moi. Aussi bon que vous ayez été, je suis encore meilleure.

— Sincèrement, je l'espère.

— Bon. Il était une fois… qu'est-ce qui est arrivé ?

Reacher prit son temps avant de répondre.

— Je suis allé en Russie, dit-il finalement. Bien après la chute du communisme. Nous avons reçu une invitation bizarre à venir inspecter leurs prisons militaires. Personne n'avait la moindre idée de leurs motivations. Le sentiment général était pourquoi pas ? Si bien que nous avons pris un avion jusqu'à Moscou, puis un train en direction de l'est. C'était un gros machin de l'époque soviétique, avec des couchettes et un wagon-restaurant. Ça a pris des jours. La nourriture était infecte. Mais infecte d'une manière qui m'était familière. Si bien qu'un soir, j'ai été me promener du côté des cuisines. On nous servait des MRE américaines. Nos propres repas, prêts à consommer.

— Des rations de l'armée américaine ? Dans un train soviétique ?

— Non, russe à cette époque, techniquement parlant. Ils avaient des cuisinières à charbon au wagon cuisine. Des samovars, tout le bazar. Ils faisaient chauffer des casseroles d'eau, ouvraient les paquets de MRE et mélangeaient le tout. Ils en avaient des boîtes et des boîtes.

— Ils n'essayaient pas de les cacher ?

— Les cuistots n'avaient aucune idée de ce que c'était. Ils ne savaient pas lire l'anglais. Ils ne devaient même pas savoir lire du tout.

— Et comment nos rations avaient-elles échoué là-bas ?

— La suite, ce sera pour demain. Vous devez retourner au boulot.

— J'attends juste un coup de fil.

— D'où ?

— Je ne peux pas le dire.

— Mais si ! À moi, vous pouvez.

— De Fort Hood.

— À quel sujet ?

— Un capitaine d'infanterie a tué sa femme. Ce sont des choses qui arrivent. Mais ils étaient mariés depuis peu. Elle travaillait à la Homeland Security. Il est possible que ce type ait eu des liens à l'étranger. Qu'il ait volé des documents à sa femme et qu'il l'ait tuée pour dissimuler ce vol.

— Où ça, à l'étranger ?

— Ce que nous appelons des acteurs sans État.

— Des terroristes ?

— Des organisations terroristes, en tout cas.

— Super. C'est la Bronze Star assurée[1], Amanda.

— Si j'attrape mon bonhomme. Pour l'instant, il joue les filles de l'air.

— Avertissez-moi, s'il prend la direction du Dakota du Sud.

Elle rit.

— Au fait, quel âge avez-vous ?

— Je suis plus jeune que votre bureau.

1. Quatrième distinction militaire aux États-Unis.

***

À huit kilomètres de là, au réfectoire de la prison, toute trace du repas du soir avait disparu. Mais plus de cinquante hommes étaient toujours assis sur les longs bancs de la salle. Certains étaient blancs, d'autres marron, d'autres noirs. Tous portaient des survêtements orange. Ils étaient séparés en trois groupes différents, loin les uns des autres, telles trois nations insulaires sur une mer de linoléum.

Jusqu'à ce qu'un Blanc se lève et traverse la salle pour aller parler à un Noir.

Dire que le Blanc était blanc est une façon de parler. Sa peau était presque entièrement recouverte de tatouages bleus. Taillé en armoire à glace. Velu comme un singe, avec une barbe qui lui descendait jusqu'à la poitrine. Le Noir était un peu plus petit, mais probablement plus lourd. Il avait des biceps comme des ballons de rugby et le crâne rasé de si près qu'il brillait.

Et le Blanc lança :

— Les Mexicains nous doivent deux cartons de sèches.

Le Noir n'eut strictement aucune réaction. Et pourquoi en aurait-il eu une ? Il n'avait rien à faire des histoires de Blancs et de Marrons.

Le Blanc reprit :

— Les Mexicains disent que vous leur devez deux cartons de sèches.

Pas de réaction.

— On va donc les récupérer directement. Ça revient au même.

La proposition était techniquement acceptable. Une prison est un système économique. Les cigarettes y sont une monnaie d'échange. Comme l'argent d'une voiture vendue à New York peut permettre d'acheter une télé à Los Angeles. Mais la coopération économique implique l'existence de lois, de traités, d'un climat de détente, toutes choses qui manquaient cruellement dans les rapports entre les Noirs et les Blancs.

Et le Blanc ajouta :

— On va les récupérer sous la forme d'un cul. Un truc tendre. Le plus jeune et le plus chouette que vous ayez. Deux nuits, et on vous le rend.

***

Chez Janet Salter, les quatre femmes flics se passaient les consignes. L'équipe de jour cédait la place à l'équipe de nuit. Une fliquesse de l'équipe de nuit quitta la cuisine et alla se poster dans le vestibule. L'autre se rendit à la bibliothèque. Les deux de jour montèrent l'escalier. Janet Salter déclara qu'elle allait au salon. Reacher se dit qu'elle avait besoin d'un peu de solitude. Une protection vingt-quatre heures sur vingt-quatre est socialement épuisante pour les uns comme pour les autres. Mais elle l'invita à l'accompagner.

Le salon n'était guère différent de la bibliothèque. Même genre de mobilier, même genre de décoration, mêmes étagères et des milliers d'autres livres. La fenêtre donnait sur la véranda de devant. La neige avait presque complètement cessé de tomber. Le flic dans la rue était descendu de temps en temps de son véhicule pour nettoyer son pare-brise. Il y avait un manteau de neige épais de trente centimètres sur le toit, le capot et le coffre arrière, mais les vitres étaient propres. Le flic était bien réveillé et attentif. Reacher le voyait tourner la tête. Il regardait devant lui, puis dans le rétroviseur, puis à gauche, puis à droite. Pas mal, alors qu'il en était sans doute à sa douzième et dernière heure de garde. La bonne moitié des forces de police de Bolton était une honnête unité.

Janet Salter portait un cardigan. Un peu long sur elle, il avait les poches déformées. Par, tiens donc, un chiffon et un petit bidon d'huile. Elle les sortit et les posa sur une table latérale. Le chiffon était blanc et le bidon petit, vert et ancien, avec *Singer* écrit dessus.

— Allez chercher le livre que je vous ai montré, dit-elle.

La policière de service se tourna lorsque Reacher entra. Petite avec des épaules rondes, c'était une femme soignée que sa ceinture bardée d'équipements faisait paraître plus large qu'elle n'était. Elle le regarda de la tête aux pieds et se détourna. *Pas de menace*. Elle se tourna de nouveau vers la fenêtre. Derrière elle, Reacher prit le faux livre et le cala sous son bras. Il le rapporta au salon. Janet Salter referma la porte derrière lui. Il ouvrit le couvercle de cuir par terre et retira le premier revolver.

Le Smith & Wesson modèle police et armée avait été produit pour la première fois en 1899 et modifié une dernière fois en 1902. La taille moyenne des Américains, à l'époque, était d'un mètre soixante-huit et leurs mains étaient à proportion. Reacher, lui, mesurait un mètre quatre-vingt-quinze et avait des mains comme des battoirs, si bien que l'arme était petite pour lui.

Mais son index passait sans peine par la garde et c'était tout ce qui comptait. Il appuya sur l'ergot et dégagea le cylindre. Il était vide. Il le referma et tira à vide. Tout fonctionnait. Mais il sentait les minuscules débris métalliques d'un acier graissé bien des décennies auparavant en usine et que personne n'avait touché depuis. Il se mit donc au travail avec le chiffon et l'huile, fit un nouvel essai cinq minutes plus tard et fut beaucoup plus satisfait du résultat. Il répéta le processus avec le second revolver. Puis il referma le bidon d'huile et replia le chiffon.

— Où sont les munitions ? demanda-t-il alors.

— En haut, dans mon armoire à pharmacie, répondit Janet Salter.

— Pas très logique comme emplacement avec les revolvers à la bibliothèque, fit observer Reacher.

— Je pensais avoir le temps, s'il fallait en venir là.

— Beaucoup de gens sont morts pour l'avoir cru.

— Vous êtes sérieux, n'est-ce pas ?

— C'est une affaire sérieuse.

Elle ne fit pas de commentaire. Se contenta de se lever et de quitter la pièce. Reacher entendit l'escalier craquer. Elle revint avec une boîte toute neuve de cent Federal .38 Special. Têtes creuses tronconiques. Un bon choix. Elle avait été bien conseillée. La charge de 102 grammes n'était pas ce qu'il y avait de plus puissant au monde, mais l'effet dévastateur de la tête creuse compensait largement ce défaut.

Reacher glissa six cartouches dans le barillet du premier revolver et laissa le deuxième vide. Et dit à Janet Salter :

— Regardez ailleurs, puis revenez sur moi en me pointant du doigt.

— Pourquoi ?

— Faites-le. Comme si je bavardais en classe.

— Je n'étais pas ce genre de professeur.

— Faites semblant.

Elle s'exécuta. Elle s'en tira très bien. Les étudiants de l'université d'Oxford n'étaient peut-être pas tout à fait ce qu'on s'imaginait. Son doigt se retrouva braqué directement sur un point entre les deux yeux de Reacher.

— Bien. Maintenant recommencez, mais vers ma poitrine.

Elle le fit. Et se retrouva le doigt pointé sur le milieu du corps de Reacher.

— Parfait, dit-il. On tire comme ça. Le canon est votre doigt. N'essayez pas de viser. N'y pensez même pas. Faites-le simplement à l'instinct. Pointez sur la poitrine, parce que c'est la cible la plus grosse. Même si vous ne tuez pas votre type, vous lui gâcherez sa journée.

Janet Salter demeura silencieuse. Reacher lui tendit l'arme vide.

— Essayez la détente, dit-il.

Elle obéit. Le percuteur se leva, le cylindre tourna, le percuteur retomba. Impeccable, facile.

— J'imagine qu'il va y avoir du recul, dit-elle.

Il acquiesça.

— À moins que les lois de la physique n'aient changé au cours de la nuit.

— Est-ce qu'il sera fort ?

Reacher fit non de la tête.

— Les .38 Special sont des munitions peu agressives… pour le tireur, bien entendu. Pas beaucoup de bruit, pas beaucoup de recul.

Elle fit un nouvel essai. Le percuteur se leva, le cylindre tourna, le percuteur retomba.

— Et maintenant, plusieurs fois de suite, dit-il.

Elle recommença. Trois, quatre, cinq, six fois.

— C'est fatigant, dit-elle.

— Ça ne le sera pas, si vous devez vous en servir. Et c'est ce que vous devez faire. Lui coller les six balles dans le corps. Ne vous arrêtez que lorsque le barillet sera vide.

— C'est affreux.

— Ça ne le sera pas non plus s'il faut en passer par là. Ce sera vous ou lui. Vous serez étonnée par la vitesse avec laquelle on change de point de vue dans ce cas-là.

Elle lui rendit le revolver.

— Où allez-vous le garder ? demanda-t-il.

— Dans le livre, non ?

— Mauvaise réponse. Vous allez le mettre dans votre poche. Et la nuit, sous votre oreiller. (Il chargea six cartouches, referma le barillet et lui rendit l'arme.) Ne touchez la détente que lorsque vous serez prête à tuer le type.

— Je n'en serai pas capable.

— Je crois que si.

— Vous allez garder l'autre ? demanda-t-elle.

Il fit oui de la tête.

— Je veillerai à vous le rendre avant de partir.

19 h 55. Restaient trente-deux heures. La sirène de la prison se mit à hululer.

CHAPITRE 19

La sirène se trouvait à huit kilomètres au nord, mais le son parvenait très clairement à travers la nuit glaciale. À la fois fort et lointain, à la fois lugubre et pressant, à la fois quotidien et surnaturel. Ça criait et bramait, ça s'élevait et retombait, ça hurlait et murmurait. Ça roulait sur le terrain plat et par les rues enneigées et silencieuses, ça rompait l'air cristallin sur son passage.

Les policières de la maison réagirent sur-le-champ. Elles avaient répété, sans doute physiquement, certainement mentalement. Elles s'étaient préparées à ce choix difficile. La femme placée dans l'entrée passa la tête par la porte du salon. Son visage exprimait des sentiments conflictuels. Il y eut un bruit de pas à l'étage. L'équipe de jour qui se précipitait. La femme en poste à la bibliothèque courut directement au porte-chapeaux et prit sa parka. Dehors, dans la rue, le flic faisait déjà demi-tour. Des paquets de neige glissaient de son toit, de son capot, de son coffre. La voiture placée à l'entrée de la rue exécutait une marche arrière brutale. Puis des pieds martelèrent l'escalier.

La première femme dit :

— Désolée.

Et disparut. Elle avait saisi sa parka et franchi rapidement la porte, la dernière à sortir. Les deux voitures de flic avaient les portières ouvertes. Reacher entendit les pépiements frénétiques qui montaient de leurs radios. Les femmes flics de la maison se jetèrent dans les véhicules, les roues braquèrent, s'emballèrent et barattèrent la neige tout le long de la rue. Reacher les regarda partir. Puis il rentra et referma la porte. Sa parka d'emprunt était tombée par terre dans la débandade. Il la remit en place. Elle resta toute seule, accrochée au porte-chapeaux.

La sirène continuait de gémir.

Mais la maison était absolument silencieuse.

***

Et le resta moins de une minute. Puis, sur le fond sonore de la sirène, Reacher entendit le cliquetis des chaînes sur la neige et le grondement pressant d'un gros moteur tournant vite sur un rapport court. Il regarda par la fenêtre du salon. Des phares puissants. Une Crown Victoria. Anonyme. Noire, ou bleu foncé. Difficile à dire, avec le seul clair de lune. Elle s'arrêta dans un grincement de neige écrasée, là, à l'entrée de l'allée, et le chef Holland en descendit. Parka, bonnet fourré, bottes. Reacher glissa le revolver sous la ceinture de son pantalon, dans son dos. Et passa dans le vestibule. Ouvrit la porte d'entrée juste au moment où Holland mettait le pied dans la véranda.

Holland parut surpris.

— Je ne savais pas que vous étiez là, dit-il.

— C'est plus logique, répondit Reacher. Les lits disponibles ne manquent pas ici, et Kim Peterson n'a pas besoin de protection.

— C'est l'idée d'Andrew, ou la vôtre ?

— La mienne.

— Mme Salter va bien ?

— Très bien.

— Laissez-moi la voir.

Reacher recula d'un pas, Holland entra et referma la porte. Janet Salter sortit du salon.

— Vous allez bien ? lui demanda Holland.

Elle acquiesça de la tête.

— Oui, très bien. Et je vous suis très reconnaissante d'être venu. J'apprécie beaucoup. Mais en vérité, vous devriez être en route pour la prison.

Ce fut au tour de Holland d'acquiescer.

— J'y suis parti. Mais je ne pouvais pas me résoudre à vous laisser seule.

— Le règlement, c'est le règlement.

— Mais même…

— Tout ira bien. Je suis certaine que M. Reacher sera tout à fait à la hauteur.

Holland jeta un coup d'œil à Reacher. Sentiments conflictuels sur son visage, tout comme la femme flic de l'entrée.

— Qu'est-ce qui se passe là-bas ? demanda Reacher.

— Les Noirs et les Blancs se foutent dessus. Révolte de prison ordinaire.

— La première ?

— Exact.

— Moment admirablement bien choisi.

— Vous m'en direz tant.

— Soyons clairs : qu'est-ce qui vous arrivera si vous n'y allez pas ?

— C'est la honte du commissariat et je suis viré. Après, personne ne sait vraiment.

— Alors allez-y.

— Je ne veux pas.

Il avait dit ça simplement. Mais à sa manière de le dire comme à celle dont il se tenait, Reacher soupçonna qu'il avait autre chose en tête que son devoir vis-à-vis de Mme Salter. Il avait envie de rester au chaud, confortablement installé, en sécurité.

Il avait la frousse.

— Avez-vous déjà eu l'occasion d'intervenir dans une prison ? lui demanda Reacher.

— Non.

— C'est rien du tout. Vous serez de garde devant les barrières et dans les tours de guet. Le premier qui essaie de passer, vous le descendez. Aussi simple que ça. Ils connaissent la règle. Et ils n'essaieront pas, je peux vous le garantir. Pas sans préparation et pas par ce temps. Ils vont rester à l'intérieur et continuer à se bagarrer. Ils finiront par être crevés. Ça se termine toujours comme ça. Vous allez vous les geler, vous allez vous barber, mais c'est tout.

— C'est un boulot que vous avez déjà fait ?

— J'ai tout fait. Y compris de la protection rapprochée des personnes. Et avec tout le respect que je vous dois, je suis capable de faire aussi bien que vous. Vous devriez me laisser. De cette manière, tout le monde est gagnant.

— Je ne sais pas.

— Je peux contrôler la situation ici, vous pourrez vous occuper de vos gens là-bas.

— Cette affaire pourrait durer des heures. Sinon des jours.

— Ou même des semaines, en fait. Mais si jamais les choses prenaient cette tournure, vous pourriez vous regrouper.

— Vous croyez ?

Reacher acquiesça.

— Vous ne pouvez pas travailler vingt-quatre heures sur vingt-quatre. Pas tous. Personne ne peut vous demander ça. Il faudra établir un programme plus souple une fois passés les premiers moments de panique.

Holland ne répondit pas. Dehors, la sirène s'interrompit soudain. S'arrêta au milieu d'un gémissement, un silence absolu s'abattant alors d'un seul coup. Totale absence de bruit, comme si l'air lui-même se congelait.

Reacher reprit la parole.

— Ça signifie probablement que vous êtes en principe tous à vos postes.

Holland hocha la tête, une fois, deux fois, lentement, mal assuré. Il regarda Janet Salter et dit :

— Ou alors vous venez avec moi dans la voiture. Il faut que je sois sûr que vous êtes en sécurité.

— Ça n'est pas autorisé, chef Holland, répondit Janet Salter. Le règlement, c'est le règlement. Mais ne vous inquiétez pas. Je serai en sécurité ici, avec M. Reacher.

Holland resta immobile encore un instant. Puis il hocha une troisième fois la tête, plus nettement. Il avait pris sa décision. Il fit brusquement demi-tour et sortit. Sa voiture tournait toujours. Un léger nuage de vapeur d'échappement faisait tache derrière le coffre. Il se mit au volant, manœuvra et s'éloigna, disparut rapidement. La vapeur blanche resta quelques instants en suspens dans son sillage, puis se dispersa. Le petit cliquetis de ses chaînes sur la neige tassée mourut peu à peu.

Reacher referma la porte.

Le silence retomba dans la maison.

***

D'un point de vue tactique, le mieux aurait été d'enfermer Janet Salter au sous-sol. Mais elle s'y refusa. Elle se tenait dans le vestibule, la main sur la crosse de son revolver au fond de sa poche. Elle regardait tout autour d'elle, faisant le tour des points cardinaux comme si elle venait brusquement de comprendre que les quatre murs supposés la protéger n'étaient en fait qu'autant de voies de pénétration différentes. Il y avait des portes et des fenêtres partout. N'importe laquelle pouvait être forcée ou brisée en un instant.

La deuxième meilleure solution aurait été de la consigner dans sa chambre. Une pénétration par le premier étage était bien moins probable que par le rez-de-chaussée. Mais elle ne voulut pas non plus gagner l'étage. Elle déclara qu'elle aurait l'impression de n'avoir nulle part où s'enfuir.

— Vous ne vous enfuirez pas, lui objecta Reacher. Vous tirerez.

— Pas tant que vous serez là, ça, c'est sûr.

— Douze balles dans la peau de ce type vaudront mieux que six.

Elle resta un instant silencieuse. Elle le regardait comme s'il était un extraterrestre.

— Vous ne devriez pas patrouiller à l'extérieur ? demanda-t-elle enfin.

— Non.

— Pourquoi ?

— Parce qu'il me faudrait beaucoup trop de temps pour aller du devant à l'arrière de la maison. Et mon doigt ne pourrait plus passer dans le pontet du revolver avec un gant. Et il fait trop froid pour sortir sans gants.

— Si bien que nous nous contentons d'attendre ici ?

Il acquiesça.

— Exact. Nous attendons ici.

***

Ils s'installèrent dans le salon. Reacher considérait que c'était le meilleur choix. Il donnait sur la façade et vu la couche de neige sur le sol, l'approche frontale était la plus vraisemblable. Et même si ce n'était pas cette approche qui était tentée, le salon restait la pièce la plus sûre. La manière dont il était abrité par l'auvent de la véranda et permettait une large surveillance signifiait qu'un tireur éventuel serait obligé de se placer dans l'axe de la pièce pour pouvoir agir. Il serait repéré vingt pas avant de pouvoir seulement épauler.

Il y avait bien d'autres dangers possibles. Bombes et cocktails Molotov arrivaient en tête de liste. Mais si les choses en arrivaient là, peu importerait la pièce dans laquelle ils se trouvaient.

***

L'horloge franchit le cap de 21 heures et marqua le terme de la première heure qu'ils avaient passée seuls.

Dehors, la rue était déserte. Reacher avait fait une inspection attentive du périmètre intérieur. La porte d'entrée, verrouillée. Les fenêtres du rez-de-chaussée, toutes fermées. Les portes-fenêtres de la bibliothèque, verrouillées. Les fenêtres du premier, toutes fermées. La plupart étaient inaccessibles sans une échelle. La seule possibilité pratique était la fenêtre d'une chambre donnant directement sur le toit de la véranda. Mais ce toit était surchargé de neige. Il serait glissant et traître. Le risque n'était pas grand.

Le temps changeait. Un vent léger se levait. Le ciel nocturne s'éclaircissait. La lune brillait et l'on voyait les étoiles. La température paraissait baisser. Chacune des fenêtres qu'il avait inspectées donnait l'impression d'avoir devant elle une couche d'air qui pulsait sous le froid. Le vent n'arrangeait rien. Il trouvait des failles invisibles et créait d'infimes courants d'air qui aspiraient la chaleur de toute la bâtisse.

Le vent n'arrangeait rien en termes de sécurité, non plus. Il générait des bruits étranges. Des chuintements, des craquements, le pétillement sec du feuillage raidi par le gel, des sons creux émis par les troncs, le gémissement spectral, presque imperceptible, des fils électriques. En termes absolus, il s'agissait de bruits paisibles, mais Reacher s'en serait volontiers passé. Tout dépendait du fait qu'il puisse entendre le craquement étouffé de pas dans la neige, et les chances d'y parvenir en étaient diminuées d'autant. De plus, Janet Salter parlait de temps en temps, ce qui compliquait encore les choses, mais il ne voulait pas la faire taire. Elle était inquiète, naturellement, et parler semblait l'aider.

Comme il revenait d'un de ses tours d'inspection, elle lui demanda :

— Combien de fois avez-vous déjà fait ce genre de travail ?

Il répondit sans détourner les yeux de la fenêtre.

— Une ou deux fois.

— Et manifestement vous en avez réchappé.

— Jusqu'ici, oui.

— Quel est le secret de votre réussite ?

— Je n'aime pas être battu. Il vaut mieux pour toutes les parties concernées que cela n'arrive pas.

— C'est un lourd fardeau à porter, psychologiquement parlant… ce genre de pulsion brûlante pour la domination, je veux dire.

— Vous croyez qu'il y a des gens qui prennent plaisir à être battus ?

— Ce n'est pas noir ou blanc. On ne vous demande pas d'y prendre plaisir. Mais vous pourriez accueillir plus paisiblement ce qui vous arrive. Gagner des fois, perdre d'autres.

— Ce n'est pas comme ça que ça marche. Pas dans mon domaine d'activité. On gagne plusieurs fois, mais on ne perd qu'une seule. Fin de la partie.

— Vous êtes toujours dans l'armée, n'est-ce pas ?

— Non, je l'ai quittée depuis des années.

— Je voulais dire, dans votre tête.

— Pas vraiment.

— Ça ne vous manque pas ?

— Pas vraiment.

— Je vous ai entendu au téléphone avec cette femme en Virginie. Vous étiez plein de vie.

— C'était à cause d'elle. Pas de l'armée. Elle a une voix fantastique.

— Vous êtes solitaire.

— Pas vous ?

Elle ne répondit pas. L'horloge continuait à égrener son *tic-tac*. Personne n'approchait de la maison.

***

Au bout d'une heure et demie, Reacher avait procédé à quatre tournées d'inspection et avait l'impression de commencer à bien connaître la maison. Elle avait été construite pour une génération antérieure, à certains points de vue plus rude, à d'autres moins. Les fenêtres fermaient de l'intérieur et les portes avaient des serrures, et toutes ces pièces en laiton étaient bien usinées et solides, mais elles n'avaient rien à voir avec les blindages que l'on peut se procurer aujourd'hui dans une quincaillerie moderne. Ce qui signifiait qu'il existait quarante-trois moyens différents de pénétrer dans la maison, dont quinze réalisables en pratique, huit pouvant être anticipés par un adversaire d'une intelligence normale et agissant seul et six étant faciles à contrer. Les douze derniers seraient plus difficiles à contrôler, surtout du fait de la présence de Janet Salter et de ses déplacements. Il envisagea de lui demander à nouveau de s'enfermer au sous-sol, mais elle dut voir qu'il mijotait quelque chose et se remit à parler, comme pour l'en détourner. Il était à la fenêtre du salon, tournant la tête à gauche puis à droite, lorsqu'elle lui demanda :

— C'était votre père ou votre mère qui était marine ?

— Pardon ?

— Vous m'avez dit que vous aviez grandi dans des bases du corps des marines. Je me demandais à cause duquel de vos parents. Je suppose que ça pouvait être aussi les deux, non ? Était-ce autorisé ? Que deux époux servent ensemble ?

— Je n'en ai pas l'impression.

— C'était lequel, dans ce cas ?

— Mon père.

— Parlez-moi de lui.

— Il n'y a pas grand-chose à raconter. Un type sympa, mais occupé.

— Distant ?

— Lui devait penser que je l'étais. Il y avait toujours une centaine de gosses sur les bases. Nous courions toute la journée. Nous vivions dans un monde à nous.

— Il est encore vivant ?

— Il est mort il y a longtemps. Ma mère aussi.

— C'est la même chose pour moi, dit-elle. Je me rendais distante. Je lisais tout le temps.

Il ne répondit pas, elle retomba dans le silence. Il étudia la rue. Rien ne s'y passait. Il se rendit à la bibliothèque et étudia le jardin. Rien là non plus. Les derniers nuages s'enfuyaient et le clair de lune devenait éclatant. C'était un monde bleu, glacial et vide qui s'étendait sous ses yeux.

***

Sauf que vide, il ne l'était pas.

Mais personne ne venait.

***

Cache-cache. Peut-être le jeu le plus ancien au monde. À cause des peurs et frissons immémoriaux enfouis tout au fond de chaque cerveau humain. Le prédateur et la proie. L'irrésistible ravissement quand, accroupi dans le noir, on entend des pas. La bouffée de plaisir quand on revient sur ses pas pour ouvrir la porte du placard et découvrir la victime. La transformation instantanée de terreurs primitives en modernes éclats de rire.

Là, c'était différent.

Ce n'était pas pour rire. Il y aurait quelques secondes de furieux échanges de coups de feu, la puanteur de la poudre brûlée, le silence soudain assourdissant et le moment d'immobilité générale pendant lequel on s'examine pour voir si on n'a pas été touché. Puis un autre, pour voir ce qu'il en est des siens. Puis les frissons, les hoquets, l'envie de vomir.

Rien qui prête à rire.

Ce n'était pas non plus une vraie partie de cache-cache. Personne ne se cachait vraiment, et personne ne cherchait vraiment. Celui qui rôdait savait parfaitement où se trouvait Janet Salter. On lui avait procuré l'adresse exacte. Voire des indications détaillées sur l'itinéraire à suivre. Voire des coordonnées GPS. Et elle était juste assise là à l'attendre. Aucun art. Juste de la brutalité. Cela le décevait un peu. Il était bon, à cache-cache. Pas le jeu pour les enfants, non ; la version grandeur nature. Il était bon pour se cacher, encore meilleur pour trouver. Ses anciennes obligations professionnelles l'avaient orienté dans ce sens. Il avait été un excellent chasseur d'hommes. Surtout en fuite. Il savait que la clef est l'empathie. Comprendre leurs motivations, leur environnement, leurs objectifs, leurs peurs, leurs besoins. Penser comme eux. Voir comme eux. Être eux. Il en était arrivé au stade où il pouvait passer une heure sur un dossier, une deuxième heure à réfléchir, une troisième heure à consulter cartes et annuaires de téléphone, puis prédire pratiquement jusqu'au bâtiment dans lequel on retrouverait le type.

Il vérifia la vue, côté façade.

Personne.

Rien qu'un monde vide et blanc qui paraissait pétrifié par le gel.

Il jeta un coup d'œil à Janet Salter.

— Surveillez le devant de la maison pour moi, dit-il.

— D'accord.

— Je vais rester un moment dans le vestibule. Si quelqu'un débarque par la cuisine ou la bibliothèque, je peux l'avoir dans le corridor.

— D'accord.

— Restez dans l'ombre, mais gardez l'œil ouvert.

— D'accord.

— Si vous voyez quelque chose, vous m'appelez en parlant fort et en articulant : nombre, emplacement, direction, signalement.

— D'accord.

— Et on reste debout.

— Pourquoi ?

— Si vous vous endormez debout, je vous entendrai tomber par terre.

Elle prit position à un bon endroit, vers le fond de la pièce – invisible de l'extérieur, mais avec une vue suffisamment dégagée. Elle avait toujours la main sur la crosse de son revolver. Il passa dans le vestibule et plaça la chaise de l'autre côté de la table du téléphone, de manière à être assis face à l'arrière de la maison. Il posa le revolver en travers de ses genoux. Décrocha le téléphone. Composa le numéro dont il se souvenait.

— Oui ?

— Amanda, s'il vous plaît.

— Un temps. Un *clic*. La voix. Qui dit :

— Vous blaguez, non ? Il y a deux heures, vous m'avez donné quinze jours de boulot et vous voulez déjà des résultats ?

— Non, mais de toute façon, je ne peux pas vous donner quinze jours. J'ai besoin de quelque chose demain au plus tard.

— Vous êtes cinglé, ma parole !

— Vous avez prétendu être meilleure que moi, et j'aurais pu faire ce boulot en vingt-quatre heures. Donc, vous pouvez le faire en douze.

— C'est quoi, ça ? De la psychologie ? Vous avez suivi des cours de motivation à West Point ?

Reacher gardait une main sur son revolver et les yeux fixés sur la porte de la cuisine.

— Est-ce que vous avez attrapé votre fugitif ?

— Non, vous voyez bien.

— Vous le cherchez où ?

— Dans tous les aéroports, plus les bateaux qui font la côte entre Corpus Christi et La Nouvelle-Orléans.

— Il est dans un motel un peu au nord d'Austin. À Georgetown presque certainement. Et presque certainement aussi dans le deuxième motel au nord de la gare routière.

— Est-ce que par hasard il porterait un bracelet émetteur à la cheville dont je n'aurais pas entendu parler ?

— Non, il est mort de frousse et seul. Il a besoin d'aide. Peut aller nulle part, sauf à l'étranger chez les types avec lesquels il couche. Mais il attend pour les appeler. Ils l'aideront si c'est sans risque, ils le laisseront tomber s'il est compromis. Ils le tueront peut-être même. Il le sait. Un type poursuivi par la justice, ça ne les gêne pas. Un fugitif politique, ça les embête davantage. Que nous puissions remonter jusqu'à eux les inquiète, où qu'ils soient. Il a donc besoin de se tenir au courant. Il a besoin d'un média qui couvre les événements de Fort Hood. Si on en reste à un simple homicide, à un crime passionnel, il les appellera. Sinon, il finira en se mettant le canon de son pétard dans la bouche.

— Nous n'avons rien révélé du contexte.

— Dans ce cas, il va attendre un jour ou deux pour être sûr, et il les appellera.

— Mais il aurait pu aller n'importe où pour ça. À Waco, à Dallas, à Abilene même.

— Non, il a soigneusement choisi l'endroit. Abilene est trop loin et trop petit. Et Waco et Dallas sont trop patriotiques. Il se dit que la télé et la radio pourraient soupçonner une affaire d'espionnage. Il appartient à quoi… au 4e d'infanterie ? L'opinion publique de Waco et de Dallas ne veut pas entendre parler d'un capitaine du 4e d'infanterie qui aurait mal tourné. Il le sait. On est beaucoup plus coulant à Austin. De plus, c'est la capitale de l'État et il passe davantage de choses aux infos. Il a besoin du bon tuyau, et il sait que c'est à Austin qu'il peut l'avoir.

— Vous avez dit Georgetown.

— Il a peur de la capitale. Trop de flics, trop de mouvements. Il n'est pas parti en voiture, n'est-ce pas ? Bien trop peur de la police de la route. Sa voiture n'a pas bougé, hein ?

— Non.

— Il a donc pris le bus depuis Hood et n'est pas allé bien loin. Georgetown est là, près d'Austin, mais pas trop près. Il a regardé par la fenêtre pendant le trajet. Un motel après l'autre. Il se les est représentés dans sa tête. Il est sorti de la gare routière et a remonté à pied le chemin qu'il venait de faire. Il ne voulait pas d'un territoire qui ne lui soit pas familier. Il ne voulait pas trop s'éloigner non plus. Trop exposé. Trop vulnérable. Mais même ainsi, il se méfiait du motel le plus proche de la gare. Ça lui semblait trop évident. Il a donc choisi le deuxième. Il y est en ce moment même, la chaîne sur la porte, et regarde les infos régionales.

La voix resta sans réaction.

— Attendez une seconde, dit Reacher.

Il posa doucement le téléphone sur la table et se leva. Alla vérifier la cuisine, et la bibliothèque. Rien. Il vérifia le salon. Janet Salter était toujours debout sur ses jambes, solide comme un roc, enfoncée dans les ombres.

Rien à voir dans la rue.

Personne.

Il retourna dans le vestibule, se rassit et reprit l'appareil. La voix demanda :

— Autre chose ?

— C'est sans importance, mais il était assis dans le premier tiers du car.

— Des conneries, tout ça.

— C'était une sorte de camouflage. Il ne voulait pas avoir l'air d'un fugitif. Il pense que les voyous s'assoient au fond. Il est capitaine au 4e d'infanterie. Probablement du genre pète-sec. Il n'a pas oublié les bus de ramassage scolaire. Les branleurs s'asseyaient au fond. Pas lui.

Aucune réaction.

— Georgetown, reprit Reacher. Deuxième motel au nord de la gare routière. Allez-y voir.

Aucune réaction.

— Où sont vos gens les plus près ?

— J'en ai à Hood même.

— Alors envoyez-les-y. C'est à environ quatre-vingts kilomètres. Qu'est-ce que ça vous coûte ?

Aucune réaction.

— Et n'oubliez pas, reprit-il. J'ai besoin de mon information demain.

Il raccrocha. Remit la chaise à sa place et retourna au salon. Regarda par la fenêtre.

Rien à voir.

21 h 55. Restaient trente heures.

CHAPITRE 20

Tic-tac, tic-tac, l'horloge poursuivait. Reacher prenait chaque minute qui passait comme une petite victoire. Une révolte de prisonniers ne pouvait s'éterniser. La phase initiale durerait relativement peu de temps. Des otages seraient pris, un territoire occupé, s'ensuivrait une situation bloquée. On procéderait à des ajustements tactiques. Les gardiens seraient regroupés. Les flics pourraient retourner à leur mission première. Reacher ne l'ignorait pas.

Le type le savait donc lui aussi.

Reacher ne comprenait pas pourquoi il ne venait pas. Sa cible était une vieille femme dans une maison. Qu'est-ce qu'il attendait ?

À 22 h 30, Janet Salter proposa de préparer du café. Reacher ne voulut pas la laisser faire. C'était peut-être ce qu'attendait le type. Le percolateur avait besoin d'eau. L'eau arrivait par le robinet. Le robinet était au-dessus de l'évier. Et l'évier sous la fenêtre. Une tête grise occupée à moins d'un mètre de l'autre côté d'une vitre, la cible serait tentante. Il prépara donc le café lui-même, après une inspection minutieuse des environs. Inspection inutile, s'avéra-t-il. Il sortit par la porte de derrière sans manteau, ni bonnet, ni gants. Le froid lui fit l'effet d'un coup de poing. Rageur. Qui cherche. Il en resta pétrifié. Très loin au-dessous de zéro. Tellement loin qu'il ne pouvait même pas risquer un chiffre.

Il battit en retraite. Personne n'attendait là le moment propice pour pouvoir faire feu. Impossible. Au bout d'une minute, l'homme tremblerait tellement qu'il ne verrait plus rien et serait incapable de tirer. Au bout d'une heure, il serait dans le coma. Et mort au bout de deux.

Ces réflexions clarifièrent un peu les choses. Il n'y aurait pas d'approche furtive à pied, dans la neige. Le danger viendrait de devant. Le type arriverait en voiture, bondirait, agirait vite. Si bien que lorsque le percolateur eut fini de siffler et d'émettre des borborygmes, Reacher remplit deux mugs, les rapporta au salon et expliqua à Janet Salter qu'ils allaient prendre des tours de garde alternés de dix minutes à la fenêtre pendant toute l'heure suivante.

***

L'heure suivante passa lentement. Personne n'approcha de la maison. Le monde, dehors, était mort. Gelé jusqu'à la moelle. Rien ne bougeait, hormis le vent. Il soufflait régulièrement de l'ouest. Il créait de petites vagues écrêtées de poudreuse, décapait des arêtes de glace qui brillaient d'un éclat bleuâtre au clair de lune. Scène spectrale, élémentaire. Janet Salter fit quelque chose à un cadran sur un mur pour monter le chauffage. Mauvaise idée, se dit Reacher. La chaleur endort. Cela dit, il ne voulait pas qu'elle gèle. Il avait lu des histoires de vieux morts d'hypothermie chez eux.

Elle lui demanda :

— C'est la première fois que vous passez un hiver ici ?

— Non, la première fois que je viens ici, quelle que soit la saison.

— Au Dakota du Nord, peut-être ?

— L'immeuble Dakota à New York est le seul Dakota où j'aie mis les pieds jusqu'à aujourd'hui.

— Immeuble qui tient son nom d'ici, d'ailleurs. À l'époque où il a été édifié, la ville ne dépassait guère la 34e Rue. Il paraissait fou de vouloir construire des appartements chic entre la 34e et la 72e Rue, et dans le West Side, en plus. « Autant construire au Dakota », disaient les gens. Du coup, le nom est resté. L'homme à l'origine du projet avait des parts dans la société des machines à coudre Singer, ce qui nous ramène au petit bidon d'huile et referme le cercle.

Elle parlait pour parler. Il la laissa faire. Il gardait un œil sur la rue et ne l'écoutait pas vraiment. Elle se lança dans une longue dissertation sur l'histoire de l'État. Les explorateurs et les commerçants, Lewis et Clark, la nation Sioux, Fort Pierre, les culs-terreux et les pionniers, la ruée vers l'or, les chefs indiens Crazy Horse et Sitting Bull, le général Custer, les Black Hills, Wounded Knee, la désertification des terres, un certain Brokaw qu'on avait vu, d'après elle, sur une chaîne d'info à la télé[1].

22 h 55. Restaient vingt-neuf heures.

***

Il acheva son huitième tour complet du périmètre intérieur. Sans rien voir de spécial. Rien non plus

1. Cofondateur de l'émission *NBC Nightly News*.

d'aucune des fenêtres, sinon le vide pétrifié par le gel qu'éclairait la lune. Rien à entendre non plus, mis à part l'eau qui courait dans la tuyauterie du chauffage central, et les lointains craquements de la glace dehors, au fur et à mesure qu'augmentait le froid. Un froid qui prenait possession de tout. La terre en était prisonnière. Il repensa aux culs-terreux et aux pionniers dont Janet Salter venait de parler. Pourquoi diable étaient-ils restés dans un coin pareil ?

Il redescendait l'escalier lorsqu'elle l'appela.

— Y a quelqu'un qui vient.

Elle avait parlé d'une voix forte et claire. Mais elle n'ajouta aucune information. Ni de nombre, ni d'emplacement, ni de direction, ni de description. Il s'avança dans le salon, passa devant elle et s'approcha de la fenêtre. Vit une silhouette approcher à pied au milieu de la rue – elle venait de la gauche. Petite, mais empaquetée dans un énorme manteau à capuchon. La silhouette portait un masque de ski. Plus une écharpe, plus des gants, plus des bottes. Rien dans les mains. Des mains qu'elle tenait sur le côté, pour l'équilibre, des mains qui ne tenaient rien.

La silhouette progressait lentement, prudemment, attentive à chacun de ses pas. Elle s'arrêta à la hauteur de l'allée. Et resta plantée là.

— Vous savez qui c'est ? demanda Reacher.

— Attendez.

La silhouette se tourna, décrivit un demi-cercle raide et maladroit pour faire face à l'autre direction. Un chien trotta jusqu'à elle. Un grand machin blanc. Une boule de fourrure. La silhouette se tourna à nouveau et maître et compagnon s'éloignèrent.

— C'est une voisine, dit Janet Salter. Mme Lowell. Mais c'était difficile à dire, vu la manière dont elle était habillée.

Reacher expira et demanda :

— La femme du flic ?

— Son ex. L'officier Lowell l'a quittée il y a un an. Une affaire assez sordide, semble-t-il.

— De quel genre, ce sordide ?

— Je ne sais pas.

— J'ai vu Lowell hier. Peterson m'a dit que c'était un drôle d'oiseau. Qu'il lisait des livres.

— C'est vrai. Il vient de temps en temps ici pour m'en emprunter. Nos deux familles sont de Bolton depuis très longtemps.

— Vous connaissez son binôme ?

— L'officier Kapler ? Je l'ai rencontré, bien sûr.

— Et… ?

— Il est venu de Floride. Ce qui m'a paru étrange.

— À moi aussi, dit-il.

Il resta près de la fenêtre et regarda Mme Lowell et son chien tourner au coin de la rue et disparaître.

***

Ils n'échangèrent plus un mot pendant une demi-heure. L'horloge dans la tête de Reacher s'approchait de minuit.

— Vous n'êtes pas fatiguée ? demanda-t-il.

— Je ne m'étais pas vraiment posé la question, répondit-elle.

— Vous pouvez aller vous coucher si vous voulez. Je continuerai à veiller.

— Et vous allez veiller debout ? Pour que je vous entende tomber si vous vous endormez ?

Il sourit.

— Je ne m'endormirai pas.

— Et moi, je n'irai pas me coucher. Ceci relève de ma responsabilité. Vous ne devriez même pas y être mêlé.

— Un problème partagé est un problème réduit de moitié.

— Vous pourriez vous faire tuer.

— C'est improbable.

— Êtes-vous marié ? demanda-t-elle.

Sans quitter la fenêtre des yeux, il répondit que non.

— Vous l'avez été ?

— Non.

— Vous étiez enfant unique ?

— J'avais un frère de deux ans plus âgé que moi. Il travaillait pour le Trésor[1]. Il a été tué en service.

— Je suis désolée.

— Vous n'y êtes pour rien.

— Est-ce que vous rejetez toujours ainsi les marques de sympathie ?

— En général.

— Vous êtes donc le dernier de votre lignée.

— J'imagine. Mais côté lignée, ce n'était pas grand-chose.

— Juste comme moi. Tous des fripouilles.

— Où étaient situées vos mines d'or ?

— Dans les Black Hills. Pourquoi ?

— Peterson pense que le site militaire à l'ouest d'ici pourrait être essentiellement souterrain. Je me demandais s'ils n'auraient pas pu se servir d'anciennes galeries.

— Non, il n'y avait pas de mines là-bas. Juste une couche de terre et la roche en dessous.

1. Chargé de la protection des présidents.

— Vos parents étaient-ils encore vivants quand vous êtes partie faire vos études ?

— Pourquoi ?

— Parce que dans ce cas, ils vous ont probablement écrit et rapporté les nouvelles locales. Des rumeurs et des commérages aussi. Ils ont dû faire des allusions à cet endroit. Peut-être rien d'assez précis pour passer pour un fait à vos yeux d'universitaire, mais vous devez bien avoir entendu parler de quelque chose.

— Rien qui mérite d'être répété.

— Essayez toujours.

— Tout ce que je sais, c'est qu'il y a eu construction mais que le site n'a jamais été utilisé. Apparemment, parce que son objectif était trop révoltant. Il y a même eu une amorce de scandale.

— Et quel était cet objectif ?

— Je l'ignore. Personne ne m'en a parlé.

23 h 55. Restaient vingt-huit heures. Personne ne vint.

***

À près de dix-sept cents kilomètres de là, au Texas, deux voitures rapides quittèrent Hood, direction sud, et couvrirent en moins de quarante minutes une distance de quatre-vingts kilomètres. Il y avait six hommes à bord, tous des officiers de police judiciaire travaillant pour l'unité spéciale du 110e, tous de classe W3, tous rêvant de passer W4, tous parfaitement conscients que ce genre de mission pourrait donner un coup de pouce à leur promotion. Ils quittèrent la route principale et traversèrent Georgetown pour gagner la gare routière. Il y régnait le calme du milieu de la nuit. Air frais, détritus, puanteur du diesel. Aucun véhicule n'entrait, aucun ne sortait. Ils se garèrent un peu plus loin, à côté d'une boutique de prêteur sur gages et d'un bureau de rachat de dettes, puis ils repartirent à pied, d'un pas vif, dans la direction par laquelle ils étaient arrivés. Ils comptèrent les motels. Le premier était un édifice en brique, à l'arrière d'un parking au revêtement qui partait en morceaux. Le deuxième se trouvait tout à côté et donnait directement sur la rue ; en bois rouge, il comptait douze chambres, un panneau, sur un mât, annonçant accès gratuit au câble, petit déjeuner compris et aucune chambre de libre.

Bureau – première porte à gauche.

Employé à moitié endormi dans le bureau.

Passe dans le tiroir du comptoir.

Les six W3 se séparèrent, trois à l'avant du bâtiment, trois à l'arrière. Le premier de chaque équipe restait en arrière, prêt à tout. Les autres entrèrent dans toutes les chambres comme s'ils étaient chez eux, l'arme à la main, pour examiner de près les formes somnolentes qu'ils trouvaient dans les rayons de leurs lampes.

Les douze chambres.

Leur homme n'y était pas.

***

Reacher fit une fois de plus le tour de la maison de Janet Salter. Il en connaissait maintenant tous les bruits par cœur. Les craquements du plancher, ceux de l'escalier, le coude à angle droit d'un tuyau du chauffage central qui, sans doute encombré, sifflait plus fort que les autres, un montant de vitre qui tremblait légèrement dans son cadre depuis que le vent s'était levé. Les odeurs changeaient. De minuscules bouffées d'air se chargeaient des effluves des tapis et des tentures. Ces odeurs n'étaient pas désagréables. Anciennes, seulement. Laine teintée, velours poudreux, naphtaline, cire, fumée de cigare, tabac à pipe. Des arômes d'autrefois, profonds, sorte de portrait olfactif rappelant la prospérité dans laquelle vivaient certaines familles de la frontière à l'époque. Reacher les sentait au-delà de l'odeur minérale du revolver récemment huilé qu'il portait partout avec lui.

Il revint au salon. Janet Salter avait toujours son revolver dans la poche. La main toujours sur la crosse.

— Vous tenez le coup ?

C'est solennellement qu'elle répondit :

— J'en suis arrivée à la conclusion que je suis privilégiée.

— En quel sens ?

— Dans le sens où j'ai eu une occasion de me comporter selon mes principes. Je crois que tout citoyen ordinaire doit faire face à la méchanceté. Mais je crois aussi à l'équité. Je crois que tout accusé a droit à un procès juste et je crois au droit qu'il a de se confronter avec le témoin à charge. Mais tout ça est facile à dire, n'est-ce pas ? Ce n'est pas tout le monde qui a l'occasion d'agir selon ses principes. C'est ce qui m'arrive en ce moment.

— Et vous le faites de manière magnifique, dit-il.

Il passa devant elle pour s'approcher de la fenêtre.

Et vit des soubresauts de phares dans la rue. Une voiture, qui arrivait vite.

CHAPITRE 21

C'était Peterson, à la tête de ce qui semblait être toutes les forces de police de Bolton. Six voitures… non, sept… huit. Puis une neuvième. Elles s'arrêtèrent en faisant craquer la neige, n'importe où dans la rue. Douze flics en descendirent, puis trois de plus. L'arme au poing, ils se mirent en formation d'approche, une hâte désespérée le disputant à une extrême prudence. Parce qu'ils n'avaient aucune idée de ce qu'ils allaient trouver.

Le calme, ou un double homicide.

Reacher passa dans le vestibule et se plaça à hauteur des gonds de la porte d'entrée. Qu'il ouvrit en restant soigneusement invisible. Il ne voulait pas se faire descendre par erreur. Quinze flics nerveux rendaient la situation imprévisible.

— Peterson ? lança-t-il. C'est Reacher. Tout va bien ici.

Pas de réponse.

— Peterson ?

Un air glacial envahit la maison. Il portait la voix de Peterson.

— Reacher ?

— Tout va bien ici, répéta celui-ci. Rangez vos armes et entrez.

Les policiers le firent au pas de course, tous les quinze, Peterson le premier, puis les quatre femmes, puis les trois types des véhicules de protection, puis sept autres flics que Reacher ne connaissait pas. Des tourbillons d'air glacé entrèrent dans leur sillage. Tous avaient le visage rouge, gercé. Frappés de plein fouet par l'air chaud de la maison, ils se mirent à se débarrasser de leurs parkas, à retirer leurs gants et leurs bonnets.

— Qu'est-ce qui s'est passé ici ? demanda Peterson.

— Rien du tout, répondit Reacher. Et là-bas ?

— Une émeute. Mais nous n'avons pas vu grand-chose. Ils l'ont très vite matée.

— Parce qu'elle était bidon. C'était une diversion.

Peterson acquiesça.

— Sauf que leur type ne s'est pas montré.

— La grande question étant donc : comment diable cela se fait-il ?

— Parce qu'il vous a vus.

— Sauf que je ne l'ai pas vu, moi. Ce qui appelle une autre question. S'il était bon au point de me voir sans se faire voir lui-même, pourquoi n'est-il pas passé à l'attaque ?

— Aucune idée.

— J'ai vu une femme avec un grand chien blanc.

— Quand ?

— Un peu après 23 heures.

— Mme Lowell. C'est une voisine. Elle sort son chien tous les soirs.

— Vous auriez dû me le dire. J'aurais pu l'abattre.

— Je suis désolé.

Peterson referma la paume de sa main sur son nez. Ça devait faire mal. La température de sa peau avait fait un bond d'une trentaine de degrés en soixante secondes. Puis il se passa la main dans les cheveux.

— C'est peut-être pas sympa de le dire, j'en ai peur, mais j'aurais préféré qu'il vienne ce soir, en fin de compte. Je ne sais pas si nous allons pouvoir tenir encore un mois comme ça.

— Je ne crois pas que ce sera nécessaire, dit Reacher. À mon avis, ils sont à court de diversions.

— Ils peuvent déclencher une autre émeute quand ça leur chante.

— Justement pas. C'est ce qu'il faut comprendre. Les émeutes de prison ne se produisent que lorsqu'on atteint une certaine masse critique. Environ un tiers de la population carcérale est prêt à se révolter tous les jours de la semaine et à la moindre occasion. Un autre tiers ne le ferait jamais. C'est le tiers intermédiaire qui compte. Le vote qui fait pencher la balance. Comme dans une élection. Et ils en ont assez pour le moment. Le soufflé est retombé. Il faudra un an avant qu'ils soient prêts à recommencer.

Peterson garda le silence.

— Et d'ici là, votre copain le biker n'aura pas le temps d'organiser une cavale. Si bien que vous êtes sorti d'affaire à présent. En sécurité.

— Vous croyez ?

— Il y a des chances pour que vous n'entendiez plus jamais cette sirène.

00 h 55. Restaient vingt-sept heures.

***

À 1 h 15, le téléphone sonna dans le vestibule. Janet Salter sortit de la cuisine pour répondre. Elle passa le combiné à Peterson. Peterson écouta une seconde et alla chercher Reacher au salon.

— La femme du 110e, dit-il. Comment connaît-elle ce numéro ?

— Elle dispose d'un système de reconnaissance d'appel, répondit Reacher. Avec les coordonnées. Elle est même probablement en train de regarder cette maison grâce à Google Earth.

— Mais il fait nuit.

— Ne me demandez pas comment ça marche.

Il passa dans le vestibule et s'assit sur la chaise. Porta le combiné à son oreille.

— Vous avez les réponses à mes questions ?

— Pas encore, répondit la voix.

— Alors pourquoi vous appelez aussi tard ? J'aurais pu dormir à poings fermés.

— Je voulais juste vous dire que j'ai attrapé mon type.

— J'avais raison ?

— Je ne répondrai pas à cette question. Je ne veux pas vous donner cette satisfaction.

— J'avais donc raison.

— En réalité, pas tout à fait. Il était dans le troisième motel au nord de la gare routière.

— Parce que les deux premiers étaient trop proches l'un de l'autre, c'est ça ? Il a préféré aller au troisième pour la distance ?

— Vous êtes vraiment bon.

— Je gagnais ma vie en faisant ça.

— Je suis impressionnée, comme il se doit.

— Comment était-il ?

— À vous de me le dire.

— Il était réveillé, dit Reacher. Il avait une arme chargée avec lui et ses chaussures aux pieds. Son sac de voyage était prêt et son veston accroché au dos d'une chaise. Il a résisté une dizaine de secondes avant de laisser tomber.

— Vous êtes vraiment très bon.

— Pas assez pour survivre à la tête du général.

— J'attends toujours la suite de l'histoire.

— Alors apportez-moi mes réponses. C'est un échange honnête. Personne ne vole rien à personne.

— On y est presque. On a déjà repéré les lignes de crédit correspondant au budget du Congrès. Mais on ne voit pas l'argent arriver sur les comptes de l'armée. Il s'évanouit quelque part en chemin. Nous resserrons le filet. Nous allons y arriver.

— Quand ?

— Donnez-moi le reste de la nuit. Appelez-moi à 8 heures.

— Vous êtes bonne, vous aussi.

— J'essaie.

— La rumeur locale parle d'un scandale, dit-il. D'après elle, le site n'a jamais été utilisé parce que son objectif était trop révoltant.

— La rumeur populaire ?

— Dans le salon d'une vieille dame, en tout cas.

— D'accord. Mais les vieilles dames sont révoltées par toutes sortes de choses.

— Sans doute.

— Autre chose ?

— Vous pouvez faire des recherches avec votre machin Google, non ?

— C'est à ça qu'il sert.

— Alors vérifiez pour moi un flic de Floride du nom de Kapler. Il a quitté l'État il y a deux ans. J'aimerais savoir pour quelle raison.

— Pourquoi ?

— Parce que j'aime savoir les choses. Il a laissé la Floride pour venir au Dakota du Sud. Qui aurait l'idée de faire un truc pareil ?

— Prénom ?

— Je ne sais pas.

— Vous ne m'aidez pas beaucoup.

— Combien de flics s'appelant Kapler peut-il y avoir en Floride ?

— Sans doute plus de dix et moins de cent.

— Avec des problèmes au boulot il y a deux ans ?

— Rien d'autre ?

— Qu'est-ce que vous portez en ce moment ? demanda-t-il.

— C'est quoi, maintenant ? Un coup de téléphone cochon ?

Il sourit.

— Non. J'essaie juste de me représenter la scène. Par nostalgie. Je connais le mobilier. Même bureau ?

— J'imagine. À l'étage, troisième à gauche.

— C'est bien ça.

Reacher le revit en mémoire. Escalier de pierre, rampe métallique, couloir étroit avec du lino sur le sol, à gauche et à droite des rangées de portes avec des vitres cannelées, une pièce derrière chacune, et chacune des pièces équipée en fonction de normes complexes du ministère. Il avait le bureau métallique, deux téléphones pour un total de trois lignes, un fauteuil en vinyle et métal, des classeurs, et pour les visiteurs deux chaises en tubes coudés faisant ressort. Plus un abat-jour en forme de bol renversé pour l'éclairage qui pendait du plafond au bout de trois chaînes. Plus une carte pas très récente des États-Unis sur le mur, faite juste après l'entrée de Hawaï et de l'Alaska dans l'Union, mais avant que le système autoroutier inter-États ait été achevé.

Faite, en réalité, à peu près à l'époque où avait été construite l'étrange installation près de Bolton, Dakota du Sud.

La voix reprit.

— Je porte mon uniforme sur un tee-shirt. J'ai enfilé la veste parce qu'il fait froid, cette nuit.

— Vous êtes en Virginie. Vous ne savez pas ce que c'est que le froid.

— Arrêtez de vous plaindre. Vous n'avez encore rien vu, là-haut. Il ne fait que moins vingt-deux. Mais d'après les radars, un air plus froid arrive de l'ouest.

— Comment pourrait-il faire plus froid ?

— Vous allez avoir ce que le Wyoming vient d'avoir, voilà comment.

— Vous avez des copains à la météo ?

— Non, mais je regarde la chaîne météo.

— Et combien faisait-il dans le Wyoming ?

— Moins trente pile poil.

— Terrifiant.

— Vous les encaisserez. Vous êtes un grand costaud. Vous avez sûrement des ancêtres vikings, à vous voir.

— Quoi ? Google Earth permet de voir à travers les toits à présent ?

— Non, il y a une photo de vous dans le dossier.

— Et vous ?

— Oui, il y a aussi une photo de moi dans mon dossier.

— Pas ce que je voulais dire, petite futée. Je n'ai pas votre dossier.

— Je suis bossue, borgne et j'ai plus de cinquante balais.

— C'est bien ce que je me disais en écoutant votre voix.

— Connard !

— Je vous vois entre un mètre soixante-dix et un mètre soixante-quinze, mais mince. Votre voix est une pure voix de gorge.

— Je serais plate comme une limande d'après vous ?

— 85 bonnet B, au mieux.

— Fichtre.

— Blonde, cheveux probablement courts. Yeux bleus. Vous venez sans doute de Californie du Nord.

— Et l'âge ? demanda-t-elle.

Reacher avait eu trente-deux ans le jour où il s'était assis pour la première fois derrière le bureau métallique cabossé. Ce qui était à la fois jeune et vieux pour un poste de cette importance. Jeune parce qu'il avait eu un statut proche de celui d'une star, mais vieux parce qu'il avait occupé ce poste un peu tard pour une vraie star – il n'était pas homme d'appareil et on ne lui faisait pas entièrement confiance.

— Je vous donnerais entre trente et trente et un ans, dit-il en sachant pertinemment que quand on évoque l'âge d'une femme, il vaut mieux se tromper en le sous-estimant.

— Vos dons de flatteur vous conduiront très loin, répondit-elle. Bon, faut que j'y aille. Rappelez-moi plus tard.

***

La maison Salter retomba dans sa routine habituelle. Peterson partit et les deux femmes de jour allèrent se coucher. Janet Salter conduisit Reacher à la chambre de devant, celle dont la fenêtre donnait sur le toit de la véranda. La plus vulnérable, en principe, mais cela ne l'inquiétait pas. La rage pure comblerait tout handicap tactique théorique. Il détestait être réveillé en pleine nuit. Qu'un intrus s'introduise par cette fenêtre et il en ressortirait à la vitesse d'une flèche.

1 h 55. Restaient vingt-six heures.

CHAPITRE 22

Il avait prévu de dormir jusqu'à 8 heures, mais il fut réveillé à 6 h 30. Par Peterson. Le flic entra dans la chambre et quelque chose d'instinctif le retenant, il se contenta de donner un coup de pied dans le montant du lit et de reculer d'un pas. Il avait dû se dire que ce serait plus sûr. Penser que s'il se penchait sur Reacher pour lui secouer doucement l'épaule, il risquait de se retrouver avec un bras cassé. Et il aurait pu avoir raison.

— Quoi ? dit Reacher.

— Le jour va se lever dans moins d'une heure, répondit Peterson.

— Et alors ?

— Faut que vous y alliez.

— Où ça ?

— Au camp des bikers. Vous vous rappelez ? Vous nous l'avez proposé.

***

Janet Salter était déjà à la cuisine. Elle s'était habillée pour la journée. Elle avait mis le café en route. Le vieux percolateur gargouillait et glougloutait.

— Je dois sortir, dit-il.

Elle hocha la tête.

— M. Peterson me l'a dit. Ça va aller ?

— J'espère.

— Je ne vois pas comment. Ils sont une centaine là-bas, et tout ce que vous avez, c'est votre six-coups.

— Nous avons besoin de renseignements.

— Ça n'y change rien.

— J'ai aussi le Quatrième Amendement. C'est toute la protection dont j'ai besoin. S'il m'arrive quelque chose ou si je ne reviens pas, les flics auront un prétexte tout trouvé pour faire une perquisition. Les bikers n'en veulent surtout pas. Ils vont mettre des gants de velours.

— J'ai du mal à l'imaginer.

— Et vous, ça va aller, ici ?

— J'espère.

— Si jamais les flics doivent partir, prenez votre revolver et enfermez-vous au sous-sol. N'ouvrez à personne d'autre que moi.

— On ne devrait pas avoir un mot de passe ?

— Vous n'avez qu'à me demander quel est mon livre préféré.

— Vous n'en avez pas. C'est vous qui me l'avez dit.

— Je sais. Ce sera donc ça la réponse.

Le café était prêt, et Reacher remplit généreusement l'un des six mugs qui se trouvaient sur le comptoir.

— Vous pensez que la police va repartir ? demanda Janet Salter.

— Probablement pas.

— Il pourrait y avoir une autre émeute.

— Le risque est faible. Les émeutes de prison sont rares. Comme les révolutions dans l'histoire d'un pays. Plusieurs conditions doivent être remplies en même temps.

— Une évasion, alors.

— Encore moins probable. Une évasion, ce n'est pas facile. Les gardiens y veillent.

— Vous seriez en train de me dire que mes problèmes sont terminés ?

— C'est possible.

— Il n'est donc pas sûr que vous reveniez ?

— Je crois que l'autoroute est toujours fermée.

— Où irez-vous quand elle rouvrira ?

— Je ne sais pas.

— Quelque chose me dit que vous allez vous rendre en Virginie, dit-elle.

— Elle est peut-être mariée.

— Vous devriez le lui demander.

Il sourit.

— Il n'est pas impossible que je le fasse.

***

Peterson le briefa dans le vestibule. Une voiture anonyme l'attendait dehors, déjà chaude, moteur tournant. Elle était fiable. Avait récemment servi. Réservoir plein. Chaînes à l'arrière, pneus d'hiver à l'avant. Il n'existait pas de route conduisant directement au camp. Il fallait prendre au sud, vers l'autoroute, mais tourner vers l'ouest à un peu moins de deux kilomètres avant l'échangeur et prendre l'ancienne route en parallèle.

— La route sur laquelle a été tué l'avocat, fit observer Reacher.

— Oui, mais c'était côté est, dit Peterson. N'empêche, il vaut peut-être mieux ne pas vous arrêter si quelqu'un vous fait signe.

— Je ne le ferai pas, comptez sur moi.

Il devait ensuite parcourir huit kilomètres sur l'ancienne route, puis tourner à droite et prendre au nord par une deux-voies qui serpentait sur une douzaine de kilomètres avant de rejoindre la section rectiligne que l'armée avait construite cinquante ans auparavant. Cette section faisait un peu plus de trois kilomètres de long et aboutissait directement au camp ; là, il trouverait les quinze baraquements en bois et le vieux bâtiment de pierre, disposés militairement en deux rangées de huit selon un axe est-ouest précis.

— Le bâtiment de pierre est dans le coin du fond à gauche, ajouta Peterson.

6 h 55. Restaient vingt et une heures.

***

Quelque deux mille sept cents kilomètres au sud, il était 7 h 55. Plato avait fini son petit déjeuner et était sur le point de faire quelque chose qu'il n'avait jamais fait de toute sa vie : passer par-dessus son intermédiaire de la villa fortifiée de Mexico et appeler directement son homme aux États-Unis.

Il composa le numéro.

On décrocha.

— Le témoin est liquidé ? demanda-t-il.

L'homme ne lui répondit pas tout de suite. Puis :

— Vous avez toujours su qu'il y aurait un délai entre les deux.

— Et de combien est ce délai jusqu'ici ?

L'homme savait ce qu'il fallait répondre.

— Trop long.

— Exact, dit Plato. Je vous ai organisé une émeute à la prison hier soir.

— Je sais.

— De toute évidence, vous n'en avez pas profité.

— Il y avait un homme dans la maison.

— Oui, et alors ?

— Je n'avais pas d'instructions.

— C'est ça, votre réponse ? Vous aviez besoin d'instructions ?

— J'ai pensé qu'il y avait peut-être des ramifications que je ne saisissais pas complètement.

Plato soupira.

— Comment puis-je vous faire mal ?

L'homme savait ce qu'il fallait répondre.

— En frappant là où je ne voudrais surtout pas que vous frappiez.

— Exact, dit Plato. Mais il faut être plus précis. Il faut vous concentrer sur ce qui est en jeu.

— Vous tuerez la personne qui m'est le plus proche et le plus chère, dit l'homme.

— Oui, c'est ce que je finirai par faire. Mais d'abord il y aura un délai, concept qui semble vous être très familier. Je l'estropierai, je la mutilerai, mais je la laisserai vivre encore pendant quelque chose comme un an. Puis je la tuerai. Vous m'avez compris ?

— Oui.

— Alors pour votre bien, faites votre boulot. Je me fiche pas mal des victimes collatérales. Faites disparaître toute cette foutue ville s'il le faut. Tout l'État pour ce que j'en ai à foutre. Il y a combien d'habitants au Dakota du Sud ?

— Environ huit cent mille.

— OK. C'est votre limite supérieure en termes de dommages collatéraux. Faites-le.

— Je vais le faire. Promis.

Plato raccrocha et se servit un autre café.

***

La voiture anonyme était encore une fois une Crown Victoria de couleur sombre. L'intérieur dégageait une odeur de poussière et de fatigue. Chauffage réglé sur vingt degrés et ventilateur faisant des efforts désespérés pour les atteindre. Le temps se dégradait d'une tout autre manière. La température dégringolait à toute vitesse. Le sol était dur comme de la roche et l'air se compactait de microscopiques flocons de neige nés dans le vent. Gelés, ratatinés en fragments effilés. Ils se jetaient sur le pare-brise où ils dessinaient des motifs complexes. Les essuie-glaces étaient impuissants à les chasser. Les caoutchoucs raclaient dessus. Reacher mit le chauffage sur désembuage et attendit que l'air pulsé dégage des ovales de clarté.

Puis il partit.

Il manœuvra sur la largeur de la rue. Les ornières étaient pétrifiées par le gel. Les pneus de la Crown Vic rebondissaient dessus. La voiture de surveillance, au bout de la rue, recula juste assez pour lui laisser un étroit passage. Il tourna à droite et s'éloigna de la ville. Les ornières qui étaient encore molles la veille étaient à présent aussi dures que du béton. Il avait l'impression de conduire un train sur des rails. Il n'avait pas besoin de tenir le volant. À l'arrière, les chaînes mordaient dedans et fragmentaient la glace, les pneus avant cognant à droite et à gauche mais continuant en gros à rouler droit. Le monde tout autour était entièrement blanc. Une lumière pâle emplissait le ciel, mais il n'y avait pas de soleil. L'air était trop rempli de glace. Comme de la poussière. Comme de la brume. Le vent soufflait de droite à gauche devant lui. De petites crêtes allongées s'étaient formées et étaient restées pétrifiées contre les piquets et les poteaux électriques. Les lignes à haute tension s'inclinaient bizarrement vers l'est, comme si la planète s'était penchée.

Il trouva le carrefour avant l'échangeur. Sortir des ornières gelées fut difficile. Il dut rouler au pas, braquer à fond et dégager un pneu après l'autre, quatre ascensions séparées, quatre descentes séparées. De nouvelles ornières s'éloignaient vers l'ouest, il s'y installa en pilotage automatique pour huit kilomètres de plus. Il dut répéter la même manœuvre au carrefour suivant pour prendre la direction du nord et du camp. Cette nouvelle route était différente. Elle n'avait guère connu de circulation. Il n'y avait donc pas d'ornières établies. Ce n'était qu'un étroit ruban de neige gelée. Le vent jetait des particules de glace sur les vitres de la voiture, côté conducteur. La chaussée montait, descendait, tournait à droite, tournait à gauche, tout cela sans raison apparente. Elle s'inclinait d'un côté, s'inclinait de l'autre. Pas terrible comme travail d'ingénierie civile. Reacher ralentit et se concentra sur sa conduite. Se mettre dans le fossé serait fatal. Aucune chance d'être remorqué avant d'avoir gelé à mort. Un pneu éclaté serait déjà un désastre. Les boulons seraient probablement soudés par le gel.

Huit kilomètres à petite vitesse prudente, puis dix, puis douze. L'horizon changea. Devant lui, la route devint plus large, plus droite, plus plate. De façon spectaculaire. Radicale. Aussi loin que portait le regard, on aurait dit qu'elle avait la largeur d'une autoroute urbaine. Qu'elle était même plus large et plus plate. L'équivalent d'une super-autoroute urbaine à seize voies, disons. Un boulot sensationnel, cette route, quasi surréaliste. Elle s'étendait en légère surélévation par rapport aux terres alentour, elle était absolument plate, elle était absolument droite, et cela sur trois bons kilomètres.

Et elle avait été déneigée.

On n'y voyait pas le moindre flocon de neige. Rien que du béton gris et lisse, raclé, brossé, salé. De hautes piles de neige avaient été repoussées sur les côtés, mais tassées et mises en forme de telle manière que le vent glacial de la prairie s'élevait au-dessus du rebord occidental pour ne toucher à nouveau le sol qu'une fois qu'il avait franchi le rebord oriental. Les minuscules particules de glace filaient à un mètre cinquante au-dessus de la chaussée. Laquelle était aussi dégagée et sèche qu'en plein été.

Reacher ralentit et rebondit dessus. Les chaînes se mirent à cogner et claquer. La voiture filait bien droit. Il se cala sur une vitesse de croisière de cinquante kilomètres à l'heure et scruta l'horizon devant lui. Des taches jaunes s'y profilaient. Des baraquements en bois, alignés au cordeau. À trois kilomètres. La carrosserie vibrait et tressautait. Les chaînes ne convenaient pas sur le béton.

Il continua de rouler.

Au bout d'un moment, il distingua de l'activité droit devant lui. Des pick-up équipés de pelles à neige allaient et venaient. Très nombreux. Trente ou quarante peut-être. Au-delà, des silhouettes volumineuses habillées de noir, et bien alignées, maniaient la pelle. D'autres silhouettes, tout aussi volumineuses, marchaient à reculons, avec un mouvement circulaire de la main comme si elles jetaient du grain à des volailles. Du sel, sans doute. Ou du sable ou, peut-être, un produit chimique contre le gel. Ou les trois. On dégageait tout le camp. Avec la volonté qu'il soit immaculé. Comme la route.

Les baraquements étaient en grumes brutes, un peu délavées et vieillies, mais pas tant que ça. Ni récentes, ni anciennes. Sur la gauche, derrière la première rangée de baraquements, il vit le toit de la vieille maison de pierre. Il était haut, pentu et couvert en ardoise. Et disparaissait sous trente centimètres de neige. Il comportait une double cheminée ornée. Les baraquements eux-mêmes étaient recouverts de papier goudronné. Des tuyaux de poêle en dépassaient. Des lignes électriques allaient d'un pignon à l'autre. Des sentiers bétonnés reliaient les portes. Tous avaient été dégagés. Et la neige qui n'avait pu être enlevée avait été repoussée en tas bien nets de part et d'autre. Devant chaque baraquement, il y avait une longue ligne de formes rangées comme des dominos sous des bâches noires. Des motos, vraisemblablement. Des grosses. Une trentaine. Des Harley, immobilisées pour l'hiver.

Reacher ralentit et fit halte à une cinquantaine de mètres de là. Tout le monde s'était arrêté de travailler pour regarder sa voiture. Les mains gantées s'appuyaient sur les manches des pelles. Des mentons étaient posés sur les mains. Les lanceurs de sel s'étaient eux aussi interrompus. Les uns après les autres, les pick-up s'immobilisèrent. Le vent emporta la fumée de leur échappement.

Reacher leva le pied qu'il avait posé sur le frein et avança au ralenti. Personne ne bougea. Il continua sa progression, dix mètres, vingt. S'arrêta à nouveau. Il était suffisamment près. Il ne coupa pas le moteur. D'après le thermomètre du tableau de bord, la température extérieure était de moins vingt-huit. S'il coupait le moteur, il risquait de ne jamais pouvoir redémarrer. Il avait lu un roman qui se déroulait au-delà du cercle arctique, où on racontait qu'il fallait réchauffer les moteurs au chalumeau pour pouvoir les faire démarrer.

Il s'enfonça son bonnet sur la tête, en rabattit les cache-oreilles, et mit sa capuche. Remonta sa parka jusqu'à son menton. Enfila ses gants, gauche, puis droit.

Et descendit de voiture.

À vingt mètres de lui, la foule avait grossi. Des hommes, des femmes et des enfants. Une centaine de personnes en tout peut-être, comme on le lui avait dit. Des silhouettes informes sous les manteaux, les bonnets, les écharpes. Leurs haleines se condensaient devant eux en un nuage compact qui restait un instant immobile, puis montait et était emporté par le vent. Le froid était pétrifiant. Et ça empirait. Il semblait attaquer de l'intérieur. Reacher se mit à grelotter au bout de cinq secondes. Sa figure devint engourdie au bout de dix. Il fit dix pas et s'arrêta. Des pantalons vert olive, une parka marron, une voiture manifestement de la police avec des plaques du Dakota du Sud derrière lui. Vraiment pas convaincant.

Un type se faufilait au milieu de la foule. Se glissait entre les gens, traînant des pieds, avançant une épaule, puis l'autre. Manteau noir, gants, bonnet. Son langage corporel était celui de n'importe quel travailleur qui vient d'être interrompu. Irrité, mais curieux. Il passa son avant-bras rembourré sur son front, marqua une pause, puis reprit sa marche. Il sortit des rangs et s'immobilisa à un mètre d'eux.

— Qui diable êtes-vous ? demanda Reacher.

— Foutez le camp ! lui renvoya le type.

Reacher s'avança. Un pas, deux, trois.

— Vous n'êtes pas très poli.

— C'est écrit nulle part que je dois l'être.

— Sauf que vous vous promenez sur ma propriété.

— Comment ça ?

— Je suis de l'armée. Je suis venu pour contrôler l'état d'un bien qui est propriété de l'armée. L'inspection se fait tous les deux ans. Vos impôts au boulot, en somme.

— C'est une blague !

— Comme vous voudrez, dit Reacher, mais je dois jeter un coup d'œil sur les lieux.

— Je vous ai dit de foutre le camp.

— Je sais. Mais combien de chances y a-t-il que je prenne ça au sérieux ?

— Vous ne pouvez pas vous battre contre cent personnes.

— Ce ne sera pas nécessaire. Apparemment, les deux tiers de votre groupe sont des femmes et des enfants. Il reste donc une trentaine de types. Disons quarante. Mais la moitié d'entre eux sont trop gros pour bouger. Qu'ils essaient et ce sera toutes sortes d'accidents cardiaques à la clef. Les autres, disons la moitié, sont des lavettes. Ils ficheront le camp. Reste huit ou dix types, maximum. Et un type comme moi en vaut huit ou dix comme vous, facile.

Pas de réaction.

— Sans compter que j'appartiens à l'armée. Vous déconnez avec moi, et le prochain type que vous verrez sera aux commandes d'un tank.

Pas de réaction immédiate. On n'entendait que le souffle du vent, le grignotement des particules de glace contre le bois. Le type qui s'était avancé regarda Reacher, ses vêtements, sa voiture, et arriva à une forme de décision. Il demanda :

— Qu'est-ce que vous avez besoin de voir ?

— Le bâtiment de pierre, répondit Reacher.

— Il n'est pas à nous.

— Rien n'est à vous, ici.

— Je veux dire que nous ne l'utilisons pas.

— Vous ne devriez rien utiliser du tout.

— Droit des squatters. Il s'agit d'une installation abandonnée. Nous connaissons la loi.

Reacher ne répondit pas. Partit simplement vers la gauche pour contourner la foule. Tous restèrent immobiles et le laissèrent passer. Personne n'essaya de lui barrer la route. Décision tactique. Il jeta un coup d'œil au baraquement. Il devait mesurer entre quinze et vingt mètres et le mur, sur la longueur, n'était percé que de deux petites fenêtres carrées. La porte se trouvait sur la largeur. Toute la zone autour avait été déneigée méticuleusement. La structure en pierre s'élevait juste derrière. Elle aussi avait été déneigée. Il n'y avait que des sentiers parfaitement dégagés.

Reacher se tourna.

— Si vous ne l'utilisez pas, pourquoi donc avoir enlevé la neige ? demanda-t-il.

Le même type sortit à nouveau de la foule.

— Pour la satisfaction du travail bien fait.

Le bâtiment de pierre était un petit machin assez étrange. Il paraissait avoir été fait d'après les plans d'une ancienne maison de banlieue un peu prétentieuse. Il comportait toutes sortes d'ornements, des moulures, des enjolivures, des épis de faîtage, des gouttières, des descentes pluviales. On aurait dit une folie gothisante qu'un riche excentrique aurait fait construire pour ses invités dans son jardin.

Il y avait cependant quelques différences cruciales. Là où une maison d'invités aurait eu des fenêtres, le bâtiment de pierre n'avait que des renfoncements. Comme une illusion d'optique. De la bonne taille et de la bonne forme, mais pas fermés de vitres. Entièrement faits de pierres, les mêmes que celles des murs. Il y avait un portique, mais la porte d'entrée ne cherchait pas à se faire passer pour ce qu'elle n'était pas. Ce n'était qu'une épaisse plaque d'acier sans le moindre ornement. Elle était montée sur des gonds énormes. Elle s'ouvrait vers l'extérieur et non pas vers l'intérieur. Comme une porte anti-explosion. Une pression d'air venue de l'extérieur l'aurait maintenue fermée, et non pas fait sauter. Poignée et trou de serrure. Il essaya la poignée. Elle ne bougea pas. Le trou de serrure était important. Plus petit que celui d'une porte d'église, plus grand que celui d'une maison ordinaire. Du givre recouvrait la plaque métallique. Reacher la frotta avec son gant et ne vit aucune trace ni éraflure sur le métal. La serrure n'était pas utilisée très souvent. Ce n'était pas tous les jours qu'on y insérait une clef.

— Vous savez ce qu'est cet endroit ? demanda-t-il.

— Pas vous ? lui renvoya le type qui l'avait suivi.

— Bien sûr que si. Mais j'ai besoin de savoir s'il n'y a pas eu d'entorses aux règles de sécurité.

— On a entendu dire certains trucs, admit le type.

— De qui ?

— Des employés du bâtiment qui étaient ici avant.

— Quels trucs ?

— Sur des bombes atomiques.

— Ils vous ont raconté qu'il y avait des armes nucléaires là-dedans ?

— Non. Ils ont parlé d'une clinique.

— De quel genre, cette clinique ?

— D'après eux, si nous étions attaqués en hiver, dans une ville comme New York ou Chicago, les gens auraient porté des manteaux et des gants et n'auraient eu que la figure de brûlée. Assez loin du centre, en tout cas. Parce que plus près, ils auraient été vaporisés. Mais on aurait fait venir les survivants ici pour leur donner un nouveau visage.

— De la chirurgie plastique ?

— Non, plutôt des prothèses. Comme des masques. D'après eux, c'est ça qu'il y aurait là-dedans. Des milliers et des milliers de visages en plastique.

Reacher fit le tour de l'étrange petite structure. Les quatre côtés étaient identiques. Lourd appareil de pierre, fausses fenêtres, moulures, ornements. Une bizarre parodie. Amusante, mais n'apprenant rien tant qu'on n'y entrait pas. Et ça n'allait pas se produire.

Il s'éloigna. Puis, pris d'une inspiration soudaine, il s'arrêta à hauteur du baraquement le plus proche. Le premier de la rangée du fond, dans l'axe du second de la première rangée. La foule avait suivi le mouvement et s'étirait en une colonne courbe irrégulière jusqu'à l'endroit d'où il était parti. Comme un point d'interrogation s'enroulant dans les passages. Un nuage de vapeur était suspendu au-dessus. Le type le plus proche de Reacher était celui qui avait fait les frais de la conversation. Il se tenait à environ deux mètres de lui.

Reacher poussa la porte du baraquement. Elle s'entrouvrit.

Le type le plus proche lui lança :

— Ce n'est pas à vous, ici.

— Le bâtiment est boulonné à une dalle en béton de l'armée. Ça me suffit.

— Vous n'avez pas de mandat.

Reacher ne répondit pas. Terminées, les parlottes. Il faisait trop froid. Son visage était devenu insensible et ses dents lui faisaient mal. Il se contenta de pousser complètement le battant et de jeter un coup d'œil à l'intérieur.

Le baraquement était sombre. Et chaud. Un poêle à paraffine y ronflait quelque part. Il sentit l'odeur douceâtre du kérosène. La pièce comptait douze couchettes, six par côté et, au fond, une partie fermée, sans doute une salle de bains. De simples couvertures grises sur les couchettes, cartons de déménagement remplis de vêtements pliés, rideaux en toile de bâche aux petites fenêtres carrées.

Une jeune femme était assise sur la dernière couchette à droite. Sans manteau car il faisait assez chaud. Sans bonnet. Elle devait avoir entre dix-huit et vingt ans. Elle avait un air boudeur et maussade, mais était jolie. Longs cheveux blonds, traits marqués et expressifs. Grande et mince. Une seconde, Reacher crut l'avoir déjà vue. Mais non. Elle était typique, c'était tout. Comme Kim Peterson. Une fille du Dakota du Sud. Même si elle venait d'ailleurs, la bande de bikers avait fait du recrutement local.

Reacher battit en retraite et referma la porte derrière lui. Puis il se tourna vers le type, toujours à deux mètres de lui.

— Vous voulez me montrer les autres baraquements ?

— Si vous voulez.

Aucune hésitation. Le type se contenta de faire bouger ses membres sous les lourds vêtements qui l'enveloppaient et d'arpenter les allées en poussant une porte après l'autre. Quatorze des quinze baraquements étaient identiques. Rangées de couchettes, rideaux grossiers en toile de jute aux fenêtres, poêles à paraffine, couvertures grises, cartons de déménagement, vêtements pliés. Pas de bancs, pas de tables de travail, pas de contenants en verre, pas de réchauds à gaz, pas le moindre équipement de laboratoire. Et personne non plus. La femme du premier baraquement était la seule à ne pas avoir été dehors à travailler. Elle était peut-être malade.

Le dernier baraquement de la rangée du fond était la cuisine. Reacher y vit deux cuisinières familiales placées côte à côte ; des tables ordinaires poussées contre un mur servaient de plan de travail ; sur des étagères grossières s'empilaient des assiettes, des bols, des mugs ; et sur d'autres, quelques maigres réserves. Des pots de farine, de sucre, de café presque vides, une boîte de céréales et une autre de pâtes, solitaires sur des surfaces qui auraient pu en contenir des douzaines.

Il n'y avait aucun équipement de laboratoire.

Il se tassa dans sa parka et s'avança entre deux baraquements. Sa voiture était toujours là, tournant fidèlement au ralenti. Au-delà, la route dégagée filait au loin, large, surélevée, splendide. Aussi plate que du verre.

Cinquante hivers, cinquante étés, et elle ne s'était ni soulevée ni craquelée. La voix de Virginie lui avait demandé : « Vous avez une idée de la taille du budget de la Défense il y a cinquante ans ? » On avait coulé une dalle de béton de presque quatre kilomètres et on l'avait complètement oubliée.

— Je vous souhaite une bonne journée, dit Reacher en partant rejoindre sa voiture.

8 h 55. Restaient dix-neuf heures.

CHAPITRE 23

Le voyage de retour ressembla point par point à celui de l'aller, si ce n'est que dès le premier carrefour, il faillit entrer en collision, dans un ralenti bizarre, avec un autre véhicule. Il avait roulé vite sur la partie déneigée, lentement sur les douze kilomètres suivants, étroits et enneigés. Et là, au carrefour de l'ancienne route parallèle à l'autoroute, il avait calculé une trajectoire qui lui permettrait de tourner et de s'installer dans les ornières, direction est. Sauf qu'au même moment, un camion-citerne essayait de quitter ces mêmes ornières pour tourner lui aussi à gauche et prendre la direction du camp. Un camion de petite taille avec le nom d'une compagnie peint dessus. De la paraffine pour les poêles, de l'essence pour les pick-up ou du fuel pour un générateur. Il rétrograda, s'engagea à gauche très en avance et passa sur la voie de Reacher. Celui-ci écrasa le frein en espérant que ses chaînes allaient mordre, mais l'électronique embarquée de la Crown Victoria ne permit pas aux roues de se bloquer. La voiture continua à rouler avec des à-coups brutaux en provenance des pistons de freinage. Le camion de fuel avançait toujours. Reacher tourna violemment le volant. Les roues avant perdirent leur adhérence et dérapèrent. L'avant gauche de la Crown Vic passa à deux ou trois centimètres de l'arrière du camion. Celui-ci poursuivit sa route à petite vitesse, comme si de rien n'était. Reacher le suivit des yeux dans son rétroviseur. Il s'était retrouvé immobilisé en travers de l'ancienne route, ses roues avant prises dans une des ornières allant vers l'est, ses roues arrière dans une des ornières allant vers l'ouest. Il dut manœuvrer comme un malade, marche avant, marche arrière, et écraser l'accélérateur pour se dégager.

Après quoi, ce fut le calme plat jusqu'à Bolton.

***

Le flic dans la voiture à l'entrée de la rue de Janet Salter était Kapler. Mieux que Montgomery de garde la veille. Kapler étudia soigneusement Reacher, puis fit marche arrière pour le laisser passer. Reacher se gara juste derrière le deuxième véhicule de police et remonta vivement l'allée. La femme flic de jour dans le vestibule le fit entrer.

— Tout se passe bien ? demanda-t-il.

— Jusqu'ici, oui, répondit-elle.

— Mme Salter va bien ?

— Très bien.

— Je voudrais la voir.

Tout comme le chef Holland la veille, et tout aussi inutilement. S'il s'était passé n'importe quoi, les flics n'auraient pas été à ne rien faire.

— Elle est à la bibliothèque.

C'est en effet là qu'il la trouva dans son fauteuil habituel. Cette fois, elle lisait un livre ancien sans couvre-livre et dont le titre était écrit trop petit pour être lu à cette distance. Elle avait toujours le revolver dans la poche. Il en distingua la forme. Elle leva les yeux.

— Alors, ces gants en velours ?

— En plastique. C'était pas la classe. Mais je n'ai rien à redire sinon.

— Avez-vous appris quelque chose ?

— Des tas.

***

Il alla reprendre la voiture et se rendit au commissariat. Il y trouva Peterson dans la salle de garde.

— Holland avait raison, lui dit Reacher. Ils ne vont pas venir ici. C'était un coup de bluff. Ou quelqu'un qui bluffait pour leur compte. Nous n'avons en fait aucune idée de l'identité de celui qui a appelé ici. Il pourrait s'agir du tueur lui-même qui essayait de gagner du temps et de l'espace en vous envoyant dans la mauvaise direction.

— De toutes les façons, ils ont échoué. Et maintenant on va tous les serrer.

— Dans ce cas, vous avez intérêt à faire vite. Ils sont sur le point de quitter les lieux.

— C'est eux qui vous l'ont dit ?

— Repensez à l'appel de la DEA. Avez-vous déjà vendu une maison ?

— Une fois.

— Vous l'avez briquée avant, pas vrai ? Pour qu'elle ait la meilleure mine possible.

— J'ai même repeint les parements.

— Ils ont entièrement déneigé les lieux. C'est absolument nickel. Ils ont rangé leurs affaires dans des cartons de déménageurs. Leurs réserves de nourriture sont pratiquement épuisées. Le proprio vend les lieux et les vire.

— Quand vont-ils partir ?

— Bientôt.

— Ils ont fait des histoires ?

— Pas vraiment.

— Ont-ils cru que vous représentiez l'armée ?

— Pas une seconde. Mais on leur avait dit de ne surtout pas faire d'embrouilles en ce moment. Rien ne doit attirer l'attention sur cet endroit. Celui qui le possède veut que tout soit impec. Raison pour laquelle ils ne m'ont pas mis le moindre bâton dans les roues.

— Cet endroit n'appartient à personne, lui rappela Peterson. Nous sommes sur le domaine public.

— En tout cas, quelqu'un en tire profit. Il y a donc un type, quelque part, qui estime être chez lui. Les bikers sont ses employés, c'est tout. Les abeilles ouvrières. Ils viennent de recevoir leur ordre de marche. On les envoie sur le chantier suivant.

— Plato, le Mexicain.

— Lui ou un autre.

— Vous avez trouvé un labo ? demanda Peterson.

— J'aimerais voir le produit saisi dans le parking du restaurant.

— Pourquoi ?

— Parce que c'est comme ça que travaille mon cerveau. Une étape après l'autre.

Peterson haussa les épaules et le conduisit, après avoir franchi un coude du couloir, jusqu'aux scellés. Il y avait un comptoir avant, mais personne pour le tenir. Peterson passa derrière, prit un gros trousseau de clefs dans sa poche et déverrouilla la porte.

— Attendez-moi ici, dit-il.

Dix secondes après, il ressortait du local avec un sachet transparent. Grand format. Agrafé dessus, on voyait un formulaire énumérant les mains par lesquelles la pièce à conviction était passée ; quatre dates y figuraient avec l'heure, l'emplacement et la signature des responsables. Le sachet contenait le paquet décrit par Janet Salter. La brique de poudre blanche, dure et lisse sous emballage de papier ciré. Avec son logo au stencil, la couronne, les trois pointes et les trois boules représentant des joyaux.

— Vous l'avez testée ? demanda Reacher.

— Bien entendu. C'est de la méthadone. Aucun doute. Presque un kilo, très grande pureté, qualité pratiquement médicale. Un excellent produit, si c'est votre truc.

— Deux cents billets de mille, d'entrée de jeu.

— Et un million dans les rues de Chicago, une fois coupée et revendue au détail.

— Une idée de ce que veut dire le logo ?

— Non. Ils mettent toujours quelque chose dans ce genre. Les marques comptent, sur ce marché.

— Avez-vous aussi l'argent du type de Chicago ici ?

— Bien sûr.

— Je peux le voir ?

— Vous ne me croyez pas ?

— J'aime bien voir ce genre de choses.

Peterson passa de nouveau derrière le comptoir et revint avec un deuxième sachet de preuve à conviction. Même taille. Même type de formulaire agrafé dessus. Plein de liasses de billets, toutes retenues par des bandes.

— D'accord ? demanda Peterson.

— Combien de temps vous faudrait-il pour en gagner autant ?

— Après impôts ? Je préfère ne pas y penser.

— Est-ce que l'emballage est du vrai papier ciré ?

— Non, c'est un genre de Cellophane ou de glassine. Elle a un peu jauni parce qu'elle a traîné. Mais elle est de qualité pharmaceutique. C'est une entreprise ultraprofessionnelle.

— OK.

— Je répète ma question : avez-vous trouvé le labo ?

— Non.

— Avez-vous vu le bâtiment de pierre ?

— Seulement de l'extérieur.

— Pensez-vous savoir ce que c'est ?

— Non, mais je sais ce que ce n'est pas.

***

Reacher regagna la salle de garde. Au bureau dans l'angle du fond. Il prit le téléphone, composa le neuf pour sortir, puis le numéro dont il se souvenait.

— Oui ?

— Amanda, s'il vous plaît.

Un clic. Un ronronnement. La voix. Elle paraissait fatiguée. Elle dit :

— Je pourrais être en Afghanistan en ce moment même. En fait, si vous n'arrêtez pas de m'appeler, je pourrais bien demander mon transfert.

— La nourriture serait peut-être meilleure. Rien ne vaut des yeux de chèvre dans du yaourt.

— Vous y avez été ?

— Non, mais j'ai rencontré quelqu'un qui en revenait.

— Je n'ai aucune information nouvelle pour vous.

— Je sais. Vous ne risquiez pas de trouver comment l'argent entre dans les caisses de l'armée.

— J'ai essayé, et ça n'a rien donné.

— Pour une bonne raison. L'armée n'a jamais touché ces sommes.

— Comment ça ?

— Ça sort d'un côté, ça entre ailleurs.

— Que voulez-vous dire ?

— Que notre point de départ était erroné. Ils m'ont parlé d'une installation de l'armée de terre. Un petit bâtiment de pierre avec une route de plus de trois kilomètres. J'en reviens. Ce n'est pas une route. C'est une piste d'atterrissage. L'endroit appartient à l'armée de l'air, pas de terre.

CHAPITRE 24

La voix venue de Virginie dit :

— Voilà qui change quelque peu les choses.

— Une autre rumeur locale parle de prothèses faciales.

— Oui, j'ai vu une note sur la question. Il y a un dossier. Apparemment, le Pentagone a reçu plusieurs appels de personnes habitant le Dakota du Sud. Le comté, le gouvernement de l'État. Mais c'est des conneries. Les endroits où on stockait les visages en plastique étaient toujours proches des zones métropolitaines. Pourquoi en installer un dépôt au milieu de nulle part ?

— Et pourquoi en avoir, pour commencer ? Si tout le monde se retrouve brûlé, qui s'en souciera ?

Pas de réponse.

— Vous ne connaissez personne dans l'Air Force ? demanda Reacher.

— Pas qui soit au courant des affaires classées.

— Ce n'est pas forcément secret. Il pourrait s'agir de quelque chose de tout à fait courant. Nous sommes de retour à la case départ, question hypothèses.

— D'accord, je vais passer quelques coups de fil. Mais je vais commencer par faire une petite sieste.

— Vous dormirez quand vous serez morte. C'est urgent. La piste d'atterrissage a été déneigée. Trois kilomètres et des poussières. On ne fait pas ça juste pour s'amuser. C'est la preuve que quelqu'un ou quelque chose va débarquer. J'ai aussi vu un camion-citerne. Pour le voyage retour, peut-être. On est en droit de se demander si ce n'est pas un gros transport aérien qui se prépare.

Une seconde de silence, puis :

— Rien d'autre ?

— Si. Êtes-vous mariée ?

— Et vous ? lui renvoya-t-elle.

— Non.

— L'avez-vous jamais été ?

— Non.

— Comment se fait-il que ça ne m'étonne pas ?

Elle raccrocha.

9 h 55. Restaient dix-huit heures.

Peterson, à deux bureaux de là, raccrochait lui aussi.

— La DEA m'envoie promener. Leur type n'était pas intéressé.

— Pourquoi ? demanda Reacher.

— D'après lui, il n'y aurait aucun labo là-bas.

— Qu'est-ce qu'il en sait ?

— Ils ont des satellites, l'imagerie thermique. Ils ont vérifié leurs données et ne voient aucune chaleur. Si bien qu'en ce qui les concerne, c'est juste une histoire de terrain qui change de mains. Jusqu'à ce qu'on leur prouve le contraire.

— Le labo est souterrain.

— Faux, d'après la DEA. Ils peuvent voir jusqu'en dessous du sol. Et ils disent qu'il n'y a rien.

— Ils se trompent.

— Vous n'avez pas vu de labo.

— S'ils ont de la méthadone, c'est qu'ils ont un labo.

— Nous ignorons s'il y a quelque chose en sous-sol. En tout cas, nous n'en sommes pas certains.

— Si, dit Reacher. Personne ne construit une piste d'atterrissage de cette longueur pour rien. Elle peut accueillir n'importe quel avion. Y compris des bombardiers et des gros transporteurs. Et qui irait faire atterrir un bombardier ou un gros transporteur à côté d'une baraque minable ? Vous aviez raison. Ce bâtiment masque l'accès à un escalier. Ce qui signifie qu'il y a quelque chose en dessous. Probablement très important et très profond.

— Mais quoi, exactement ?

Reacher montra son téléphone.

— Vous le saurez quand je le saurai.

***

Une demi-heure plus tard, un coup de téléphone apprit à Peterson que l'autoroute était rouverte. Le radar météo ne voyait rien venir de l'ouest, hormis un air froid absolument glacial ; partout dans l'État, les chasse-neige et les saleuses avaient fini leur travail ; la police de la route avait consulté le ministère des Transports et la circulation avait repris. Puis Jay Knox appela pour dire que le car de remplacement allait arriver dans environ trois heures. Sur quoi Peterson fit chauffer le central téléphonique et fixa rendez-vous à tous les passagers à 14 heures, au commissariat. Tous les vingt. Les dames au bras fracturé étaient en état de voyager.

Un départ à 14 heures ferait arriver le groupe avec un peu moins de deux jours de retard au mont Rushmore. Pas si mal, en fin de compte, pour le Dakota du Sud en plein hiver.

Puis il regarda Reacher et demanda :

— Vous partez avec eux ?

— J'ai payé mon billet.

— Donc vous partez ?

— J'ai la bougeotte.

— Oui ou non ?

— Tout dépend de ce qui va arriver d'ici à deux heures, j'ai l'impression.

Ce qui arriva dans les deux heures fut que Janet Salter décida d'aller faire une petite promenade à pied.

***

Peterson reçut un coup de fil d'une des femmes flics de la maison. Coincée chez elle, Mme Salter devenait folle. Elle se sentait claustrophobe. Cloîtrée. Elle avait l'habitude de sortir, pour aller à l'épicerie, à la pharmacie, au restaurant, parfois juste pour le plaisir d'être dehors. Cela faisait presque une semaine qu'elle était prisonnière chez elle. Elle prenait ses responsabilités de citoyenne au sérieux, mais les responsabilités s'accompagnent de droits et parmi ceux-ci, il y avait celui de circuler librement.

— Elle est folle, dit Reacher. Il fait un froid de canard.

— Elle est du pays, répondit Peterson. C'est rien, pour elle.

— Il fait dans les moins trente.

Peterson eut le sourire du gars du coin devant le type qui débarque.

— Le jour le plus froid que nous ayons eu, on a relevé moins cinquante. C'était il y a longtemps, en février 1936. Puis cinq mois plus tard, en juillet, nous avons eu la journée la plus chaude jamais relevée, plus quarante-huit, exactement.

— Peu importe, elle est cinglée.

— Vous voulez essayer de la convaincre de ne pas sortir ?

Il essaya. Il se rendit chez la vieille dame avec Peterson. Janet Salter était dans sa cuisine, en compagnie des deux femmes flics de jour. Son percolateur était branché. Une odeur de café frais et d'aluminium parvint aux narines de Reacher. Elle lui en prépara un mug et dit :

— Les officiers me rapportent que vous avez dit à M. Peterson que les bikers se préparaient à partir.

Reacher acquiesça.

— C'est l'impression qu'ils m'ont donnée.

— Dans ce cas, je ne risque rien en faisant juste une petite promenade.

— Le type au pistolet n'est pas un biker. Il ne l'a jamais été.

— Quel qu'il soit, il ne va pas m'attendre dehors. Vous l'avez dit vous-même hier soir. Il fait trop froid.

— Il fait aussi trop froid pour aller se promener.

— C'est absurde. Il suffit de marcher d'un pas vif, ça nous fera du bien.

— Nous ?

— J'espère bien que vous allez m'accompagner.

10 h 55. Restaient dix-sept heures.

***

Le plan qu'improvisa Peterson ressemblait beaucoup à la technique des agents secrets accompagnant le président des États-Unis dans ses promenades. Il déploya trois voitures de patrouille sur les itinéraires des sorties sud, ouest et est de la ville, avec pour ordre de se déplacer comme un cordon mobile, si nécessaire. Lui et les deux policières de jour iraient à pied en entourant Mme Salter à une distance tactique appropriée. Reacher marcherait à côté d'elle et se tiendrait constamment entre elle et tout véhicule qui passerait. Soit un bouclier humain, même si Peterson n'employa pas cette expression.

Tous s'emmitouflèrent jusqu'au nez dans tous les vêtements qu'ils avaient et franchirent la porte. Le vent soufflait régulièrement de l'ouest. Tout droit venu du Wyoming. Mordant. Reacher avait connu le Wyoming en hiver et en avait réchappé. Il se jura de ne plus jamais reprendre ce risque. Peterson ouvrait la marche, une des femmes de jour la fermant tandis que la seconde avançait à leur hauteur sur le trottoir opposé. Reacher était épaule contre épaule avec Janet Salter. Elle avait une écharpe enroulée autour du bas de la figure. Pas Reacher. Tant qu'il eut le vent dans le dos, ce fut tolérable, mais dès qu'ils tournèrent au nord, vers le centre, son nez, ses joues et son menton s'engourdirent et ses yeux se mirent à pleurer. Il rabattit son capuchon et s'abrita le visage autant qu'il était prudent de le faire. Il voulait garder une certaine vision périphérique. Le trottoir était une succession de bosses et de crêtes faites de neige glacée. Il était difficile de marcher dans de telles conditions.

— À quoi pensez-vous ? lui demanda Janet Salter à un moment donné.

Voix étouffée, littéralement. Ses paroles lui parvenaient assourdies, épaissies, se pétrifiaient et étaient emportées par le vent.

— Je pense au mois de février 1936, répondit-il. Moins cinquante, le creux de la Grande Dépression, les tempêtes de poussière, les sécheresses, les blizzards… pourquoi diable n'avez-vous pas tous fichu le camp en Californie ?

— Beaucoup l'ont fait. Les autres ne pouvaient pas faire autrement que rester. Mais l'été suivant a été chaud.

— Peterson m'a raconté. Un écart de près de cent degrés.

— Vous a-t-il parlé des chinooks ?

— Non.

— Les chinooks sont des vents brûlants qui descendent des Black Hills. Un jour, en janvier 1943, il faisait moins vingt degrés, et deux minutes plus tard, deux minutes exactement, il a fait plus sept. Un écart de vingt-sept degrés en cent vingt secondes ! Le plus spectaculaire jamais enregistré aux États-Unis. Le choc thermique a brisé des vitres chez tout le monde.

— Comme en temps de guerre, dit-il.

— Les tournants du destin, enchaîna-t-elle. C'est précisément ce jour-là que les Allemands ont perdu le contrôle des aéroports de Stalingrad à des milliers de kilomètres de là. C'était le commencement de la fin pour eux. Peut-être le vent le savait-il.

Ils continuèrent à marcher. Peterson restait nettement en avant, une des femmes flics nettement en arrière, l'autre avançant du même pas qu'eux sur le trottoir d'en face. Ils arrivèrent au parking du restaurant. Des gens entraient et sortaient, il y avait foule. La plupart n'étaient pas convenablement habillés et paraissaient malheureux au-delà de tout.

— Les visiteurs de la prison, expliqua-t-elle. On voit plus de gens passer ici à présent que partout ailleurs dans l'État, le mont Rushmore excepté.

Reacher pensa au car de remplacement venu de Minneapolis et qui devait quitter la ville à 14 heures. Il n'avait aucun goût particulier pour les sculptures surdimensionnées, mais il savait qu'une route partait vers le sud depuis cet endroit. Et le sud, c'était le Nebraska, puis le Kansas, puis l'Oklahoma, puis le Texas… où il faisait chaud. Depuis le Kansas, on pouvait aussi passer dans le Missouri, écorner le sud de l'Illinois, traverser le Kentucky et arriver en Virginie.

— Vous pensez à elle, n'est-ce pas ? lui demanda Janet Salter.

— Non, répondit-il.

Il pivota du buste, à gauche, à droite. Parcourut les alentours des yeux. Cela faisait longtemps qu'il n'avait pas vu autant de personnes à la fois. Ni autant de voitures. Elles se traînaient sur les chaussées prises par le gel. D'énormes plaques de glace craquaient et se fendillaient sous leur poids. Autant de menaces potentielles, mais tous ces véhicules étaient condamnés à n'avancer qu'au pas à cause des conditions de circulation. Et il y avait des voitures de flics au milieu. Sur dix ou douze véhicules, l'un d'eux était de la police et avançait lentement au hasard des rues, prudent et vigilant.

— Où allons-nous ? demanda Reacher.

— Où aimeriez-vous aller ? lui renvoya-t-elle.

— C'est votre balade.

— Bolton est une ville plutôt tristounette. Nous manquons de sites intéressants.

— On pourrait déjeuner quelque part.

— C'est trop tôt.

— Un brunch, alors ?

— Le brunch est un mélange de petit déjeuner et de déjeuner et j'ai déjà pris mon petit déjeuner. C'est donc déjà trop tard pour un brunch.

— Un café ?

— C'est bondé partout. Les jours de visite sont difficiles. Jamais nous n'aurons une table pour cinq.

— Alors on rentre.

— Déjà ?

Il ne répondit pas. Un instant, il crut qu'elle allait vouloir continuer, que ça n'en finirait jamais, mais elle s'arrêta et acquiesça. Il essaya de siffler pour avertir Peterson, mais il avait les lèvres trop glacées et gercées pour pousser le moindre sifflement. Si bien qu'ils attendirent côte à côte que Peterson se tourne. Reacher lui fit signe, tout le monde fit demi-tour et la petite procession revint sur ses pas, la femme flic ouvrant à présent la marche et Peterson la fermant.

11 h 55. Restaient seize heures.

***

À quelque deux mille sept cents kilomètres au sud, c'était déjà l'heure du déjeuner. Pour la deuxième journée consécutive, Plato sautait le repas. Et pour la deuxième fois consécutive, il rompait avec une habitude de toujours. Il téléphonait à son type au Dakota du Sud. Et son type répondait. Ce qui l'ennuyait considérablement car cela signifiait que le téléphone du type était branché, ce qui signifiait que le type n'était pas en train de tuer ce foutu témoin.

— Elle n'était pas chez elle, dit le type.

— Trouvez-la, lui renvoya Plato.

***

Au retour, le vent d'ouest vint caresser Reacher sur son autre joue, ce qui était nul en termes de confort. Sinon, ce retour fut à la fois mieux et pire que l'aller. Mieux parce qu'ils s'éloignaient des secteurs où il y avait du monde et que moins de monde signifie moins de danger. Pire parce que les menaces éventuelles se trouvaient dans son dos. Il ne pouvait pas facilement regarder derrière lui. Son torse avait tendance à se mouvoir indépendamment de la parka géante. S'il tournait la tête, il se retrouvait la figure enfouie dans le capuchon. Il était donc forcé de compter sur la vigilance de Peterson derrière lui. Il marchait en se disant que chaque pas qu'il faisait était une petite victoire.

— Je suis désolée, dit Janet Salter.

— Pourquoi ?

— J'ai manqué de considération. J'ai embêté tout le monde.

— Cela fait partie d'une journée de travail. Aucune raison que vous ne sortiez pas de temps en temps.

Ils poursuivirent leur progression crissante en glissant et dérapant de temps en temps, en se mettant en file indienne là où la trace des pas rétrécissait à cause d'un obstacle. Reacher longeait le haut empilement de neige repoussée par les chasse-neige qui le séparait de la rue. La plupart du temps, son pied gauche retombait sur le bas de la pile. On aurait dit qu'il boitait. Il surveillait les véhicules venant vers eux. Quelques pick-up, des SUV d'un modèle ancien, des berlines tartinées de sel. Puis ce fut Lowell qui passa dans sa voiture de patrouille ; il ralentit, surpris, et salua de la main. Janet Salter lui répondit sur le même mode. Lowell repartit. Il n'y eut rien pendant un moment, puis une grosse berline sombre arriva vers eux, en provenance du sud. Une Ford Crown Victoria. Bleu marine. Couleur facile à voir dans la lumière claire du jour. La voiture du chef Holland. Qui s'arrêta à deux ou trois mètres d'eux et abaissa sa vitre. Et ignora complètement Reacher. Il regarda Janet Salter droit dans les yeux en affichant une certaine forme d'inquiétude. Elle s'immobilisa et lui fit face.

— Je suis sortie faire une petite promenade, dit-elle. C'est tout. Aucune raison de s'inquiéter. M. Peterson fait de l'excellent travail.

— Vous retournez chez vous ? lui demanda Holland.

— Exactement.

— Vous ne voulez pas monter ?

— Merci, mais je préfère marcher. Prendre l'air et faire un peu d'exercice était la raison d'être de cette petite aventure.

— OK.

— Mais je vous en prie, rejoignez-nous à la maison pour un café, si vous voulez.

— OK, répéta Holland.

Il jeta un coup d'œil dans son rétroviseur et fit demi-tour dans la rue. Les ornières gelées se fragmentèrent sous ses roues. Il se cala dans la voie sud, mais n'accéléra pas. Il resta à leur hauteur en roulant au pas, coincé en biais contre sa portière pour pouvoir voir, au-delà du siège du mort et par-dessus la digue de neige repoussée, Reacher et Janet Salter. Ses pneus avant étaient faits d'un composé dur spécial hiver et crissaient et tournaient lentement. À l'arrière, il avait des chaînes. Chaque maillon émettait un bruit distinctif en retombant. Il mit ses lumières pour avertir les autres véhicules qu'il roulait lentement. Il avait des feux stroboscopiques dissimulés sur la lunette arrière, d'autres à l'avant, cachés par la calandre. Reacher pensa que ça suffisait. De loin, la voiture banalisée prenait l'aspect d'une voiture de police.

— C'est ridicule, lança Janet Salter.

— Il fait juste son boulot, dit Reacher.

— Je trouve qu'il en fait trop.

— Vous êtes importante pour lui.

— Seulement parce que je peux lui servir à quelque chose.

— Vous êtes une des personnes éminentes de cette ville. De celles pour lesquelles le chef de la police a des égards particuliers.

— Les seules personnes éminentes de Bolton, c'est le personnel de la prison. Croyez-moi. C'est ainsi que ça fonctionne aujourd'hui.

Ils poursuivirent leur marche, la voiture roulant au ralenti et faisant craquer la glace à côté d'eux. Quand il n'y avait pas de bâtiment sur leur droite, le vent soufflait fort, sans interruption, masse d'air glacial qui sifflait, impitoyable, sur la plaine plate où rien ne s'interposait, rien ne venait brouiller son cours ou créer des turbulences. Il transportait toujours de minuscules particules de glace. Elles se déplaçaient à l'horizontale et crépitaient contre le capuchon de Reacher. Elles voguaient ainsi depuis des centaines de kilomètres, peut-être même depuis les Rocheuses.

— Vous avez froid ? demanda-t-elle.

Il sourit, pour autant que son visage engourdi lui obéisse encore.

— Je sais, dit-il. Ce n'est pas grand-chose.

***

De retour à la maison et débarrassés de leurs couches de vêtements superposés, ils durent endurer le supplice du dégel. Les oreilles de Reacher le brûlaient, son nez et son menton le picotaient et démangeaient. Peterson et les deux femmes flics ressentaient la même chose, mais aucun ne montra qu'il en était affecté. Sans doute encore une histoire d'orgueil des natifs du Dakota du Sud. Le chef Holland, lui, était parfaitement bien. Il était arrivé dans une voiture chauffée, à l'abri du vent. Cela ne l'empêcha pas de frissonner avec ostentation une fois dans le vestibule. Le soulagement, se dit Reacher, maintenant que Janet Salter était de nouveau à couvert et qu'ils en avaient terminé.

Les deux femmes flics allèrent prendre leur poste habituel. Janet Salter courut s'escrimer sur son percolateur. Reacher, Peterson et Holland la regardèrent faire depuis le vestibule. Puis le téléphone sonna. Janet Salter demanda qu'on décroche. Ce fut Peterson. Il écouta une seconde et tendit le combiné à Reacher.

— Pour vous, dit-il. La femme du 110e.

Reacher prit le téléphone. Peterson et Holland passèrent à la cuisine et le laissèrent seul. Politesse instinctive. Reacher porta le téléphone à son oreille et la voix de Virginie lui lança :

— J'ai appelé quelqu'un de l'Air Force.

— Et… ?

— On avance. Lentement, mais pas parce que c'est secret. Tout le contraire. Parce que l'endroit a été abandonné et oublié depuis des années. Toute activité y a cessé alors que le chien de Dieu n'était encore qu'un chiot. Personne ne se souvient de la même chose.

— Même pas de quoi il s'agissait ?

— Les informations ont toutes été archivées. Tout ce que mon type a vu jusqu'ici est un rapport sur les difficultés qu'ils ont eues à le construire. Le projet a frôlé l'abandon à plusieurs reprises pendant les travaux, à cause du type de terrain sur lequel ils étaient tombés. Un genre de schiste. Vous savez ce que c'est ?

— De la roche mère, j'imagine. Probablement dure s'ils ont eu du mal.

— Ce qui prouve qu'ils ont creusé, fait des travaux souterrains.

— C'est certain. Dites, c'est pas mal au bout de deux heures.

— Une heure, lui renvoya-t-elle. J'ai commencé par une sieste.

— Vous êtes irresponsable.

— La dernière fois que j'ai vérifié, vous n'étiez pas mon patron.

— Rien d'autre ?

— Si. Un tuyau sur un flic de Floride du nom de Kapler. Police de Miami, né là-bas il y a trente-six ans, parti sans motif apparent. Aucun problème de santé, pas de dettes. J'en saurai davantage quand j'aurai vu les dossiers de la police de Miami.

— Vous pouvez faire ça avec Google ?

— Non, je dispose d'autres ressources. Je vous tiendrai au courant.

— Merci, dit-il. Rien d'autre ?

Il y eut un court silence.

— Mon bonhomme ne lâche pas un mot.

— Le type de Fort Hood ?

— Pas un.

— Où est-il ?

— De retour sur place, mais dans une cellule.

— Habitait-il au cantonnement ou à l'extérieur ?

— À l'extérieur.

— Il s'attend donc à être jugé selon la loi du Texas pour l'homicide ou selon le code militaire pour la trahison. C'est du lourd. Que ce soit l'un ou l'autre, il va griller sur la chaise. Il n'a aucune raison de parler.

— Qu'est-ce que vous feriez ?

— Quel est votre objectif ?

— Ses contacts extérieurs au pays. À qui il parlait, comment, pourquoi.

— Pourquoi, c'est facile. Il a probablement servi en Irak ou en Afghanistan, il a été séduit par du baratin humanitaire, il est devenu ami avec des types et il s'est fait manipuler comme une marionnette. Le comment sera un téléphone portable, une adresse courriel ou un site codé sur la toile. Le ou les qui, voilà qui sera intéressant, j'en conviens.

— Et comment je le fais parler ?

— Vous lui en donnez l'ordre. Vous êtes d'un rang supérieur. Il est formé pour obéir.

— Ça ne suffira pas. Ça ne suffit jamais.

— Ses parents sont-ils encore en vie ?

— Oui.

— Des frères et sœurs ?

— Un frère plus jeune, en cours de formation avec les forces spéciales de la marine… les Seals.

— Très bon ça. Presque parfait, en réalité. Récupérez votre gars et faites-le asseoir. Et là, proposez-lui un accord.

— Je ne peux pas faire une chose pareille.

— Vous pouvez, c'est une question de publicité. Dites-lui qu'il va y passer, aucun doute là-dessus, mais pour ce qui est le moins déshonorant pour lui. Violences domestiques de la part d'un officier de retour de mission est mieux… de combien, mille pour cent ? Personne ne dit que c'est bien, mais la plupart des gens le comprennent. Dites-lui que s'il coopère, c'est tout ce que l'opinion publique saura de lui. Mais que s'il ne coopère pas, sa trahison sera livrée en pâture au public. Ses parents seront couverts de honte et mortifiés, son frère devra quitter la marine, son ancien lycée le désavouera.

— Ça marchera ?

— Tout ce qui lui reste, c'est son nom. Il est du 4e d'infanterie. Ces trucs-là, ça compte pour eux.

Pas de réponse.

— Croyez-moi, reprit-il. Laissez-le partir de manière honorable.

— Parce que les violences domestiques, c'est honorable ?

— Comparées au reste, oui.

— D'accord, je vais tenter le coup.

— Et ne m'oubliez pas, ajouta Reacher. Il faut que je sache ce que l'Air Force a construit ici. Envergure du projet, objectif, architecture, comme j'ai toujours fait. Dès que possible.

— Rien d'autre ?

— Êtes-vous mariée ?

Elle raccrocha sans répondre.

***

Les six personnes debout dans la maison eurent leur café. Janet Salter, Holland, Peterson, Reacher et les deux femmes flics. Celles-ci se joignant peut-être aux autres par besoin de se réchauffer. Tous en avaient déjà bu quelques gorgées lorsque le portable de Holland sonna. En tenant son mug d'une main, il ouvrit l'appareil de l'autre et écouta une minute. Puis il referma le téléphone et le fourra dans sa poche.

— La police de la route, dit-il. Les bikers s'en vont. En ce moment même. Trente-six pick-up viennent d'entrer sur l'autoroute.

12 h 55. Restaient quinze heures.

CHAPITRE 25

Reacher revint au commissariat avec Holland, qui lui donna les détails en chemin. La police de la route avait débarqué en force sur l'autoroute pour vérifier qu'il ne restait plus de problèmes liés aux intempéries. Un des policiers s'était garé sur le bas-côté, voie est. En surveillant la circulation, il avait aperçu du coin de l'œil un long convoi qui roulait à vive allure sur la route conduisant au camp de construction. Sacrée vision ! Entre trente et quarante pick-up à la queue leu leu, chacun avec trois personnes dans la cabine et une moto bâchée et des cartons arrimés sur le plateau arrière. Ils avaient ralenti pour s'engager dans les virages et les courbes de l'échangeur puis, une fois sur l'autoroute, avaient à nouveau accéléré en direction de l'ouest. D'après le policier, on aurait dit un train. Le Northern Pacific lui-même. Le convoi s'étirait sur un demi-kilomètre et il lui fallait vingt secondes pour franchir un point donné.

Le sergent de service à l'accueil confirma les nouvelles. Les patrouilles de la police de la route envoyaient des rapports les unes après les autres. Le convoi se trouvait actuellement à un peu moins de vingt kilomètres à l'ouest de Bolton et continuait à avancer rapidement. Mais pas au point d'être verbalisé. On s'en tenait à cent cinq kilomètres à l'heure sans problème, on ne ralentissait pas et ne franchissait jamais la ligne rouge.

***

Ils s'installèrent dans la pièce où étaient exposées les photos de scènes de crime. Quatre bureaux placés les uns contre les autres, quatre chaises. Holland et Peterson étaient assis côte à côte, Reacher en face de Holland et tournant le dos aux photos du mort habillé de noir.

— Et vous vous estimez satisfait de les laisser partir ? demanda Reacher.

— Pourquoi je ne le serais pas ? rétorqua le chef Holland.

— Ils vendaient de la méthadone.

— Fondamentalement, Bolton est une petite ville. Nous fonctionnons avec les règles d'une petite ville. Si je vois le dos d'un problème, c'est en général aussi bien que de le résoudre.

— Fin du problème, ajouta Peterson.

— Pas vraiment, dit Reacher. Ils ont tout nettoyé et sont partis parce que l'entreprise est sur le point de fermer. Dans ces cas-là, les choses doivent se faire proprement. Et Janet Salter est le dernier petit détail qu'ils n'ont pas réglé. Elle n'a jamais été aussi en danger que maintenant. Elle est la seule chose qui reste entre une certaine personne et beaucoup d'argent.

— Plato, le Mexicain.

— Lui ou un autre.

— Nous faisons tout ce que nous pouvons, fit observer Holland. Nous avons sept policiers pour la protéger vingt-quatre heures sur vingt-quatre. Nous sommes parés.

— Sauf si la sirène remet ça.

— Vous avez dit qu'elle ne le ferait pas.

— Même argumentée, une hypothèse reste une hypothèse, dit Reacher. Simplement, c'est le moment de commencer à s'inquiéter, pas de s'arrêter, n'oubliez pas.

— Si jamais vous me voyez me relâcher, dit Holland, je vous donne la permission de me botter les fesses. Nous avons peut-être nos problèmes, nous ne sommes peut-être pas l'armée américaine, mais jusqu'ici, nous nous en sommes sortis. Vous devriez ne pas l'oublier non plus.

Il hocha la tête.

— Je sais, dit-il. Je suis désolé. Ce n'est pas votre faute. C'est celle du maire. Qui irait signer un accord pareil ?

— N'importe qui l'aurait fait, dit Holland. Ces boulots ne sont pas délocalisables à l'étranger. Et la délocalisation, c'est très à la mode en ce moment.

Le silence régna un moment dans la pièce.

— Les motels sont pleins, fit observer Peterson.

— Je sais, dit Reacher.

— Dans ce cas, où est-ce qu'il dort, notre affreux ?

— Dans sa voiture. Ou dans le comté voisin.

— Et où mange-t-il ?

— Même réponse.

— On doit donc installer des barrages routiers ? demanda Peterson. Il n'y a que trois voies d'entrée à Bolton.

— Non, dit Holland. Fausse prémisse. Si nous mettons en place un périmètre statique, le type peut déjà être à l'intérieur. Nous devons rester mobiles.

Sur quoi il se tut, comme s'il parcourait une liste dans sa tête pour vérifier qu'il n'avait rien oublié. Sans doute fut-il satisfait car il se leva au bout d'un instant et quitta la pièce sans un mot de plus. Reacher entendit le claquement de ses bottes sur le lino, puis celui d'une porte. Celle de son bureau, sans doute. Des paperasses à faire.

— Nous devrions aller déjeuner, dit Peterson. Vous pourriez venir à la maison. Ça ferait un peu de compagnie à Kim. Elle serait contente.

— Parce qu'elle se sent seule ?

— Oui.

— Dans ce cas, vous et moi ne devrions pas être les seuls échantillons d'humanité qu'elle voie de sa journée. Allez la chercher et nous déjeunerons en ville, tous les trois.

— Pas facile d'avoir une table.

— Je ferai la queue pendant que vous irez la chercher.

— Où ?

— La cafétéria où vous m'avez trouvé hier. De l'autre côté de la place.

Peterson dit « Mais », mais n'alla pas plus loin.

— Je sais, dit Reacher, on peut voir le commissariat de là-bas. Je verrai donc le car quand il sera prêt à partir.

***

Le trajet jusqu'à la cafétéria était court, il fallait seulement traverser la place, mais en marchant face au vent. Comme autant d'aiguilles minuscules, les particules de glace lui firent mal pendant les premiers pas, puis son visage s'engourdissant, Reacher ne sentit plus rien. La file d'attente commençait dehors. Il prit place derrière une femme et un enfant emmitouflés dans des couettes probablement prises aux lits de leur motel. Un type commet un crime fédéral en Floride ou en Arizona, se retrouve en prison au Dakota du Sud et voilà que la famille doit suivre. La première et la deuxième année, de toute façon. Après, peut-être pas. Trop à perdre.

La file avançant lentement mais régulièrement, Reacher se retrouva devant la vitre embuée. Il distingua des formes vagues qui allaient et venaient à l'intérieur. Deux serveuses. Salaire régulier, mais sans doute de maigres pourboires. Les familles des détenus étaient sans argent. Si elles en avaient eu, elles n'auraient pas été des familles de détenus.

La maman et l'enfant faufilèrent leur couette dans le battant de la porte. Reacher attendit son tour sur le trottoir. Collé au bâtiment, il échappait au vent. Puis une femme sortit avec trois enfants et Reacher se faufila à l'intérieur. Il attendit près de la caisse jusqu'à ce qu'une serveuse lui jette un coup d'œil. Il articula le mot trois et tendit trois doigts. La femme répondit d'un hochement de tête, passa un chiffon sur une table et lui fit signe. Il posa sa parka sur le dos de sa chaise et se débarrassa de ses gants et de son bonnet. Il s'asseyait lorsqu'il aperçut la voiture de Peterson qui se garait le long du trottoir, longue forme en noir et blanc à travers la buée des vitres. Il vit le policier traverser le trottoir. Sa femme n'était pas avec lui. Peterson passa devant la file d'attente et franchit la porte. Personne ne fit de remarque. Il était en uniforme.

Reacher resta assis tandis que Peterson se défaisait de son manteau ; puis il prit place et le silence gêné qui s'établit entre eux ne fut rompu que par l'arrivée de la serveuse tenant son carnet de commande. Ce n'était pas le genre d'endroit où on vous laissait le temps d'étudier le menu. Peterson commanda un hamburger et de l'eau, Reacher un cheeseburger et du café. Reacher étant assis face à la fenêtre, Peterson se tourna pour regarder au travers, puis revint sur Reacher et afficha un sourire satisfait.

— Je sais, dit Reacher. Il y a de la buée partout. Mais un autocar est plutôt un gros objet. Je le verrai.

— Vous ne partirez pas.

— Je n'ai pas encore pris de décision.

— Kim n'a pas voulu venir. Elle n'aime pas trop la foule.

— La foule en général ou celle-ci en particulier ?

— Les deux.

Ils n'étaient que deux à une table de quatre et la file d'attente s'étirait toujours à l'extérieur, mais personne n'avait envie de s'asseoir avec eux. Les gens entraient, jetaient un coup d'œil, faisaient… disons… un demi-pas, puis s'arrêtaient et regardaient ailleurs. À cet endroit, le monde se divisait en deux : ceux qui aimaient les flics, ceux qui ne les aimaient pas. En tant que militaire, Reacher avait connu la même chose. Il avait très souvent mangé à côté de chaises vides.

— Que feriez-vous à ma place ? demanda Peterson.

— À propos de quoi ?

— Du commissariat.

— Ce n'est pas vous le patron.

— Mais je suis le prochain sur la liste.

— Je commencerais par instituer une formation sérieuse. Et je renégocierais l'accord avec la prison. Leur plan de crise est complètement irréaliste.

— Il a très bien marché hier soir, à part le problème de Mme Salter.

— C'est là où le bât blesse. C'est comme si vous disiez : il a fonctionné, sauf que non. Il faut laisser la place à l'imprévu.

— La politique n'est pas mon fort.

— Je vous en prie, dites-moi que ce contrat est révisable à échéance.

— Il l'est. Mais ils nous feront remarquer qu'ils ne nous demandent que très rarement de l'aide. Et si nous nous en sortons au bout de ce mois avec Mme Salter, nous n'aurons aucun élément négatif à faire valoir.

Ils ne reprirent la parole ni l'un ni l'autre. Peterson garda le silence ; Reacher, lui, n'avait rien de plus à ajouter. Sans la présence de Kim, manger à cet endroit ne rimait à rien. Mais la nourriture était correcte. Et le café frais. Il aurait difficilement pu en aller autrement avec ce défilé de clients. Il y avait trois cafetières derrière le comptoir et les trois ne cessaient de filtrer et de se vider. Le sandwich était parfaitement grillé et Reacher n'avait pas peur des calories. C'était comme de balancer du charbon dans une chaudière. Se retrouver dans le froid, c'était se mettre au régime. Il comprenait pourquoi les gens du cru paraissaient tous sortir du même moule, tous étaient blonds, tous étaient maigres et tous étaient élancés. Blonds à cause de leur héritage génétique. Maigres et élancés parce qu'ils se gelaient le cul six mois par an.

Reacher finit son assiette le premier et, dès que Peterson eut fini la sienne, ils sentirent peser sur eux les regards des gens qui attendaient près de la porte.

Reacher paya et laissa un joli pourboire, ce qui lui valut un sourire fatigué de la serveuse. Puis les deux hommes se retrouvèrent sur le trottoir, juste à temps pour voir un grand autocar jaune s'arrêter dans le parking du commissariat.

13 h 55. Restaient quatorze heures.

***

Taille, forme et style, l'autocar était identique à celui qui avait eu l'accident deux jours auparavant. Mêmes aménagements. Fenêtres aveugles à l'arrière, à la hauteur des toilettes. Même nombre de sièges. Même modèle de portière. Comme il était entré dans le parking en venant du nord, la portière n'était pas en face de l'entrée du commissariat. Debout sur la place avec le vent dans le dos, Peterson et Reacher virent une file étroite de personnes âgées tout emmitouflées sortir et faire le tour du car. Il y eut toutes sortes d'adieux et de remerciements. Les gens du coin serraient les mains, étaient pris dans des bras, donnaient des adresses et des numéros de téléphone. Il vit la dame à la clavicule fracturée. Son manteau avait une manche vide. Et la femme au poignet cassé. Elle se tenait le bras et quelqu'un d'autre portait sa valise. La plupart des autres n'avaient même plus leurs pansements. Les coupures avaient guéri. Le nouveau chauffeur, plié en deux, enfournait les valises dans la soute. Les vieux le contournaient l'un après l'autre, s'agrippaient prudemment à la rampe et grimpaient lentement les marches. Reacher les distingua encore à l'intérieur, à travers les vitres ; leurs têtes comme des boules de coton, ils avançaient dans l'allée, choisissaient un siège et s'installaient.

Le dernier à monter fut Jay Knox lui-même, naguère le chauffeur, aujourd'hui simple passager. Il remonta l'allée et alla se laisser tomber dans un siège côté fenêtre, à trois rangées de la dernière occupée par les seniors. Le siège de Reacher. Près des roues arrière, là où on était le plus secoué. Pourquoi voyager si on n'en a pas les sensations ?

Le nouveau chauffeur verrouilla la soute à bagages et escalada vivement les marches. Une seconde après, la portière se refermait derrière lui. Le moteur démarra. Reacher entendit le lourd cognement caractéristique du diesel. Le chuintement de l'air comprimé des freins, le claquement d'une vitesse engagée. Le moteur monta en régime et le car s'ébranla, sortit du parking, passa sur la route. Le vent glacial le fouettait. Il prit la direction du sud, celle de la voie rapide. Reacher le suivit des yeux jusqu'à ce qu'il disparaisse.

Peterson lui donna une tape dans le dos.

— Un mode de transport convenable vient de quitter la ville sans moi, dit Reacher. Je viens de rompre avec l'habitude de toute une vie.

***

Plato rappela son type. Directement. C'était risqué, mais avec ses capacités d'analyse, il savait qu'il faut parfois renoncer à la prudence. Il savait qu'on ne peut vaincre la chronologie. Il savait que tout est dans le minutage de l'opération. Les secondes s'égrènent, qui que l'on soit. Même Plato.

Son type répondit.

— Vous avez quelque chose à m'apprendre ?

— Pas encore. Je suis désolé.

Plato ne réagit pas tout de suite.

— On a presque l'impression qu'il serait plus facile de finir le boulot que de trouver de nouveaux prétextes pour le retarder.

— Ce n'est pas comme ça.

— On dirait que vous vous escrimez à sauver une vie qui n'est pas la bonne.

— Mais non.

— Concentrez-vous sur la vie que vous voulez sauver.

— Je vais le faire. Je le fais.

— Un délai a été fixé. S'il vous plaît, ne me laissez pas tomber.

***

Reacher retourna au commissariat. Peterson prit sa voiture. Ils se retrouvèrent dans l'entrée silencieuse et y restèrent une seconde, indécis. Ils n'avaient rien à faire, et l'un comme l'autre ils le savaient. Puis Holland sortit de son bureau et dit :

— Nous devrions aller jusqu'au camp. Jeter un coup d'œil dans le secteur. À présent qu'il est vide. Et pendant qu'il fait encore jour.

CHAPITRE 26

Ils prirent le véhicule de Holland. Il convenait mieux que la voiture de patrouille de Peterson car il ne comportait pas de séparation de sécurité entre les sièges avant et arrière. Reacher s'installa confortablement à l'arrière, en travers, et regarda la route qu'il avait parcourue le matin même. Les conditions météo étaient encore mauvaises. Le vent soufflait toujours avec violence. La neige gelée, si dure qu'on aurait dit qu'elle faisait partie intégrante du sol, formait des crevasses et de longues crêtes effilées. Elle était d'une blancheur aveuglante sous le pâle soleil de l'après-midi. On se serait cru à l'ère glaciaire.

Ils s'engagèrent sur l'ancienne route qui courait parallèlement à l'autoroute, puis sur la deux-voies qui rejoignait le camp en zigzaguant. Les douze kilomètres furent aussi pénibles que la première fois. Dos d'âne et creux pris de glace, devers inversés, jamais de ligne droite. Puis, toujours comme la première fois, l'horizon changea. Le béton gris dégagé, massif, immense, sans fin, les bermes de neige aérodynamiques, le vent rendu visible gémissant au-dessus.

Holland ralentit pour monter sur le niveau surélevé, puis s'arrêta, pied sur le frein, tel le pilote d'avion qui fait un point fixe.

— On voit toujours ce qu'on a envie de voir, pas vrai ? dit-il. Je suis venu ici une douzaine de fois au cours de ma vie, et chaque fois en pensant que ce n'était qu'une route. Un peu fantaisiste, peut-être, mais j'ai dû me dire quelque chose comme « Hé, c'est ça, l'armée ».

— Elle paraissait plus étroite, dit Peterson. C'était ce qui la rendait difficile à voir. Les vents l'avaient camouflée sous de la terre. Seule la partie médiane était restée ouverte. Ces types l'ont dégagée pour la première fois en cinquante ans. Pas seulement la neige. Ils ont aussi repoussé la terre.

— Sacrée prouesse technique ! dit Holland. Pas de doute.

— Pas des moindres, enchaîna Reacher. La dalle doit faire près de un mètre d'épaisseur. En termes de volume, c'est probablement l'objet fabriqué de main d'homme le plus grand de tout le Dakota du Sud.

Tous les trois contemplèrent la piste pendant encore une minute, puis Holland leva le pied du frein et les chaînes à neige se remirent à caqueter lorsque la voiture avança. Plus de trois kilomètres. Les silhouettes des baraquements marron commencèrent à se préciser, ainsi que le toit d'ardoise du bâtiment de pierre qui dépassait derrière, sous sa chape de neige. Holland se gara à peu près au même endroit que Reacher l'avait fait. La scène avait changé. Personne. Pas de pick-up. Pas de motos. Rien qu'un terrain entièrement déneigé, sur lequel se dressaient des baraquements en bois solitaires et abandonnés.

Ils descendirent de voiture. Enfilèrent leurs bonnets, leurs gants et remontèrent la fermeture Éclair de leurs manteaux. La température continuait à baisser, et le vent rendait les choses encore pires. Reacher sentit le froid remonter par la semelle de ses bottes. Sa figure devint insensible à tout en quelques secondes. Holland et Peterson jouaient les indifférents, mais Reacher savait que ça leur faisait aussi mal qu'à lui. Ils avaient le visage tout pommelé de rouge et de blanc, ils clignaient des yeux, ils toussaient et haletaient un peu.

Ils se dirigèrent tous vers le bâtiment de pierre. Il n'avait apparemment pas changé depuis le matin. Un peu inquiétant, tout à fait délirant. Peterson essaya la poignée de porte. Elle ne bougea pas. Il frotta du pouce la plaque de protection pour en chasser la nouvelle couche de gel, comme Reacher l'avait fait.

— Aucune trace. On n'a pas utilisé régulièrement cette serrure.

— Ce n'était pas nécessaire, fit remarquer Reacher. Ils l'ont ouverte il y a un an et ils l'ont refermée ce matin.

— Dans ce cas, où est la clef ?

— Bonne question.

— Ils ont dû l'emporter, dit Holland.

— Je ne crois pas, dit Reacher.

— Et pourquoi ?

— Parce que cet endroit vient d'être vendu. On a dû leur dire de laisser la clef pour le nouveau propriétaire.

— Dans ce cas, où est-elle ?

— Sous le paillasson, probablement.

— Il n'y en a pas.

— Alors sous un pot de fleurs.

— Quel pot de fleurs ?

— C'est une manière de parler, soupira Reacher. Les gens laissent leur clef dans un endroit convenu d'avance.

Les trois hommes décrivirent lentement un cercle complet en regardant tout ce qu'il y avait à voir. C'est-à-dire pas grand-chose. Rien que de la neige, du béton, les baraquements et la maison elle-même.

— À quoi va-t-elle ressembler ? demanda Peterson. Juste une simple clef ?

— De grande taille, dit Reacher. C'est une porte anti-explosion, la serrure doit être complexe. De nombreuses parties mobiles. Difficile à tourner. Si bien que la clef devrait être grande et solide. Probablement en forme de T, comme celles avec lesquelles on remonte les horloges, et probablement en acier spécial. Elle a dû coûter à elle seule des milliers de dollars au Pentagone.

— Ils l'ont peut-être enfouie dans la neige. Il y a un détecteur de métaux dans la voiture.

— Sauf que quelque chose me dit que le Russe de Brooklyn n'en a pas. Ce qui veut dire qu'elle n'est pas dans la neige. Ce n'est pas comme ça qu'on traite un client. On ne peut pas demander à quelqu'un de fouiller dans la neige pendant une heure.

— Alors où est-elle ?

Le bâtiment était tout en rebords de pierre, moulures, ornements gothiques. Les parties à hauteur d'homme étaient des cachettes trop évidentes. Reacher fit le tour de la maison en passant la main sur tout ce qui se trouvait jusqu'à deux mètres cinquante de hauteur. Rien. Et au-dessus, la clef serait devenue inaccessible, à moins que le Russe n'ait prévu de venir avec une échelle pliante.

Revenu à son point de départ, Reacher regarda de nouveau autour de lui.

— Elle est forcément dans un endroit bien précis. Du genre sous le troisième truc à droite, le quatrième machin à gauche.

— Quel genre de truc ? demanda Peterson.

— Baraquement, lit, n'importe quoi.

— On ne pourrait pas simplement la forcer avec un démonte-pneu ?

— C'est une porte blindée. Conçue pour résister à une onde de pression très forte.

— Mais on la tirerait vers l'extérieur au lieu de la pousser vers l'intérieur.

— Les ondes de pression sont suivies d'un vide. La compression pousse vers l'avant, la raréfaction aspire vers l'arrière, et tout aussi fort. Dans un sens comme dans l'autre, c'est une porte super résistante.

— Dans ce cas, dit Peterson, autant se mettre à chercher tout de suite.

— Quel est votre chiffre de chance ?

— Trois.

— Eh bien, commencez par le troisième baraquement, sous le troisième matelas.

— En partant d'où ?

Reacher ne répondit pas tout de suite.

— Encore une bonne question. Première rangée, à partir de la gauche, je dirais. Mais en dernière analyse, n'importe quel système de comptage peut être taxé de subjectif. D'où des confusions possibles. Le seul critère objectif serait de dire la plus proche ou la plus éloignée.

— D'où ?

— D'ici. De la porte.

— Qu'elle soit dans un baraquement n'est qu'une supposition.

— Elle n'est pas dans la neige et, par définition, pas dans le bâtiment non plus. Qu'est-ce qui reste ?

Peterson prit la direction du baraquement le plus proche. Le premier de la rangée du fond, dans l'axe du deuxième de la première rangée. Le premier dans lequel Reacher était entré le matin même. La porte n'était pas fermée à clef. Peterson la poussa et entra. Reacher et Holland suivirent. Les bâches faisant office de rideaux étaient toujours en place. Mais tout ce qui était transportable avait disparu. Il ne restait plus que les douze couchettes aux matelas rayés de bleu et leurs cadres métalliques ternes. L'endroit donnait une impression de tristesse, d'abandon, de vide.

Mais il y faisait bon.

Le poêle à paraffine avait été arrêté, mais il dégageait encore beaucoup de chaleur. Le bonheur. Reacher enleva ses gants et tendit les mains vers le poêle. Les lois de la physique signifiaient qu'il avait commencé à refroidir dès qu'il avait été coupé et que dans trois heures, il serait seulement tiède et que, disons trois heures plus tard encore, il serait aussi froid que le reste ; mais pour le moment, c'était magnifique. Il était encore trop chaud pour qu'on puisse le toucher. La combinaison de la fonte et des qualités les plus récentes d'hydrocarbures donnaient des résultats sensationnels.

— Les gars, plaisanta Reacher, vous cherchez ailleurs. Moi, je reste ici.

— Avec un peu de chance, dit Peterson, ce sera pareil partout.

C'était le cas. Ils se rendirent tous les trois dans le baraquement le plus éloigné et y trouvèrent la même chose. Une pièce vide, des cadres de lit, un poêle encore chaud. C'est là qu'ils commencèrent à chercher sérieusement. Avec la chaleur, ils pouvaient être patients et minutieux. Ils fouillèrent tous les matelas, tous les cadres de couchette, tous les coins et les recoins. Ils vérifièrent le réservoir d'eau des toilettes dans la salle de bains. Ils cherchèrent des planches qui ne tenaient pas, frappèrent les murs dans l'espoir d'y trouver une cavité et démontèrent tous les éclairages.

Sans rien trouver.

14 h 55. Restaient treize heures.

***

Ils s'attaquèrent ensuite à la cuisine. Reacher estimait que c'était une forte possibilité. Une cuisine est un emplacement sans ambiguïté. Une singularité. Il n'y en avait qu'une. C'était encore plus précis que le premier ou le dernier baraquement. Mais la clef ne s'y trouvait pas. Les pots de farine, de sucre et de café étaient toujours sur place, mais trop vides pour qu'on n'y détecte pas un objet métallique à la moindre secousse. La clef n'avait pas non plus été repoussée au fond d'une étagère, scotchée sous une table, dissimulée au milieu des corn flakes comme un cadeau, ni nichée dans une pile de bols.

Après la cuisine, ils repartirent vers le bâtiment de pierre, passant tour à tour chaque baraquement au peigne fin. Ils faisaient mieux et plus vite chaque fois, du seul fait de répéter l'opération, car les baraquements étaient tous identiques. Ils en arrivèrent au point où ils auraient pu procéder les yeux fermés. Mais même ainsi, chaque fois, ils aboutissaient au même résultat. C'est-à-dire à pas de résultat.

Ils finirent par se retrouver à leur point de départ, dans le baraquement le plus proche de la maison de pierre. Ils avaient perdu l'envie de fouiller, certains d'être déçus ; il y aurait quelque chose de définitif à ce dernier coup pour rien. Reacher parcourut l'endroit, s'arrêta près du poêle, puis se rendit près de la dernière couchette à droite.

— Il y avait une fille assise à cet endroit ce matin, dit-il.

— Quelle fille ? demanda Holland en le rejoignant.

— Une biker, dix-neuf ou vingt ans. La seule personne que j'ai vue à l'intérieur. Les autres bossaient tous au déneigement.

— Elle était malade ?

— Elle m'a paru aller bien.

— Était-elle enfermée ?

— Non, la porte était ouverte.

— Elle gardait peut-être la clef. On lui avait peut-être donné ce rôle.

— C'est possible. Mais où l'a-t-elle laissée ?

— De quoi avait-elle l'air ?

— Grande, mince et blonde, comme vous autres ici.

— Vous pensez qu'elle était du coin ?

— La méth, c'est un truc rural, dit Reacher.

Puis il pensa : *grande, mince et blonde*. Et demanda :

— On reçoit les portables ici ?

— Bien sûr, répondit Holland. Le vent, la poussière et les micro-ondes, tout ça, c'est pareil pour nous.

— Prêtez-moi votre téléphone.

Holland le lui tendit et Reacher composa le numéro dont il se souvenait.

— Oui ?

— Amanda, s'il vous plaît.

Un *clic*, un ronronnement. La voix.

— Où diable êtes-vous passé ?

— Quoi ? répliqua Reacher. Vous êtes ma mère à présent ?

— J'essaie de vous joindre depuis un bon moment.

— Je suis sur la base de l'Air Force. On essaie d'entrer. On cherche la clef. J'aurais besoin de connaître les vingt meilleurs endroits où vous auriez jamais trouvé un petit objet caché.

— Fentes de magnétoscopes, bouilloires, chaussures, l'intérieur d'une télé, l'emplacement de la batterie sur un transistor, un livre évidé, un siège de voiture évidé lui aussi, un pain de savon, un tube de dentifrice ou de n'importe quoi.

— Ça ne fait que neuf. Vous êtes nulle.

— Donnez-moi un peu de temps.

— Il n'y a rien de tout ça ici.

— Qu'est-ce qu'il y a alors ?

Reacher parcourut la pièce et lui décrivit tout ce qu'il y voyait.

— Le réservoir d'eau des toilettes, dit la voix.

— Tous vérifiés.

— Pas de matelas déchiré ?

— Aucun.

— De planches disjointes ?

— Aucune.

— Alors brûlez la baraque et tamisez les cendres. Une clef de l'Air Force doit être faite dans le même métal que leurs bombes. Elle passera l'épreuve du feu, facile.

— Au fait, pourquoi vouliez-vous me joindre ?

— Parce que je sais où vous êtes.

CHAPITRE 27

Peterson et Holland avaient entendu les pépiements de la voix montant du combiné. Ils se rapprochèrent. Reacher s'assit sur le lit qu'avait occupé la fille blonde. La voix reprit :

— Cet endroit a été conçu comme un orphelinat.

— Sous terre ? s'étonna Reacher.

— Cela remonte à cinquante ans. Au plus fort de la Guerre froide. Tout le monde pétait les plombs. J'ai reçu le dossier par fax. Les prévisions du nombre de victimes étaient effroyables. On croyait que les Soviétiques avaient des missiles par centaines, à ne savoir qu'en faire. Que s'ils les avaient tous lancés, ils se seraient gratté la tête pour trouver des cibles. Nous, nous élaborions des scénarios à partir de ça et on s'est aperçus que le gros problème serait le jour de la semaine et la période de l'année. Les samedis, les dimanches et les périodes de vacances, on estimait que tout le monde y aurait droit à peu près de la même façon. Mais les jours de semaine, pendant la période scolaire, les jeunes et la population adulte seraient séparés de manière significative, en termes géographiques. Les parents seraient dans un endroit, leurs enfants dans un autre, peut-être dans un abri sous leurs écoles.

— Ou sous leurs bureaux, dit Reacher.

— Peu importe, dit la voix. Le point important était que les taux de survivants après l'apocalypse seraient très différents. Il y aurait beaucoup plus d'adultes que d'enfants. La question est devenue une obsession pour un type de la commission parlementaire sur la sécurité civile. Il voulait des lieux pour rassembler tous ces enfants. Il imagina de les regrouper dans des aéroports régionaux encore en état et de les envoyer dans des endroits reculés. Il envisagea des installations combinant abri antiatomique et lieu de vie. Il en a parlé à l'Air Force. Ils se sont mutuellement tapés dans le dos. Et comme il était du Dakota du Sud, c'est par là qu'ils ont commencé.

— D'après les rumeurs qui courent dans le coin, il y aurait eu quelque chose de scandaleux, fit observer Reacher. Construire un orphelinat ne paraît pas spécialement scandaleux.

— Vous ne comprenez pas. Leur hypothèse était qu'il n'y aurait plus un seul adulte. À la rigueur quelques pilotes malades et mourants, pas plus. Un bureaucrate au bout du rouleau avec ses paperasses. L'idée était que ces enfants seraient débarqués de l'avion et livrés à eux-mêmes pour s'enfermer sous terre et se débrouiller du mieux qu'ils pourraient. Tout seuls. Comme des bêtes sauvages. Le tableau n'était pas joli-joli. Les rapports des psychologues disaient qu'il y aurait du tribalisme, des batailles, des morts, peut-être même du cannibalisme. Et l'âge moyen des survivants avait été estimé à sept ans. Puis les psychologues avaient parlé du projet à des adultes et ils constatèrent que leur pire cauchemar était de mourir en laissant leurs enfants se débrouiller tout seuls. Ils voulaient qu'on leur dise que ce truc-là marcherait, qu'il y aurait des médecins et des infirmières et des draps propres aux lits. Ils ne voulaient pas entendre parler de la première version. Il s'en est suivi toute une controverse et, finalement, l'idée a été abandonnée pour des raisons de morale.

— Si bien que ces installations sont juste là depuis cinquante ans ?

— Il semblerait qu'il y ait un aspect de la construction qui la rendait inutilisable pour autre chose.

— Et vous ne savez pas quel est cet aspect ?

— Non. Les plans manquent.

— L'endroit est donc vide ?

— Ils l'ont rempli avec du matériel déclassé et l'ont complètement oublié.

— Et ce matériel s'y trouve encore ?

— J'imagine.

— De quoi s'agit-il ?

— Je ne le sais pas encore. C'est un autre dossier. Mais ça ne doit pas être très excitant, vu que c'étaient des surplus déjà obsolètes il y a un demi-siècle.

— Vous allez pouvoir l'apprendre ?

— Mon type a demandé le dossier.

— Quel temps vais-je avoir ici ?

— Passez donc le nez par la porte.

— Non, je veux dire : qu'est-ce qui se prépare ?

Un silence, puis :

— Il va se remettre à neiger demain. Jusque-là, dégagé et froid.

— Où une bande de bikers pourrait-elle avoir caché une clef ?

— Je ne sais pas. Je ne peux pas vous aider.

15 h 55. Restaient douze heures.

***

Reacher rendit le téléphone à Holland. De l'autre côté de la fenêtre la lumière baissait. Le soleil se repliait à l'ouest et l'ombre du bâtiment de pierre s'allongeait. Ils se mirent à fouiller le baraquement. Leur dernière chance. Chaque matelas, chaque cadre de lit, les toilettes, le plancher, les murs, les installations électriques. Ils procédèrent lentement et scrupuleusement, devenant de plus en plus lents et méticuleux au fur et à mesure qu'ils approchaient de l'extrémité de la pièce et commençaient à être à court d'options.

Ils ne trouvèrent rien.

Peterson dit :

— On pourrait faire venir un serrurier… de Pierre, par exemple.

— Un cambrioleur serait mieux. Un perceur de coffres, par exemple. Ils en ont peut-être un à la prison.

— Je n'arrive pas à croire que cet endroit n'ait jamais été utilisé. Il a dû coûter une fortune.

— Le budget de la Défense était pratiquement illimité à l'époque.

— Je n'arrive pas à croire non plus qu'ils n'aient pas trouvé comment l'utiliser autrement.

— Un aspect de la construction l'empêche.

— Mais tout de même… Il y a bien quelqu'un qui aurait pu en faire quelque chose.

— Beaucoup trop à l'intérieur des terres pour la marine. Nous sommes près du centre des États-Unis. C'est ce qu'ils racontaient dans l'autocar.

— Les marines auraient pu l'utiliser pour leur entraînement d'hiver.

— Pas avec Sud dans le nom de l'État, voyons ! Trop poule mouillée. Les marines auraient tenu au Dakota du Nord. Ou au pôle.

— Les marines ne voulaient peut-être pas dormir sous terre.

— Les marines dorment où on leur dit de dormir. Et quand.

— En fait, j'ai entendu dire que leur entraînement d'hiver avait lieu à San Diego.

— J'étais dans l'armée régulière, pas dans les marines, dit Reacher. Je ne sais rien de leur entraînement.

***

Ils bravèrent de nouveau le froid et jetèrent un dernier regard au bâtiment de pierre et à son entêtée de porte. Puis ils retournèrent à la voiture et repartirent. Les trois kilomètres et quelques de la piste d'atterrissage sur laquelle des avions rapiécés auraient pu déverser des enfants en haillons. Puis les douze de l'ancienne route à deux voies qu'aucun adulte n'aurait empruntée pour venir à leur secours. La Guerre froide. Drôle d'époque. Rétrospectivement, moins dangereuse que les gens se l'imaginaient. Certains des missiles soviétiques étaient purement imaginaires, d'autres des troncs d'arbre peints, d'autres défectueux. Et les Soviétiques avaient eux aussi des psychologues qui rendaient des rapports écrits en cyrillique sur leurs gosses de sept ans, le tribalisme, les bagarres, les massacres, le cannibalisme. Mais à l'époque, tout cela avait paru bien réel.

Reacher avait deux ans au moment de la crise des missiles de Cuba. Il était dans le Pacifique. Il n'en avait évidemment rien su. Mais plus tard, sa mère lui avait expliqué comment elle et son père avaient étudié la carte des vents qui porteraient le poison. Deux semaines, avaient-ils calculé. Et sur la base, les infirmiers avaient des pilules.

— Vos précisions météo sont-elles fiables ? demanda Reacher.

— Très fiables, en règle générale, répondit Peterson.

— Parce qu'il devrait neiger encore demain.

— Ça paraît probable.

— Dans ce cas, quelqu'un va venir ici rapidement. Ils n'ont pas déneigé cette piste juste pour s'amuser.

***

Loin à l'est et un peu au sud, un avion se posait sur une autre longue piste d'atterrissage, celle d'Andrews Air Force Base, dans l'État du Maryland. Pas très grand, cet avion. Un jet d'affaires, loué par l'armée pour un transport de prisonnier assuré par la police militaire. Il y avait six personnes à bord. Pilote, copilote, trois gardiens et le prisonnier. Le prisonnier était le capitaine du 4e d'infanterie de Fort Hood. Il était en vêtements civils et réglementairement entravé par des chaînes autour de la taille, des poignets et des chevilles, toutes reliées. L'avion roula, s'arrêta, l'escalier fut abaissé et le prisonnier entraîné jusqu'à une voiture garée sur le tarmac. On le fit monter à l'arrière. Une femme officier en uniforme de l'armée Class A l'attendait. Major de la police militaire. Elle avait une taille au-dessus de la moyenne.

Elle était mince. Elle avait de longs cheveux bruns retenus en arrière. Bronzée, yeux d'un brun profond. On lisait de l'intelligence, de l'autorité, de la jeunesse et de l'espièglerie sur son visage, tout cela en même temps. Elle portait trois rubans à son revers, un pour une Silver Star, deux pour des Purple Hearts.

Il n'y avait pas de chauffeur à l'avant de la voiture.

— Bonjour, capitaine, dit la femme.

Le capitaine garda le silence.

— Je m'appelle Susan Turner. J'ai le grade de major, je commande le 110e de police militaire et c'est moi qui suis en charge de votre dossier. Vous et moi allons parler une minute, après quoi vous reprendrez l'avion et soit vous irez au Texas, soit vous retournerez directement à Fort Leavenworth. Ce sera l'un ou l'autre. Vous comprenez ?

Elle avait une voix chaude. Un peu rauque, essoufflée, un peu intime. Toute de gorge. Le genre de voix qui pouvait pousser à toutes sortes de confidences.

Le capitaine d'infanterie en avait conscience.

— Je veux un avocat, dit-il.

Susan Turner acquiesça.

— Vous en aurez un. Vous en aurez des tas. Mais croyez-moi, avant longtemps, des avocats, vous en aurez jusqu'aux trous de nez. Comme si vous vous étiez pointé dans une réunion du barreau avec un billet de cent dollars attaché au cou.

— Vous ne pouvez pas me parler en dehors de la présence d'un avocat.

— Ce n'est pas tout à fait exact. Vous, vous n'êtes pas obligé de me parler en dehors de la présence d'un avocat. Mais moi, je peux vous parler autant que je veux. Vous voyez la différence ?

Le type ne dit rien.

— J'ai de mauvaises nouvelles, reprit Susan Turner. Vous allez mourir. Vous le savez, n'est-ce pas ? Vous êtes foutu. Vous êtes plus foutu que le plus foutu des foutus sur cette terre. Vous n'avez plus aucun recours, aucun. C'est ce que vous diront ces avocats. Que vous en ayez un ou cent. Vous allez être exécuté, et probablement très rapidement. Je ne vais pas vous donner de faux espoirs. Vous êtes un mort ambulant.

Le type ne dit rien.

— En fait, vous êtes un mort assis, en ce moment. Assis dans une voiture et écoutant ce que je lui dis. Ce que vous devriez faire, en tout cas, parce que vous allez être placé devant deux choix très importants. Le second, c'est le menu de votre dernier repas. Steak et crème glacée sont les plus souvent demandés. Je ne sais pas pourquoi. D'autant que je n'ai rien à foutre de ces questions de diététique. C'est votre premier choix qui m'intéresse. Vous ne voyez pas de quoi il s'agit ?

Le type ne dit rien.

— Votre premier choix, enchaîna Susan Turner, portera sur le type d'inculpation qui vous aura fait tomber. Soit le Texas vous exécutera pour avoir tué votre femme, soit Leavenworth vous exécutera pour avoir trahi votre patrie. Je vais être franche avec vous : de mon point de vue, ni l'un ni l'autre n'est très flatteur pour vous. La version Texas suscitera peut-être un peu plus de compréhension de la part des gens. Le stress du combat, plusieurs temps de service en situation de guerre, ce genre de trucs. Toutes ces histoires de post-traumatismes. Certains verront même peut-être en vous une sorte de victime.

Le type ne dit rien.

— Mais la trahison, c'est différent. Là, aucune excuse. Vos parents vont être obligés de vendre leur maison et de déménager. Peut-être même de changer de nom. Ils auront peut-être du mal à vendre et se pendront dans la cave.

Le type ne dit rien.

— C'est bas de plafond, la cave. Ça prendra du temps. Ce sera comme un étranglement. Ils se tiendront peut-être les mains.

Le type ne dit rien.

Turner changea de position sur son siège. Longues jambes, gainées de Nylon couleur fumée.

— Et pensez à votre petit frère. Toutes ces années où vous avez été un exemple pour lui ? Effacées. Il va être obligé de quitter la marine. Qui pourrait lui faire confiance dans une équipe ? Le frère d'un traître ? C'est aussi une condamnation pour lui, et pour toute sa vie. Il terminera ouvrier dans le bâtiment. Il se mettra à boire. Il maudira votre nom pourri tous les jours de sa vie. Lui aussi se suicidera peut-être. Avec une arme à feu, probablement. Dans la bouche, ou derrière l'oreille.

Le type ne dit rien.

— Alors voilà ce que je vous propose. Vous me parlez, vous répondez à mes questions, vous me livrez tout jusque dans le moindre détail et l'affaire de trahison restera définitivement confidentielle.

Le type ne dit rien.

— Mais si vous ne me parlez pas, nous conduirons une enquête publique. Nous déballerons tout. On dira à CNN où habitent vos parents, on appellera la marine pour votre frère. Pas ses supérieurs. Non, nous commencerons par appeler ses potes.

Le silence se prolongea un bon moment.
Puis le type dit :
— D'accord.
— D'accord quoi ?
— D'accord, je vais vous parler.
— D'accord, je vais vous parler qui ?
— D'accord, je vais vous parler, madame.
Turner abaissa sa vitre. Et lança :
— Dites aux pilotes qu'ils peuvent aller dîner.

***

Plato raccrocha au nez de son pilote. Celui-ci avait appelé pour l'avertir que le temps dans le nord allait se dégrader au cours des prochaines vingt-quatre heures. Encore de la neige. Ce que Plato savait déjà. Il recevait la télévision par satellite. Il avait une énorme parabole montée sur un parvis bétonné, tout à côté de sa maison. La parabole était reliée à un décodeur et le décodeur à un énorme écran plat Sony haute définition installé sur le mur du fond de son séjour. Il était branché sur une chaîne météo américaine.

L'écran Sony n'était pas la seule chose accrochée à ce mur. Autour de lui, dix-huit peintures à l'huile se battaient pour la place. Il y en avait quarante-trois autres sur les deux murs les plus longs de la pièce. Et vingt sur le dernier. Soit un total de quatre-vingt-une œuvres d'art. La plupart étant des œuvres de deuxième catégorie dues à des peintres de quatrième. Ou des pièces de troisième catégorie de peintres eux aussi de troisième catégorie. Ou des œuvres de quatrième catégorie de peintres de deuxième. L'une d'elles aurait été un Monet, mais Plato savait qu'il devait s'agir d'un faux. Monet était un artiste prolifique. On voyait ses tableaux partout et il avait souvent été copié. Quelqu'un avait dit un jour que sur les deux mille toiles que Monet avait peintes dans sa vie, six mille se trouvaient rien qu'aux États-Unis. Plato n'était pas idiot. Il savait ce qu'il avait. Et pourquoi il l'avait. Il ne s'intéressait guère à l'art. Pas son truc. Pour lui, chacune de ces toiles n'était que le rappel d'une vie ruinée.

Dans les espaces entre les peintures, il avait disposé en forme de fer à cheval des séries de petits crochets en laiton. Des douzaines, peut-être même des centaines. Cela faisait longtemps qu'il n'avait pas fait le compte. Sur chacune de ces séries étaient disposés autant de colliers ou de bracelets qu'elle pouvait en contenir. Il y avait des diamants, des émeraudes, des rubis, des saphirs. Des chaînes en or, des chaînes en argent, des chaînes en platine. Des boucles d'oreilles pendaient à des crochets uniques. Ou des bagues. Des alliances, des bagues de fiançailles, des chevalières, de gros solitaires.

Des centaines et des centaines.

Peut-être même des milliers.

Tout était une question de temps.

Le sujet l'intéressait. La pierre de touche était la classe sociale. Une fois sans le sou, combien de temps les gens pouvaient-ils tenir avant de se mettre à vendre leur corps ? De combien de couches protectrices disposaient les gens avant la défaite et la reddition, entre le problème et la ruine ? Pour les pauvres, pas le moindre délai en réalité, pas la moindre couche protectrice. Ils avaient besoin de son produit, si bien que dès qu'était épuisé leur maigre salaire, ce qui arrivait en général le jour même où ils le recevaient, ils commençaient à se battre, à voler, à tricher, après quoi ils se retrouvaient à la rue et faisaient ce qu'il fallait faire, quoi que ce soit. D'eux, il ne recevait que de l'argent.

Les riches étaient différents. Salaires plus élevés, ce qui les faisait tenir plus longtemps, mais pas éternellement. Commençaient alors peu à peu les ponctions dans les comptes d'épargne, la vente des actions et des investissements en tout genre. Puis, désespérées, les mains fouillaient dans les tiroirs et les boîtes à bijoux. On commençait par des objets oubliés, des objets qu'on n'aimait pas, des objets dont on avait hérité. Ceux-ci se retrouvaient chez lui après un long et lent voyage – ça arrivait de Chicago, de Minneapolis, de Milwaukee, de Des Moines, d'Indianapolis. Ils étaient suivis par les tableaux enlevés aux murs, les bagues arrachées aux doigts, les chaînes détachées des cous. La vague suivante était le pillage des parents, la suivante, la visite aux grands-parents. Quand il ne restait plus rien, les riches succombaient eux aussi. Peut-être dans des hôtels, au début, en se racontant des histoires mais en se retrouvant toujours et inéluctablement à la rue, dans le froid, agenouillés dans des contre-allées pleines de détritus, les hommes comme les femmes, en train de faire ce qu'il fallait faire.

Ce n'était rien qu'une question de temps.

***

Holland se gara dans le parking et se dirigea vers son bureau. Peterson et Reacher se rendirent à la salle de garde. Elle était désertée, comme d'habitude. Aucun message sur le bureau du fond, rien sur le répondeur. Reacher décrocha le téléphone et le reposa. Tapa sur la barre d'intervalle du clavier et l'écran de l'ordinateur prit vie, exhibant un écusson sur lequel on lisait : *Bolton Police Department*. Le dessin était grand, mal assuré. Vaguement numérique. Un gros disque dur dans une tour à un mètre de là bourdonnait, ronronnait, caquetait. Il montait en puissance.

Reacher demanda :

— Disposez-vous de bases de données, ici ?

— Pourquoi ? demanda Peterson.

— Nous pourrions faire une recherche sur ce Plato. Quel que soit ce type, il donne l'impression d'être à la base de tout.

Peterson s'installa au bureau voisin et pianota sur son propre clavier. Un *clic* ici, un *clic* là, un mot de passe. Puis une boîte de dialogue dut s'ouvrir car Reacher le vit poser son index gauche sur la touche majuscule, le droit sur P, puis ensuite sur l, a et o.

Plato.

— Rien, dit Peterson. Juste un renvoi sur Google qui dit qu'il s'agit d'un philosophe grec.

— Vous n'avez pas une liste de pseudonymes connus ?

Peterson se remit à pianoter. Onze fois. Sans doute *alias intervalle – Plato.*

— Sud-Américain, dit-il. Citoyenneté inconnue. Véritable nom inconnu. Âge inconnu. Habiterait au Mexique. Posséderait ses propres boutiques de prêt sur gages dans cinq villes des États-Unis, soupçonné de trafic de narcotiques, et de proxénétisme.

— Charmant personnage.

— Aucune arrestation. Et rien au Mexique non plus.

— C'est tout ?

— Les bases de données fédérales devraient être plus riches. Mais nous n'y avons pas accès.

Reacher reprit le téléphone et le reposa de nouveau. Rock Creek avait déjà suffisamment à faire. Il se demanda s'il ne devenait pas une gêne. S'il ne commençait pas à être casse-pieds. Comme ces anciens sous-offs blanchis sous le harnois qui habitent près d'une base militaire et passent leurs soirées dans des bars minables à débiter leurs conneries d'une autre époque, pleins d'amertume et de vent. Ou comme ces flics à la retraite qui n'ont pas mis assez d'argent de côté pour aller s'installer dans le sud ; habitués du même vieux caboulot depuis des années et se mêlant à toutes les conversations.

— On pourrait aller à la prison, dit alors Peterson. Ils sont dans le système fédéral. Ils ont des ordinateurs. J'y connais quelques types.

16 h 55. Restaient onze heures.

CHAPITRE 28

La prison était située à près de huit kilomètres au nord, dans le prolongement de la route qui reliait l'autoroute à Bolton. Le tronçon était en ligne droite, comme si le chef du projet avait pris une règle et tracé un trait sur la carte. Déneigé, salé et bien dégagé : il servait beaucoup. Jour de visite. Les navettes n'avaient pas arrêté.

Les huit kilomètres prirent huit minutes. Pendant les sept premiers, Reacher ne vit rien devant lui hormis un ciel qui s'assombrissait et des particules de glace dans l'air. Puis il aperçut la prison. Une lueur diffuse à l'horizon qui se scinda bientôt en centaines de boules d'une lumière d'un blanc bleuâtre, situées très haut au-dessus d'une enceinte en fil de fer rasoir scintillante. Long obstacle mesurant dans les quatre mètres de haut. Et peut-être épais d'autant. Pris entre deux barrières de fils de fer tendus. Entre elles s'amoncelaient sur toute la hauteur les rouleaux mollement détendus de fil de fer rasoir. D'autres rouleaux identiques étaient fixés au sommet des barrières. Ils oscillaient et se balançaient dans le vent, lançaient de brefs éclairs dans la lumière. Lumière qui provenait de lampadaires de stade très hauts, espacés les uns des autres de dix mètres. D'énormes bols métalliques inversés par groupe de quatre, chacun contenant une ampoule puissante. Des tours de guet installées tous les trente mètres, hautes structures sur piliers écartés et surmontés de cabines vitrées et éclairées derrière une galerie. Des projecteurs mobiles installés dans les galeries. L'éclairage violent venu des lampadaires, reflété par une neige vierge, paraissait deux fois plus éblouissant. Derrière cette barrière s'étendait un périmètre de trois cents mètres couvert de neige et éclairé ; enfin, regroupés au milieu du rectangle géant se dressaient des bâtiments en béton tout neufs. L'ensemble couvrait la superficie d'un gros village. Ou d'un bourg. Tous les bâtiments étaient éclairés, dedans comme dehors. Les façades massives comportaient d'affreuses petites fenêtres faisant penser à des hublots de bateau. Une épaisse couche de neige recouvrait les toits d'un manteau uniforme.

— Le cheval donné, dit Peterson. La vache à lait.

— Impressionnant, fit remarquer Reacher.

Il n'exagérait pas. Pris dans son ensemble, le complexe occupait un territoire énorme. Plus de cent hectares peut-être. Le vaste lac de lumière éclatante se détachait sur les ténèbres de la prairie tel un vaisseau spatial se tenant quelques mètres au-dessus du sol et hésitant entre atterrir ou filer vers des climats plus cléments.

Au bout, la route donnait sur une grande place carrée située en face de l'entrée principale. Des Abribus et des poubelles s'alignaient sur les côtés du carré. Peterson s'engagea directement dessous. En fait, ce portail était un tunnel avec un toit surmonté de fil de fer barbelé et assez haut pour permettre le passage des bus et assez large pour qu'il y ait deux voies. Les voies franchissaient trois portails formant deux enclos. Peterson s'engagea dans le premier et se retrouva momentanément prisonnier du premier : une porte fermée derrière lui, une autre fermée devant. Un garde en tenue de grand froid sortit d'une porte, les examina, retourna à l'intérieur et le deuxième portail s'ouvrit. Peterson s'avança d'une dizaine de mètres, et la même procédure recommença. Puis la dernière porte s'ouvrit, ils la franchirent et prirent la direction des bâtiments par une voie qui était à la fois creusée d'ornières par les véhicules et aplatie par les pieds. Les navettes faisaient manifestement descendre leurs passagers à l'extérieur du portail. Reacher se représenta la femme et l'enfant qu'il avait vus à la cafétéria, emmitouflés dans les couettes empruntées au motel, piétinant dans la neige dans un sens, piétinant dans la neige dans l'autre.

Peterson se gara aussi près de l'entrée des visiteurs qu'il le put. Derrière la porte il y avait un vestibule vide, triste, administratif, avec un lino humide sur le sol, des murs vert menthe et des néons au plafond. On voyait un tapis roulant pour radioscopie, le cadre d'un détecteur de métaux et trois gardiens de prison qui se tenaient là sans faire grand-chose. Peterson les connaissait. Et eux le connaissaient. Une minute plus tard, on conduisit Peterson et Reacher dans une salle *ad hoc* par une porte latérale.

La construction était récente, mais il y avait déjà des détritus, des choses abîmées. Il faisait chaud dans la pièce. Ça sentait le vieux café, la sueur récente, la laine humide des manteaux, le polyester bon marché des uniformes. On comptait cinq chaises basses et un ordinateur posé sur un bureau. Le gardien le fit démarrer, tapa un mot de passe et quitta la pièce.

— Prison fédérale, bases de données fédérales, dit Peterson.

Ces bases de données ne lui étaient de toute évidence pas familières, car il lui fallut taper et cliquer et pointer pendant un bon moment avant d'arriver à quelque chose. Accompagnant ce travail de force moues, brusques inhalations, brusques exhalaisons. Mais finalement ses mains quittèrent le clavier et il se recula sur sa chaise pour lire.

— Même truc que sur l'autre, dit-il. Sud-Américain, origines exactes inconnues, véritable identité inconnue, âge exact inconnu, mais ayant sans doute dépassé quarante ans, passe pour vivre au Mexique, possède des boutiques de prêt sur gages à Chicago, Minneapolis, Milwaukee, Des Moines et Indianapolis, soupçonné de fournir de la came dans ces cinq villes, soupçonné d'organiser la prostitution dans ces mêmes cinq villes.

— Rien de nouveau ? demanda Reacher.

— Nous n'avions pas le nom de ces villes, jusqu'ici.

— Et en dehors de ça ?

— Rien de prouvé. Simplement une alerte classique sur sa dangerosité. Il a fait son chemin jusqu'au sommet de la pyramide et ce n'est pas en restant un enfant de chœur qu'on y parvient. On pense qu'il est responsable de la mort de centaines de personnes. Il semble que ce soit l'indispensable carte d'introduction au club. Des Moines n'impressionnerait personne, mais Chicago, si. Ce n'est pas un amateur.

Sur quoi Peterson se remit à pianoter et cliquer. De nouveau des moues, de nouveau des respirations forcées.

— Ce type-là possède son propre avion, dit Peterson.

— Il n'est pas le seul.

— Oui, mais c'est un Boeing 737. Un avion de ligne normal reconverti pour usage privé. Aurait été racheté à une compagnie aérienne mexicaine en faillite.

Reacher ne fit aucun commentaire.

Peterson cliqua, pianota.

— Il est de très petite taille, reprit-il. Un mètre quarante-sept et demi.

— Vraiment ?

— Combien mesurez-vous ?

— Un mètre quatre-vingt-quinze.

— Vous le dépassez de près de cinquante centimètres. Un demi-mètre !

— C'est pratiquement un nabot, dit Reacher.

— Un jour, quelqu'un l'a traité de nabot et le type s'est réveillé à l'hôpital sans ses jambes.

***

Susan Turner retourna à son bureau de Rock Creek après avoir roulé lentement dans les embouteillages de l'heure de pointe. Elle se gara dans l'emplacement qui lui était réservé, franchit la porte d'entrée et monta l'escalier en pierre. La rampe était toujours métallique. Le couloir du premier toujours étroit. Le sol, toujours recouvert de lino. Les portes s'alignaient en bon ordre de part et d'autre, avec leur partie en verre cathédrale, un bureau derrière chacune. Rien n'avait changé depuis l'époque de Reacher, se dit-elle. On avait repeint, sans doute, mais il n'y avait aucune différence fondamentale. Chaque bureau comportait toujours l'équipement standard prévu par le protocole DoD. Le sien avait le fameux bureau de métal, trois téléphones lui donnant accès à un total de trente lignes, un fauteuil ergonomique monté sur pied moulé, des classeurs et deux chaises à piétement tubulaire souple pour les visiteurs. Le plafonnier en verre avait la forme d'un bol et pendait au bout de trois chaînes. Il était équipé d'une ampoule basse consommation. Elle avait un ordinateur avec connexion sécurisée haut débit pour le réseau intranet du gouvernement. Et un ordinateur portable sans fil branché sur un réseau différent. Une carte du monde, et à jour, était accrochée au mur derrière elle.

Elle s'assit. Aucun message. Rien de l'Air Force. Reacher n'avait pas rappelé. Elle brancha son magnétophone numérique sur son réseau USB. La conversation qu'elle avait eue avec le prisonnier se chargea dans un dossier audio. Le système de reconnaissance vocale se chargerait d'en faire un document écrit. Les deux nouveaux documents seraient envoyés aux destinataires concernés. Il y aurait des arrestations au Texas, en Floride, à New York. S'ensuivrait une citation à l'ordre de l'unité, plus une recommandation pour une Bronze Star pour elle-même, aussi sûr que la nuit suit le jour.

Reacher avait lui aussi reçu une Bronze Star à l'époque. Susan Turner le savait car le dossier personnel de son prédécesseur était sur son bureau. C'était un vieux truc épais qui déformait une chemise cartonnée. Elle l'avait parcouru plusieurs fois. Jack Reacher, pas de second prénom, né un 29 octobre. Famille de militaires, mais pas traditionnelle. Son père avait été un marine et sa mère était française. Il était sorti officier de West Point. Il avait servi treize ans. Dans la police militaire dès le début, ce qui, du point de vue de Susan, le plaçait du côté des anges, mais même ainsi il avait multiplié les ennuis au cours de sa carrière. Il disait ce qu'il avait à dire sans se soucier de la personne à qui il le disait. Il faisait ce qu'il fallait faire, sans se soucier davantage de la personne à qui il le faisait. Il avait pris des raccourcis et raccourci des têtes. Il avait été rétrogradé au rang de capitaine pour avoir cassé la jambe d'un civil. La procédure cachait toujours un message codé. C'est le moment de passer à autre chose, mon vieux. Mais lui était resté. Il était resté, et s'était battu pour retrouver son grade de major. Ce qui était certainement une grande première. Après quoi, il avait quitté le 110e. Lui, son premier commandant. Son fondateur, en réalité.

Son prédécesseur, mais en aucun cas un modèle à suivre.

Et pourtant, dans les intervalles où il n'avait pas eu d'ennuis, il avait eu droit à une Silver Star, à la Defense Superior Service Medal, à la Legion of Merit, à une Soldier's Medal, à un Purple Heart et à une Bronze Star. Il avait sans conteste du talent à revendre. Ce qui voulait dire que s'il avait eu davantage l'esprit de corps, un père dans l'armée et non dans les marines et une mère américaine, il aurait pu être chef d'état-major.

Une carrière bizarre.

La Silver Star et le Purple Heart remontaient à Beyrouth. Reacher s'y trouvait en tant qu'officier de liaison de l'armée détaché auprès des marines, lors de l'attentat meurtrier sur la base américaine. Il avait été grièvement blessé, puis héroïque dans les minutes qui avaient suivi l'attaque. Quant aux autres citations, elles étaient censurées, ce qui voulait dire qu'elles impliquaient des actions secrètes.

Hospitalisé à Beyrouth, il avait été transféré par avion en Allemagne pour sa convalescence. Un résumé de son dossier médical figurait dans sa biographie. Il avait une excellente santé. La blessure avait guéri complètement sans laisser de séquelles. Elle lui avait laissé ce que l'armée appelle une cicatrice défigurante, ce qui implique qu'il y avait eu de gros dégâts. Il mesurait un mètre quatre-vingt-quinze et, à l'époque du rapport fait en Allemagne, pesait cent dix kilos. Aucune faiblesse interne n'avait été relevée. Sa vision était décrite comme excellente.

Il possédait de nombreuses qualifications officielles. Il était classé expert en armes de petit calibre. Il avait remporté un concours de tir au fusil interarmes avec des résultats records. Pour l'anecdote, le rapport signalait qu'en classe, sa réussite était bien supérieure à la moyenne, qu'il était excellent sur le terrain, qu'il parlait couramment l'anglais et le français, assez bien l'espagnol, qu'il avait une maîtrise rare de toutes les armes portables et qu'il était « exceptionnel » dans le combat au corps à corps. Susan savait ce que voulait dire cette dernière formule. Ce type avait tout de la tronçonneuse en marche qu'on vous jette à la figure.

Dur, mais intelligent.

Sa photo était agrafée au rabat du dossier. Avec le temps, les couleurs s'étaient un peu fanées. Il avait des cheveux courts en désordre. Des yeux d'un bleu brillant, un peu enfoncés dans leurs orbites. Un regard direct qui ne cillait pas. Et deux cicatrices au visage. Une au coin de l'œil gauche. L'autre sur la lèvre supérieure. Ses traits paraissaient avoir été dégrossis dans un rocher par un sculpteur qui connaissait son métier mais n'avait pas disposé d'assez de temps. Rien que des plans plats et durs. Il avait un cou. Épais, pas de doute, mais il était là. Et de larges épaules. Ses bras étaient longs, ses mains comme des battoirs.

Un sourire narquois, à moitié patient, à moitié exaspéré, flottait sur ses lèvres. Comme s'il savait qu'il fallait bien qu'on lui tire le portrait, mais qu'il venait de dire au photographe qu'il lui restait trois secondes avant de se voir enfoncer son appareil dans la gorge.

Jack Reacher.

Dans l'ensemble, Susan avait l'impression qu'il serait intéressant de le connaître, éventuellement utile de l'avoir pour ami mais certainement dangereux de l'avoir comme ennemi.

Elle décrocha son téléphone et composa le numéro de son correspondant de l'Air Force. Lui demanda s'il avait du nouveau. Il n'y en avait pas. Elle voulut savoir quand il en aurait.

— Bientôt, lui répondit le type.

— Bientôt, ce n'est pas suffisant, dit-elle.

— On essaie d'impressionner quelqu'un ? lui demanda le type.

— Non, répondit-elle en raccrochant.

La dernière page du dossier de Reacher était un index classique de références croisées renvoyant à des mentions dans d'autres dossiers. Il y en avait soixante-treize. Elles étaient classées secret, ce qui n'avait rien d'extraordinaire. Pratiquement tous les documents militaires le sont. Les soixante-douze premières références dataient de diverses époques de ses treize ans de service actif et étaient classées à un niveau secret tel qu'il aurait été très délicat de sa part d'en prendre connaissance. La soixante-treizième, classée à un niveau plus faible, était ancienne. Si ancienne, en fait, que Jack Reacher devait avoir tout juste six ans à l'époque. Un petit garçon. Ce qui était bizarre. Un rapport concernant des questions familiales aurait dû figurer dans les archives du Marine Corps, pas dans celles de l'armée. À cause de son père.

Dans ce cas, pourquoi l'armée détenait-elle des informations sur un gosse de six ans ?

Elle envoya un courriel au Service central des ressources humaines pour obtenir un mot de passe à usage unique qui lui donnerait un accès temporaire aux archives.

***

La procédure pour quitter la prison impliquait la même séquence – inversée – que pour y entrer. À quoi s'ajoutait une inspection du véhicule sortant. Peterson fit halte dans le premier sas, deux gardes équipés de lampes torches s'avancèrent ; le premier inspecta le coffre, le second le siège arrière. Puis ils échangèrent leurs places et tout le processus recommença. Le portail central s'ouvrit et Peterson passa dans le second sas. Un autre garde contrôla leur identité, puis leur fit signe de partir.

— Qu'est-ce que vous en pensez ? demanda Peterson.

— De quoi ?

— De leurs mesures de sécurité.

— Adéquates.

— C'est tout ?

— On n'a rien à demander de plus.

— Moi, je les trouve plutôt pointues.

— La nature humaine veut qu'elles soient un jour dépassées. Et ça ne prendra qu'une année, à quelque chose près. Il suffira que deux gardiens se montrent négligents en même temps. Ce qui arrivera tôt ou tard. C'est inévitable.

— Vous êtes pessimiste.

— Non, réaliste.

Peterson sourit tandis que sa voiture roulait vers la ville au milieu de la neige.

***

À deux mille sept cent trente-cinq kilomètres plus au sud, un petit convoi composé de trois Range Rover noires roulait dans la chaleur en direction de la propriété de Plato. Les véhicules avaient moins d'un mois, tous avaient des vitres fumées et tous étaient de modèle Sport, autrement dit des Land Rover LR3 à châssis renforcé et équipées d'un moteur Jaguar à compresseur. Des engins parfaits pour les routes à peine carrossables mais ne présentant pas de difficultés particulières, comme l'étaient celles de la partie du Michoacán où habitait Plato. On comptait deux hommes par voiture. Tous les six étaient du coin ; ils avaient un peu plus de trente ans, dont vingt d'expérience. Tous étaient habillés de noir et tous étaient lourdement armés.

Et tous avaient déjà travaillé pour Plato.

Ce qui signifiait que tous avaient un peu peur.

Les trois voitures prirent le dernier virage et entamèrent la ligne droite de deux kilomètres conduisant au portail. Les chauffeurs savaient qu'ils étaient déjà repérés et suivis par des jumelles. Ils venaient de franchir le point de non-retour. Ils roulèrent à une vitesse constante de quatre-vingts kilomètres à l'heure et restèrent en formation serrée, puis ils ralentirent pour ne pas paraître menaçants. On racontait que les gens de Plato de garde au portail disposaient de missiles antichars. Ou de grenades à fusil, au minimum. Et de missiles sol-air pour les hélicoptères du gouvernement. C'était peut-être vrai, c'était peut-être faux, mais personne n'avait la moindre envie de vérifier.

Les trois voitures s'arrêtèrent à bonne distance de l'entrée et les six hommes quittèrent l'abri de leur vitrage fumé pour se tenir immobiles dans la chaleur du matin. Ils savaient qu'on les identifiait à distance. Il n'y aurait pas d'autre intervention. Ils n'ignoraient pas que leur bon comportement était garanti non pas par une fouille au corps, mais par le fait qu'ils avaient tous des sœurs, des mères, des grands-mères et des cousines faciles à trouver. Regarder un proche se faire arracher la peau du visage n'est pas agréable. Et vivre avec après est pire.

Un moteur à essence démarra, un engrenage s'accoupla et la porte s'ouvrit vers l'intérieur. Une minute plus tard, la dernière des trois voitures était à l'intérieur du périmètre ; l'engrenage s'inversa et le portail se referma.

***

Peterson conduisit Reacher chez Janet Salter. C'était son nouveau domicile par défaut, de jour comme de nuit. Il fit craquer la neige de l'allée sous ses pas et la femme flic de service dans le vestibule lui ouvrit. Janet Salter se trouvait à la bibliothèque. Assise dans son fauteuil habituel, elle lisait à l'intérieur d'un rond de lumière.

La vieille dame brandit son livre.

— Je me suis plongée dans une histoire de Sherlock Holmes, dit-elle.

— Celle du chien qui n'aboie pas la nuit ? demanda Reacher.

— Exactement.

— J'y ai déjà pensé. Votre voisine habite sous le vent. Cela ne veut pas dire qu'il n'y a pas eu quelqu'un, juste parce que son chien n'a rien senti.

— Il y a un deuxième tome que j'aimerais vous montrer, au salon, reprit Janet Salter.

Elle posa son livre et se leva. Reacher la suivit dans la pièce de façade. Elle referma la porte. Ne lui montra aucun livre. Au lieu de cela, elle lui demanda :

— C'est vrai que les bikers sont tous partis ?

— Oui.

— Ils vont revenir ?

— Je ne crois pas.

— Je suis donc en sécurité à présent ?

— Pas vraiment.

— Pourquoi le chef Holland les a-t-il laissés partir ?

— La règle du jeu dans une petite ville, sans doute, répondit-il.

— Ce qui signifie que si je vais témoigner comme prévu, maintenant, un seul homme ira au trou, comme vous dites.

— C'est exact.

— Ce qui n'est absolument pas ce que nous étions convenus. L'idée était de les envoyer tous au trou. À présent, ils vont devenir le problème d'une autre petite ville.

— Puis de la suivante et encore de la suivante.

— Ce n'est pas juste.

— C'est comme ça que ça fonctionne.

— J’estime qu’il n’est pas juste de me faire courir un tel risque pour un résultat aussi maigre.

— Vous voulez laisser tomber ?

— Oui, je crois bien.

17 h 55. Restaient dix heures.

CHAPITRE 29

Janet Salter s'assit. Reacher alla regarder par la fenêtre du salon. Rien à signaler. Seulement le flic dans sa voiture, un bon, sa tête se tournant vers la gauche, vers la droite, se levant vers le rétroviseur.

— Je crois qu'il est trop tard pour que ça change quelque chose, dit Reacher.

— Comment ça ? demanda Janet Salter.

— Vous pouvez en parler tout de suite à Holland, mais Holland ne pourra pas contacter le procureur avant demain, et le procureur ne pourra pas établir les papiers tout de suite. Ça lui prendra un jour ou deux, sans parler du temps que tout redescende. Mais les voyous sont pressés. Pour eux, cet endroit est une véritable machine à sous. Ils ne peuvent pas se permettre le moindre retard.

— Autrement dit, je suis coincée ?

— Accrochez-vous. Vous allez vous en sortir.

— Je ne sais pas ce qui se serait passé hier soir si vous n'aviez pas été là. Et vous n'allez pas rester là éternellement.

— Ce ne sera pas nécessaire. Les voyous, eux, ne vont pas attendre éternellement.

***

Janet Salter alla préparer le repas. Elle disait que cuisiner la détendait. Les femmes de service de nuit descendirent. La maison donnait une impression de sécurité. Il faisait sombre et froid dehors, l'intérieur était chaud et lumineux. Les casseroles et les poêles sur la cuisinière embuant les fenêtres de la cuisine, Reacher patrouillait entre la bibliothèque, le salon et le vestibule. Par les fenêtres, il ne voyait toujours que de la neige, de la glace et des ombres mouvantes. Le vent soufflait toujours. Les conditions n'étaient pas idéales pour une bonne surveillance, mais il estimait la situation acceptable. Sept flics en service et lui-même en soutien. C'était sérieux.

Puis le téléphone sonna.

Reacher était dans le vestibule à ce moment-là et depuis la cuisine, Janet Salter lui cria de répondre. C'était Peterson.

— J'ai quelque chose que j'aimerais beaucoup vous montrer, dit ce dernier.

— Où ça ?

— Au commissariat, sur un ordinateur.

— Vous ne pouvez pas l'amener ?

— Non.

— Je ne peux pas partir d'ici.

— Vous avez dit vous-même que nous n'allions pas entendre cette sirène de sitôt. Pas d'évasion, pas d'autre émeute.

— Une hypothèse argumentée reste une hypothèse.

— Je passe vous prendre et je vous ramène tout de suite.

— Vous ne pouvez pas me le promettre. Supposez que la sirène se déclenche pendant que je suis là-bas ?

— Je vous ramènerais tout de même, je le jure sur la tête de mes enfants.

— Vous aurez des ennuis.

— Je me battrai. Et je gagnerai.

— C'est vous qui devriez diriger le commissariat, vous le savez ? dit Reacher. Et le plus tôt sera le mieux.

***

Peterson arriva cinq minutes plus tard. Il parla à ses gens, puis il alla trouver Janet Salter et lui dit qu'il lui empruntait Reacher pour un quart d'heure. Il la regarda dans les yeux et lui promit qu'aucun des officiers ne quitterait la maison tant que Reacher ne serait pas de retour. Elle en fut contrariée, mais parut le croire. Reacher enfila sa parka, monta dans la voiture de Peterson et, cinq minutes plus tard, se retrouva dans la salle des officiers.

Peterson s'assit à un bureau avec ordinateur et commença à manœuvrer la souris et à cliquer en faisant la moue, inspirant et soufflant. Un carré gris apparut au milieu de l'écran, une flèche en son centre.

— Surveillance vidéo, expliqua Peterson. De la salle d'entretien de la prison. C'est numérique. Ils me l'ont envoyé.

— OK.

— Le biker et son avocat. Un peu plus tôt dans l'après-midi. Nous n'avons jamais annulé la surveillance. Vous savez pourquoi ?

— Non, pourquoi ?

— Négligence.

Peterson déplaça la souris, cliqua. Le carré gris laissa la place à une image granuleuse de la salle d'entretien vue d'en haut. La caméra devait être cachée dans une lumière, côté avocat du vitrage de séparation. On voyait un homme en costume gris assis sur une chaise et penché en avant, les coudes sur le comptoir de béton, la figure à trente centimètres du vitrage. En face de lui, de l'autre côté de la séparation, il y avait un type en survêtement orange. Grand et solidement bâti. Cheveux longs et noirs, barbe qui grisonnait. Son attitude était la même que celle de l'avocat. Coudes sur le comptoir, figure à trente centimètres du vitrage.

Deux mines de conspirateurs.

— Et maintenant, écoutez, dit Peterson.

L'avocat murmura quelque chose. Reacher n'entendit pas.

— Où est le micro ? demanda-t-il.

— Dans le plafonnier, avec la caméra.

Peterson appuya sur une touche et le volume monta au maximum. Puis il fit retour avec un petit point rouge pendant une fraction de seconde et le segment de film repassa. Reacher tendit le cou. La qualité du son était très médiocre, mais cette fois, il put tout de même comprendre la phrase de l'avocat.

Celui-ci avait déclaré : « Vous savez, les anciens Grecs disaient qu'une attente de six heures suffit à régler tous les problèmes. »

Peterson mit l'appareil sur pause.

— Les anciens Grecs, hein ? Comme les anciens philosophes grecs ? Vous m'avez dit que Plato était le nom d'un ancien philosophe grec. C'est codé. C'est un message.

Reacher acquiesça.

— Quelle heure était-il ?

— 14 heures. Autrement dit, une attente de six heures nous amène à 20 heures. Il est 18 heures. Ça nous donne deux heures de plus. Ils ont déjà gaspillé les deux tiers de leur temps.

Reacher regardait l'écran.

— Repassez-moi ce truc, dit-il.

Peterson ramena le point rouge en arrière. Appuya sur *play*. La tête de l'avocat qui s'avance de un ou deux centimètres. La voix éraillée qui murmure : « Vous savez, les anciens Grecs disaient qu'une attente de six heures suffit à régler tous les problèmes. »

— Je ne l'interprète pas comme ça, dit Reacher. Il ne dit pas qu'ils ont une période de six heures pendant laquelle, à n'importe quel moment, tous leurs problèmes pourraient être résolus. À mon avis, il dit que six heures après ce moment-là, il va se produire quelque chose de précis.

— Vous croyez ?

— Ce n'est qu'une opinion.

— Quel genre de chose va-t-il se produire ?

— La sirène va se déclencher. C'est la seule manière qu'ils ont d'approcher Mme Salter.

— Comment un avocat pourrait-il déclencher la sirène ?

— Il ne le peut pas. Mais ensemble, ils le peuvent peut-être.

— Comment ?

— Qu'est-ce qui se passe là-bas à 20 heures ? Ils mangent ? Le repas des fauves est toujours un moment de choix pour une émeute.

— Ils dînent plus tôt.

— La télé ? Une dispute à cause d'un truc sur CNN ou NBC ?

— Vous avez dit qu'une nouvelle émeute n'avait guère de chances de se produire.

— Quelque chose va forcément se produire. Cet avocat parle d'un événement à venir avec un haut degré de confiance.

Peterson pâlit. Devint pâle comme un linge sous sa peau rougie par l'hiver.

— Bordel ! s'exclama-t-il. À 20 heures, ils les comptent. Ils les enferment dans leurs cellules pour la nuit et vérifient leur présence. Supposons que ce type ait disparu dans l'après-midi et qu'ils ne s'en soient pas encore aperçus. Il va leur en manquer un à l'appel. À 20 h 01, ils vont appuyer sur le bouton *panique*.

***

Ils retournèrent directement au domicile de Janet Salter. Le dîner était presque prêt. Encore une dizaine de minutes. Spaghettis à la sauce tomate et au fromage, salade dans le vieux saladier en bois. Janet Salter proposa à Peterson de prendre place avec eux. Peterson dit oui. Rien de plus. Il se contenta d'accepter l'invitation, puis s'éloigna de ce qui se passait à la cuisine et prit Reacher par le coude pour l'entraîner dans le salon.

— Je resterai ici quand la sirène partira.

— Bien, dit Reacher.

— Deux, c'est mieux qu'un seul.

— Toujours.

— Vous êtes armé ?

— Oui. Mme Salter aussi.

— Comment ce type compte-t-il arriver ici ?

— Par l'avant de la maison. En voiture. Il fait trop froid pour toute autre approche.

— Quelque chose à faire pour se préparer ?

— Non.

— On pourrait peut-être avertir la prison. Si la sirène se déclenchait maintenant, le type pourrait être déstabilisé.

— Nous ne voulons pas qu'il soit déstabilisé, dit Reacher. Nous voulons au contraire qu'il remonte l'allée à 20 h 02. Exactement à l'endroit et au moment où nous l'attendrons. Vous l'avez dit vous-même : il faut en finir avec cette affaire.

***

Quelque deux mille sept cents kilomètres au sud, Plato sortit de chez lui et trouva les trois Range Rover, moteur tournant au ralenti, garés impeccablement l'un derrière l'autre. Les six hommes se tenaient par deux, jambes un peu écartées, tête levée, lunettes de soleil sur le nez, mains serrées dans le dos. Plato les étudia soigneusement. Il les connaissait. Il les avait déjà utilisés. C'était de bons exécutants, mais pas davantage. Compétents, mais sans capacité d'improviser. Pas les meilleurs du monde. Second choix, modèle B, adéquats. Il y avait des tas de manières de les décrire.

Il regarda les véhicules. Tous identiques. Britanniques. Coûtant chacun une petite fortune. Voire une grosse. Il les compta, un, deux, trois. Et dans l'autre sens, trois, deux, un. Il devait choisir. Il n'occupait jamais deux fois de suite la même position dans un convoi. Trop prévisible. Trop dangereux. Il voulait bénéficier de deux chances sur trois de survivre à une première rafale. Il supposait que la seconde raterait sa cible. Ces moteurs à compresseur *supercharged* avaient des accélérations spectaculaires. Encore mieux que le turbo. Pas de temps mort.

Il choisit le trois. Double bluff, d'une certaine manière. Et allant légèrement contre son intuition. Si jamais le un ou le deux sautait, le trois risquait d'être pris dans l'incendie de l'épave. On attendait de lui qu'il s'y attende. On supposerait, et précisément pour cette raison, qu'il se trouverait dans le véhicule n° 1. Ce qui redonnait un peu de sens à sa théorie de deux chances sur trois. Les convois se déplacent rapidement. Conduite sportive, réactions rapides, le conducteur du trois aurait tout le temps de donner un coup de volant.

D'un mouvement de tête, il désigna le troisième Range Rover. L'un des hommes qui se tenaient à côté alla d'un pas vif en ouvrir la portière arrière. Plato monta. Il y avait une marche. Indispensable, du fait de sa taille. Il s'installa sur le siège arrière. Cuir crème, surpiqué de noir. Accoudoir à gauche, sur la portière, un autre qui s'abaissait au centre. Air conditionné, réglé bas. Très confortable.

Les deux hommes montèrent à l'avant. Les portières claquèrent, une vitesse fut enclenchée. Le convoi s'ébranla. Le portail s'ouvrit pesamment à leur approche. Ils ralentirent, le franchirent et accélérèrent. Et roulèrent à vitesse régulière pendant les deux premiers kilomètres.

Plato regarda les hommes assis à l'avant. Beaucoup de mots pouvaient les décrire.

Le meilleur était : « jetables ».

***

La table de cuisine de Janet Salter était un peu juste pour sept personnes. Peterson et les quatre femmes flics avaient un pistolet à la hanche, ce qui leur faisait prendre plus de place. Reacher lui-même avait une carrure de déménageur. Mais peut-être pour cette raison, l'ambiance était chaleureuse. Au début, Janet Salter fut tendue, comme l'étaient Reacher et Peterson, mais pour un autre motif. Les quatre femmes flics avaient plaisir à bavarder. Janet Salter commença à se détendre et Reacher et Peterson prirent tacitement la décision d'économiser leur adrénaline pour le moment où elle deviendrait nécessaire. Ils entrèrent dans le jeu. Tout le monde raconta des anecdotes. Janet Salter avait été en classe dans une petite école élémentaire, il y avait bien longtemps. On cousait les fils des fermiers dans leurs sous-vêtements d'hiver en novembre et on ne les en sortait qu'en mars. En janvier, l'odeur était déjà atroce. En février, elle était insupportable.

Peterson avait vécu une expérience différente. Il avait la moitié de l'âge de Janet Salter. Son école ressemblait point par point à toutes celles des feuilletons télé qu'il regardait. Il s'était senti faire partie intégrante des États-Unis jusqu'au jour où il avait étudié une carte. Bolton était à onze cents kilomètres de l'équipe de base-ball de Major League la plus proche. Très loin de partout. Quelque chose de timide dans sa tête lui avait dit qu'il ne partirait jamais. Il l'admit très ouvertement.

Deux des femmes flics étaient du Dakota du Nord. Elles étaient venues au Dakota du Sud pour trouver du travail. Et bénéficier de températures plus clémentes, dit l'une d'elles avec un sourire. Elles avaient reçu la même éducation que Peterson. Reacher, lui, ne dit pas grand-chose. Mais il savait de quoi tous parlaient. La gym, les casiers, le bureau du principal. Il avait fréquenté sept écoles élémentaires, toutes à l'étranger, sur des bases militaires américaines, mais toutes importées directement des États-Unis en éléments préfabriqués standardisés. Dehors, c'était la chaleur étouffante de Manille ou de Leyte, ou le froid humide de l'Allemagne ou de la Belgique ; mais entre les murs de l'école, il aurait aussi bien pu être au Dakota du Sud, au Dakota du Nord, dans le Maine ou en Floride. Il lui était arrivé de se trouver à presque vingt mille kilomètres de la première équipe jouant en Major League. Quelque chose dans sa tête lui avait dit qu'il aurait toujours la bougeotte.

Ils eurent des fruits pour le dessert, puis du café. Après, ils débarrassèrent et lavèrent la vaisselle tous ensemble, dans une ambiance mi-professionnelle, mi-collégiale. Les femmes flics de jour se retirèrent et montèrent à l'étage. Celles qui étaient de nuit prirent position dans le vestibule et la bibliothèque. Janet Salter retourna à son livre. Reacher et Peterson allèrent attendre au salon.

18 h 55. Restaient neuf heures.

CHAPITRE 30

Peterson n'arrêtait pas de consulter sa montre. Reacher comptait les minutes dans sa tête. 19 heures. 19 h 05. 10. 15. Aucune activité dans la rue. La vue, sous l'avant-toit de la véranda, restait toujours la même. La neige, la glace, le vent, la voiture de Peterson, celle du flic en faction dans la rue, l'homme vigilant au volant. Peterson sortit le Glock de son holster, vérifia l'arme et la remit en place. Reacher avait le Smith & Wesson dans sa poche de pantalon. Pas besoin d'en vérifier la présence. Il sentait son poids.

Peterson se tenait près de la fenêtre. Reacher s'assit dans le fauteuil de Janet Salter. Il pensait à la piste d'atterrissage, au vieux bâtiment de pierre, aux baraquements en bois.

Au premier de ces baraquements en bois en particulier.

Il demanda :

— Kim a-t-elle une sœur ?

— Non, répondit Peterson.

— Une nièce ? Une cousine ?

— Non, pas de nièces. Quelques cousins. Pourquoi ?

— Je pense à la fille que j'ai vue assise dans le baraquement. Elle avait quelque chose de familier. J'ai tout d'abord cru l'avoir déjà rencontrée. Mais je ne voyais pas comment. J'essaie de la cadrer. Soit elle a le type de la région, soit elle ressemble à quelqu'un que je connais.

— Il n'y a pas vraiment de type régional.

— Ah, vous croyez ? Pourtant le chef Holland et vous, vous vous ressemblez.

— Il est plus vieux que moi.

— L'âge mis à part.

— Un peu, peut-être. Mais il n'y a pas de type local.

— Dans ce cas, la fille ressemble à quelqu'un que j'ai vu. Le premier soir que j'ai passé ici, je crois. Et la seule femme que j'ai vue, ce soir-là, c'était Kim.

— Et les vieilles dames de l'autocar.

— Aucune ressemblance.

— La serveuse au restaurant ?

— Non, pas elle.

— Kim n'a pas de sœurs. Ni de nièces. Et je crois qu'elle n'a que des cousins, pas de cousines.

— Bon, dit Reacher.

— Ou alors, c'est un garçon. Frères et sœurs peuvent se ressembler. Lowell a une sœur qui lui ressemble beaucoup, par exemple. Vous vous souvenez de lui ? Vous l'avez rencontré.

— Dur pour elle, fit remarquer Reacher.

— Mais au fait… à quoi ressemblait donc cette mystérieuse fille ?

— Grande, mince et blonde.

— Nous sommes tous grands, minces et blonds.

— Exactement ce que je voulais dire.

— Vous ne nous confondez pas pour autant.

— À condition de me concentrer.

Peterson eut un bref sourire et se tourna de nouveau vers la fenêtre. Reacher le rejoignit. 19 h 20. Tout était calme.

***

Très loin à l'est et un peu au sud, Susan Turner prit à nouveau son téléphone. Son correspondant de l'Air Force décrocha à la première sonnerie. Il dit qu'il était lui-même sur le point de l'appeler. Parce qu'il avait de mauvaises nouvelles. Le dossier venait juste d'arriver.

— Alors, qu'est-ce qu'il y a là-bas en dessous ? demanda-t-elle.

Il le lui dit.

— C'est vague, lui renvoya-t-elle. Aucun moyen d'avoir davantage de détails ?

— Vous m'avez dit qu'il s'agissait d'une affaire privée, tout à fait officieuse.

— C'est toujours vrai.

— Pourtant, à vous entendre, on dirait que votre prochaine promotion en dépend.

— J'essaie d'aider quelqu'un, c'est tout. Et des éléments trop vagues ne lui seront pas utiles.

— Qui essayez-vous d'aider ?

Elle ne répondit pas tout de suite.

— Un ami, dit-elle finalement.

— Un ami en qui vous avez entièrement confiance ?

— Je ne sais pas encore.

— Dans quelle mesure lui faites-vous confiance ?

— Dans la mesure où ça vaut la peine de continuer à chercher un peu.

— Très bien, dit le type de l'Air Force. Je vais le faire. Je vous recontacte.

***

À 19 h 30, Janet Salter commença à s'agiter. Reacher l'entendit dans le vestibule. Il entendit aussi la femme flic qui se tenait au pied de l'escalier lui dire que le repas avait été sensationnel. Janet Salter lui répondit poliment. Puis elle vint dans le salon. Reacher aurait bien voulu la faire descendre au sous-sol, mais décida d'attendre le déclenchement de la sirène. Le moment où elle se montrerait le plus docile serait celui où elle entendrait de nouveau ce hululement de banshee[1], se dit-il.

— Qu'est-ce qui va se passer ? demanda-t-elle.

— Qu'est-ce qui vous fait penser qu'il doit se passer quelque chose ? lui répondit Peterson.

— Le fait que vous êtes là au lieu d'être chez vous, en famille, monsieur Peterson. Et le fait que M. Reacher est encore plus silencieux que d'habitude.

— Il ne va rien se passer, dit Peterson.

— On fait l'appel à 20 heures à la prison, dit Reacher. Nous pensons qu'il va manquer un détenu. Et qu'ils vont appuyer sur le bouton *panique*.

— À 20 heures ?

1. Dans la tradition irlandaise, esprits féminins des tempêtes, dont les hurlements annonçaient la mort des marins.

— Une minute après, environ.

— Une évasion ?

— Nous pensons qu'elle a peut-être déjà eu lieu, dit Peterson. Ils s'en rendront compte au moment de l'appel.

— Je vois.

— Je ne partirai pas, dit Peterson.

— Je vous suis reconnaissante de vos attentions. Mais je vous ferai partir. Vous êtes notre prochain chef de la police. Pour le bien de la ville, rien ne doit l'empêcher.

— C'est fou.

— Non, c'est ainsi que se prennent les bonnes décisions. On ne doit pas s'impliquer soi-même dans l'équation.

— Je ne peux pas faire ça.

— Un accord est un accord, même si le chef Holland ne l'a pas respecté avec moi.

— Je ne partirai pas.

— Si, vous partirez.

***

Les services de sécurité de l'Air Force des États-Unis avaient leur quartier général sur la base aérienne de Lackland, au Texas. Ils ne comprenaient aucun équivalent exact du 110e corps de police militaire de l'armée. Ce qui s'en approchait le plus était le programme Phoenix Raven, ensemble intégré d'équipes spécialisées. L'une de ces équipes était dirigée par le type qui venait juste de parler au téléphone avec Susan Turner, en Virginie, et qui appelait maintenant le documentaliste d'un centre d'archives situé à des milliers de kilomètres de là.

— Ce que je vous ai transmis est tout ce que j'ai, lança le documentaliste.

— Trop vague.

— C'est tout ce qu'il y a.

— Il doit y en avoir plus.

— Non.

— Vous avez bien tout regardé ?

— Ce n'est pas en scrutant une feuille de papier que des mots vont apparaître dessus.

— D'où est partie la livraison ?

— Quoi ? Vous voulez me faire retrouver un transport aérien précis d'il y a cinquante ans ?

— Vous ne pouvez pas ?

— Pas la moindre chance. Je suis désolé, major. Mais c'est de l'histoire ancienne, tout ça. Autant me demander ce que l'homme de Neandertal a mangé au déjeuner il y a un million d'années.

***

À 19 h 50, un silence complet régnait dans la maison de Janet Salter. C'était comme si un sentiment d'appréhension était passé d'un des occupants des lieux à l'autre. La fliquesse du vestibule s'était levée et se tenait derrière la porte. Celle de la bibliothèque s'était rapprochée de la fenêtre. Peterson surveillait la rue. Janet Salter redressait les livres sur les étagères du salon. Elle en alignait les dos. À petits mouvements nerveux et précis des phalanges de sa main droite.

Reacher, lui, était confortablement installé dans un fauteuil. Les yeux fermés. Il n'arriverait rien tant que la sirène n'aurait pas retenti.

L'horloge égrenait les secondes.

19 h 55. Restaient huit heures.

CHAPITRE 31

L'horloge dans la tête de Reacher sonna 20 heures. Rien ne se produisit. Le monde de dehors resta calme et glacé. On n'entendait que le bruit du vent, le frottement des branches des arbres à feuilles persistantes, les craquements de leurs troncs, les frissons tectoniques de la terre se contractant de froid.

20 h 01.

Rien ne se produisit.

20 h 02.

Rien ne se produisit.

Pas un bruit.

Pas de sirène.

Personne ne vint.

Peterson jeta un coup d'œil à Reacher. Reacher haussa les épaules. Janet Salter regarda par la fenêtre. Il ne se passait rien dans la rue. La fliquesse du vestibule se déplaça de quelques pas. Reacher entendit le plancher craquer sous ses chaussures.

20 h 03.

Rien ne se produisit.

20 h 04.

05.

06.
07.
Rien ne se produisit.
Pas un bruit, pas de sirène.
Rien du tout.

***

À 20 h 15, ils laissèrent tomber et arrêtèrent de s'inquiéter. Peterson était certain que l'appel n'avait pas pu être retardé. L'emploi du temps d'une prison est strict. Si les portes des cellules ne sont pas verrouillées à 20 heures précises, il y a des formulaires à remplir dans la main courante, des rapports à rendre en trois exemplaires et les superviseurs sont sommés de s'expliquer. Beaucoup trop de raisons d'être à l'heure, à moins qu'il y ait eu une émeute en cours, auquel cas la sirène aurait de toute façon été déjà déclenchée. Conclusion : ils avaient échoué. Ou bien l'avocat avait fait une promesse en l'air.

Tout était OK.

— Vous en êtes certain ? demanda Reacher.

— Absolument, répondit Peterson.

— Alors prouvez-le. Joignez le geste à la parole.

— Comment ?

— Rentrez chez vous.

Il le fit. Il traîna encore cinq minutes, puis il prit son manteau, descendit l'allée enneigée, monta dans sa voiture et s'éloigna. Janet Salter arrêta de ranger ses livres, en prit un et se mit à lire. La fliquesse du vestibule retourna à son poste, sur la première marche de l'escalier. Celle de la bibliothèque s'éloigna de la fenêtre. Reacher alla s'asseoir dans la cuisine et essaya de décider s'il devait déranger Janet Salter ou se préparer lui-même un café. Il savait faire fonctionner ce genre de percolateur. Toute française qu'elle était, sa mère en avait eu un. Finalement, il mit l'appareil en marche. Il l'écouta siffler et glouglouter et, quand le silence fut revenu, il se remplit un mug, le tendit ironiquement à son reflet dans la vitre et but une gorgée.

***

À 20 h 30, le téléphone sonna dans le vestibule. La fliquesse se leva et alla répondre. C'était pour Reacher. La voix de Virginie. La femme flic pointa deux doigts vers ses yeux, puis vers la porte. Vous surveillez en façade, et je vous laisse téléphoner tranquillement. Reacher acquiesça, s'assit et prit le combiné.

La voix lança :

— Quarante tonnes de surplus militaires de l'Air Force remontant à la Seconde Guerre mondiale.

— C'est vague.

— Vous m'en direz tant ! Mon type a fait de son mieux, mais c'est tout ce qu'ils savent.

— Et quel genre de surplus avaient-ils à la fin de la Seconde Guerre mondiale ?

— Vous rigolez, non ? Toutes sortes de choses. La bombe atomique a tout changé. Ils sont passés de beaucoup d'avions transportant des petites bombes à quelques super-bombardiers portant des charges atomiques. Rien qu'en sous-vêtements de pilote, il pourrait y en avoir pour quarante tonnes. Sans compter qu'on est passé d'appareils à hélice aux avions à réaction. Ils avaient des casques en cuir. Il pourrait y avoir aussi quarante tonnes de ces trucs démodés.

— Je ne détesterais pas en avoir un en ce moment.

— Arrêtez de pleurnicher.

— Quelle température avons-nous ici ?

Une courte pause.

— Moins vingt-huit.

— Ça paraît encore pire.

— Ça va l'être. Les prévisions de la chaîne météo sont horribles.

— Merci de votre sympathie.

— Hé, c'est vous qui avez posé la question.

— Des casques et des sous-vêtements ?

— En tout cas, des choses forcément en rapport avec un changement fondamental d'équipement ou du nombre d'équipages. Ou avec les deux.

— Rien sur les plans ou sur la taille de l'endroit ?

— Ces renseignements ont disparu depuis longtemps.

— Bon, dit Reacher. Merci.

— Mon type a parlé. Celui de Fort Hood. Comme vous l'aviez prévu.

— J'en suis content.

— Je vous dois une fleur.

— Non, nous sommes quittes.

— Non, sérieusement. C'est mon premier coup important.

— Vraiment ? Depuis combien de temps occupez-vous ce poste ?

— Quinze jours.

— Je ne l'aurais pas cru. À vous entendre, c'était comme si vous étiez là depuis toujours.

— Je ne suis pas sûre que ce soit un compliment.

— Dans ma bouche, c'en est un, protesta Reacher.

— Alors je vous remercie.

— Vous devriez sortir fêter ça.

— J'ai envoyé mes gens le faire.

— Bien vu. Donnez-leur tout le crédit. Ils apprécieront, mais les patrons sauront toujours qui a vraiment fait le boulot. Vous gagnez sur les deux tableaux.

— Vous vous y preniez aussi de cette façon ?

— Toujours. Je m'arrangeais pour avoir l'air de n'avoir rien fait. C'était d'ailleurs souvent le cas, bien entendu.

— Ce n'est pas ce que suggère votre dossier.

— Vous perdez encore votre temps à lire ce vieux machin ?

— C'est une saga.

— Ce n'est pas fair-play. En termes d'informations, c'est une relation très asymétrique que nous avons.

— La vie est merdique, mec.

— Pourquoi m'avez-vous appelé ?

— J'essayais de paraître blonde et californienne.

— Je vois.

— Vraiment ?

— Vous n'êtes ni blonde ni californienne.

— Déçu ?

— Une brune m'irait très bien. Les yeux sont bruns ?

— Dans le mille.

— Cheveux longs, je parie.

— Plus longs qu'ils devraient l'être.

— Parfait.

— Vous voudriez revisiter la taille de mon bonnet, peut-être ?

— Je dois me montrer honnête. Je n'entends pas.

Elle rit.

— OK, j'avoue. Vous aviez raison.

— Taille ?

— Un mètre soixante-huit.

— Teint clair ? Mat ?

— Ni l'un ni l'autre. Mais je bronze facilement.

— Vous n'avez pas envie de voir le Dakota du Sud en plein hiver ?

Elle éclata de rire à nouveau.

— Je préfère la plage.

— Moi aussi. D'où êtes-vous ?

— Du Montana. D'un petit patelin dont vous n'avez jamais entendu parler.

— Mettez-moi à l'épreuve. Au Montana, j'y suis allé.

— Hungry Horse ?

— Jamais entendu parler.

— Je vous l'avais dit. C'est près de Whitefish.

— Vous aimez l'armée ?

— Et vous, vous l'aimiez ?

— Vous avez mon dossier, lui fit-il remarquer.

— Oui, et la moitié du temps, je me dis que puisque vous la détestiez autant que ça, vous auriez dû la quitter pendant que ça se passait bien.

— Je ne l'ai jamais détestée. Pas une minute. J'essayais juste d'arranger ce qui n'allait pas.

— Même si ça regardait des plus gradés que vous.

— C'est ce que j'ai fini par comprendre.

Il regarda autour de lui dans le vestibule. La porte fermée, les lambris foncés, les peintures à l'huile, le tapis persan. Les bois précieux cirés, polis, patinés. Il détenait toutes les informations qu'il pourrait jamais obtenir par l'intermédiaire du 110e. Aucune raison sérieuse de continuer ce bavardage.

— Au fait, qu'est-ce que vous fabriquez au Dakota du Sud ? reprit la voix.

— J'étais dans un autocar qui a eu un accident. Je me suis trouvé en rade à Bolton.

— Vivre, c'est parier.

— Mais le jeu est truqué. Je ne me suis jamais trouvé dans un car ayant un accident dans un endroit chaud.

— Et vous êtes bien sage dans votre bled ?

— Pourquoi je ne le serais pas ?

— Ces dossiers portent une mention chaque fois qu'une agence extérieure demande à les consulter. Vous savez bien… le FBI, la police locale ou celle de l'État. Et le vôtre est couvert de coups de tampon. Des tas de gens se sont intéressés à vous ces douze dernières années.

— Rien en provenance d'ici au cours des deux derniers jours ?

— Une copie est allée à un certain Thomas Holland, de la police de Bolton.

— Le chef. Simple routine, probablement. Il voulait savoir si j'étais qualifié parce qu'il souhaitait avoir mon aide. À l'époque où il pensait que la maison de pierre était un truc de l'armée. Rien depuis ?

— Non.

— C'est parce que je suis bien sage.

Il y eut un long silence.

Il était temps de raccrocher.

— Quel est votre prénom ? demanda-t-il.

— C'est important ?

— Je pourrais le trouver. Vu comment l'armée fonctionne aujourd'hui, vous êtes probablement quelque part sur un site Web.

— Vous blaguez, non ? Le 110e ? Sûrement pas. Nous n'existons pas.

— Alors, quel est votre prénom ?

— Susan.

— C'est joli.

— Je trouve aussi.

Nouveau long silence.

Il était temps de raccrocher.

— Votre type de l'Air Force est-il à Lackland ?

— Oui. En contact avec le responsable des archives au Colorado.

— Demandez-lui d'essayer encore une fois. De toute évidence, du matériel a été transporté ici par avion. Il existe forcément un manifeste de la cargaison quelque part.

— Je vais essayer.

— Vous me rappellerez ?

— Comptez sur moi.

***

Il retourna à la cuisine et se servit un deuxième café. Le calme régnait dans la maison. Aucun bruit notable ne provenait de l'extérieur. Ni de l'intérieur, d'ailleurs, hormis les vibrations subliminales de l'état d'alerte paisible qu'émettent ceux qui sont concentrés sur leur travail. C'était là un type de tranquillité auquel Reacher avait déjà eu affaire des centaines de fois. Il se rendit au salon, son mug à la main, et y trouva

Janet Salter en train de lire. Elle leva les yeux et lui dit :

— Vous buvez du café.

— J'espère que vous n'y voyez pas d'inconvénient.

— Pas du tout. Mais… ça ne vous tient pas réveillé ?

Il acquiesça.

— Si, jusqu'au moment où je vais me coucher.

— Comment était-elle ?

— Qui ça ?

— La femme de Virginie.

— Elle a été très bien.

Il s'approcha de la fenêtre et regarda dans la rue. La neige, la glace, la voiture garée, le feuillage pétrifié oscillant tout raide dans le vent. Un peu de clair de lune, quelques nuages d'altitude et la lueur orange des lampadaires éclairant les rues au nord et à l'est.

— Tout est calme, dit-il.

— D'après vous, est-ce que le pénitencier d'État et la prison fédérale font l'appel à la même heure que la prison du comté ? lui demanda-t-elle.

— J'imagine que oui.

— Alors, nous sommes tranquilles pour un moment, non ? Les têtes ont été comptées et il n'y a plus aucun motif de désordre de masse avant le matin.

— En principe.

— Mais… ?

— Espérer le meilleur, prévoir le pire.

— C'est votre devise ?

— C'en est une parmi beaucoup d'autres.

— Et quelles sont les autres ?

— Ne jamais pardonner, ne jamais oublier. Faites-le une fois, mais bien. On récolte toujours ce qu'on a semé. Tous les plans se cassent la gueule dès le premier coup de feu. Protéger et servir. Le service ne se quitte jamais.

— Vous êtes aussi dur pour vous que pour les autres.

— Cruel, mais juste.

— Je ne pourrais pas supporter ce genre de tension bien longtemps.

— J'espère que vous n'aurez pas à le faire.

— Pour la première fois de ma vie, j'ai peur. C'est quelque chose de très primitif, n'est-ce pas ?

— C'est un choix, répondit-il, c'est tout.

— Tout le monde a peur de la mort, j'imagine.

— C'est une autre de mes devises. Je n'ai pas peur de la mort. C'est la mort qui a peur de moi.

— On dirait que vous essayez de vous en convaincre.

— Oui. Nous le faisions tout le temps. Croyez-moi.

— Autrement dit, vous avez peur de la mort.

— Nous devons tous y passer un jour ou l'autre. Tout dépend de la forme qu'elle prend, j'imagine.

Elle garda le silence un instant.

— J'ai rencontré mon successeur à Yale, il y a deux ans. Lors d'une conférence sur les bibliothèques. J'ai trouvé l'expérience intéressante. J'imagine que c'est ce que vous avez ressenti en parlant à la femme de Virginie.

— Ce n'est pas mon successeur. Pas directement. Il a dû y avoir cinq ou six personnes entre elle et moi. Sinon davantage. C'est un lien lointain. Presque archéologique.

— Est-elle meilleure que vous ?

— Probablement.

— C'est ce que j'ai ressenti, moi aussi. Au début, ça m'a déprimée. Puis j'ai compris qu'en réalité, c'était encourageant. Qu'on continuait à faire des progrès. Que le monde continuait à avancer.

— Depuis combien de temps êtes-vous à la retraite ?

— Un peu moins de dix ans.

— Vous êtes donc revenue ici avant la construction de la prison.

— Bien des années avant. Bolton était assez différente, alors. Mais pas extrêmement différente, me semble-t-il. Le vrai changement n'est pas encore advenu. Nous sommes toujours dans une phase de transition. Le vrai changement arrivera quand nous y serons habitués. En ce moment, nous sommes une petite ville qui abrite une prison. Bientôt, nous serons une ville prison.

— C'était comment, avant ?

— Calme et tranquille, répondit-elle. Moitié moins grand. Pas de fast-food, un seul motel. Le chef Holland était un homme jeune avec femme et enfants. Comme Andrew Peterson aujourd'hui. Je ne sais pas pourquoi, mais cela symbolise le changement pour moi. Tout était joyeux, jeune, on prenait les choses le cœur léger. Ce n'était pas vieux, fatigué et amer comme aujourd'hui.

— Qu'est-il arrivé à la femme de Holland ?

— Cancer. Heureusement, ce fut rapide. Leur fille Liz avait quinze ans. Ce qui aurait pu être un problème, mais elle a donné l'impression de bien tenir le coup. Elle portait le même prénom que sa mère. On appelait sa mère Betty et elle, Liz. Elles se ressemblaient à tous points de vue. Ce qui aurait pu être un problème pour le chef, mais il l'a surmonté. Il était déjà impliqué dans l'avant-projet de la prison à ce moment-là, ça lui a permis de penser à autre chose.

— Et pour quelle raison les Lowell ont-ils divorcé ?

— Je vous l'ai dit : je l'ignore. Mais que personne n'en parle jamais invite à la spéculation, non ?

— À qui incombe la faute ?

— Oh, à lui, je pense.

— Peterson m'a dit qu'il a une sœur qui lui ressemble beaucoup.

— D'une certaine manière. Elle est beaucoup plus jeune que lui. C'est plutôt comme une nièce.

— Resterez-vous ici, même quand Bolton sera devenue une ville prison ?

— Moi ? Je suis bien trop vieille pour aller m'installer ailleurs. Et vous ?

— Moi, je ne pourrais pas rester ici. Il fait trop froid.

— Vous finirez par vouloir vous poser quelque part.

— Ce n'est pas encore arrivé.

— Essayez de penser à la façon dont vous verrez les choses dans trente ans.

— C'est un horizon lointain.

— Ça viendra plus vite que vous ne l'imaginez.

Reacher posa son mug vide sur une table basse. Il hésitait entre rester avec elle et quitter la pièce pour la laisser lire. Il se demandait ce qu'elle préférait.

— Asseyez-vous, dit-elle. J'aurai tout le temps de lire quand tout ce cirque sera terminé.

Il obtempéra.

— Vous avez assez chaud ? reprit-elle.

— Je suis très bien, répondit-il.

C'était la vérité. L'antique radiateur sous la fenêtre dégageait plein de chaleur. Dans les tuyaux, l'eau chaude courait partout et sans relâche tout autour de la maison. Il l'entendait. Il entendait l'étranglement dans le joint à angle droit, en haut de l'escalier – il sifflait un peu plus fort que les autres. Il se représenta la chaudière qui ronflait à la cave, la pompe qui tournait avec vigueur. Chaleur illimitée, disponible vingt-quatre heures sur vingt-quatre. Bien mieux que le système de chauffage de l'ancienne ferme d'Andrew Peterson. Le vieux poêle à bois en fonte bourré le soir jusqu'à la gueule et à peine tiède le matin.

Un instant, il resta le regard perdu dans le vide.

— Idiot, dit-il.

— Qui ? Ou quoi ? demanda Janet Salter.

— Moi.

— Pourquoi ?

— Faut que je passe un coup de fil.

Il se leva et passa dans le vestibule. S'adressa à la femme flic assise sur la dernière marche de l'escalier.

— Il me faut le numéro de téléphone de Peterson chez lui.

— Je ne suis pas sûre d'avoir le droit de vous le communiquer, dit-elle.

— Alors composez-le pour moi. Je ne regarderai pas.

Elle le fit. Puis elle attendit la première sonnerie et tendit le combiné à Reacher. C'est Kim Peterson qui répondit. Reacher se présenta et ajouta :

— Je suis désolé de vous déranger, mais il faut que je parle à Andrew.

— Il vient juste d'arriver.

— Je sais. Je suis désolé. Mais c'est important.

Il y eut un long délai. Kim avait peut-être été obligée de l'extraire de son coin personnel. Mais il finit par prendre le téléphone.

— Un problème ? demanda-t-il.

— Au contraire. Je sais où se trouve la clef. Celle du bâtiment de pierre.

20 h 55. Restaient sept heures.

CHAPITRE 32

Reacher resta en ligne et Peterson passa la minute suivante à se dire ce qu'il fallait faire. Comme s'il réfléchissait à voix haute.

— Les détenus sont enfermés depuis une heure, dit-il. La sirène ne va donc pas être déclenchée. Ce n'est pas possible, si ? Il ne peut pas y avoir la moindre raison. L'assassin pourrait venir sans ça, mais dans ce cas, il trouverait du monde sur son chemin. Quatre dans la maison, trois dans la rue. Tous de bons policiers. Je me suis arrangé pour ça. Si bien que pour le moment, peu importe que vous soyez là ou non, n'est-ce pas ? Vous êtes de trop. Dans un sens temporaire. Autrement dit, vous pouvez quitter la maison sans risque. Êtes-vous d'accord ?

— Sans risque, oui, dit Reacher.

— Je passe vous prendre dans dix minutes.

***

Reacher retourna au salon. Janet Salter leva les yeux sur lui. Il lui expliqua qu'il allait sortir, lui dit où et pour quelle raison.

— Si jamais les flics doivent partir, qu'est-ce que vous faites ?

— Je m'enferme à la cave.

— Avec ?

— Mon revolver.

— Quand ?

— Tout de suite, j'imagine.

— Exact, dit Reacher. Tout de suite, immédiatement, sur-le-champ, sans le moindre délai, avant même que les flics aient franchi la porte. Vous vous enfermez à double tour et vous attendez que je revienne.

— Avec le mot de passe.

— Exact, répéta Reacher. Et même si les flics ne quittent finalement pas les lieux, descendez s'il y a la moindre agitation. À la première sensation de malaise, aux premiers signes de nervosité, à n'importe quel renforcement de l'alerte, d'accord ?

— Vous pensez que ce type pourrait venir alors que la police est dans la maison ?

— Espérer le mieux, prévoir le pire. Si les flics ont un mauvais pressentiment, ils ne vous le diront pas tout de suite. Ils ne voudront pas avoir l'air idiot après, s'il s'avère que ce n'était rien. C'est donc à vous d'anticiper. Faites confiance à votre instinct. Au moindre doute, vous foncez au sous-sol, et vite. Une balle perdue peut aussi facilement vous atteindre qu'une tirée sur vous.

— Combien de temps allez-vous rester parti ?

— Deux heures, disons.

— Tout ira très bien.

— Ça ira très bien si vous faites ce que je vous dis.

— Je le ferai. Promis. Je descendrai, je m'enfermerai à clef et j'attendrai le mot de passe.

Reacher répondit d'un hochement de tête. Mais sans rien dire. Aucun risque.

***

Il passa dans le hall et enfila sa parka géante. Vérifia les poches… le bonnet, les gants, le revolver. Tout y était. Le téléphone sonna. La femme assise dans l'escalier décrocha. Et lui tendit l'appareil sans un mot.

— Oui ?

— Nous avons un manifeste partiel de la cargaison, lui annonça la voix de Virginie.

— Et… ?

— Et je vais passer le reste de ma vie à payer pour cette insigne faveur. Vous imaginez la difficulté pour retrouver un truc pareil ? Un bout de papier sans intérêt et remontant à cinquante ans ?

— Ils ont des employés payés pour ça, comme nous. Qu'est-ce qu'ils ont d'autre à faire ?

— Plein de choses, à les croire.

— Eh bien, ne les croyez pas. Qu'est-ce qu'il y a dans ce manifeste ?

— Quarante tonnes de surplus de guerre venus des anciennes bases de la 8e Air Force en Grande-Bretagne. Les aérodromes d'où partaient les bombardiers de la Seconde Guerre mondiale, dans l'East Anglia. Ils en ont fermé plein au cours des années cinquante. Les pistes n'étaient plus assez longues.

— Le manifeste précise-t-il le genre de surplus ?

— Oui et non. Il est écrit qu'il s'agit de matériel destiné aux équipages, et le nom d'un fabricant dont personne ne se souvient figure aussi dessus… ainsi qu'un code que personne ne comprend plus.

— Pas même les types de Lackland ?

— Pas même eux. C'est de l'histoire ancienne, cette affaire.

— Autant que je me souvienne de mon histoire ancienne, nous n'avons pas ramené les surplus d'Europe après la Seconde Guerre mondiale. Nous les avons mis à la décharge ou nous les avons vendus sur place. En gardant l'argent dans la monnaie des pays, ce qui permettait de payer des bourses Fulbright. D'une pierre deux coups. Nous nous débarrassions d'un tas de vieilleries tout en répandant la paix, la fraternité et la compréhension entre les peuples. Par des échanges d'étudiants.

— C'était le bon temps.

— Quel est le code ?

— N06BA03.

— Ça ne me dit rien.

— Ça ne dit rien à personne. Il pourrait s'agir de caleçons longs. Ou de chapeaux.

— Nous n'aurions jamais ramené quarante tonnes de caleçons ou de chapeaux d'Europe. Ça n'aurait eu aucun sens. Il revenait moins cher de les donner, ou de les brûler.

— Il s'agit donc peut-être de quelque chose que nous ne pouvions pas donner. Ni vendre. Ou brûler. Pour des raisons de sécurité. Des armes légères, par exemple. Je crois que les pilotes de la Seconde Guerre mondiale en portaient. Au cas où ils auraient été abattus en territoire ennemi.

— Quel est le nom du fabricant ?

— Crown Laboratories.

— Vous dites ?

— Crown Laboratories.

— Oh, merde ! s'écria-t-il.
— Quoi ?
— Quarante tonnes ? Ils ont bien dû se foutre de moi !
— Reacher, qu'est-ce qu'il y a ?
— Faut que j'y aille.

***

Dès qu'il vit apparaître le rayon des phares de Peterson dans la rue, il sortit, traversa la véranda et s'engagea à grands pas dans l'allée. Le froid s'abattit sur lui comme une masse. Les pneus de Peterson broyaient la neige glacée et la faisaient craquer. La voiture s'arrêta, Reacher monta à bord. Le système de chauffage soufflait un air à peine tiède. Reacher garda son bonnet et ses gants sur lui. Peterson fit demi-tour, obligé de manœuvrer plusieurs fois ; la voiture tressauta dans les ornières et regagna la rue principale. Tourna à droite et prit vers le sud, plus lentement que s'il avait fait beau temps, plus vite que s'il y avait eu de la circulation. Ils étaient seuls dans les rues. Il n'était que 21 heures, mais c'était tout l'État qui paraissait avoir tiré le rideau pour la nuit. On s'était claquemuré chez soi et la voiture de Peterson était la seule chose qui bougeait dans tout le paysage.

Ils tournèrent au bout des seize premiers kilomètres et roulèrent parallèlement à l'autoroute. Les nuages étaient hauts et fins et il faisait un beau clair de lune. Il y avait toujours de la glace dans le vent qui leur arrivait régulièrement de l'ouest. Elle encroûtait le pare-brise d'une fine couche abrasive contre laquelle les essuie-glaces ne pouvaient rien. C'était comme de la poussière de diamant. Peterson mit sur dégivrage et pencha la tête en avant pour voir à travers les cercles réchauffés qui devenaient de plus en plus petits avec chaque kilomètre.

Ils tournèrent de nouveau à droite sur la route de campagne aux nombreux détours. Ils avaient à présent le vent sur leur gauche et le pare-brise redevint plus transparent. L'ancienne piste se profila devant eux, grise et massive dans la nuit. Elle était encore dégagée. Ils rebondirent dessus et les chaînes se mirent à ferrailler.

Ils franchirent rapidement les trois kilomètres.

Aperçurent des feux rouges de voiture devant eux.

Une voiture garée. Ils en voyaient l'arrière et, au-delà de la masse du véhicule, la flaque lumineuse des phares. Un petit tourbillon de fumée montait de l'échappement, stagnait, tournait sur lui-même, dérivait, puis se dispersait.

Peterson ralentit et passa pleins phares. La voiture garée était vide. C'était une Ford Crown Victoria. Anonyme. Bleu foncé ou noire. Difficile à préciser dans l'éclairage éblouissant.

— C'est la voiture du chef Holland, dit Peterson.

Ils se garèrent à côté, descendirent dans l'étau du froid et trouvèrent Holland à la porte du premier baraquement. Bonnet de fourrure, parka, gants épais, lourdes bottes, raide et maladroit dans toutes ses couches de vêtements, son haleine se condensant devant lui.

Le chef Holland n'eut pas l'air content de les voir.

— Mais qu'est-ce que vous foutez ici ? leur lança-t-il.

Pas content et en colère.

— Reacher a trouvé où devait se trouver la clef.

— Je me fiche bien de qui a trouvé quoi. Vous n'auriez pas dû venir. Ni l'un ni l'autre. C'est complètement irresponsable. Et si l'alarme est donnée ?

— Elle ne le sera pas.

— Ah vous croyez !

— C'est exclu. À cette heure, les cellules sont fermées et l'appel a été fait.

— Vous vous fiez à leurs procédures ?

— Bien entendu.

— Vous êtes un idiot, Andrew. Vous devriez arrêter de boire tous ces sodas. C'est le joyeux bordel, dans ces taules. En particulier à la prison du comté, et c'est justement celle qui nous intéresse en ce moment. Si vous vous imaginez qu'ils comptent scrupuleusement tous les détenus chaque soir, alors moi, j'ai un terrain de bord de mer à vous vendre. Deux cents billets l'hectare, à moins de deux kilomètres d'ici.

— Ce sont des installations toutes récentes.

— Le béton et le métal sont récents, oui. Mais ce sont toujours les mêmes vieux bonshommes qui travaillent dedans.

— Si je comprends bien ce que vous dites, il pourrait y avoir une erreur dans le décompte des têtes ?

— Je dis qu'à cent contre un, il n'y a même pas eu d'appel. Je dis qu'à 19 h 55, ils ont appuyé sur la sonnerie en s'attendant à ce que chacun retourne dans sa piaule et qu'à 20 heures, ils ont fermé électroniquement les serrures.

— Même si c'est vrai, il n'y a aucun danger avant le matin.

— Ils font des patrouilles nocturnes, fiston. Dix de prévues, une par heure. Je parie qu'ils doivent bien en sauter neuf sur dix. Mais à un moment donné ou à un autre, ils vont se balader avec leurs torches, vérifier les lits et faire ce qu'ils auraient dû faire à 20 heures.

— Vous êtes sérieux ?

— La nature humaine, Andrew. Faudra vous y habituer.

— Vous préférez qu'on reparte ?

Holland hésita un instant.

— Non, ce n'est pas la peine. Dans le pire des cas, Mme Salter sera seule cinq minutes. Dix, peut-être. C'est un pari. Nous allons le prendre. Mais j'aurais préféré que vous ne veniez pas.

— Et vous, demanda Reacher, pourquoi êtes-vous ici ?

Holland le regarda.

— Parce que j'ai fini par comprendre où se trouvait la clef.

— Bon boulot.

— Pas vraiment. N'importe qui ayant un peu de cervelle aurait pu le deviner par une nuit pareille.

— Et où est-elle ? demanda Peterson.

***

Elle était dans le poêle à mazout du premier baraquement. Une cachette géniale, avec un système intégré d'accès retardé. Beaucoup trop chaud pour qu'on pense à l'y chercher avant, mais à présent froide au toucher. Comme le poêle à bois de Peterson. La voix de Virginie avait dit : « Alors brûlez la baraque et tamisez les cendres. Une clef de l'Air Force doit être faite dans le même métal que leurs bombes. Elle passera l'épreuve du feu, facile. » Et la voix avait eu raison. La clef avait passé l'épreuve du feu. On l'avait laissé tomber au cœur du foyer, où elle avait chauffé et refroidi sans conséquences néfastes. C'était une grosse pièce en forme de T d'environ huit centimètres. Dentelure complexe, reflets assombris d'un métal exotique. Du titanium, peut-être. Remontant à l'époque où la parano empêchait les sceptiques de poser des questions sur le coût.

Reacher la repêcha dans le poêle. La tendit à Holland. Le chef gagna la porte de la maison de pierre. Glissa la clef dans le trou de la serrure. Tourna. La serrure fonctionna.

CHAPITRE 33

Reacher essaya la poignée. Elle s'abaissa de soixante degrés avec un mouvement où la résistance physique s'alliait à la précision. Comme les coffres de banque, autrefois. La porte elle-même était très lourde. Elle donnait l'impression de peser vraiment une tonne. L'extérieur était fait d'une plaque d'acier épaisse de cinq centimètres. L'intérieur mesurait vingt-cinq centimètres d'épaisseur et s'appuyait sur les montants, le linteau et le plancher par un rebord de cinq centimètres. Cette protubérance faisait comme une plaque d'acier soudée. Probablement remplie de céramique. Fermé, l'ensemble de trente centimètres d'épaisseur s'encastrait parfaitement dans le mur. Les gonds étaient massifs. Mais ils n'avaient pas été huilés depuis longtemps. Ils grincèrent, couinèrent et protestèrent. Le battant se dégagea quand même. Reacher le tira sur une soixantaine de centimètres, se glissa derrière et s'appuya dessus pour le pousser et finir de l'ouvrir. Comme on pousse un véhicule en panne.

L'obscurité la plus complète régnait dans le bâtiment de pierre.

— Les torches, dit Holland.

Peterson courut aux voitures, les fouilla et revint avec trois torches. Ils les allumèrent l'une après l'autre, leurs rayons se mettant à jouer sur les murs d'un bunker en béton brut et nu, d'environ sept mètres sur dix. Haut de six mètres. Les pierres extérieures n'étaient là que pour la décoration. Un trompe-l'œil. Derrière, le bâtiment était brut de décoffrage, utilitaire, simple, adapté. Du milieu de la salle partait un escalier en colimaçon qui disparaissait directement dans un puits vertical. L'air qui en provenait avait une odeur sèche et ancienne de chose qui stagne. Comme celle d'une tombe. Comme la chambre mortuaire d'un pharaon sous une pyramide. L'ouverture de l'escalier en colimaçon était parfaitement circulaire. Le plancher était fait d'une dalle coulée en béton de soixante centimètres d'épaisseur. Les marches étaient de simples profilés en acier soudé. La spirale qu'elles formaient s'enfonçait dans l'obscurité.

— Pas d'ascenseur, fit observer Peterson.

— Demande trop d'énergie, dit Reacher. Il repoussait ce qu'il y avait de pédant en lui et qui lui faisait remarquer qu'une spirale est une figure à deux dimensions. Un escalier en spirale était donc une contradiction dans les termes. C'était un escalier hélicoïdal. Soit un objet à trois dimensions. Mais il ne fit pas part de ses réflexions. Il avait appris à les garder pour lui. Susan, la Virginienne, l'aurait peut-être compris, elle. Ou peut-être pas.

— Non mais, vous imaginez ? lança Holland en rompant le silence. Vous avez sept ans et vous voilà sur le point de descendre là-dedans en vous disant que vous n'en ressortirez que lorsque vous serez adulte.

— À condition d'arriver jusqu'ici, dit Reacher. Ce qui ne se serait jamais produit. Tout ce projet était du délire. Ils ont construit l'entrepôt le plus coûteux du monde, c'est tout.

Près du puits de la cage d'escalier, on voyait deux gros évents de ventilation métalliques monter du plancher. D'une soixantaine de centimètres de diamètre. Ils dépassaient d'un mètre et s'arrêtaient là, comme des cheminées sur un toit plat. Directement au-dessus d'eux, on apercevait deux trous circulaires dans le plafond en béton. L'un des conduits devait avoir été prévu pour aspirer de l'air par l'une des fausses cheminées du toit et aurait comporté des filtres, des ventilateurs et des épurateurs pour nettoyer l'air empoisonné. L'autre conduit aurait servi à l'évacuation et aurait été relié à une deuxième fausse cheminée. L'installation était incomplète. Elle n'avait jamais été terminée. Les fausses cheminées devaient être obturées. La mesure était temporaire et avait duré cinquante ans. Il n'y avait en effet aucune trace de pluie ou de neige à l'intérieur du bunker.

Reacher s'approcha de l'un des conduits de ventilation et braqua le rayon de sa lampe droit dedans. Impression de regarder dans un puits. Il n'en vit pas le fond. L'intérieur du conduit était en acier inox. Lisse et brillant. Pour l'efficacité du déplacement de l'air. Pas de turbulences. Pas de dépôts, pas d'accumulations de débris. On n'avait prévu aucun entretien régulier. Il n'y aurait eu personne de vivant pour y procéder.

Reacher se tourna, se pencha par-dessus la rambarde de l'escalier et y braqua de nouveau sa torche. Ne vit rien hormis des marches. Elles descendaient sans fin autour d'un poteau d'acier. Pas de rampe extérieure. L'espace était trop confiné.

— C'est très profond, dit-il.

L'écho lui renvoya sa voix.

— C'était probablement indispensable, fit observer Holland.

Les marches avaient été peintes en noir à l'origine, mais leur bord avait retrouvé l'éclat du métal suite au passage de nombreux pieds. La rambarde qui entourait le haut du puits était éraillée et graisseuse.

— Je descends le premier, dit Peterson.

21 h 55. Restaient six heures.

***

Reacher attendit que la tête de Peterson soit à un peu plus de deux mètres de profondeur avant de commencer à descendre à son tour. L'escalier tournait dans un puits parfaitement circulaire en béton lisse. Il était étroit. Les travaux avaient connu des difficultés. La voix de Virginie lui avait lu des notes en provenance du dossier : *Le projet a frôlé l'abandon à plusieurs reprises pendant les travaux à cause du type de terrain sur lequel ils étaient tombés.* Manifestement, le terrain en question était tellement dur qu'ils avaient fait le minimum en matière de forage. Le diamètre était réduit. Les épaules de Reacher frôlaient le béton d'un côté et la colonne centrale de l'autre. Mais le principal problème était ses pieds. Ils étaient trop grands. Dans un escalier à vis, souvent dit « en colimaçon », les marches vont en se rétrécissant vers le centre. Reacher dut marcher sur les talons pendant toute la descente. Il allait être obligé de se mettre sur la pointe des pieds pour remonter.

La descente n'en finissait pas. Peterson en tête, puis Reacher, puis Holland. Quinze mètres, vingt mètres, trente. Le rayon des torches dansait et fendait l'obscurité. L'acier claquait et résonnait sous leurs pas. L'air était immobile et sec. Et chaud. Comme dans une mine, isolé des extrêmes de la surface.

— Toujours rien en vue ? lança Reacher.

— Non, répondit Peterson.

Ils continuèrent leur descente en tire-bouchon, tournèrent et tournèrent encore dans le sens des aiguilles d'une montre derrière le rayon des torches qui glissait sur la paroi lisse. Ils franchirent d'étranges seuils acoustiques où tout le puits résonnait comme le pavillon d'un hautbois et où leurs pas produisaient d'étranges harmoniques, comme si le cœur de la Terre chantait pour eux.

Soixante mètres.

Et ce n'était pas fini.

Puis Peterson lança :

— Je crois qu'on y est.

Reacher dut faire encore deux tours pour le rejoindre.

Et s'arrêta, loin sous la terre.

S'assit sur l'avant-dernière marche.

Braqua sa torche à droite, à gauche, en l'air, en bas.

Pas fameux.

Il entendit à nouveau la voix de Virginie dans sa tête : *Il semble qu'il y ait un aspect de la construction qui la rende inutilisable pour autre chose.*

Et comment !

Le puits de la cage d'escalier aboutissait dans une pièce souterraine en béton. Parfaitement circulaire.

Comme un moyeu. D'environ sept mètres de diamètre. La taille d'une salle de séjour. Mais circulaire. Comme un séjour dans un film de science-fiction. Elle comptait huit ouvertures donnant sur des couloirs horizontaux, un à chacun des points cardinaux, ou comme des rayons de roue de bicyclette. Les couloirs étaient sombres. Tout de suite ténébreux. Les ouvertures se réduisaient à une découpe rectangulaire tirée au cordeau. Le sol était dur, plat, sec, lisse. Les parois étaient dures, plates, sèches, lisses. Le plafond était dur, plat, sec, lisse. Il s'agissait d'une structure sommaire, impeccablement fonctionnelle. Bien conçue, bien exécutée, bien bâtie. Parfaite pour sa destination.

Laquelle était un orphelinat.

Où il n'y aurait que des enfants.

***

Ce qui la rendait impropre à tout autre emploi était la hauteur sous plafond : seulement un mètre cinquante. Pas davantage. Mauvais terrain. La salle circulaire et les tunnels rayonnants avaient été creusés horizontalement dans une mince couche plus tendre entre deux dalles de roche ultradure. Le plafond bas était une concession inévitable à la réalité. Et une déception professionnelle, sans doute. Mais théoriquement adéquate pour une bande de gosses non accompagnée d'adultes, tous chétifs et mourant de faim. Reacher s'imagina les ingénieurs confrontés à ce problème inattendu, potassant les relevés géologiques, étudiant les tables de tailles moyennes en fonction de l'âge, haussant les épaules, révisant leurs plans, se résignant à l'inévitable. Techniquement acceptable, avaient-ils dû dire, ce qui était la seule norme comprise par des ingénieurs militaires.

Mais l'endroit était impropre à toute autre chose, que ce soit sur un plan technique ou autre. Tout à fait impropre. Inacceptable comme lieu d'entraînement pour les marines ou pour n'importe quelle mission militaire. Inacceptable pour tout adulte de taille normale. Peterson s'était avancé de deux ou trois mètres, genoux pliés, dos courbé, la tête dans les épaules. Pratiquement accroupi. Ses épaules frôlaient le plafond. Il titubait péniblement, grotesquement voûté, l'air d'un danseur folklorique russe.

Et Peterson mesurait presque huit centimètres de moins que Reacher.

Celui-ci se releva. Il se tenait sur la dernière marche. À vingt-deux centimètres du sol de la salle circulaire. Le plafond lui arrivait à la taille. Tout le haut de son corps était encore dans la cage d'escalier.

Pas bon, ça.

Holland arriva juste derrière lui.

— Nous n'entendrons pas la sirène, aussi profond.

— Votre téléphone fonctionne ?

— Aucune chance.

— Alors vaudrait mieux faire vite.

— Après vous, dit Holland. Attention la tête.

Reacher avait le choix : marcher à quatre pattes ou avancer sur les fesses. Il choisit d'avancer sur les fesses. Lent et pas très digne, mais moins pénible. Il se coula dans la salle depuis la dernière marche, tel un gymnaste empoté, s'assit par terre et se traîna avec précaution sur un mètre, en appui sur les phalanges, les talons et les fesses, comme un enfant qui joue au crabe. Devant lui, les deux conduits de ventilation dépassaient du plafond d'environ trente centimètres. Trois forages parallèles séparés, un grand pour l'escalier, deux plus étroits pour les conduits, les trois s'achevant à la distance prescrite sous la surface dans un trou horizontal ridicule taillé à contrecœur dans la roche.

— À sept ans, dit Reacher, j'étais déjà plus grand que ça.

Sa voix lui revint sous la forme d'un écho étrangement bourdonnant. L'acoustique était bizarre. Le béton sur lequel il était assis n'était ni chaud ni froid. L'air sentait vaguement le kérosène. Et il y avait un courant d'air. De l'air descendait par le puits de la cage d'escalier et remontait par les conduites d'aération. L'effet Venturi. La porte du bâtiment de pierre était ouverte plus de soixante mètres au-dessus d'eux et le vent, qui soufflait fort, aspirait l'air du bunker. Exactement comme un pistolet à peinture éjecte la peinture du réservoir ou comme un carburateur aspire l'essence. Mais étant donné que la nature a horreur du vide, une couche d'air circulait en sens inverse, tout aussi vite.

— Avancez, dit Holland.

Reacher se traîna sur un autre mètre. Holland se plia pour descendre de la dernière marche et arriver derrière lui, accroupi comme Peterson, et fit décrire un cercle complet à sa torche.

— Huit passages, dit-il. Huit possibilités. Dans lequel se trouve le labo ?

Il y eut le même écho étrange et bourdonnant, comme si la voix de Holland était partout et nulle part.

— Il n'y a pas de labo, dit Reacher.

— Il faut bien. Du moment qu'il y a de la méthadone, il y a un labo.

— Il y en a bien eu un, dit Reacher. Autrefois. Mais pas ici. Dans un grand centre, quelque part dans le New Jersey ou en Californie. Il y avait un logo dehors.

— De quoi parlez-vous ?

Reacher braqua sa torche sur le sol. Partit de la dernière marche et suivit une mince trace de débris et d'éraflures qui tournait en sens inverse des aiguilles d'une montre et rejoignait un passage plus ou moins à l'opposé de celui devant lequel il était assis. Au sud s'il était au nord, au nord s'il était au sud. Il avait tellement tourné dans l'escalier qu'il avait perdu le sens de l'orientation.

— Suivez-moi, dit-il.

Pour avancer, il trouva plus facile d'aller à reculons. Pousser avec les pieds, pivoter sur les mains, se laisser tomber sur les fesses et recommencer. Encore. Et encore. Ça donnait chaud. Il retira son bonnet et ses gants et ouvrit sa parka. Et reprit sa progression. Holland et Peterson le suivirent, pliés en deux, toujours dans son champ visuel. Il entendit des craquements de genoux. Ligaments, synovie. Ceux de Holland, soupçonna-t-il. Peterson était plus jeune et plus en forme.

Il arriva à l'entrée du passage, pivota sur lui-même et braqua sa torche le long du couloir qui s'ouvrait devant lui. Il vit un tunnel qui devait mesurer une trentaine de mètres de long, parfaitement horizontal, comme dans une mine de charbon. Hauteur un mètre vingt, largeur à peu près équivalente. La partie gauche était un passage que rien n'obstruait. La partie droite comportait, sur toute la longueur, une étagère en béton placée à environ soixante centimètres du sol. Une couchette, se dit-il. Il imagina les matelas, tête contre pieds, sur toute la longueur, une vingtaine, peut-être. Vingt enfants endormis. Disposant chacun d'un mètre cinquante.

Si ce n'est que l'endroit n'avait jamais été utilisé. Il n'y avait pas de matelas roulés. Pas d'enfants endormis. À la place, il y avait les surplus militaires rapatriés cinquante ans auparavant en avion des bases aériennes d'où les bombardiers américains partaient en mission sur l'Europe. Du matériel destiné aux équipages. Des centaines et des centaines de briques de poudre blanche, soigneusement enveloppées dans de la glassine jaunissante, chaque paquet frappé du logo à la couronne à trois pointes et trois boules représentant des perles. Une marque déposée, probablement, celle d'une entreprise aujourd'hui défunte mais à l'époque parfaitement légale, sous contrat avec le gouvernement – la Crown Laboratories, et peu importait de qui il s'agissait et où ils étaient implantés.

— J'arrive pas à y croire, dit Peterson.

Les paquets paraissaient rangés en piles de cent, dix de large sur dix de haut, et on comptait environ cent cinquante de ces piles sur toute la longueur de l'étagère. Soit un total de quinze mille, en comptant les paquets déjà retirés. Les piles étaient en effet entamées au début du couloir. On aurait dit un mur de brique en cours de démolition.

— Cela représente quarante tonnes ? demanda Holland.

— Non, répondit Reacher. On est loin du compte. On doit en avoir le tiers, ici. Il doit exister deux autres couloirs semblables.

— Combien de paquets représentent quarante tonnes ? voulut savoir Peterson.

— Près de quarante-cinq mille.

— C'est démentiel. Ça fait quarante-cinq milliards de dollars une fois dans les rues.

— Les impôts de votre grand-père au boulot.

— Mais ça servait à quoi ?

— À qui, plutôt. Aux équipages des appareils de la Seconde Guerre mondiale. Surtout aux bombardiers. Nous n'avons pas la moindre idée de ce qu'était la guerre pour eux. Vers la fin, ils effectuaient des missions de vingt-quatre heures, parfois plus, jusqu'à Berlin et retour, très loin en Allemagne, jour après jour. À chaque mission, ils faisaient des trucs qu'on n'avait jamais faits avant en termes de précision et d'endurance. Et ils étaient constamment en danger de mort. À chaque minute. À chaque seconde. Les pertes étaient terribles. Ils auraient dû être terrifiés et démoralisés en permanence, mais ils étaient toujours trop épuisés pour penser. Les petites pilules étaient le seul moyen de les garder en vol.

— Ce ne sont pas des pilules.

— La méthode d'administration dépendait des officiers médicaux. Certains préféraient les pilules, d'autres une solution buvable, d'autres encore recommandaient de l'inhaler, et d'autres encore étaient partisans du suppositoire. Et il devait y en avoir pour prescrire les quatre méthodes à la fois.

— Je n'en avais aucune idée.

— Cela faisait partie des approvisionnements normaux, comme les bottes ou les munitions. Ou la nourriture.

— Ça n'a pas dû leur faire que du bien.

— Certains appareils avaient de petits fils soudés à l'extrémité de la manette des gaz. Le dernier centimètre. On appelait ça le *war boost*. En cas de besoin, on tirait la manette à fond, les fils sautaient et on obtenait la puissance maximum. Ça fatiguait les moteurs, ce qui n'était pas bon, mais ça vous sauvait la vie, ce qui l'était. Exactement le même principe avec la came.

— Quelles quantités ont-ils fait passer ?

— Bien plus que ce qu'on pourrait imaginer. En Europe, l'aviation américaine était forte de plusieurs centaines de milliers d'hommes. Et la demande était elle aussi très forte. C'était terrible, ces missions. Je suis sûr que j'aurais sniffé l'équivalent de mon poids avant ma première permission.

— Et il en est resté une telle quantité ?

— Quarante tonnes ne représentent peut-être qu'un mois de consommation. Et soudain on n'en a plus besoin. Arrêter la production se faisait au petit bonheur la chance sur la fin.

— Mais pourquoi ça s'est retrouvé ici ?

— On ne pouvait pas balancer le stock à la décharge. Ni le vendre. Et certainement pas le brûler. C'est toute l'Europe qui aurait plané aussi haut que des cerfs-volants rien qu'avec la fumée.

Ils restèrent un moment silencieux. Se contentant de regarder les piles.

— Trouvons le reste, dit enfin Holland.

Ce reste se répartissait entre les deux tunnels à gauche du premier. Mêmes étagères de trente mètres, mêmes piles de paquets méticuleusement alignées, mêmes reflets des torches sur les emballages de glassine jaunissante. Quinze mille briques dans le deuxième tunnel, quinze mille briques dans le troisième.

Holland tomba à genoux. Serra les poings. Afficha un grand sourire.

— Pas loin de quarante tonnes, tout compris, dit-il. Ces crétins de la DEA vont devoir nous écouter à présent. C'est sans aucun doute la plus grande saisie de drogue de toute l'Histoire. Et c'est nous qui l'avons faite. Nous, les péquenots. La police de Bolton, Dakota du Sud. Nous allons devenir célèbres. Nous allons être des légendes. C'est fini de se faire traiter comme de la merde. Les types de la prison peuvent venir me baiser le cul maintenant.

— Félicitations, dit Reacher.

— Merci.

— Mais il y a un os. Plato l'a trouvée un an avant vous.

— Comment ça ?

— La rumeur et le raisonnement, j'imagine. Il savait qu'on s'en servait pendant la guerre et il avait deviné qu'il devait y en avoir des stocks inutilisés quelque part ; il les a donc cherchés. Il a probablement des hommes à lui dans l'Air Force. C'est sans doute à cause de ça que nous avons retrouvé le manifeste de la cargaison. Il était sur le dessus d'une pile, quelque part, parce que quelqu'un l'avait déjà cherché.

— Je n'arrive pas à croire que les bikers aient laissé un pareil stock derrière eux. La tentation d'en emporter a dû être énorme, dit Peterson.

— J'ai l'impression que lorsque Plato vous dit de laisser quelque chose, vous le laissez, lui renvoya Reacher.

Il se traîna un peu plus loin dans le tunnel en se représentant une longue chaîne d'hommes en sueur cinquante ans auparavant, en train de se passer de la main à la main les paquets de presque un kilo pour les empiler avec une précision maniaque. On avait dû sélectionner les plus petits pour cette tâche. Il ignorait ce qu'était la taille minimum exigée pour entrer dans l'Air Force un demi-siècle avant. Quelques-uns avaient dû pouvoir tenir debout, et d'autres pas. Ils avaient sans doute fait descendre les paquets par lots, au moyen de cordes, *via* les conduits de ventilation. Par cinq ou dix, peut-être davantage. Un chevalet et des treuils à la surface. Système improvisé. Il aurait été trop laborieux de porter les paquets un par un par l'escalier. On pouvait supposer que les bikers les avaient fait remonter par le même moyen. L'état d'inachèvement des conduits de ventilation laissés ouverts aux deux extrémités était trop évident pour être ignoré.

Il se traîna encore un peu plus loin et fit une autre découverte.

Il y avait une liaison latérale donnant sur le tunnel principal. Comme un arc de cercle venant buter sur son rayon. Il se glissa dedans et ressortit dans le tunnel suivant. Là, il s'enfonça un peu plus loin encore et trouva deux autres liaisons latérales, une à droite et une à gauche. L'endroit était un véritable terrier. Un labyrinthe. Il y avait un total de huit rayons, et trois anneaux séparés et incomplets. Chaque anneau comportait son étagère incurvée. Autant de mètres linéaires en plus pour faire dormir les enfants. Beaucoup d'angles. Certains tournaient seulement à droite, d'autres seulement à gauche. Il n'y avait aucune jonction quadrangulaire. Tout était en T, dans l'axe à l'extrémité de rayons, à quatre-vingt-dix degrés à gauche ou à droite, au hasard, ailleurs. La disposition était bizarre. Le plan devait ressembler à quelque bijou celte. Il y avait peut-être eu d'autres compromis à la construction que la seule faible hauteur sous plafond. Il n'était pas impossible que la structure ait été conçue comme une version souterraine et bizarrement tronquée du Pentagone lui-même, mais arrondie et non pas angulaire, certaines des liaisons latérales n'ayant jamais été achevées.

On avait creusé dix évidements dans les parties de roche solide séparant les rayons et les anneaux. Des salles de bains, peut-être, jamais équipées, ou des cuisines, jamais installées, ou encore des entrepôts de nourriture dans lesquels rien n'avait jamais été entreposé. Tout était enduit d'une couche de béton parfaitement lisse. Il était sec et poussiéreux. L'air sentait le renfermé. Et un silence absolu régnait partout.

— Venez donc voir ça ! lança Peterson.

Reacher ne put repérer d'où venait la voix. Elle arrivait par tous les tunnels à la fois, de partout, dans un bourdonnement chantonnant qui courait et voletait le long des parois.

— Où êtes-vous ? lui renvoya Reacher.

— Par ici, répondit Peterson.

Reacher ne fut pas plus avancé. Il revint jusqu'au hall central circulaire et reposa sa question. Peterson se trouvait dans le tunnel suivant. Toujours en avançant sur les fesses, Reacher alla le rejoindre. Peterson étudiait un réservoir de carburant. Un gros machin très moche, soudé à partir de pièces d'acier incurvées assez petites pour avoir été descendues par les conduites de ventilation. Il était posé sur une étagère. Mesurait une quinzaine de mètres de long. Assez grand pour contenir disons vingt mille litres. Il suintait légèrement et dégageait une odeur de kérosène. Il ne datait pas de la construction des lieux. Les soudures étaient grossières. Techniquement inacceptables. Les mécaniciens de l'Air Force auraient fait un bien meilleur travail.

Peterson se pencha et tapa dessus avec les phalanges. Le réservoir rendit un son sourd et liquide. Reacher repensa au camion-citerne qui avait failli l'écrabouiller dans la neige, à l'intersection avec la vieille route.

— Génial, dit-il. Nous sommes soixante mètres sous terre et qu'est-ce qu'on trouve ? Vingt mille litres de carburant pour jets dans un réservoir fait maison.

— Du carburant pour jets, pourquoi ? Ça sent le mazout.

— C'est pratiquement la même chose. C'est l'un ou l'autre. Et il y en a bien plus ici que pour les besoins de leurs poêles dans les baraquements. Et en plus, il vient d'être livré. Alors qu'ils savaient qu'ils allaient partir. Qu'ils avaient même déneigé la piste. Autrement dit, un avion va arriver. Sans doute bientôt. Il va refaire le plein. Holland doit en avertir la DEA. Il va falloir qu'ils fassent vite.

— Il ne peut pas atterrir dans le noir. La piste ne comporte aucun éclairage.

— Mais même… Ils manquent de temps. Où se trouve le bureau de la DEA le plus proche ?

Peterson ne répondit pas.

— Mais comment ont-ils réussi à remplir un réservoir si loin sous terre ?

— Ils ont mis le camion à cul contre la porte et fait passer le tuyau par l'une des conduites.

— Ça fait une sacrée longueur de tuyau.

— Ils en ont de très longs pour les maisons avec de grands jardins.

C'est alors que Holland les appela.

— Hé, les gars, venez donc voir ça !

La voix du chef leur était parvenue avec un étrange écho sifflant dans la salle circulaire qui faisait comme une chambre d'écho. Il se trouvait dans le tunnel directement opposé. Reacher fila, Peterson s'avança plié en deux et ils partirent le rejoindre.

Holland promenait le rayon de sa torche sur toute la longueur du tunnel, allant et venant sur les trente mètres.

On se serait cru dans un conte de fées.

Dans la caverne d'Ali Baba.

CHAPITRE 34

Le rayon de la torche renvoyait des reflets éclatants d'or, d'argent, de platine. Il faisait scintiller et étinceler par réfraction des diamants, des émeraudes vert foncé, des rubis d'un rouge opulent, des saphirs d'un bleu éblouissant. Il révélait des couleurs plus éteintes, anciennes, celles de paysages et de portraits peints à l'huile dans des cadres dorés. Il y avait des colliers, des broches, des bracelets, des épingles ornées, des bagues. Tout cela mélangé et empilé n'importe comment sur toute la longueur de l'étagère. Or jaune, or rose, or blanc. Des objets anciens. Des objets récents. Trente mètres linéaires de pillage. Peintures, bijoux, chandeliers, plateaux d'argent, montres. Petites horloges en or, minuscules sacs de peau à cordon, un saladier en cristal taillé entièrement rempli d'alliances.

— Gages jamais réclamés, dit Peterson. En transit, en provenance des boutiques de prêt sur gages de Plato.

— De la monnaie d'échange pour sa came, suggéra Reacher.

— Peut-être les deux, ajouta Holland. D'ailleurs, ça revient un peu au même, à la fin.

Les trois hommes parcoururent tout le tunnel. Impossible d'y résister. L'étagère mesurait trente mètres de long pour une cinquantaine de centimètres de large. Quinze mètres carrés de biens meubles. La taille d'une chambre correcte. Il n'y avait pas un espace libre assez grand pour y poser la main. L'étagère était entièrement recouverte, à très peu de choses près. Certains des bijoux étaient d'un travail exquis. Certaines des peintures de grande qualité. Mais tous ces objets étaient tristes. Les fruits du désespoir. Les débris et les épaves de vies ruinées. Autant d'histoires de temps difficiles, de dépendances, de cambriolages, de deuils. Sous le triple rayon des torches, tout cela lançait des éclairs, dansait et scintillait, à la fois fabuleux et affreux. Les rêves de quelqu'un, les cauchemars d'un autre, autant de secrets enfouis soixante mètres sous terre.

Il y en avait pour des centaines de kilos, pour une tonne ou plus, peut-être. Pour un million de dollars, ou dix.

— Partons, dit Reacher. Nous avons des choses plus importantes à faire. Nous perdons notre temps ici.

***

La remontée fut longue, laborieuse, épuisante. Reacher compta les marches. Deux cent quatre-vingts. L'équivalent d'un immeuble de vingt étages. Il ne pouvait poser que le bout de son pied sur chaque marche. L'exercice était bon, certes, mais pour le moment, s'exercer n'était pas ce qu'il cherchait. L'air devenait de plus en plus froid. Il avait dû faire un ou deux degrés au fond. Il devait en faire dans les moins trente à la surface. Un bond de presque trente degrés. Il perdait un degré toutes les neuf marches, en gros. Assez rapide pour être remarqué, mais pas le choc brutal. Reacher remonta sa fermeture à glissière et enfila bonnet et gants à un tiers de la remontée. Holland l'imita peu après. Peterson ne succomba qu'à la moitié du parcours.

Ils restèrent une minute à l'intérieur du bâtiment de pierre. Dehors, le clair de lune brillait toujours. Peterson récupéra les torches et les éteignit. Holland resta un moment la main sur le garde-fou qui entourait le puits. Il avait le visage empourpré par l'effort et respirait fort.

— Vous devriez donner un coup de téléphone, lui suggéra Reacher.

— Vous croyez ?

— La sirène a peut-être été déclenchée pendant que nous étions en bas.

— Auquel cas il est déjà trop tard.

Holland sortit son portable et fit un numéro. S'identifia, posa une question, écouta la réponse.

Et sourit.

— Tout va bien, dit-il. Des fois, on gagne son pari.

Puis il attendit que Peterson parte ranger les lampes torches dans les voitures. Il le regarda s'éloigner avant de se tourner vers Reacher.

— Vous et moi avons deviné où se trouvait la clef. Vous saviez que la drogue était là. Mais je voudrais en attribuer le mérite à Andrew. C'est lui qui doit me succéder. Un truc comme ça ne pourra que l'aider auprès des autres. Et dans la ville. Une affaire de ce genre, ça le mettra en selle.

— Pas de problème, répondit Reacher.

— Vous êtes d'accord, alors ?

— Tout à fait.

— Parfait.

Reacher repoussa la porte sur ses gonds qui grinçaient et Holland la verrouilla et empocha la clef. Ils retournèrent ensemble jusqu'aux voitures, Holland ôtant un gant pour tendre la main à Peterson. Peterson retira vivement son gant et la lui serra.

— Et maintenant, écoutez, dit-il.

Il se pencha dans sa voiture, décrocha son micro du tableau de bord et étira complètement le cordon. Puis il enclencha la communication, donna un code d'appel général et parla.

— Mesdames et messieurs, ce soir, l'adjoint Andrew Peterson vient de réussir ce qui sera très certainement la plus importante saisie de drogue jamais opérée dans notre pays. Dès demain matin, il appellera le bureau de la DEA à Washington pour donner les détails, et moins de trente secondes après, notre police sera la plus fêtée de la nation. Je lui présente toutes mes félicitations. Comme vous le ferez tous. Encore une excellente journée de travail dans une tradition d'excellence.

Il coupa et jeta le micro sur le siège.

— Merci, chef, dit Peterson.

— Avec plaisir. Mais je pense encore que vous n'auriez pas dû venir.

22 h 55. Restaient cinq heures.

***

À deux mille sept cents kilomètres au sud, le convoi de trois véhicules de Plato attendait devant le portail anonyme dans la barrière entourant un aérodrome. Le portail était un vieux machin avachi, fermé par une chaîne avec cadenas. Le bas de la barrière disparaissait sous l'accumulation des débris et les mauvaises herbes. Mais l'aérodrome lui-même était en bon état. Militaire au départ, il était redevenu civil, puis militaire encore et à nouveau civil. Il avait une longue piste d'atterrissage, des hangars, des bureaux et un parking pour les appareils de tourisme. Tous étaient impeccablement alignés, encapuchonnés et bâchés dans l'obscurité.

L'avion de Plato n'avait rien d'un petit appareil de tourisme. C'était un Boeing 737. De très loin l'avion le plus grand de l'aérodrome. Il avait vingt ans et Plato était son troisième propriétaire. Pas que quiconque l'aurait su. Seuls les fondus d'aviation savent dater un appareil, et ceux-ci n'ignorent pas qu'il est plus prudent de ne pas ébruiter l'information. Plato racontait à qui voulait l'entendre que l'appareil avait été construit sur mesure pour lui un an auparavant, chez Boeing, dans l'État de Washington. En réalité, il avait été convoyé jusqu'à des ateliers en Arizona où on l'avait débarrassé de sa peinture et l'avait remplacée par une détrempe grise qui donnait un éclat terni et l'air mauvais à l'aluminium. Les gens qui lui devaient un service passaient régulièrement des jours et des semaines à le poncer à l'argile et à la cire de carnauba. L'appareil brillait comme une voiture de démonstration. Plato en était très fier. Il était le premier de sa famille à posséder un Boeing.

Un pick-up poussiéreux borgne d'un phare s'engagea sur le chemin qui longeait le périmètre et vint s'arrêter près du portail. Un type en descendit, ouvrit le cadenas et dégagea bruyamment la chaîne. Il souleva le portail, tira dessus, le secoua et finit par l'ouvrir. Le convoi des trois véhicules entra.

Plato étant Plato et les Range Rover étant des Range Rover, les véhicules n'empruntèrent pas la voie de service. Au lieu de cela, ils foncèrent tout droit et traversèrent des plages d'herbe pleines de bosses, des pistes d'envol toutes lisses et enfin le parking. Ils décrivirent alors une grande courbe respectueuse autour du Boeing et se rangèrent côte à côte entre deux Cessna et un Piper Cub. Les six hommes descendirent et s'alignèrent en un cordon lâche. Plato s'avança au milieu d'eux. Il n'était pas en danger, mais côté prudence et réputation, ça aidait d'en avoir l'air. Il y avait un escalier roulant à l'ancienne mode à côté de la porte avant du Boeing. Le mot *Mexicana* était encore visible dessus, écaillé, à moitié effacé. Trois hommes montèrent à bord. Au bout d'une minute, l'un d'eux se montra à la porte et hocha la tête. Tout allait bien.

Plato monta à son tour et prit place sur le siège qui lui était réservé, le A1, première rangée à gauche. Avoir de la place pour les jambes n'était pas un problème pour lui. L'ancienne cabine de première classe était intacte. Quatre rangées de deux fois deux vastes fauteuils en cuir. En revanche, derrière, la classe économique avait disparu. Il n'y avait que de l'espace vide. L'avion avait une capacité officielle de cent quatre-vingts passagers et, vingt ans auparavant, on estimait que le poids moyen de ces passagers était de quatre-vingt-dix kilos, bagages compris. Ce qui donnait une quantité totale d'emport d'environ seize tonnes.

Plato s'installa pendant que ses hommes inspectaient leur matériel. Il avait été fourni et chargé dans l'avion par un type qui devait une faveur à Plato. Si bien que rien ne manquait et que tout était correct, sous peine de mort. Mais ses hommes vérifièrent néanmoins. Vêtements de grand froid, échelles d'aluminium, torches électriques, armes automatiques, munitions, de la nourriture et de l'eau. Tout le reste serait fourni une fois sur place.

Les pilotes avaient terminé leur check-list d'avant décollage. Le chef pilote sortit du cockpit et vint attendre dans l'allée. Plato croisa son regard et lui adressa un signe de tête. Comme à un majordome auquel on dit l'heure à laquelle servir la soupe. Le pilote regagna sa cabine et les moteurs démarrèrent. L'avion roula, s'aligna sur la piste, fit tous freins bloqués un point fixe qui le fit vibrer, commença à rouler, puis s'éleva majestueusement dans la nuit.

***

Reacher revint en ville dans la voiture de Peterson. Holland les suivit dans la sienne. Reacher descendit au bout de la rue de Janet Salter et salua les deux policiers de la main. Puis il passa devant le véhicule de patrouille garé et pataugea dans la neige jusqu'à la maison. Janet Salter était encore debout. Elle l'examina de la tête aux pieds et sur toute la largeur comme si elle cherchait des dégâts. Puis elle lui demanda :

— Ça a marché ?

— Jusqu'ici, oui.

— Dans ce cas, vous devriez appeler la fille de Virginie et le lui dire. Vous avez été affreusement abrupt, la dernière fois. Vous lui avez littéralement raccroché au nez.

— Elle n'est probablement pas en service. Il est tard.

— Essayez toujours.

Il se débarrassa donc de son accoutrement, accrocha la parka dans le vestibule et s'assit sur la chaise. Et composa le numéro dont il se souvenait. Demanda Amanda.

Elle était encore à son bureau.

— N06BA03, dit-il, est de toute évidence un code pharmaceutique pour la méthamphétamine.

— Quarante tonnes ?

— Presque intactes.

— Bon Dieu de bon Dieu !

— C'est ce que nous nous sommes dit.

— Qu'est-ce que vous allez faire ?

— Moi ? Rien. Les flics du coin s'en occupent.

— À quoi ça ressemble, quarante tonnes ?

— À un mur de briques.

— Mais comment diable le système a-t-il pu perdre quarante tonnes de méthamphétamine ?

— Je ne sais pas. Du matériel perdu, il y en a tout le temps. Ils n'en étaient peut-être pas très fiers. On passe de la guerre à la paix et tout d'un coup, les valeurs changent. C'est peut-être pour cette raison qu'ils l'ont cachée sous un code. Et dès que plus personne n'a su ce qu'il y avait sous ce nom de code, on a complètement oublié que c'était là qu'elle était. Hors de la vue, hors de l'esprit.

Elle ne répondit pas.

— Merci de votre aide, Susan, dit-il.

— C'était avec le plus grand plaisir.

— Dites à votre pote de Lackland qu'ils ont des employés qui épluchent les archives moyennant finances. Ce truc n'a pas été retrouvé accidentellement. Vous pouvez peut-être lui rendre ainsi son service.

— Je vois déjà pleuvoir les Bronze Stars.

— Rien sur Kapler ?

— Il a démissionné sans raison apparente. C'est tout ce qu'il y a. Ce qui est étrange, j'en conviens, mais il n'y a rien d'incriminant nulle part. Soit il n'a rien à se reprocher, soit on a fait le ménage derrière lui.

— Bon, dit Reacher, merci.

— Rien d'autre ?

— Non, je crois que nous en avons terminé.

— Alors on se dit adieu ?

— J'en ai bien l'impression.

— Ça m'a fait plaisir de faire votre connaissance.

— À moi aussi. Gardez votre bonne étoile, Susan. Et encore merci.

— Comptez sur moi.

Elle raccrocha. Il resta un moment assis, les yeux fermés, le combiné sur les genoux. Quand l'appareil se mit à biper, il le reposa, se leva et gagna la cuisine.

***

Janet Salter s'y trouvait, un livre sous le bras. Elle remplissait un verre au robinet. Elle se préparait à aller se coucher. Reacher se mit de côté pour la laisser passer et prendre la direction de l'escalier. Il attendit quelques instants, puis il partit faire une dernière inspection de la maison. La femme flic à la bibliothèque se tenait à deux mètres de la fenêtre, en alerte, implacable. Celle du vestibule occupait la chaise du téléphone et se tenait penchée en avant, coudes sur les genoux. Reacher vérifia ce qu'on voyait par la fenêtre du salon, puis il s'engagea dans l'escalier pour regagner sa chambre. Il n'alluma pas et ne ferma pas les rideaux. Sur le toit de la véranda, la couche de neige était épaisse, glacée, vitrifiée. La rue était vide. Seulement la voiture de patrouille garée avec le flic dedans, seulement les ornières, la glace et le vent qui s'acharnait.

Tout était calme.

***

En Virginie, l'ordinateur de Susan Turner émit comme un son de cloche. L'intranet sécurisé du gouvernement. Un courriel entrant. Le mot de passe temporaire du commandement des ressources humaines. Elle le recopia dans la boîte de dialogue correspondant à la base de données pertinente. L'ancien rapport lui parvint sous la forme d'un document Adobe. En gros, une photocopie en ligne. Les soixante-treize citations de l'index, dans le dossier militaire de Reacher.

C'était l'histoire d'une expérience conduite par une unité psychologique de l'armée comme Susan savait qu'il y en avait eu beaucoup à l'époque. Tellement même, en fait, que dans la plupart des cas, les gens s'asseyaient sur leur gros derrière en attendant l'inspiration. Ce groupe-ci s'était intéressé aux mutations génétiques. Ce domaine commençait à être bien compris. On avait depuis peu découvert l'ADN. Tout était parti d'un film pour les gosses qui avait été projeté sur les bases militaires. C'était un nanar de science-fiction mettant un monstre en scène[1]. Une poupée en caout-

1. *L'Étrange Créature du lagon noir*, Jack Arnold, 1954.

chouc filmée en plan très rapproché. La première apparition de la créature passait pour un grand moment de cinéma. Le monstre sortait d'un lagon. Grand choc. Dans la salle, les enfants hurlaient et se recroquevillaient sur leurs sièges. La réaction paraissait universelle.

Les psychologues étaient tombés d'accord pour dire que ce mouvement de recul devant une source de danger extrême était une réaction rationnelle, conséquence de l'évolution. Mais ils connaissaient l'existence de mutations. Des girafes naissaient parfois avec des cous plus longs ou plus courts que ceux de leurs géniteurs, par exemple. Ce qui pouvait être utile ou non, selon les circonstances. Seul le temps le dirait. L'évolution en jugerait. Ils se demandèrent donc s'il arrivait que des enfants naissent sans ce mouvement de recul réflexe. Ce qui aurait été contre-productif en termes de survie de l'espèce. Mais qui aurait pu être utile pour les militaires.

Ils envoyèrent des copies du film jusque dans les bases les plus lointaines du Pacifique. L'armée de terre, la marine, l'armée de l'air et le corps des marines, parce qu'ils voulaient disposer de l'échantillon le plus vaste possible. Et dans le Pacifique, parce qu'ils voulaient des enfants n'ayant pas encore vu le film et n'en ayant même pas entendu parler. Ils installèrent des appareils photo discrets au-dessus des écrans de cinéma. Ces appareils étaient braqués sur les premières rangées de spectateurs. Leur déclenchement était provoqué par le système d'entraînement du projecteur et calculé pour se produire juste au moment où le monstre émergerait de la gadoue. Des centaines d'enfants entre quatre et sept ans furent invités à le voir par fournées – cette tranche d'âge était apparemment considérée comme étant suffisamment mature en termes de réactions affectives, mais pas encore assez socialisée pour contrôler ses réactions.

Le document présentait une longue séquence illustrée de photos. Un peu floues, un peu sombres, mais qui toutes montraient la même chose. Des petits enfants, les yeux écarquillés, la bouche ouverte, se renversant brusquement dans leur siège, certains se jetant carrément par-dessus le dossier, se serrant la tête dans les bras, manifestant tous les signes de la peur et de la panique.

Puis il y eut une exception.

Une photo montrait une première rangée de quinze sièges. Quinze enfants. Tous des garçons. Tous l'air d'avoir six ans. Quatorze d'entre eux se rejetaient en arrière. Le quinzième bondissait en avant. Il était plus grand que les autres. Il avait des cheveux courts, ébouriffés, de couleur claire. Il paraissait vouloir se jeter sur l'écran. Il brandissait agressivement le bras droit. Il tenait quelque chose à la main.

Susan Turner avait bien l'impression qu'il s'agissait d'un couteau à cran d'arrêt. Le nom du garçon agressif ne figurait pas en toutes lettres dans le document. On l'avait étudié brièvement, puis son père avait reçu une autre affectation et le gamin avait disparu dans le système. La recherche avait été abandonnée peu de temps après. Mais les résultats glanés jusqu'alors figuraient dans un dossier complet. On avait appliqué au garçon agressif des qualificatifs compliqués dont le sens échappait complètement à Susan.

La dernière page du dossier contenait son propre index. Il n'y avait aucun renvoi à autre chose que le dossier personnel de Reacher.

Susan retourna au préambule technique. Le délai entre l'apparition du monstre et l'ouverture de l'obturateur avait été réglé sur dix-huit images, soit trois quarts de seconde. Elle fut impressionnée. Pas tellement par le bond en avant. Des gens comme ça, elle en connaissait. Elle en faisait elle-même partie. Mais qu'un gosse de six ans ait pu avoir un cran d'arrêt ouvert à la main en moins d'une seconde était tout autre chose.

***

Le silence continua à régner dans la maison de Janet Salter pendant moins de dix secondes. Puis les radios d'une première, puis d'une deuxième, d'une troisième et d'une quatrième voiture de patrouille s'animèrent brutalement, lançant des codes et des messages urgents au milieu de chuintements d'électricité statique ; des téléphones portables sonnèrent, il y eut des bruits de pas dans la chambre des deux flics de jour, des portes s'ouvrirent, des pieds martelèrent l'escalier, tout le monde se mit à parler à la fois, fort, sur un ton effrayé et horrifié.

Reacher sortit de sa chambre et se précipita dans l'escalier à son tour. Les quatre femmes flics se tenaient regroupées sur le tapis du vestibule, deux en uniforme, deux en pyjama, toutes parlant au téléphone, toutes blêmes, choquées et regardant autour d'elles les yeux écarquillés, prises d'une panique énervée et impuissante, débordant d'adrénaline, ne sachant que faire ni où aller.

— Qu'est-ce qui se passe ? demanda Reacher.
— C'est Andrew Peterson, dit l'une d'elles.
— Quoi, Peterson ?
— Il a été abattu d'un coup de feu.

CHAPITRE 35

Le type de la voiture dans la rue entra et se joignit à la confusion. Reacher n'eut aucun doute sur le fait que les flics dans les autres voitures étaient tout aussi affolés. À ce moment-là, la sécurité de Janet Salter ne valait même pas un pet de lapin. Il consacra donc la moitié de son attention à regarder par la fenêtre du salon et l'autre moitié à reconstituer les événements à partir des propos décousus qu'il entendait. Ce ne fut pas difficile. Les faits semblaient se résumer à ceci : conformément aux ordres les plus récents du chef Holland, la police était toujours en alerte rouge. Il y avait donc des patrouilles mobiles en permanence, et le niveau de la vigilance était élevé. Toutes les rues étaient visitées au moins une fois toutes les vingt minutes. Tous les piétons étaient examinés de près, toutes les voitures, tous les véhicules utilitaires. Les parkings étaient eux aussi sillonnés régulièrement, comme la plus petite allée, la moindre voie.

Une voiture conduite en solo par Montgomery, le nouveau, s'était avancée dans un parking enneigé à quelque distance du centre, et Montgomery avait aperçu le véhicule de Peterson apparemment vide, moteur tournant au ralenti, la vitre côté conducteur complètement baissée, son pare-buffle en contact avec un mur de brique anonyme. En y regardant de plus près, Montgomery avait constaté que le véhicule n'était pas vide. Peterson s'y trouvait, étendu de tout son long à l'avant, avec le trou d'un coup de fusil dans la tête.

***

Reacher resta à la fenêtre du salon, à regarder la rue silencieuse ; il pensait à Peterson et laissait les policiers à leur chagrin personnel dans le vestibule. Il entendait leurs voix. Tous passèrent par une courte période de déni. L'histoire était peut-être fausse. Ce que Reacher considérait comme théoriquement possible, mais guère plausible. Il arrivait qu'un rapport de terrain soit contestable. Et les blessures à la tête peuvent donner de fausses impressions. On peut prendre un coma profond pour un décès. Mais dans quatre-vingt-dix-neuf cas sur cent, ces espoirs sont déçus et n'occasionnent qu'une perte de temps. Reacher le savait. Il était optimiste, mais pas fou.

***

La mauvaise nouvelle fut confirmée cinq minutes plus tard par le chef Holland en personne. Il arriva en voiture, se gara et sortit dans le froid. Il avait trois questions à régler. En premier lieu, il voulait confirmer lui-même la nouvelle à ses policiers. En second lieu, il tenait à s'assurer qu'ils avaient de nouveau l'esprit au travail. Il renvoya le policier de faction à l'extérieur dans sa voiture, les femmes flics de service de jour dans leurs lits et celles de nuit à leurs postes respectifs, la première à la bibliothèque, puis il ordonna à celle du vestibule de se concentrer sur la porte d'entrée. Il parlait d'une voix calme et ferme et ses manières étaient contrôlées. Il se comportait en bon chef d'unité. Un cran au-dessus de sa ligue, peut-être, et un peu dépassé, aucun doute, mais il marchait et parlait toujours. Ce qui était déjà mieux que certains chefs d'unité qu'avait vu faire Reacher dans des situations merdiques du même genre.

Le troisième point relevait de l'invitation et de l'ordre. Il gagna le salon, regarda Reacher droit dans les yeux et l'invita à venir voir la scène de crime.

***

Janet Salter s'était levée à cause du remue-ménage et réfugiée dans sa cuisine. C'est là que la trouva Reacher. Elle était encore complètement habillée. Elle avait le revolver dans sa poche. Elle savait exactement ce qu'il voulait lui dire. Elle le chassa d'un geste impatient de la main.

— Je sais ce que j'ai à faire, dit-elle.

***

Reacher monta à l'avant de la voiture banalisée de Holland. Le chef fit marche arrière, braqua et repartit vers la ville. Il tourna à gauche au parc et à droite après la cafétéria, puis il passa devant le magasin de vêtements où Reacher s'était équipé. Il prit ensuite à gauche et à droite dans des voies secondaires pour rejoindre un bloc d'immeubles en brique de un étage. Des cubes purement fonctionnels. Peut-être y avait-il eu autrefois des magasins, des bureaux ou des entrepôts à cet endroit. Peut-être était-ce l'ancien centre de l'activité commerciale de Bolton. Mais là, tout tombait en ruines. La plupart des bâtiments paraissaient abandonnés. Trois d'entre eux avaient été démolis pour dégager un espace, ce dégagement mesurant quelque chose comme une trentaine de mètres sur douze ou treize. Il semblait servir de parking temporaire, peut-être plein dans la journée, mais vide la nuit. Il était bosselé de tas de neige gelés et creusé d'ornières remontant à deux jours, au moment où la neige était encore molle.

Deux voitures de police montaient la garde devant le parking vide. Leurs gyrophares rouges tournaient. Les rayons dansaient sur un rythme endiablé, balayant des surfaces alternativement proches et lointaines. Un seul flic par voiture. Reacher ne connaissait ni l'un ni l'autre. Ils étaient juste assis derrière leur volant. Il n'y avait aucune foule à contenir. Il était beaucoup trop tard et il faisait beaucoup trop froid pour qu'il y ait des badauds.

La voiture de Peterson était tout à gauche dans le parking. Le moteur tournait encore. La vitre côté conducteur était toujours baissée. Les courtes barres de renfort métalliques du pare-chocs avant forçaient contre un mur de brique, lequel appartenait au bâtiment voisin du parking.

Holland se gara le long du trottoir et descendit. Reacher le suivit, remonta la fermeture de sa parka, s'enfonça le bonnet sur les oreilles. L'axe de la rue secondaire dans laquelle ils se trouvaient étant nord-sud, ils ne sentaient pas le vent. Il faisait froid, mais cela restait supportable. Ils entrèrent ensemble dans le parking. Aucun risque de bousiller des indices au sol. Aucun risque d'effacer des traces de pneus ou de pas. Il n'y en avait pas. Les ornières étaient comme de la tôle ondulée, mais en plus dur. Gelées et glissantes. Ils gagnèrent laborieusement la voiture de Peterson, qu'ils approchèrent par l'arrière. Les tuyaux d'échappement gargouillaient patiemment. Le véhicule restait planté là, l'air d'un fidèle serviteur attendant l'ordre de son maître.

La croûte de glace craqua sous leurs chaussures tandis qu'ils s'approchaient de la portière du conducteur. Ils regardèrent par la vitre ouverte. Les pieds de Peterson étaient restés sous le volant, mais son corps s'était plié à la taille. Il était tombé de côté. Son arme était toujours dans son étui. Il avait la tête renversée en arrière, le cou plié, une joue appuyée contre le siège, comme s'il s'était penché pour examiner quelque chose d'un grand intérêt sur la portière côté passager.

Reacher revint sur ses pas pour contourner la voiture par l'arrière, ses genoux franchissant le petit nuage blanc qui sortait de l'échappement. Puis il remonta jusqu'à la portière du passager avant. Il posa sa main gantée sur la poignée et ouvrit. S'accroupit. Peterson le regarda fixement de ses yeux qui ne voyaient plus. Il avait un troisième œil au milieu du front. Blessure d'entrée, parfaitement cadrée, comme pour l'avocat retrouvé sur la route secondaire. Neuf millimètres, presque certainement. Tiré presque à bout portant. Il y avait de légères traces de brûlures sur la peau et une esquisse de tatouage en poudre. Un mètre cinquante, environ.

Pas de blessure de sortie. La balle se trouvait toujours dans la tête de Peterson, écrasée, déformée après y avoir tourné sur elle-même. Inhabituel pour du neuf millimètres tiré à cette distance. Mais pas impossible. Manifestement, Peterson avait le crâne solide.

La mort ne faisait aucun doute. Reacher en savait suffisamment sur la balistique et la biologie humaine, et avait déjà vu bien assez de morts pour être sûr de lui. Mais il vérifia tout de même. Il enleva un de ses gants et posa deux doigts tièdes sur la peau froide, derrière l'oreille de Peterson. Aucun pouls. Rien, sinon la sensation cireuse d'un cadavre, sensation à la fois de mou et de dur, à la fois solide et insubstantielle, déjà complètement étrangère à un contact vivant.

Il remit son gant.

La transmission de la voiture était commandée par un levier placé sur la colonne de direction. Il était toujours sur Drive. Le chauffage était réglé sur vingt degrés. Le volume de la radio était presque complètement baissé. On entendait de temps en temps de minuscules éruptions de statique, des murmures de voix occasionnels, mais rien d'intelligible.

— Bien, dit Reacher.

— Vous en avez vu assez ? lui demanda Holland.

— Oui.

— Qu'est-ce qui s'est passé ?

— Je ne sais pas.

— Pourquoi n'est-il pas rentré chez lui ?

— Je ne sais pas.

— Il devait chercher le tueur, suggéra Holland.

— Vous le cherchez tous.

— Mais ce n'était pas son boulot, ce soir. Il travaillait en quelque sorte au noir. Et vous savez pourquoi ?

— Non.

— Parce qu'il voulait vous impressionner.

— Moi ?

— Vous étiez pratiquement devenu son mentor. Vous l'aidiez. Vous le poussiez même peut-être un peu.

— Vous croyez ?

— Vous lui avez dit ce qu'il fallait faire pour l'avocat assassiné. Et toutes ces photos, hein ? Vous lui avez aussi expliqué comment s'y prendre avec le biker mort. Vous discutiez avec lui. Il allait être le prochain chef de la police de Bolton. Il voulait être un bon chef. Il était prêt à écouter n'importe qui.

— Sauf que je ne lui ai jamais dit de se mettre aux trousses du tueur tout seul et en pleine nuit.

— Il voulait résoudre l'affaire.

— Comme vous tous.

— Il voulait susciter votre respect.

— Ou le vôtre, lui renvoya Reacher. Il voulait peut-être se montrer à la hauteur des conneries que vous avez débitées à la radio ce soir. Cette histoire de drogue… grâce à vous, il a eu l'impression d'être un imposteur.

Bref instant de silence.

— Bon mais ici, qu'est-ce qui s'est passé ? demanda Holland.

— Il a vu quelqu'un dans le parking. Presque certainement dans une voiture ou un utilitaire. Trop froid pour aller voir à pied. Il entre en voiture. Décrit un grand cercle. S'arrête portière à portière. Baisse sa radio, ouvre sa vitre, prêt à parler. Mais le type n'hésite pas et lui tire une balle dans la tête. Il s'effondre et son pied quitte le frein. La voiture roule d'elle-même contre le mur.

— Même scénario que pour l'avocat, en gros.

— Tout à fait.

— Ç'a été rapide ?

— Une balle en pleine tête, en général c'est rapide.

Ils se turent. Restèrent là, à frissonner dans l'air glacial.

— On ne devrait pas chercher la douille ? demanda Holland.

Reacher secoua la tête.

— C'est comme pour l'avocat. La douille a été éjectée à l'intérieur du véhicule du tueur.

Holland ne fit aucun commentaire. Reacher lut une question sur son visage. Qui peut être ce tueur ? Elle était là, dans ses yeux.

La question était gênante, et la réponse peu séduisante.

Reacher reprit la parole.

— Je comprends maintenant pourquoi vous avez voulu m'amener ici. Vous teniez à ce que ce soit moi qui aboutisse à la conclusion. Et qui le dise à voix haute. Moi, pas vous. Une voix indépendante.

Holland garda le silence.

— Bon, d'accord. On arrête là. On verra plus tard. Réfléchissons une minute.

***

Ils retournèrent au commissariat. Holland se gara à l'emplacement qui lui était réservé, puis ils passèrent entre les poubelles pour gagner la porte et rejoignirent la salle de garde, près du bureau qu'avait utilisé Peterson.

— Vous devriez vérifier ses messages, dit Holland. Ceux du répondeur et ses courriels. Il a peut-être reçu un renseignement qui l'aura conduit là-bas.

— Vous vous raccrochez à n'importe quoi, dit Reacher.

— Faites-moi cette faveur.

— A-t-il commencé par passer par ici ?

— Je ne sais pas.

— En a-t-il eu seulement le temps ?

— Probablement pas. Mais nous devrions tout de même vérifier ses messages. Parce que nous devons être sûrs de nous dans une affaire pareille.

— C'est à vous de le faire. C'est votre commissariat. Je ne suis qu'un civil.

— Je ne sais pas comment on s'y prend. Je n'ai jamais appris. Je me débrouille mal avec les nouvelles technologies. Je suis de la vieille école. Tout le monde le sait. Je représente le passé. Andrew, c'était l'avenir.

Reacher explora donc le dédale de la console téléphonique et de l'ordinateur de Peterson. Pas de mot de passe requis. Pas de codes. Tout était réglé pour que l'accès soit direct et facile. Il n'y avait qu'un message dans la boîte vocale. Il émanait de Kim Peterson, beaucoup plus tôt dans la soirée, juste après 18 heures, au moment où Reacher et Andrew revenaient chez Janet Salter après avoir regardé l'enregistrement de vidéosurveillance de la prison.

Il y avait de tout dans la voix enregistrée de Kim : de la panique, du courage, de la résignation, de la mauvaise humeur.

« Quand vas-tu enfin rentrer à la maison ? » demandait-elle.

Reacher consulta les courriels. Il ouvrit la boîte de réception. Deux messages. Le premier provenait de la DEA à Washington. Un agent confirmait qu'il n'y avait aucun labo de méthadone sous le périmètre militaire à l'ouest de Bolton, Dakota du Sud. Une coûteuse observation par satellite l'avait prouvé. On remerciait Peterson pour son intérêt et lui demandait de ne pas hésiter à reprendre contact s'il avait connaissance de nouveaux éléments.

Le deuxième courriel était un message de routine, un bulletin de la police de la route. Coordination à l'échelle de l'État. *Soyez vigilants*. Pour, dans le cas précis, tout un tas de trucs, y compris : trois voitures et quatre camions volés aujourd'hui même à des endroits différents de l'État, plus un chasse-neige volé au dépôt de Mitchell, un appareil décrit comme une pompe Isuzu N-Series et un camion de salage sur un aérodrome commercial à l'est de Rapid City par deux employés en fuite, un fusil de chasse Ithaca volé à Pierre, quatre suspects soupçonnés d'être en cavale dans une Chevrolet Suburban de 1979 après une tentative de cambriolage ratée et ayant mal tourné à Sioux Falls, et, pour finir, la propre contribution de Peterson, un barman en fuite soupçonné d'homicide à Bolton, dans un pick-up Ford de 2005.

— Rien, dit Reacher.

Holland s'assit.

— Alors dites-le. Allons-y, maintenant.

— Trois questions, répondit Reacher. Pourquoi l'avocat s'est-il arrêté en chemin avec une confiance aussi totale ? Pourquoi Peterson s'est-il arrêté dans le parking ? Et pourquoi a-t-il été tué cette nuit plutôt qu'une autre ?

— Et les réponses ?

— Un, parce que l'avocat se sentait en sécurité. Deux, parce que Peterson se sentait en sécurité. Trois, parce que vous avez annoncé la découverte de la planque de drogue sur le réseau du commissariat.

Holland hocha la tête.

— Le tueur est l'un d'entre nous, dit-il. C'est un flic.

23 h 55. Restaient quatre heures.

CHAPITRE 36

Comme on le fait dans ces cas-là, Holland et Reacher se creusèrent la tête ensemble et cherchèrent un point faible dans leur hypothèse, n'en pas trouver renforçant leur certitude. Un flic corrompu déjà en ville expliquait pourquoi la surveillance des étrangers arrivant à Bolton s'était révélée stérile. Un flic corrompu dans une voiture, un flic qui fait tourner ses gyrophares, qui agite peut-être une main gantée par la vitre, expliquait pourquoi un avocat prudent en était venu à s'arrêter sur une route solitaire au milieu de nulle part. Un flic corrompu entendant le message radio triomphant de Holland un peu plus tôt dans la soirée expliquait pourquoi Peterson était mort si peu de temps après. Le type avait dû se rendre compte qu'il devait agir avant le matin. « Dès demain matin, il appellera le bureau de la DEA à Washington pour leur donner les détails », avait dit Holland. Pas plus compliqué que ça. Et un flic corrompu garé dans un parking et faisant peut-être des gestes frénétiques expliquait pourquoi Peterson était allé directement le rejoindre, absolument pas sur ses gardes, absolument pas prêt.

Et un flic corrompu, éloigné contre sa volonté par la sirène et le plan de crise, expliquait pourquoi Janet Salter avait survécu aux cinq heures qu'avait duré l'émeute à la prison.

— C'est de ma faute, dit Holland. C'est ce que j'ai dit à la radio qui a provoqué la mort d'Andrew.

— J'aurais très bien pu faire pareil, dit Reacher. En fait, il m'est parfois arrivé de le faire.

— J'essayais de l'aider.

— Conséquences imprévisibles. Vous n'avez pas à vous sentir coupable.

— Comment le pourrais-je ?

— Comment se fait-il qu'il se soit retrouvé ici ? Il n'était pas en service. Il ne faisait pas que passer, ce n'était pas le chemin pour rentrer chez lui.

— Il était toujours en service, dans sa tête en tout cas. Et il aurait pu passer par là pour rentrer chez lui. Plus ou moins. Ce n'est qu'un détour mineur. Deux minutes de plus, en gros. Et ça, c'était Andrew… il voulait toujours en faire plus. Apporter un petit plus à la cause. Toujours prêt à essayer un dernier truc, à vérifier un dernier endroit.

Reacher garda le silence.

— J'imagine que c'est le Mexicain qui est derrière tout ça. Celui dont on n'arrête pas d'entendre parler.

— Plato, dit Reacher.

— D'après vous, depuis combien de temps a-t-il retourné notre type ?

— Un an, je dirais. Toute cette affaire semble remonter à un an.

— Une histoire de fric ?

— Comme la plupart du temps.

— Qui cela peut-il être ?

— Aucune idée.

— Je dirais un nouveau. Je les connais à peine. Pas assez pour faire confiance à un seul d'entre eux, de toute façon. C'est le bordel au commissariat. Et ça aussi, c'est de ma faute, j'en ai peur. Je n'ai pas réussi à rester dans le coup.

Reacher ne dit rien.

— Par où commençons-nous ? reprit Holland.

— Parlez-moi de ce type, ce… Kapler.

— Il a eu des problèmes à Miami. On n'a rien pu trouver qui l'incriminait. Mais il y a eu des rumeurs. C'était Miami, l'argent de la drogue qui traîne partout…

— Génial.

— Ce n'était que des rumeurs.

— Vous devriez voir ça de plus près. Et vous intéresser à Lowell. Qu'est-ce qu'il lui est arrivé il y a un an ? Et aussi à l'autre… Montgomery. Les personnes qui sont toutes seules quand elles découvrent un crime sont souvent celles qui l'ont commis.

— Dois-je les convoquer ?

— Le plus sûr serait de convoquer tout le monde. Tout le fichu commissariat. Faites-les asseoir ici, dans cette salle, et vous saurez forcément que votre homme est quelque part en face de vous.

— Vous croyez que je peux le faire ?

— Bien sûr.

— Mais… il faudrait ?

Reacher ne répondit pas. Dilemme classique de flic : et si on se trompait ?

— L'équipe qui est chez Mme Salter est forcément hors de cause. Les filles et les deux types en voiture ne sont allés nulle part ce soir. Pas vrai ? Ils n'ont pas pu aller planquer dans des parkings abandonnés. Ils ont des alibis. Des alibis mutuels, sans parler de vous.

— Exact.

— Je pourrais donc les laisser sur place.

— Mais vous devriez les avertir avant, lui suggéra Reacher. Si votre type sent le filet se resserrer, il risque de tenter le tout pour le tout.

— Ils le coinceront.

— Pas si vous ne les avertissez pas avant. Un collègue se présente à la porte, qu'est-ce qu'elles vont faire ? Tirer d'abord, poser des questions ensuite ?

— Elles le coinceront après.

— Ce qui serait trop tard.

— Ce serait une mission suicide.

— Qui sait s'il n'y est pas prêt ? Il doit savoir qu'il va se faire prendre, tôt ou tard. Qu'il est mort, quoi qu'il arrive. Il est pris entre le marteau et l'enclume. Deux homicides ou trois, il est bon pour la chaise électrique de toute façon.

— Il pourrait ne pas venir du tout. Il pourrait désobéir à mon ordre.

— Ce serait le meilleur moyen de se faire connaître. Autant se peindre une cible dans le dos. Ça réglerait la question.

— Qu'est-ce que je dois faire, alors ? Les convoquer ?

— C'est ce que je ferais, dit Reacher. C'est le premier devoir de n'importe quel commissariat de police. Coffrer les criminels qui sont dans la nature.

***

Holland passa les coups de fil. Il y eut tout d'abord sept conversations individuelles – avec les quatre femmes et les trois hommes en poste chez Mme Salter. Les sous-entendus étaient embarrassants. Un de vos collègues est un assassin. Ne faites confiance à personne, sinon à vous-mêmes. Puis il fit un appel radio général et ordonna à tous ses hommes, où qu'ils soient, quoi qu'ils fassent, de service ou pas, de se présenter au rapport au commissariat dans exactement trente minutes. Ce qui, du point de vue de Reacher, était une petite erreur tactique. Il aurait mieux valu requérir leur présence immédiate. En pratique, ça ne les aurait pas fait venir plus rapidement, mais leur accorder un délai, même limité, donnait au tueur le sentiment qu'il avait encore le temps d'agir, de finir son boulot et en plus, dans des conditions idéales de chaos et de confusion, avec les flics courant dans tous les sens. Ç'allait être la demi-heure de tous les dangers.

Holland reposa le micro et reprit son téléphone.

— Kim Peterson n'a pas encore été informée, dit-il.

— Ne le faites pas par téléphone. Ce n'est pas bien.

— Je sais. J'appelle le standard. Parce que je veux que ce soit vous qui le fassiez. Le type du standard pourra vous conduire. Il passera vous reprendre une heure plus tard. Une heure, ça devrait aller.

— Vous parlez sérieusement ?

— Je n'ai pas le temps de le faire moi-même. Je vais être pas mal occupé.

— Je ne suis pas qualifié, lui objecta Reacher. Je suis juste un étranger de passage.

— Vous la connaissez. Vous avez passé une nuit sous son toit.

— C'est votre boulot, pas le mien.

— Je suis sûr que vous l'avez déjà fait.

— Là n'est pas la question.

— Et je suis sûr que vous le faisiez bien.

— Pas tellement.

— Il faut que vous le fassiez, insista Holland. Moi, je ne peux vraiment pas, d'accord ? Ne m'y obligez pas, d'accord ?

***

Plato passa une heure dans le siège A1, à l'avant de la cabine à gauche, puis il commença à s'impatienter. Voyager de nuit en avion l'ennuyait. De jour, il y avait la vue, même à sept mille pieds d'altitude. Il y avait surtout du brun et des étendues vides, c'est vrai, mais avec assez de routes, de maisons et de patelins pour lui rappeler qu'il y avait de nouveaux clients, là en bas, des clients qui n'attendaient que d'être recrutés et approvisionnés. De nuit, il ne pouvait pas les voir. Il n'y avait rien que l'obscurité et, de loin en loin, des fils de lumière.

Il se leva et s'avança dans l'allée, passant devant ses hommes, puis devant les derniers sièges de la première classe, pour entrer dans l'espace vide correspondant à l'ancienne classe économique. Il étudia le matériel posé sur le plancher. Ses hommes l'avaient vérifié. Il le vérifia à nouveau lui-même, parce qu'il était Plato et qu'eux ne l'étaient pas.

La nourriture, l'eau, sans intérêt. Sept parkas, sept bonnets, sept paires de gants. Tout était neuf et adéquat.

Les parkas étaient de gros machins matelassés remplis de duvet d'oie. North Face, une marque bien connue, toutes noires. Six étaient de taille médium, une de taille douze ans. Les pistolets-mitrailleurs étaient des H&K MP5K. Courts, compacts, futuristes, redoutables. Ses préférés. Il y avait sept petits sacs à dos noirs, contenant chacun des chargeurs de rechange et des lampes torches.

Plato repéra tout de suite un problème. Il allait falloir régler les sangles des sacs à dos au maximum de leur longueur pour qu'elles puissent tenir sur les volumineuses parkas. La conclusion était évidente. Simple question de prévoyance. Mais cela n'avait pas été fait.

Il était Plato, ils ne l'étaient pas.

Les échelles provenaient d'une entreprise américaine, la Werner. En aluminium, dix mètres de long en extension maximum et pouvant supporter un poids maximum de cent dix kilos. Elles étaient couvertes d'autocollants qui le précisaient. Elles cliquetaient légèrement. Les vibrations des moteurs. Elles devaient peser autour de dix kilos chacune. Il y en avait quatre. Environ quarante kilos. On les abandonnerait sur place. Autant utiliser la capacité d'emport pour quarante briques de glassine de plus que pour quatre échelles inutiles.

Il en allait de même pour les six hommes dont il n'avait rien à faire. Ils seraient eux aussi abandonnés sur place. Quatre cents kilos de chair et de sang remplaçables contre quatre cents briques supplémentaires de méth ? Ça ne se discutait même pas.

Il anticipait déjà le voyage retour. Il était certain de réussir. Il avait de nombreux avantages. La plupart tenaient à lui et étaient décisifs. L'homme qu'il avait sur place était une assurance, rien de plus.

***

Caleb Carter était considéré comme étant tout en bas du mât de totem. Ce qui, de son point de vue, ne manquait pas d'ironie. Il s'y connaissait un peu en totems et possédait quelques notions générales sur la culture des Amérindiens. En fait, il s'y connaissait un peu en beaucoup de choses, mais d'une manière décousue qui ne lui avait valu aucun dividende en termes de réussite scolaire ou d'emploi. Il s'était donc rabattu sur le métier de gardien de prison. Choix par défaut dans sa promo. Et probablement aussi choix par défaut pour beaucoup d'autres promos. Il avait suivi une formation, on l'avait équipé d'une radio et d'un uniforme en synthétique et assigné au poste de veilleur de nuit à la maison d'arrêt du comté. Il était le plus jeune et la dernière recrue d'une équipe de quatre hommes. D'où le type d'en bas sur le mât de totem.

Sauf que taxer un nouveau de mec du bas sur le mât de totem était complètement à côté de la plaque. Combien mesuraient les mâts de totem ? Huit, dix mètres ? Les Amérindiens n'étaient pas des imbéciles. Ils plaçaient le type le plus important en bas. À hauteur des yeux. Pourquoi un type important aurait-il voulu se percher à huit ou dix mètres au-dessus du sol, où personne ne pouvait le voir ? C'est comme au supermarché. L'étagère au niveau des yeux est réservée aux meilleurs produits. Ceux qui font les meilleures marges. Les grandes enseignes engagent des experts pour calculer ce genre de choses. Le niveau des yeux est le point capital. Bref, l'homme au plus bas du mât était en réalité le plus haut dans la hiérarchie. Si l'on peut dire. Erreur commune. Une sorte d'inversion linguistique. Caleb Carter ignorait à quoi cela tenait.

Veilleur de nuit était un boulot facile. Les cellules étaient déjà fermées quand ils prenaient leur service et on ne les rouvrait qu'après leur départ. En pratique, l'équipe de Caleb n'avait qu'une véritable responsabilité : contrôler la population en cas d'urgence médicale. Des types pouvaient se mettre à écumer de la bouche ou à se cogner la tête contre les murs. Certains ne savaient pas très bien quels médicaments ils devaient prendre. D'autres essayaient de se pendre avec les jambes de leur survêt, les tordant et faisant des nœuds. Ils étaient pitoyables.

La procédure incluait dix tournées d'inspection, une toutes les heures. Naturellement, la plupart sautaient. Toutes, parfois. C'était plus simple de rester assis dans la pièce réservée, à jouer au poker pour des sommes ridicules, à regarder un film porno sur l'ordinateur ou à ne rien foutre, les écouteurs sur les oreilles. Tant de négligence avait commencé par le déconcerter. Nouveau boulot, nouvelle vie, il était arrivé bourré de bonnes intentions et d'énergie. Il était prêt à prendre son travail au sérieux. Mais le premier devoir de tout nouvel arrivant est de se fondre dans la masse. C'est ce qu'il avait fait. Au bout d'un mois, il ne se rappelait même plus ce qui avait pu autant le déranger. Qu'est-ce donc que le système attendait d'eux pour dix minables billets de l'heure ?

Mais l'émeute de la veille dans la grande taule avait un peu secoué le cocotier. Le chef des veilleurs de nuit avait exigé d'eux qu'ils fassent au moins trois tournées par nuit. Sauf que ce soir-là, il n'était déjà plus question que de deux et là, alors qu'ils étaient de garde depuis quatre heures et que la première n'avait toujours pas été faite, il était clair qu'ils n'en feraient qu'une. Et que l'heure de la faire approchait, et que c'était bien entendu Caleb qui devrait s'y coller – parce qu'il était le plus haut sur le mât de totem. Ce qui ne le gênait pas. Il ferait sa tournée, bientôt, mais pas tout de suite, vu qu'il était occupé à cliquer dans un site de grosses filles nues s'occupant d'animaux de ferme. Le boulot pouvait attendre.

***

Reacher quitta la berline en mauvais état au bout de l'allée des Peterson, et regarda s'éloigner le répartiteur. Puis il prit la direction de la maison. Impression d'avancer dans un tunnel tout blanc. La neige repoussée de chaque côté formait des congères hautes d'un mètre cinquante. Devant lui, le carrefour en Y, à droite pour la grange, à gauche pour la maison. Il soufflait un vent soutenu. Le terrain à cet endroit était ouvert et plat. Jamais Reacher n'avait eu aussi froid de sa vie. Il en était certain. Il venait d'atteindre un point extrême. Un jour, en Arabie saoudite, au début de l'opération Bouclier du Désert, la température avait atteint soixante degrés à midi. Aujourd'hui, au Dakota du Sud, elle atteignait les moins trente-cinq, ce qui faisait presque moins cinquante en tenant compte du vent. Aucun de ces points extrêmes n'était confortable. Mais il savait celui qu'il préférait.

Il atteignit la jonction du Y. Il prit à gauche, vers la maison. L'allée était correcte. Sa surface en avait été salée et saupoudrée de gravillons. Sans doute la dernière corvée domestique exécutée par Andrew Peterson. Dix minutes de travail. Il avait facilité la tâche de celui qui irait prévenir sa veuve qu'il était mort.

La maison se profilait devant lui. Parements rouges, porte rouge prenant un aspect brunâtre sous l'éclat bleu de la lune. Une douce lumière jaune filtrait des fenêtres. Une légère odeur de feu de bois lui parvenait de la cheminée. Il s'avança. Il faisait tellement froid qu'il avait l'impression d'avoir oublié comment on marchait. Comme un type qui a eu une attaque. Il devait se concentrer. Pied gauche, pied droit, un pas, le suivant, consciemment, délibérément. Comme s'il s'initiait à une toute nouvelle technique.

Il finit par arriver à la porte. Il fit une pause d'une seconde, chassa d'une toux l'air glacé de ses poumons, leva la main et frappa. L'épaisseur de son gant et les tremblements de sa main transformèrent ce qu'il avait cru être deux coups bien nets en une séquence de frôlements mous et étouffés. Le son le plus affreux du monde. Minuit passé, une famille de flics esseulée dans une maison, un coup frappé à la porte. Aucune possibilité que ce soit une bonne nouvelle. Kim allait le comprendre dans la première fraction de seconde. La seule question était de savoir avec quelle force et pendant combien de temps elle rejetterait l'idée. Reacher savait comment ça allait se passer. Il avait frappé sur bien des portes après minuit.

Elle ouvrit. Un seul coup d'œil, et le dernier et absurde espoir déserta ses traits. Ce n'était pas son mari. Il n'avait pas laissé tomber ses clefs dans la neige. Il ne s'était pas inexplicablement enivré et rendu incapable de trouver le trou de la serrure.

Elle s'effondra comme si une trappe s'était ouverte sous ses pieds.

***

Caleb Carter prit une lampe torche Maglite noire au râtelier près de la porte et vérifia sa radio. Elle était branchée. La Maglite éclairait correctement. Les quatre piles étaient bonnes. Il y avait un petit panneau vissé au mur. Un crayon en pendait au bout d'un morceau de ficelle effiloché. Caleb signa d'avance pour le cinquième tour. Les quatre premières signatures étaient du pipeau. Personne ne leva le nez. Il quitta la salle des gardiens et s'engagea dans le couloir.

En termes de juridiction, la maison d'arrêt du comté était entièrement séparée du pénitencier d'État, lequel était lui-même entièrement séparé de la prison fédérale. Mais les trois établissements étaient bâtis sur le même périmètre et présentaient la même architecture. Économies d'échelle, simplification des opérations. La maison d'arrêt était surtout remplie par des prévenus de la région qui ne pouvaient pas payer de caution ou à qui elle avait été refusée. En attente de procès. Innocents jusqu'à preuve du contraire. Caleb avait été à l'école avec plusieurs d'entre eux. Environ un quart des détenus, condamnés après un procès en bonne et due forme, ne faisaient qu'attendre que le système les envoie purger leur peine ailleurs.

Des minables.

On comptait soixante cellules disposées en V sur deux niveaux, à raison de quinze cellules par section. Aile est inférieure, aile est supérieure, aile ouest inférieure, aile ouest supérieure. Un escalier métallique desservant l'étage à l'intersection des deux bras du V, avec au-delà, au rez-de-chaussée, un mess et une salle de jeux, en réalité à ce niveau, le bâtiment avait donc la forme d'un Y.

Les soixante cellules étaient occupées. Elles l'étaient toujours. L'argent ne provenait pas des caisses de Bolton, et tout se passait comme si les politiciens de Pierre ou de Washington voulaient que leur investissement soit rentabilisé. Il était bien connu dans la région que les représentants de la loi devenaient plus sévères lorsqu'il y avait des places libres à la prison. Et vice versa. S'il y avait une couchette inoccupée, il suffisait d'être pris avec une once d'herbe pour se faire coffrer. Quand il n'y en avait plus une de libre, on n'avait droit qu'à une petite tape sur la tête.

Représentant de la loi. La carrière choisie par Caleb.

Il commença par le bout de l'aile est inférieure. Parcourut tout le couloir jusqu'au mur du fond, fit demi-tour, brancha sa torche et revint à pas plus lents. Les cellules étaient sur sa gauche. Il tenait la torche à hauteur d'épaule, ce qui non seulement lui donnait une allure plus cool, mais faisait qu'il avait le rayon à la hauteur de ses yeux. Les cellules avaient des barreaux sur le devant, la couchette à droite, l'ensemble lavabo-toilettes au fond à gauche et une table à peine plus grande qu'une étagère en face de la couchette. Chaque couchette était occupée. La plupart des hommes dormaient, marmonnant, grognant et ronflant sous les fins draps gris. Certains étaient réveillés et les reflets de la torche dans leurs yeux plissés et furtifs les faisaient ressembler à des rats.

Il tourna à l'angle du V et s'engagea dans l'aile ouest inférieure. Quinze cellules, quinze couchettes, quinze hommes allongés, aucun malade.

Il monta l'escalier et arpenta l'aile est supérieure. Même résultat. Il ne comprenait pas pourquoi il fallait faire ça. C'était un entrepôt, cet endroit, pas autre chose. Un genre d'hôtel bon marché. Est-ce que les employés d'hôtel vérifiaient la présence de leurs clients toutes les heures ? Il n'en avait pas l'impression.

Les protocoles étaient vraiment des conneries.

Il passa dans l'aile ouest supérieure. Il avait accéléré le pas. Les ombres des barreaux se déplaçaient dans le rayon mobile de la Maglite. Cellule n° 1, espace vide à gauche, une forme humaine sous les draps à droite, réveillée, cellule n° 2, espace vide à gauche, forme humaine sous les draps à droite, endormie, cellule n° 3, pareil.

Et ainsi de suite, ça n'en finissait pas, jusqu'à la fin de la section. C'était dans la numéro 6 que se trouvait le gros. Celui qui n'en lâchait pas une. Sauf pour parler au biker de la cellule n° 7.

La cellule n° 7, aile ouest supérieure, était vide.

CHAPITRE 37

Reacher ne fut pas assez rapide pour la retenir et Kim Peterson tomba par terre. Il se pencha, gêné par la parka trop grande, lui glissa un bras autour des épaules et la mit en position assise. Elle avait perdu connaissance. Aux abonnés absents. Reacher fut pris du souci absurde que la porte était restée ouverte et que la maison perdait sa chaleur. Il passa donc l'autre bras sous les genoux de Kim et la souleva. Puis il se tourna, referma le battant du pied et la porta jusqu'au séjour, où il l'allongea sur le vieux canapé, près du poêle.

Ce n'était pas la première femme qu'il voyait s'évanouir. Il avait frappé à bien des portes après minuit. Il savait ce qu'il fallait faire. Comme pour tout le reste, on le lui avait expliqué en détail à l'armée. Un évanouissement après un choc n'est qu'un simple réflexe vagal. Le rythme du cœur ralentit soudain et les vaisseaux sanguins se dilatant, la pression sanguine tombe dans le cerveau. Il faut alors respecter une procédure en cinq points. Rattraper la victime. Ce qu'il avait déjà fait. L'allonger les pieds plus haut que la tête afin que la gravité aide le sang à irriguer à nouveau le cerveau.

Il le fit. Il posa les pieds de Kim sur l'accoudoir du canapé et sa tête un peu plus bas, sur un coussin. Vérifier le pouls. Il le fit en lui prenant le poignet. Pour cela, il enleva son gant et la toucha du bout des doigts, comme il l'avait fait pour son mari. Le résultat fut différent. Son pouls battait normalement.

Quatrième point du protocole : stimuler la victime en lui parlant fort ou en lui administrant de petites claques. Cela lui avait toujours paru d'une insupportable cruauté, surtout avec une femme qui vient juste d'apprendre qu'elle est veuve. Il le fit tout de même. Il lui parla à l'oreille, lui toucha la joue, lui tapota doucement la main.

Pas de réaction.

Il essaya à nouveau, un peu plus fermement. D'une voix plus forte, en tapotant plus sèchement. Rien ne se produisit, sinon que le plancher craqua au-dessus de sa tête. Un des garçons, qui se tournait dans son sommeil. Il garda le silence quelques instants. Ne bougea pas. Le calme revint. Il faisait bon dans le séjour, mais pas trop chaud. Le poêle était bourré jusqu'à la gueule. Il enleva son bonnet, ouvrit sa parka. Se pencha sur Kim et lui parla à nouveau. Lui toucha la joue, lui toucha la main.

Kim Peterson ouvrit les yeux.

Cinquième point du protocole : persuader la victime de rester allongée quinze ou vingt minutes. Dans le cas présent, facile. Inutile de la persuader. Kim Peterson ne bougea pas. Elle resta allongée sur le dos, le regard perdu au plafond dans nombre de questions et spéculations, ses yeux bougeant, se plissant, s'agrandissant comme s'il y avait quelque chose d'écrit là-haut, quelque chose de compliqué et de difficile à comprendre.

— Vous vous souvenez de moi ? lui demanda-t-il.
— Oui, bien sûr.
— J'ai bien peur d'avoir de mauvaises nouvelles.
— Andrew est mort.
— Oui. Je suis désolé.
— Quand ?
— Il y a moins d'une heure.
— Comment ?
— Un coup de feu. La mort a été instantanée.
— Qui a fait ça ?
— Nous pensons que c'est le type que nous cherchons tous.
— Où ça ?
— À la tête.

Ses yeux se rétrécirent.

— Non, je veux dire… où ça s'est passé ?
— Ah, désolé. En ville. Sur un terrain vague.
— Qu'est-ce qu'il y faisait ?
— Son travail. Il vérifiait quelque chose.
— C'était quelqu'un de bien, vous savez.
— Oui, je sais.
— J'ai deux fils.
— Je sais.
— Qu'est-ce que je vais faire ?
— Prendre les choses les unes après les autres. Un jour à la fois, une heure à la fois, une minute à la fois. Une seconde à la fois.
— OK.
— En commençant maintenant.
— OK.
— La première chose, c'est de faire venir quelqu'un. Tout de suite. Quelqu'un qui pourra vous aider. Qui pourra rester avec vous. Parce qu'il ne faut pas que

vous restiez seule. Voyez-vous quelqu'un que je pourrais appeler ?

— Pourquoi ce n'est pas le chef Holland qui est venu ?

— Il le voulait. Mais il a une enquête importante à commencer.

— Je ne vous crois pas.

— Il ne pouvait pas faire autrement.

— Non, je veux dire que je ne crois pas qu'il voulait venir.

— Il se sent responsable. Un bon chef se sent toujours responsable.

— Il aurait dû venir.

— Qui puis-je appeler pour vous ?

— Ma voisine.

— Son nom ?

— Alice.

— Numéro ?

— Touche n° 3 du téléphone.

Reacher regarda autour de lui. Il y avait un téléphone mural dans le coin cuisine, à l'autre bout de la pièce. Un combiné noir sans fil. Plein de boutons et un petit écran. Pas de messages.

— Restez où vous êtes, dit-il. D'accord ?

Il se redressa et alla à la cuisine. Décrocha le téléphone. Il comportait un jeu de touches classiques. Plus un bouton de mémorisation. Probablement celui qui permettait la composition automatique des numéros. Les numéros 1 et 2 devaient concerner Andrew, son bureau et son portable. Il appuya sur *mémoire* et 3. Le numéro se composa tout seul et il entendit une sonnerie. Elle se prolongea un bon moment. Puis une voix répondit. Une femme, endormie mais soucieuse. Un peu inquiète. Son mari était peut-être sur la route. Ou peut-être avait-elle des enfants adultes habitant ailleurs. Les coups de téléphone nocturnes sont autant à craindre que des coups frappés à la porte.

— Vous êtes bien Alice ? demanda Reacher.

— Oui. Qui êtes-vous ?

— Je me trouve avec Kim Peterson. Votre voisine. Elle a besoin que vous veniez tout de suite. Son mari a été tué ce soir.

Il y eut un silence sur la ligne. Puis Alice parla. Mais Reacher n'entendit pas ce qu'elle disait. Ses paroles furent noyées par un autre bruit. Soudain. Puissant. Venu de l'extérieur. Un hurlement doublé d'un hululement. Clameur et murmure alternés. Ça montait, ça descendait. Ce son nouveau roulait sur la plaine glacée comme une vague. Il vint s'écraser contre les murs de la maison, marteler les fenêtres.

La sirène de la prison. 4 h 55. Restaient trois heures.

CHAPITRE 38

Reacher eut l'impression de voir un dessin dément exploser en quatre dimensions dans sa tête, temps, espace et distance : des flics partout dans la ville qui roulaient dans tous les sens vers le nord, le sud, l'est, l'ouest, tous réagissant à l'ordre de Holland, tous prenant la direction du commissariat, tous entendant la sirène, tous changeant de direction comme un seul homme, ceux de garde auprès de Janet Salter qui se précipitaient dans la nuit venant augmenter la confusion, et qui se préparaient, prenaient la direction de la prison et laissaient Janet Salter seule chez elle.

Toute seule dans sa maison sans volets, sans défense contre une ultime tentative du tueur avant que celui-ci ne disparaisse dans la nature ou ne tente de se fondre dans la masse.

« Je sais ce que j'ai à faire », lui avait dit Janet Salter.

Reacher raccrocha le téléphone et s'adressa à Kim à voix basse.

— Faut que j'y aille, dit-il. Alice arrive.

Il ouvrit la porte extérieure et là, s'immobilisa. La sirène continuait à hululer. Assourdissante. L'allée déneigée s'ouvrait devant lui. Vingt mètres jusqu'à la jonction des deux branches du Y, vingt autres jusqu'à la route. Puis quinze cents mètres jusqu'à la ville, et quinze cents mètres de plus jusqu'à la maison de Janet Salter.

Il était à pied.

Pas de véhicule.

Il referma la porte derrière lui, avança, glissa, dérapa, tourna à la pointe du Y et prit vers la grange. Le vieux pick-up Ford était toujours là. Équipé de la lame qui en faisait un chasse-neige.

Aucune clef dessus.

Il refit tout le chemin jusqu'à la maison. Cogna à la porte. Attendit longtemps, très longtemps. Cogna encore. Finalement, Kim Peterson lui ouvrit. En état de choc intégral. Entièrement plongée dans son cauchemar. Elle se tenait voûtée, l'air ailleurs, détachée. Elle sanglotait violemment.

— Je suis désolé, dit-il. Mais j'ai besoin de la clef du pick-up.

Elle ne répondit pas.

— Kim, je suis désolé, mais j'ai vraiment besoin de cette clef, répéta-t-il.

— Elle est sur le trousseau d'Andrew. Dans sa poche.

— Il n'y a pas un double ?

— Je ne crois pas.

— Vous êtes sûre ?

— C'est un très vieux pick-up.

— Il doit bien y avoir un double quelque part.

— Je crois qu'on l'a perdu.

Elle détourna les yeux et s'éloigna dans le couloir. Elle vacilla et s'appuya de la main contre le mur pour ne pas tomber. Reacher bloqua la serrure et sortit attendre Alice. La voisine. Les propriétés du Dakota du Sud sont vastes. Les maisons ne sont pas voisines. Ni même proches. Alice allait arriver en voiture. Il lui emprunterait son véhicule.

Il attendit.

La sirène continuait à hululer.

Alice arriva à pied. Il la vit grâce au clair de lune alors qu'elle était encore à une centaine de mètres. Elle était grande, avait l'allure négligée de celle qui s'est habillée à toute vitesse et se pressait, glissant et dérapant sur la glace, bras écartés comme une danseuse de corde, ses cheveux en désordre dépassant d'un bonnet de laine tricotée. Elle arrivait de la droite par la route, visage pâle, lançant des coups d'œil anxieux vers la maison des Peterson, avec des mouvements saccadés des bras et des jambes provoqués par la traîtrise du terrain. Reacher s'éloigna de l'abri de la porte et s'avança dans le froid jusqu'à la jonction du Y, puis jusqu'à la route. Il la rejoignit au bout de l'allée.

— Vous n'avez pas de voiture ? lui demanda-t-il.

— Elle n'a pas voulu démarrer.

Il jeta un coup d'œil sur sa gauche, vers la ville.

Elle jeta un coup d'œil en face d'elle, vers la maison.

— Comment va Kim ? demanda-t-elle.

— Mal.

— Qu'est-ce qui s'est passé ?

— Andrew a été abattu. Par un inconnu, dans un terrain vague.

— C'est affreux.

— Il vaudrait mieux y aller. La nuit va être longue.

— Ça sera plus long qu'une nuit.

— Ça va aller pour vous ?

— Faudra bien.

— Appelez son père. Elle m'a dit qu'il venait les voir de temps en temps.

— Je le ferai.

— Bonne chance.

Elle s'engagea dans l'allée.

Il tourna à gauche sur la route.

« Je sais ce que j'ai à faire », avait dit Janet Salter.

***

Une minute plus tard, Reacher se trouvait à cent mètres du carrefour donnant sur la route principale de l'axe est-ouest. À sa droite, le centre de l'agglomération. À sa gauche, la cambrousse. Il aurait bien aimé qu'un flic habite par là-bas. À dix minutes. Quelqu'un en qui il aurait pu avoir confiance. Pas Kapler, ni Lowell, ni Montgomery. Un des flics de la majorité. Qui aurait été chez lui et non en service, qui se serait levé, habillé et serait sorti dans le froid d'un pas incertain, aurait démarré sa voiture et pris la direction de l'ouest.

Il lui aurait fait signe et lui aurait demandé de le conduire.

Il eut presque ce qu'il souhaitait.

Alors qu'il était encore à soixante-dix mètres du carrefour, il vit des lumières à l'est. Les pulsations rouge et bleu d'un gyrophare, là, à plus d'un kilomètre et avançant rapidement. Avec la réflexion sur la neige, on aurait dit qu'un quart d'hectare de terrain tout illuminé se déplaçait. Tel un ovni se préparant à se poser. Un cercle éclatant de lumière horizontale, vaste, dansant. Il pressa le pas le plus qu'il put pour arriver à temps.

Ses pieds glissaient et patinaient. Ses bras s'agitaient et moulinaient. Il avait déjà le visage gelé. L'impression d'avoir été frappé à coups de batte, puis anesthésié par un dentiste. La voiture de police fonçait à plus de cent à l'heure, avec des chaînes et des pneus d'hiver. Lui avançait à cinq ou six kilomètres à l'heure sur des jambes raides, pesantes et réagissant mal. Il dérapait constamment et avait l'impression de faire du surplace. Comme dans un film de Charlot. Le carrefour était encore à cinquante mètres.

Il n'allait pas y arriver. Mais il n'en eut pas besoin. Le flic l'avait vu.

La voiture ralentit et s'engagea dans la rue desservant la ferme des Peterson, venant vers lui. Pleins phares, éclairs électriques bleus, éclairs rouges plus profonds, douloureux éclats blancs directement dans les yeux. Il s'arrêta, cala ses pieds et leva les bras pour lui faire signe. Le sémaphore universel de l'appel au secours. Grands demi-cercles des bras se superposant partiellement.

La voiture du flic ralentit.

Au dernier instant, il fit un pas de côté et la voiture s'arrêta à sa hauteur, pneus bloqués. La vitre du conducteur s'abaissa. Une femme au volant. Visage pâle et encore gonflé de sommeil. Elle avait les cheveux en désordre. Il ne la connaissait pas.

— Il faut que j'aille chez Janet Salter, dit-il.

Il n'arrivait pas à articuler. Il avait les lèvres engourdies. Le haut de son visage était un bloc de glace. Le bas ne valait guère mieux. L'articulation de sa mâchoire avait de la peine à bouger.

— Quoi ? dit-elle.

— Faut que j'y aille.

— Où ça ?

— Chez Janet Salter.

À sept ou huit kilomètres de là, la sirène de la prison continuait à hululer. La radio de la voiture jacassait. La voix d'un répartiteur parlant bas et vite, s'efforçant de paraître calme. Probablement le vieux type qu'il avait déjà vu à la réception du poste de police. L'haleine de la femme sentait l'alcool. Du bourbon, peut-être. Un dernier pour la route. Peut-être deux ou trois.

— Et qui diable êtes-vous ?

— J'ai donné un coup de main à Holland et Peterson.

— Peterson est mort.

— Je sais.

— C'est vous qui êtes de la police militaire ?

— Oui. Et j'ai besoin que vous me conduisiez.

— Impossible, dit-elle.

— Dans ce cas, pourquoi avez-vous tourné pour moi ?

— Pas pour vous. C'est la direction de ma position.

— Mais la prison n'est pas par là.

— Nous nous disposons sur un périmètre tout autour. J'ai le coin nord-est. Et c'est par là que je dois le rejoindre.

— Qu'est-ce qui s'est passé ?

— Le biker s'est évadé. Sa cellule est vide.

— Non !

— Quoi, non ?

— Pas possible. C'est bidon. C'est une fausse évasion.

— Ou il est dedans, ou il n'y est pas, mon vieux. Et ils disent qu'il n'y est pas.

— Il se cache quelque part. Dans un placard à balai, un truc dans ce genre. C'est bidon.

— Vous déconnez.

— J'ai déjà vu ça. Une évasion, ça pose deux problèmes. Un, sortir, deux, échapper à la chasse à l'homme. Les plus malins commencent par se cacher. À l'intérieur. Jusqu'à ce que la chasse à l'homme s'arrête. Alors ils fichent le camp. Mais ce type n'ira nulle part. Il ne fait que la première partie. C'est du cinéma.

Elle ne répondit pas.

— Réfléchissez un peu, reprit Reacher. S'évader n'est pas si simple. Je vous parie tout ce que vous voulez qu'il est encore dedans. Il va avoir faim, demain, il sortira de son trou. Avec un grand sourire sur la figure. Parce qu'à ce moment-là, il sera trop tard.

— Vous êtes cinglé.

— Il est encore dedans. Croyez-moi. Prenez ce risque. Faites le bon choix.

— Vous êtes vraiment cinglé.

— D'accord, supposons que je le sois. Supposons que le type soit dehors. Il a disparu depuis plus de cinq heures. Vous le savez. Dans ce cas, quel intérêt d'établir un périmètre à moins de deux kilomètres de la prison ?

Elle ne répondit pas.

La sirène continua de hurler.

— Cinq minutes, dit Reacher. Je vous en prie. C'est tout ce que je vous demande.

Elle ne répondit pas. Se contenta d'appuyer sur le bouton et sur l'accélérateur, la vitre remonta, le véhicule démarra. Il se pencha vers la voiture au moment où elle accélérait et l'arrière de la carrosserie le heurta à la hanche, le faisant tourner sur lui-même et tomber sur le dos. Il se retrouva allongé dans la neige gelée, le souffle coupé, à regarder le quart d'hectare de lumière qui s'éloignait vers l'horizon.

« Je sais ce que j'ai à faire », avait dit Janet Salter.

***

Reacher se releva et repartit péniblement vers le carrefour tandis que la sirène s'arrêtait. Le son fut coupé net et les minuscules échos cassants de son dernier gémissement se répercutèrent sur la glace avant que ne retombe le silence de la nuit. Pas le silence ouaté et morne qui suit l'averse de neige, mais l'étrange sifflement plaintif tissé de craquements, de frottements et de chuintements qui monte d'un univers glacé jusqu'au tréfonds. Le bruit mat de ses pas courait devant lui dans des veines et des couches de glace. Le vent soufflait toujours de l'ouest, et lui projetait de minuscules aiguilles gelées sur le visage. Il regarda derrière lui. Il avait parcouru environ cent cinquante mètres. Pas davantage. Il lui restait trois bons kilomètres à faire. Il n'y avait rien ni personne sur la route. Il était totalement seul.

Il avait très froid.

Moitié en marchant, moitié en courant dans les ornières laissées par les roues, il dérapait brutalement à chaque pas jusqu'à ce que son pied se bloque dans la fissure suivante, à l'endroit où la chaîne d'un pneu avait craquelé la surface. Il respirait fort, l'air glacial lui brûlait la gorge et les bronches, lui cautérisait les poumons. Il toussait, il haletait.

Trois kilomètres. Une bonne demi-heure, peut-être. Trop long. Il se dit qu'un des flics avait dû avoir assez de cran pour rester avec elle. Une des femmes, par exemple. Au diable le règlement. Au diable le protocole. Peterson était mort. Encore chaud. C'était bien assez pour justifier un écart. Il y en aurait bien un qui aurait le courage d'envoyer les fédéraux se faire voir. Au moins un ou une. Deux, peut-être. Ou trois.

Sinon tous.

Mais peut-être aucun. « Je sais ce que j'ai à faire », avait dit Janet Salter.

Vraiment ?

Et l'avait-elle fait ?

***

Ses chaussures martelaient le sol. Une enjambée, une autre, et une autre encore. Le vent le repoussait. Des particules de glace crépitaient contre sa parka. Il ne sentait plus ni ses pieds ni ses mains. Ses larmes lui faisaient l'effet de se congeler.

Droit devant, il y avait une banque. Seule au milieu d'un petit parking. Les limites de la ville. Un panneau surmontait un haut pilier en béton. Avec des chiffres rouges. 1 h 20. Moins trente-cinq degrés.

Il accéléra le pas. Il eut l'impression d'avancer. Les constructions se succédaient, sur sa gauche et sur sa droite. Une épicerie, une pharmacie, une boutique de cadeaux, une location de DVD. Pièces détachées d'automobiles, une antenne UPS, un magasin de vins et spiritueux, un nettoyage à sec. Tous avec leur parking. Tous occupant beaucoup de place. Tous pour une clientèle circulant en voiture. Il pressa encore le pas. Il transpirait et frissonnait en même temps. Les bâtiments se rapprochèrent. S'élevèrent d'un étage. Le centre. La grande quatre-voies était à une centaine de mètres. À droite, la direction de la prison. À gauche, celle de l'autoroute. Il coupa par une rue secondaire. Prit au sud à la hauteur du commissariat. Le vent gémissait au milieu de la forêt d'antennes du toit.

Restait un kilomètre et demi à faire.

Il courut en prenant par le milieu de la voie principale. Silhouette solitaire. Gauche. Foulée courte et hachée. Il levait et abaissait les pieds plus ou moins verticalement. C'était la seule manière de rester debout. Pas de longues enjambées fluides. La glace ne le permettait pas. Sa vue se brouillait. Sa gorge le brûlait. Tout autour de lui, sans exception, les fenêtres étaient noires et aveugles. Il était la seule chose en mouvement dans un monde blanc et vide.

***

Il passa devant le restaurant familial. Fermé et silencieux. Aucun éclairage. Fantomatiques, les chaises posées à l'envers sur les tables faisaient penser à une foule angoissée et silencieuse se tenant bras levés. Encore quatre cents mètres jusqu'à la rue de Janet Salter. Quarante secondes pour un athlète d'un bon niveau. Il lui fallut deux minutes. La voiture bloquant l'accès était partie depuis longtemps. N'en restaient que les ornières. Vides, semblables à un aiguillage de chemin de fer, mais en creux. Il les franchit. S'avança dans la rue. Passa devant une première maison, passa devant la suivante. Le vent sifflait dans le feuillage des persistants. La terre craquait et protestait sous ses pieds.

L'allée de Janet Salter.

De la lumière dans la maison.

Pas de mouvement.

Pas de bruit.

Tout était à sa place.

Tout était tranquille.

Il se reposa une seconde, les mains sur les genoux, sa poitrine se soulevant.

Puis il courut jusqu'à la maison.

CHAPITRE 39

Il monta les marches de la véranda. La porte était fermée à clef. Il tira la poignée de la cloche. Le câble descendit du petit orifice de bronze. Remonta. La cloche retentit une seconde plus tard, paisible, polie, discrète, tout au fond de la maison silencieuse.

Aucune réaction.

Ce qui était une bonne chose. Elle ne pouvait pas l'entendre dans la cave. Et même si elle l'entendait, elle ne viendrait pas ouvrir.

Espérait-il.

« Je sais ce que j'ai à faire », avait-elle dit. Le sous-sol, le revolver, le mot de passe.

Il scruta l'intérieur à travers un panneau du vitrail. Les lumières du vestibule étaient restées allumées. Il vit une pièce bleuâtre, déformée. La chaise. La table du téléphone. L'escalier, le tapis, les peintures. Le porte-manteau vide.

Aucun mouvement. Personne. Tout paraissait à sa place.

Quarante-trois voies d'accès possibles, d'après les calculs qu'il avait faits lui-même ; quinze praticables, huit faciles. Il s'éloigna de la porte. Descendit de la véranda et pataugea dans la couche de neige à la base du mur de fondation, épaisse et durcie à cœur, pour faire le tour de la maison jusqu'à l'arrière. Il se souvenait que la serrure de la porte de la cuisine était une solide pièce de laiton, dont le pêne s'engageait très exactement dans une grosse platine. Fixée au chambranle, cette platine était faite d'un bois tendre vieux de un siècle. Et peinte, à l'endroit où le chambranle de la porte d'entrée, lui, avait été admirablement menuisé et poncé dans du châtaignier à grain fin avant d'être laqué. Plus difficile à remplacer. Tout bien pesé, entrer par effraction par l'arrière était faire preuve de considération.

Il recula, respira fort, leva son pied botté et porta un violent coup de talon juste sous la serrure. Il n'y eut pas besoin d'une deuxième tentative. Il était costaud, il était anxieux et il avait trop froid pour faire preuve de patience. La porte resta entière, mais la platine s'arracha du chambranle et tomba bruyamment par terre tandis que le battant s'ouvrait.

— C'est moi ! lança-t-il. Reacher.

Elle n'avait peut-être pas entendu la cloche, mais elle avait pu entendre le fracas du bois défoncé. Il ne voulait pas lui donner une crise cardiaque.

— C'est moi ! répéta-t-il.

Il entra dans la cuisine. Repoussa la porte dans son dos. Il lui manquait deux ou trois centimètres pour fermer. Il fut assailli par tous les bruits familiers, par toutes les odeurs habituelles. Le sifflement des tuyaux. Le percolateur, froid à présent. Il passa dans le couloir du fond. Alluma. La porte en bas de l'escalier était fermée.

— Janet ? C'est moi, Reacher.

Pas de réaction.

Il essaya de nouveau, plus fort.

— Janet ?

Pas de réaction.

Il descendit l'escalier du sous-sol. Cogna à la porte.

— Janet ?

Pas de réaction.

Il essaya la poignée.

La porte s'ouvrit.

Il enleva son gant et sortit son revolver. Entra dans la pièce. Il y faisait sombre. Il tendit l'oreille. Pas de bruit, hormis le ronflement de la chaudière et les couinements de la pompe. Il tâtonna contre le mur de gauche, trouva l'interrupteur, alluma.

Le sous-sol était vide. Rien, hormis la soudaine apparition de l'ombre portée des poteaux de bois sur le sol nu. Il s'avança jusque dans le réduit de la chaudière. Vide. Rien en dehors de l'antique machine peinte en vert qui brûlait bruyamment son mazout.

Il revint jusqu'à la porte. Regarda le haut des marches dans la ligne de mire de son revolver. Personne. Pas de mouvements, aucun bruit.

— Janet ?

Pas de réaction.

Pas bon, ça.

Il remonta à la cuisine. Gagna le vestibule. Il était tel qu'il l'avait vu à travers le vitrail de la porte d'entrée. Le silence régnait. La chaise, la table, le tapis, les peintures, le portemanteau. Aucun mouvement. Rien de déplacé.

Il la trouva à la bibliothèque. Elle était dans son fauteuil habituel. Elle avait un livre sur les genoux. Les yeux ouverts. Avec un trou de balle au milieu du front.

Comme un troisième œil.

Du neuf millimètres, presque certainement.

***

Il eut le cerveau vide pendant un long, long moment. C'était son corps qui lui faisait mal. Le dégel. Ses oreilles le brûlaient comme si on leur braquait un chalumeau dessus. Puis ce fut son nez, puis ses joues, ses lèvres, son menton, ses mains. Il s'assit sur la chaise du vestibule et se balança d'avant en arrière, recroquevillé sur lui-même sous l'effet de la douleur. Ce furent alors le tour de ses pieds, puis de ses côtes, des os longs de ses bras et de ses jambes. Il avait l'impression d'être cassé et broyé de partout.

Janet Salter n'avait pas le crâne épais. L'arrière avait explosé et ses débris constellaient tout le haut de son fauteuil préféré, s'enfonçaient dans le trou que la balle avait fait dans le rembourrage.

« J'aurais tout le temps de lire quand tout ce cirque sera terminé », lui avait-elle dit.

Reacher se prit la tête dans les mains. Les genoux sur les coudes, il se mit à contempler le plancher.

« Je suis une privilégiée, avait-elle dit. Ce n'est pas tout le monde qui a l'occasion d'agir selon ses principes. »

Il se frotta les yeux. Se retrouva avec du sang sur les mains. Les particules de glace poussées par le vent avaient saupoudré son visage de mille coups d'aiguille minuscules. Inaperçues tant qu'il avait eu la peau gelée. Maintenant, il en sortait un millier de minuscules gouttelettes de sang. Il se frotta toute la figure avec les paumes, comme s'il se lavait. Puis il s'essuya les mains à son pantalon. Regarda le sol. Suivit des yeux chaque tortillon des motifs à la couleur passée sur le tapis, un par un. Quand il eut atteint le centre de ce jeu de méandres, il s'arrêta et releva la tête. Janet Salter lui rendit son regard. Elle était dans sa diagonale. En ligne droite. Un vecteur. À gauche du pilastre de l'escalier et franchissant la porte de la bibliothèque jusqu'à son fauteuil. Une petite virgule s'était formée sur son front, sous le trou de la balle. Pas vraiment du sang. Juste un suintement. Une fuite.

À chaque fois, il la regardait aussi longtemps qu'il pouvait le supporter, puis ses yeux retombaient et revenaient au tapis.

« Je n'aime pas être battu, avait-il dit. Il vaut mieux pour toutes les parties concernées que cela n'arrive pas. »

« Protéger et servir. »

« Toujours en service. »

Des mots creux.

Il n'était qu'un fumiste, un charlatan, un imposteur. Il l'avait toujours été.

***

Il se redressa sur sa chaise. Personne ne vint. La maison bourdonnait autour de lui. La maison qui ne savait rien. Qui continuait à bruire comme si de rien n'était. L'eau circulait dans la tuyauterie, un battant de fenêtre vibrait, la porte défoncée de la cuisine allait et venait en grinçant sous le vent. Dehors, le feuillage sifflait et toute la planète pétrifiée de gel frissonnait et grognait.

Il prit le téléphone.

Composa le numéro dont il se souvenait. « Vous êtes au Bureau des statistiques du travail. Si vous connaissez le numéro du poste que vous cherchez à joindre, vous pouvez le composer dès maintenant. »

Il fit le 110.

Un *clic*, un ronronnement.

— Oui ?

— Susan, s'il vous plaît, dit-il.

— Qui ?

— Amanda.

Un *clic*, un ronronnement.

— Reacher ?

Il ne répondit pas.

— Reacher ? Ça va ?

Il ne répondit pas.

— Dites quelque chose. Ou raccrochez.

— Est-ce qu'il vous est arrivé d'avoir faim ? demanda-t-il.

— D'avoir faim ? Bien sûr.

— Une fois, j'ai eu faim six mois d'affilée. Dans le Golfe. Bouclier puis Tempête du Désert. Quand nous sommes allés virer Saddam du Koweït. Nous étions arrivés au tout début. Et nous sommes restés jusqu'à la fin. Nous avons eu faim tout le temps. Il n'y avait rien à manger. Je parle de mon unité. Et de quelques autres de l'arrière. Nous en prenions notre parti. Dans une grande affaire comme ça, il y a toujours des trucs qui coincent. Les chaînes d'approvisionnement posent toujours des problèmes. Il valait mieux donner le peu que nous avions aux unités combattantes. Si bien que personne n'en a fait toute une histoire. Mais ce n'était pas drôle du tout. J'ai maigri. J'étais malheureux. Après, nous sommes rentrés à la maison et j'ai mangé comme un cochon et tout oublié de cette affaire.

— Et après ?

— Et après, bien des années plus tard, nous nous sommes retrouvés dans ce train russe dont je vous ai déjà parlé. Ils avaient des rations américaines. Je m'ennuyais à cette époque. À mon retour, j'ai monté un petit projet pour découvrir ce qui s'était passé. Histoire de me distraire. Une chose conduisant à une autre, j'ai remonté toute la filière. Et j'ai fini par découvrir qu'un officier de la logistique avait revendu notre nourriture pendant dix ans. Un peu ici, un peu là, partout dans le monde. En Afrique, en Russie, en Inde, en Chine, à tous ceux qui étaient prêts à payer pour cette merde. Il s'était montré très prudent. Personne n'avait rien remarqué du fait des modes de stockage. Mais la guerre du Golfe l'a pris par surprise. Il y a eu soudain une demande énorme et les stocks n'étaient pas ce qu'ils auraient dû être. Il nous les envoyait bien sur le papier, mais nous, on crevait de faim dans le désert.

— Le général ?

— Promotion récente. Il était colonel huit jours avant. Il n'était pas particulièrement intelligent, mais s'était montré raisonnablement prudent. Il n'avait pratiquement pas laissé de traces. Je n'ai pas voulu laisser tomber. C'était lui contre moi. C'était devenu personnel. Mon unité avait crevé de faim à cause de lui. J'ai été voir jusque dans ses comptes bancaires, partout. Et vous savez comment il a dépensé cet argent ?

— Non, comment ?

— En fait, il n'en a pas dépensé beaucoup. Il avait mis l'essentiel de côté. Pour sa retraite. Mais il a acheté une Chevrolet Corvette 1980. Il croyait s'être payé une voiture de collection. Une classique. Sauf que la Corvette 1980 a été le grand ratage de la série. Une vraie merde. Ils ont bazardé le moteur de trois cent cinquante pour le trois cent cinq, à cause des émissions. Elle développait cent quatre-vingts chevaux. Je pourrais courir plus vite qu'une Corvette 1980. Je crois en avoir pété un plomb. Vous comprenez, avoir crevé de faim pour un criminel qui aurait été une super-tronche, c'était une chose. Mais pour un imbécile pareil, ce n'était pas possible. Un parfait crétin qui ne connaissait rien à rien, qui n'avait pas de goût… sordide, pitoyable.

— Et vous l'avez mis au trou ?

— J'ai monté mon dossier comme si j'avais eu affaire à l'espion du siècle. J'étais possédé. J'ai vérifié dans un sens, j'ai vérifié dans l'autre et j'ai recommencé. J'aurais pu le faire comparaître devant la Cour suprême. Je l'ai fait venir. Je lui ai dit ce que j'avais sur la patate. Il était en grand uniforme. Avec toute sa brochette de décorations bidon. Il m'a ri au nez. En prenant un petit air supérieur, condescendant. Comme s'il valait mieux que moi. Je me disais : *Tu as acheté une Corvette 1980, trouduc. Pas moi. Qui est mieux que l'autre ?* Et je l'ai frappé. Un coup de poing à l'estomac pour qu'il se plie en deux ; et après, je lui ai cogné la tête contre le bureau.

— Et comment il s'en est sorti ?

— Fracture du crâne. Il est resté six mois dans le coma. Il n'a jamais vraiment retrouvé tous ses boulons. Et vous aviez raison. J'ai été foutu dehors, si on va au fond des choses. Fini, le 110e. C'est la solidité du dossier qui m'a sauvé. Ils ne voulaient pas que la presse s'empare de l'affaire. Sans quoi j'aurais drôlement dégusté. Je me suis retrouvé ailleurs.

— Où ça ?

— Je ne m'en souviens plus. J'avais terriblement honte. J'avais mal agi. J'avais fichu en l'air la meilleure affectation que j'avais jamais eue.

Elle garda le silence.

— J'y ai repensé par la suite, reprit-il. Je me suis demandé pourquoi je l'avais fait. Je n'ai pas trouvé de réponse. Je n'en trouve toujours pas.

— Vous avez fait ça pour vos hommes.

— Possible.

— Vous vouliez que justice soit faite.

— Pas vraiment. Je n'ai pas envie de jouer les justiciers. Peut-être que je devrais, mais ce n'est pas mon truc.

Elle ne répondit pas.

— Simplement, ajouta-t-il, je n'aime pas les gens qui commettent des injustices. C'est une bonne formule ?

— Ça devrait. Qu'est-ce qui s'est passé ?

— Rien d'autre, en fait. L'histoire se termine là. Vous devriez demander qu'on vous donne un nouveau bureau. Le vieux n'a rien d'honorable.

— Non, je veux dire… qu'est-ce qui s'est passé ce soir ?

Il ne répondit pas.

— Racontez-moi, reprit Susan. Je sais qu'il est arrivé quelque chose.

— Pourquoi ?

— Parce que vous m'avez appelée.

— Je vous ai beaucoup appelée.

— Chaque fois que vous aviez besoin de quelque chose. Vous avez donc besoin de quelque chose maintenant.

— Je vais très bien.

— C'est dans votre voix.

— Je viens de perdre deux à zéro.

— Comment ça ?

— Deux morts.

— Qui ça ?

— Un flic et une vieille dame.

— Deux à zéro ? Ce n'est pas un jeu.

— Vous savez fichtrement bien que c'en est un.

— Ce sont des gens.

— Je le sais parfaitement, que ce sont des gens. Je regarde la vieille dame, en ce moment même. Et la seule chose qui m'empêche de me coller mon flingue sur la tempe, c'est de me dire que c'est un jeu.

— Vous avez une arme ?

— Oui, dans ma poche. Un superbe vieux .38.

— Laissez-le dans votre poche, d'accord ?

Reacher ne dit rien.

— Ne le touchez pas, d'accord ? insista Susan.

— Donnez-moi une bonne raison.

— Avec un .38, ça ne marchera pas forcément. Vous le savez. On a tous vu cela arriver. Vous pourriez terminer comme votre général.

— Je viserai bien. Dans le mille. Je ferai attention.

— Ne faites pas ça, Reacher.

— Calmez-vous. Je ne vais pas me suicider. Ce n'est pas mon style. Je vais juste rester assis ici jusqu'à ce que ma tête explose d'elle-même.

— Je suis désolée.

— Vous n'y êtes pour rien.

— C'est juste que je n'arrive pas à voir tout cela comme un jeu.

— Vous savez que c'est un jeu. Il faut que c'en soit un. C'est la seule manière de rendre les choses supportables.

— Bon, d'accord, c'est un jeu. Nous en sommes à quel stade ? Le dernier quart de temps ?

— On joue les prolongations.

— Alors résumez-moi les épisodes précédents. Briefez-moi. Mettez-moi au courant. Comme si nous travaillions ensemble.

— J'aimerais bien.

— C'est ce que nous faisons. Qu'est-ce que nous avons ?

Il ne répondit pas.

— Reacher, qu'est-ce que nous avons ?

Il respira fort et commença à lui raconter tout ce qu'il savait, lentement au début, puis de plus en plus vite au fur et à mesure qu'il retrouvait le style télégraphique dont il se souvenait des années où il parlait à des gens qui comprenaient ce qu'il comprenait, voyaient ce qu'il voyait et saisissaient ce qu'il fallait saisir sans avoir à le dire. Il lui parla du car, de la méthadone, du procès, de la prison, du commissariat, du plan de crise, de l'avocat, de la protection du témoin, de l'émeute, de Plato, de l'entrepôt souterrain, de Peterson, de Janet Salter.

La première réaction de Susan fut de lui dire de mettre la main dans sa poche.

— Pourquoi ?

— Sortez votre arme.

— Alors maintenant, je peux ?

— Non seulement vous pouvez la sortir, mais c'est nécessaire. Le tueur vous a vu.

— Quand ?

— Quand vous étiez seul avec Salter dans la maison. Il a eu cinq heures pour ça.

— Il n'est pas venu. Il était caché dans la prison pendant tout ce temps.

— Ce n'est qu'une hypothèse. Nous n'en sommes pas certains. Il a pu répondre à l'appel, puis passer sous la ligne de radar, se faire la belle et revenir. Et sommes-nous seulement certains qu'ils font bien l'appel ? C'est écrit noir sur blanc qu'ils doivent le faire, mais qui vérifie qu'ils le font vraiment ? Concrètement ? Dans une situation comme celle-là, quand c'est la grosse cata ?

— De toute façon, moi, je ne l'ai pas vu.

— Il ne le sait pas. S'il vous a vu, il supposera que vous l'avez vu. Il va vouloir se débarrasser de vous.

— Ça fait beaucoup de si et d'hypothèses.

— Réfléchissez un peu, Reacher. Qu'est-ce qui peut empêcher ce type d'aller jusqu'au bout ? Il a descendu l'avocat, Peterson et Janet Salter avec trois balles de pistolet. Il en garde une quatrième pour vous, après quoi il pourra rentrer tranquillement chez lui. Personne ne saura jamais de qui il s'agissait.

— Moi-même je l'ignore encore.

— Il n'en est pas sûr. Et il se dit que vous finirez peut-être par le deviner. Vous êtes son dernier obstacle.

— Pourquoi n'est-il pas déjà ici, alors ?

— Il attend une occasion réunissant toutes les conditions de sécurité. C'est la seule raison possible. Il va se montrer prudent avec vous. Encore plus qu'avec les autres. L'avocat, c'était du tout cuit, Peterson était un empoté et Salter une vieille dame inoffensive. Vous, c'est différent.

— Pas tant que ça.

— Vous devez partir pour Rapid City. Vous terrer quelque part et aller parler au FBI.

— Je n'ai pas de véhicule.

— Vous avez un téléphone. Vous vous en servez en ce moment même. Raccrochez et appelez le FBI. Et restez sur vos gardes jusqu'à ce qu'ils arrivent.

Il ne réagit pas.

— Vous allez le faire ?

— J'en doute.

— Vous n'aviez pas la responsabilité de ces personnes, vous savez.

— *Dixit ?*

— Tout cela serait arrivé de la même manière si vous n'aviez pas été là. Il y avait une chance sur un million que vous passiez là-bas à ce moment-là.

— Peterson était un chouette type. Et un bon flic. Il voulait en devenir un très bon. Il faisait partie de ces gens qui en savent assez pour savoir qu'ils ne savent pas tout. Je l'aimais bien.

Elle ne dit rien.

— J'aimais bien aussi Mme Salter. C'était une vieille dame pleine de noblesse.

— Il faut que vous sortiez de là-bas. Vous êtes en infériorité numérique. Plato ne va pas venir seul.

— J'espère bien que non.

— C'est dangereux.

— Pour lui, riposta-t-il.

— Vous rappelez-vous avoir vu ce film sur la créature du lagon quand vous étiez petit ?

— Ce truc-là est encore dans mon dossier ?

— En passant par l'index.

— Et vous l'avez lu ?

— Ça m'intéressait.

— Ils n'ont rien compris. Et on m'a confisqué mon cran d'arrêt, ce qui m'a fichu en rage.

— Comment ça, ils n'ont rien compris ?

— Je n'étais pas du tout une sorte de monstre génétique. Petit, j'avais aussi peur que tout le monde. Peut-être même plus. Je pleurais dans mon lit comme les autres, même les meilleurs. Mais j'en ai eu marre. Je me suis forcé à m'en débarrasser. Par un acte de volonté. J'ai transformé ma peur en agressivité. C'était assez facile à faire.

— À six ans ?

— Non, à six ans, j'étais déjà un vieux routier. J'ai commencé à quatre. À cinq ans, j'avais déjà réglé la question.

— Et ce n'est pas ce que vous faites en ce moment ? Transformer votre culpabilité en agressivité ?

— J'ai prêté serment. Comme vous l'avez fait. Tous nos ennemis, de l'intérieur comme de l'extérieur. Apparemment, j'en ai des deux sortes sur les bras, ici. Plato, et le flic pourri.

— Votre serment est périmé.

— Il ne le sera jamais.

— Comment se fait-il qu'un gosse de six ans ait été en possession d'un cran d'arrêt ? demanda-t-elle.

— Vous n'en aviez pas ?

— Bien sûr que non.

— Et aujourd'hui, vous en avez un ?

— Non.

— Vous devriez.

— Et vous, vous devriez filer à Rapid City et faire les choses comme il faut.

— Nous manquons de temps.

— Vous n'avez aucune base légale pour agir.

— Alors ajoutez une autre entrée à mon dossier. Ou faites plus simple encore : photocopiez-le. En trois exemplaires, un pour le FBI, un pour la DEA et un pour les flics du Dakota du Sud.

— Vous n'arrivez pas à raisonner correctement. Vous vous punissez. Vous ne pouvez pas gagner seul contre tous. Et rien ne vous oblige à gagner seul contre tous.

— On vous a mise à la tête du 110e, n'est-ce pas ?

— Et j'y resterai. Autant que je voudrai.

— Cette fois-là, c'était important.

— C'est toujours important.

— Pas comme aujourd'hui. J'ai devant moi une charmante vieille dame avec un trou dans le front. Elle compte encore plus pour moi que le fait d'avoir crevé de faim.

— Arrêtez de la regarder.

Il se remit à contempler le tapis.

— Vous ne pouvez pas changer le passé, reprit Susan.

— Je sais bien.

— Vous ne pouvez pas le réparer. Et de toute façon, vous n'avez pas à le faire. Ce type méritait de se retrouver dans le coma, et peut-être pour toujours.

— Peut-être.

— Allez à Rapid City.

— Non.

— Alors venez en Virginie. Nous allons régler ça ensemble.

Il ne dit rien.

— Vous n'avez pas envie de venir en Virginie ?

— Si, tout à fait.

— Alors venez.

— Je le ferai. Demain.

— Non, tout de suite.

— On est en pleine nuit.

— Il y avait une certaine question que vous me posiez d'habitude.

— Vraiment ?

— Vous avez arrêté.

— Et c'était quoi ?

— Vous me demandiez si j'étais mariée.

— Vous l'êtes ?

— Non.

Reacher leva de nouveau les yeux. Janet Salter le regardait toujours.

— Je partirai demain, dit-il.

Et il raccrocha.

1 h 55. Restaient deux heures.

CHAPITRE 40

Au bout de trois heures de vol, Plato commença à être tendu. Rien de surprenant. Il menait une vie de jeu vidéo. Des trucs n'arrêtaient pas de lui sauter à la figure, les uns après les autres. Et il fallait traiter chacun de ces trucs avec efficacité et à fond. Le plus important comme le moindre. Pas que les moindres soient insignifiants. Il dépensait quinze cents dollars par mois rien qu'en élastiques. Juste pour retenir les liasses de billets qu'il déposait à la banque. Il n'y avait pas de petits problèmes, en réalité. Et il y en avait plein de grands. Et il jugeait ses résultats non seulement sur sa réussite, mais sur son style. Le mélo était signe de faiblesse. En particulier pour lui.

L'ironie était qu'enfant, il avait longtemps été grand. Jusqu'à sept ans, il avait compté parmi les plus grands. À huit, il était toujours complètement dans la course. À neuf, il tenait encore sa place. Et il avait arrêté de grandir. Personne ne savait pourquoi. Personne ne savait si c'était génétique, une maladie ou un facteur environnemental. Le mercure ou le plomb, peut-être, ou quelque autre métal lourd. Ce n'était certainement pas une question de sous-alimentation ou de manque de soins. Ses parents avaient toujours été présents et s'étaient bien occupés de lui. Ils avaient commencé par refuser de voir ce qui se passait. Ils partaient du principe que le problème se réglerait tout seul. Mais il ne se régla pas tout seul. Son père finit donc par lui tourner le dos, puis sa mère.

Aujourd'hui, personne ne lui tournait le dos.

Son portable était allumé. Le règlement des avions ne s'appliquait pas à lui. L'appareil sonna, il décrocha. Son homme sur place. Un de ses collègues flics avait découvert trop de choses et avait été liquidé. Plato s'en moquait. Dommages collatéraux. Sans importance. Un autre type reniflait aussi un peu partout et devrait subir le même sort. Un ancien policier militaire. Ça ne l'intéressa pas davantage. Sans importance. Pas son problème.

Et enfin, la bonne nouvelle : le témoin était mort.

Plato sourit.

— Vous venez de sauver une vie, dit-il.

Après quoi, lui-même passa un coup de fil. Brooklyn. New York. Il annonça la nouvelle. Le dernier obstacle avait été levé. Le Dakota du Sud était maintenant dégagé comme un boulevard. Le titre de propriété, inexpugnable. Absolument garanti. Le Russe accepta de procéder tout de suite au virement électronique. Plato tendit l'oreille et s'imagina entendre le *clic* de la souris.

Il sourit de nouveau.

Affaire réglée.

Il referma son téléphone et regarda par le hublot. Siège 1A, la meilleure place de l'avion. Son avion. Il regarda l'Amérique qui s'étendait sous lui. Sombre et massive. Des colliers de perles lumineuses. Il consulta sa montre. Encore cinquante-sept minutes. Puis, une fois de plus et comme toujours, ce serait le grand spectacle. Un nouveau défi. Un autre triomphe.

***

Reacher monta au premier et trouva la chambre à coucher de Janet Salter. Située au fond de la maison, au-dessus de la bibliothèque. Chambre agréable avec une odeur de talc et de lavande. La salle de bains était située au-dessus de la cuisine. Il y avait une armoire à pharmacie au-dessus du lavabo. Il y trouva un ensemble de produits de toilette de base, plus la boîte de munitions pour le .38, les quatre-vingt-huit cartouches restantes sur les cent qu'elle contenait à l'origine.

Il glissa la boîte dans la poche de sa parka et referma le miroir. Il regagna le rez-de-chaussée, passa à la bibliothèque, s'approcha de Janet Salter, enleva le livre, déplaça un bras mou et retira le revolver de la poche de son cardigan. L'arme contenait encore toutes ses cartouches. Elle n'avait pas été utilisée. Il la glissa dans sa poche, remit le livre et le bras en place et s'éloigna.

***

Assis dans sa voiture, le flic qui avait tué l'avocat, le chef adjoint et Mme Salter regardait à travers son pare-brise. Il était à son poste dans le périmètre de sécurité bidon, personnellement responsable de deux cents mètres de neige sur sa gauche et de deux cents mètres de neige sur sa droite. Même si jamais un évadé n'utiliserait autre chose que la route, y compris en été. Le terrain était plat et n'offrait pas la moindre cachette, quelle que soit la saison. Les chiens l'auraient flanqué par terre en quelques minutes. Foncer dans la nature et se cacher dans les fossés et les conduits souterrains, voilà qui était strictement réservé aux bagnards enchaînés des vieux films en noir et blanc qui passent vers minuit sur les chaînes les plus ringardes du satellite. Non, de nos jours, tout fugitif pas trop idiot prendrait la route – ficelé au châssis d'un camion de livraison vide.

Sans compter qu'en réalité, il n'y avait aucun évadé. Plato avait été on ne peut plus clair. Ce ne sont pas les espaces vides qui manquent dans l'architecture d'une prison. Les faux plafonds par lesquels transitent des conduits, les caissons sous le sol où circulent les tuyaux. De multiples panneaux d'inspection. Tout cela parfaitement sûr, vu que ces vides ne conduisent en fait nulle part. Mais utiles, quand une véritable évasion n'est pas l'objectif. Un sandwich, une bouteille pour pisser dedans, et n'importe qui peut tenir une douzaine d'heures.

Ce qui devait être largement suffisant.

Le flic vérifia ses armes. L'habitude. L'instinct. Tout d'abord son arme de service, dans son étui, puis la seconde, dans sa poche. Chargée. Une cartouche dans la chambre, quatorze autres dans le chargeur.

Il n'aurait pas besoin des quatorze du chargeur.

***

Reacher fit un dernier tour attentif de la maison de Janet Salter. Il était à peu près certain de ne jamais y revenir, et il y avait certaines choses qu'il tenait à fixer dans son esprit. Il étudia la porte de devant, la porte de derrière, la porte du sous-sol, la cuisine, le vestibule, la bibliothèque, la position dans laquelle Janet Salter était restée, le livre sur ses genoux. Entre cinq et huit minutes, jugea-t-il, pour qu'elle ait l'air aussi détendu qu'elle semblait l'être, étant donné qu'elle était partie d'un état d'extrême panique. C'était le temps qu'il avait dû lui falloir pour se calmer, même en étant dans la compagnie rassurante d'une personne de confiance comme un flic de Bolton.

Autrement dit, en prenant une minute de marge, le temps que son équipe de protection ait dégagé les lieux, quelqu'un avait eu entre six et neuf minutes de retard lors de l'appel des prises de poste, au moment de l'alerte.

Quelqu'un d'autre allait s'en souvenir.

Peut-être.

À condition qu'y ait effectivement eu un appel.

Et si le type avait vraiment été prendre position.

Reacher remonta la fermeture de sa parka, s'enfonça le bonnet sur les oreilles et le recouvrit du capuchon. Enfila ses gants, ouvrit la porte de devant et sortit une fois de plus dans le froid. Qui se jeta sur lui, qui, féroce, le tourmenta, le pétrifia. Mais il l'ignora. Acte de pure volonté. Il referma la porte, descendit l'allée et suivit l'itinéraire qui le ramènerait au commissariat. En restant sur ses gardes pendant tout le chemin, dans l'état d'hypervigilance qui lui donnait l'impression de pouvoir prendre son arme et de tirer mille fois plus vite que n'importe quel adversaire. Le genre d'état dans lequel il se sentait capable d'arracher le minerai à la terre, de fondre le métal, de faire le plan, de couler les pièces et d'assembler son arme avant même que l'adversaire ait eu le temps de lui tomber dessus.

Je n'ai pas peur de la mort.
C'est la mort qui a peur de moi.
La peur en agressivité.
La culpabilité en agressivité.

***

Le commissariat était complètement désert, en dehors de l'employé civil de service derrière le comptoir de la réception. Le personnage, grand, les articulations raides, devait avoir dans les soixante-dix ans. Il était assis sur son tabouret, morose. Reacher lui demanda quelles étaient les nouvelles. L'homme répondit qu'il n'y en avait pas. Reacher lui demanda combien de temps les flics allaient rester déployés. L'homme répondit qu'il ne le savait pas. Le commissariat n'avait aucune expérience de ce genre de situation. Il n'y avait encore jamais eu d'évasion jusqu'à ce jour.

— Il n'y a pas eu d'évasion ce soir, dit Reacher. Le type se cache à l'intérieur de la prison.

— C'est ce que vous pensez ?

— Oui, c'est ce que je pense.

— En vous fondant sur quoi ?

— Le simple bon sens.

— Si c'est le cas, on doit conclure qu'ils vont encore rester déployés une heure, ou quelque chose comme ça. Le périmètre est à mille six cents mètres. Deux heures, c'est bien assez long pour décider si le gars est passé ou s'il ne se pointera jamais.

— Expliquez-moi comment se passe l'appel. Pour le commissariat, en cas de crise.

— Je le fais d'ici. Par radio. Je prends la liste et ils me répondent depuis leur voiture ou avec leur micro portable, et je les raye au fur et à mesure.

— Et comment ça s'est passé, ce soir ?

— Tous présents et à leur poste.

— Pas d'absents ?

— Pas un.

— Pas de réponse à retardement ? Pas d'hésitation ?

— Non, rien.

— Quand l'avez-vous fait ?

— J'ai commencé dès que j'ai entendu la sirène. Ça prend environ cinq minutes pour arriver au bout de la liste.

— Si je comprends bien, vous les croyez sur parole ?

— Je ne vous suis pas.

— En réalité, vous ignorez où ils sont et ce qu'ils font. Tout ce que vous savez, c'est s'ils ont ou non répondu à votre appel.

— Je leur demande où ils sont. Ils me le disent. Soit ils sont en position, soit ils s'en approchent. Et le personnel de la prison a le droit de vérifier.

— Comment ça ?

— Ils montent dans une de leurs tours et ils regardent. Le terrain est plat. Ils peuvent aussi intervenir sur le réseau radio et faire eux-mêmes l'appel, s'ils veulent.

— L'ont-ils fait ce soir ?

— Je ne sais pas.

— Qui a été le dernier à prendre sa position ce soir ? demanda Reacher.

— Je ne peux pas le dire. Je les appelle par ordre alphabétique et les premiers sont encore en mouvement quand je les contacte. Vers la fin, ils sont en position.

— En tout cas, c'est ce qu'ils vous disent.

— Pourquoi devrais-je en douter ?

— Il faut appeler le chef Holland. Mme Salter est morte.

***

Reacher erra dans le commissariat silencieux : la salle de garde des officiers, le bureau de Holland, les toilettes. Finalement, il alla se reposer dans la salle où les photos de scène de crime étaient épinglées aux murs. Le biker, l'avocat. Il s'assit le dos au biker et étudia l'avocat. Il ignorait son nom. Il ignorait pratiquement tout de lui, en fait. Mais il en savait assez pour se douter qu'il était fondamentalement comme Janet Salter. C'était un homme, pas une femme, sur une route gelée, pas dans une bibliothèque bien chauffée, mais ils étaient l'un et l'autre des personnes un peu inconscientes, un peu ailleurs, induites à éprouver un faux sentiment de sécurité, manipulées pour se sentir détendues. Le levier de vitesse sur Park et la vitre de la voiture baissée jusqu'en bas étaient la même chose que la posture confortable de Janet Salter avec le livre sur ses genoux.

Comprendre leurs motivations, leur environnement, leurs objectifs, leurs peurs, leurs besoins. Penser comme eux. Voir comme eux. Être eux.

Ils n'avaient pas eu la moindre arrière-pensée. Le moindre doute. Ils s'étaient sentis complètement en confiance. Ils s'étaient offerts, littéralement. Portes, fenêtres, cœurs, esprits. Pas le moindre soupçon d'inquiétude, pas de cérémonie. Naturels.

Ils avaient été entièrement présents.

Ce n'était pas n'importe quel flic qui avait pu susciter ça.

C'était un flic qu'ils connaissaient tous les deux, qu'ils avaient déjà rencontré, qui leur était familier.

Peterson lui avait demandé une fois : « Qu'est-ce que votre unité d'élite ferait maintenant ? »

Réponse : Reacher, ou Susan, ou n'importe quel patron de l'unité spéciale du 110e mettrait les pieds sur le bureau endommagé et enverrait deux lieutenants bien décidés à se faire remarquer faire la liste de toutes les relations des hommes de la police de Bolton en fonction de leur degré d'intimité. Puis il (ou elle) croiserait les listes et un nom commun à toutes finirait par apparaître.

Reacher ne disposait pas de deux lieutenants enthousiastes.

Mais il y avait d'autres approches.

***

Une minute plus tard, il entendit des pas dans le couloir. Inégaux. Le claquement d'une semelle, le frottement de l'autre. Le vieux type du comptoir. Il boitait légèrement. Il passa la tête à la porte.

— Le chef Holland arrive. Il quitte son poste. Il ne devrait pas, mais il le fait.

Reacher acquiesça d'un hochement de tête. Ne dit rien.

— C'est terrible, ce qui est arrivé à Mme Salter, reprit le vieux type.

— Je sais bien.

— Vous savez qui a fait le coup ?

— Pas encore. Personne n'a rien signalé ?

— Qui donc ?

— Un voisin, peut-être. Il y a eu un coup de feu.

— Dans la maison ?

— Dans la bibliothèque.

Le vieux haussa les épaules.

— Les maisons sont loin les unes des autres. Tout le monde a des fenêtres renforcées. La plupart ont un triple vitrage et par une nuit comme celle-là, elles étaient toutes fermées.

Reacher ne dit rien.

— C'est l'un d'entre nous ? demanda le vieux type.

— Qu'est-ce qui vous le fait dire ?

— Le chef Holland a convoqué une réunion générale. Juste avant la sirène. Je ne vois pas d'autre raison. Sans compter que je ne vois pas non plus comment on aurait pu faire autrement. L'avocat, puis M. Peterson et maintenant Mme Salter. Tous les trois, facile, rapide, juste comme ça. Il faut que ce soit l'un d'entre nous. Et vous qui arrivez et demandez qui a été le dernier à prendre sa position ce soir.

— Vous étiez flic ?

— Je suis resté trente ans dans ce commissariat.

— Je suis désolé.

— J'aimerais bien mettre la main sur ce type.

— Vous lui avez parlé ce soir. À un moment ou un autre. Juste avant, ou juste après.

— Ils m'ont tous paru comme d'habitude.

— Vous les connaissez bien ?

— Pas les nouveaux.

— Y avait-il quelqu'un de particulièrement proche de Mme Salter ?

— Beaucoup l'étaient. C'est une personnalité, ici. Elle faisait partie du mobilier.

***

À une altitude de onze mille mètres et à sept cents kilomètres au sud, le téléphone de Plato sonna de nouveau. L'argent qu'il avait pris au Russe faisait un tour du monde électronique. D'une institution à une autre, dans l'ombre, impossible à suivre, voyage nocturne automatisé qui devait prendre en tout sept heures. Mais il y avait toujours une banque ouverte quelque part. Le dépôt s'afficha sur un écran à Hongkong, déclenchant un code signifiant que le titulaire du compte devait être notifié. L'employé de service composa un numéro qui rebondit cinq fois d'un poste de transfert à un autre, avant de sonner dans le Boeing, haut au-dessus du Nebraska. Plato écouta sans faire de commentaire. Il était déjà l'homme le plus riche qu'il avait jamais rencontré. Il le serait toujours. Il était Plato, les autres ne l'étaient pas. Ni ses parents, ni le Russe, ni son ancien associé, Martinez, ni personne.

***

L'employé de banque de Hongkong raccrocha et composa un autre numéro. Brooklyn, New York. Il était plus de 3 heures à cet endroit, mais on décrocha immédiatement : le Russe, qui payait plus que Plato.

Beaucoup plus.

— Je lui ai dit que l'argent était sur le compte, dit l'employé de banque.

— Bon, faites la transaction dans l'autre sens maintenant, dit le Russe.

L'employé cliqua, effectua quelques manipulations.

— C'est fait, dit-il.

— Merci, répondit le Russe.

***

Depuis Brooklyn, le Russe téléphona à Mexico, à un numéro très secret, celui d'une agence de police locale avec un nom trop long pour qu'il essaie seulement de le traduire. Ce fut un colonel qui répondit. Le Russe l'informa que tout se passait comme prévu.

— Plato est déjà en l'air, dit le colonel. Il a décollé il y a un peu plus de trois heures.

— Je sais, dit le Russe.

— Je veux quinze pour cent.

Le Russe resta un instant silencieux. Il fit semblant d'être agacé. Il avait promis dix. Il avait toujours été question d'un partage quatre-vingt-dix/dix pour cent pendant les discussions. En réalité, il avait tablé sur un ratio quatre-vingts/vingt. Quatre-vingts pour cent des affaires de Plato, tel était son objectif. Se retrouver avec quatre-vingt-cinq pour cent, c'était toucher un bonus inattendu de cinq pour cent. Un cadeau. Le colonel était un individu sans envergure ni ambitions. Limité à tous points de vue. Raison pour laquelle il était encore colonel et non général.

— Vous êtes dur en affaires, dit le Russe.

— C'est à prendre ou à laisser, dit le colonel.

— Il semblerait bien que je n'aie pas le choix.

— Vous ne l'avez pas.

Le Russe laissa passer un long silence, juste pour l'effet.

— D'accord, dit-il. Vous aurez vos quinze pour cent.

— Merci, répondit le colonel.

Le Russe raccrocha pour composer aussitôt un autre numéro, lequel était celui, comme il le savait, d'un portable impossible à détecter et actuellement posé sur une table de nuit dans une chambre de Virginie. Là aussi, 3 heures passées, comme à Brooklyn. Même fuseau horaire. Ce téléphone impossible à repérer appartenait à un agent de la DEA que le Russe contrôlait *via* le beau-frère du cousin d'un ami. Le type de Virginie répondit et le Russe lui dit que tout se passait comme prévu.

— Est-ce que j'ai votre parole ? demanda le type.

Le Russe sourit intérieurement. La bureaucratie dans toute sa splendeur. Le pourri de la DEA pourrie (du beau-frère du cousin de l'ami) avait supplanté le pourri de la DEA de Plato et accepté que le Russe s'empare du reste des affaires de Plato aux États-Unis, tant qu'il ne sortait pas la méthadone de son trou au Dakota du Sud. En fait, si la drogue avait pu disparaître complètement, ç'aurait été encore mieux. C'était trop embarrassant pour tout le monde. Embarrassant qu'elle soit encore là, embarrassant qu'on l'ait complètement oubliée – qu'elle existe étant déjà embarrassant en soi. Même les employés corrompus restent fidèles à un certain esprit de corps.

— Vous avez ma parole sur ce point, répondit le Russe.

— Merci, dit le type de Virginie.

Le Russe sourit encore à l'absurdité de la chose. Mais il respecterait sa parole. Pourquoi ne l'aurait-il pas fait ? C'était un vrai trésor, aucun doute ; mais il avait des objectifs à long terme. Et ce qu'il n'avait jamais eu ne lui manquerait jamais. Ce n'était pas comme s'il avait payé pour ça, de toute façon.

Il raccrocha une fois de plus, composa un texto sur un autre téléphone et appuya sur *envoyer*.

À onze mille mètres au-dessus du Nebraska, trois rangées derrière Plato, siège 4A, un téléphone vibra en silence dans une poche, solide trépidation métallique contre le muscle de la cuisse. Le cinquième des six Mexicains devant passer par pertes et profits prit le téléphone et consulta l'écran. C'était lui qui avait conduit la Range Rover où Plato avait pris place pour se rendre à l'aérodrome. Il le montra à l'homme assis à côté de lui, siège 4B, le sixième des six, celui qui avait été à côté du conducteur dans le quatre-quatre. Les deux hommes hochèrent la tête. Ils n'échangèrent pas une parole. Ne sourirent pas. Ils étaient beaucoup trop tendus.

Le texte disait : *Faites-le*.

Une minute plus tard, Reacher entendit la voiture de Holland dans le silence glacé. Le marmonnement du moteur, le craquement étouffé des pneus sur la glace. Puis le soupir et le silence du moteur coupé, le grincement et le claquement de la portière, le frottement des bottes de Holland dans la neige. Il entendit s'ouvrir la porte du hall et s'imagina sentir la vague d'air froid venant du parking. Il entendit les pas de Holland dans le couloir, puis l'homme arriva et s'encadra dans la porte, voûté, tête basse, défait, comme s'il était au bout du rouleau.

— Vous êtes sûr ? demanda Holland.

Reacher acquiesça de la tête.

— Aucun doute.

— Parce qu'il arrive qu'ils soient encore vivants.

— Pas cette fois.

— Il faut aller vérifier ?

— Inutile.

— Qu'est-ce que c'était ?

— Neuf millimètres, entre les yeux. Comme les deux autres.

— Des traces ? Quelque chose ?

— Rien.

— Si bien que nous ne sommes pas plus avancés. Nous ne savons toujours pas qui c'est.

Reacher hocha la tête.

— Mais je sais comment le trouver, dit-il.

CHAPITRE 41

— Il va se remettre à neiger, dit Reacher. La piste va être recouverte et les bikers ne seront pas là pour la dégager. Le temps est imprévisible et chaque minute compte. Plato est probablement en route en ce moment même. Parce qu'il a besoin de sortir son stock de bijoux avant la vente. Il va probablement doubler le Russe et prendre aussi une partie de la méth. Voire la plus grande. Il a un gros avion. Mon hypothèse est qu'il a demandé à son type ici d'être sur place pour l'aider. Et que le type en question va donc franchir le périmètre à un moment ou un autre. C'est peut-être imminent. Tout ce que nous avons à faire, c'est d'être là-bas avant lui. Nous nous planquerons et nous verrons bien qui débarque. Il va se jeter dans nos bras.

— Vous croyez ? demanda Holland.

— J'en suis certain.

— On risque de devoir attendre des heures.

— Je ne pense pas. Plato doit se poser et repartir le plus vite possible. Il ne peut pas se permettre de se faire piéger par une tempête. Un gros porteur sans des installations de maintenance convenables pourrait rester cloué au sol jusqu'au début de l'été.

— De quel genre d'aide pourrait-il avoir besoin de toute façon ?

— Il y a sûrement quelque chose.

— Il va venir avec des gens à lui. Il s'agit juste de descendre et de monter un escalier.

— On n'achète pas un chien pour aboyer soi-même.

— Vous croyez ?

— Ils vont faire atterrir un gros avion au milieu de nulle part. Quelqu'un pourrait l'entendre. Tout peut arriver. Un flic du coin sera toujours utile.

— Se cacher là-bas ? Il fait très froid.

— Froid ? répliqua Reacher. Ce n'est rien.

Holland réfléchit environ une minute. Reacher l'observa attentivement. Ses lèvres bougèrent en silence, ses yeux dansèrent de droite à gauche. Hésitant au début, le policier finit par se décider.

— Très bien, dit-il. On y va.

2 h 55. Restait une heure.

***

Holland prit le volant. Sa voiture banalisée était encore tiède à l'intérieur. Les routes étaient toujours aussi gelées, toujours aussi vides. Milieu de la nuit, au milieu de l'hiver, au milieu de nulle part. Rien ne bougeait en dehors du vent. Ils passèrent au bout de la rue de Janet Salter. Désertée. Holland conduisait près du volant, ceinture attachée, la parka encore fermée jusqu'en haut, engoncé dans le tissu raide. Reacher, lui, était vautré sur le siège passager, sans ceinture, parka ouverte, les pans ramenés sur les genoux, gants enlevés, mains dans les poches. Les ornières de la chaussée étaient usées et ratatinées par le froid. Les pneus avant oscillaient de droite à gauche, mais à peine. Les chaînes claquaient et caquetaient à l'arrière. Haut dans le ciel, presque pleine, la lune était pâle et blafarde derrière les haillons de nuages faits de glace déchiquetée.

— Combien de temps encore vos gens doivent-ils rester déployés le long du périmètre de sécurité ? demanda Reacher.

— Il n'y a pas de délai prévu. La décision sera prise au pifomètre par la prison.

— Votre pronostic ?

— Encore une heure.

— Autrement dit, tout flic que nous verrons devant nous sera notre homme.

— Si nous en voyons un.

— Je crois que ce sera le cas, dit Reacher.

***

Ils s'engagèrent sur l'ancienne route de campagne qui courait parallèlement à l'autoroute en direction de l'ouest. Huit kilomètres, ni vite, ni lentement. Vent et glace dans l'air. Puis ils tournèrent encore, vers le nord, sur le ruban étroit et sinueux, douze laborieux kilomètres. Et, enfin, la piste se précisa devant eux, toujours aussi spectaculaire, imposante, massive, large, plate, l'air de se prolonger à l'infini dans le faisceau des phares, toujours dégagée et sèche. Holland ne ralentit pas. La voiture rebondit sur la dalle de béton éclairée par la lune, roula tout droit en gardant la même vitesse. Il n'y avait que du gris profond devant eux. Pas de lumières. Aucune activité. Rien qui bouge. Personne. Les baraquements de bois étaient des formes noires au loin, la maison de pierre se profilant derrière, plus grande et plus noire encore.

À deux cents mètres, Holland leva le pied et commença à ralentir. Il se tenait toujours aussi droit, près du volant, ceinture attachée, toujours ficelé comme une momie par le Nylon raidi de sa parka.

— Où dois-je mettre la voiture ? demanda-t-il.

— Peu importe, répondit Reacher, qui se tenait toujours vautré sur son siège, sans ceinture, les mains dans les poches.

— Mais il faut la cacher. Le type nous verra. S'il vient.

— Il est déjà sur place, dit Reacher.

— Quoi ?

— Il vient d'arriver.

La voiture ralentit encore. S'arrêta à une trentaine de mètres de la première rangée de baraquements. Holland avait le pied posé sur le plancher. Pas sur le frein. La vitesse était toujours engagée. Le ralenti ne suffisait pas à contrecarrer la résistance des chaînes à neige. Le véhicule était comme un chien qui marque l'arrêt, tremble un peu, n'est pas tout à fait en mouvement, ni tout à fait inerte, seulement prêt à l'action.

— Depuis combien de temps avez-vous compris ? demanda Holland.

— Avec certitude ? Depuis environ trois minutes. De manière très probable, depuis environ trente. Rétrospectivement, depuis environ trente et une heures. Mais à ce moment-là, je ne savais pas que je savais.

— Quelque chose que j'ai dit ?

— Des choses que vous n'avez pas dites. Des choses que vous n'avez pas faites.

— Comme quoi ?

— Il y a un instant, vous n'avez ni ralenti ni coupé vos phares quand nous avons atteint la piste. Le type aurait déjà pu être sur place. Mais vous saviez que non. Parce que le type, c'est vous.

— Vous vous trompez, dit Holland.

— J'ai bien peur que non. Nous avons passé une heure sous terre dans la soirée, et la première chose que vous auriez dû faire, lorsque nous avons regagné la surface, aurait été de téléphoner à la maison Salter. Mais vous ne l'avez pas fait. J'ai dû vous le rappeler. Elle allait très bien, vu que le type ne s'était pas présenté pendant l'heure en question. Ce que vous saviez, puisque le type, c'était vous. Raison pour laquelle vous n'avez pas pensé à appeler. Vous auriez dû soigner davantage les détails.

Holland garda le silence.

— J'ai eu une conversation avec Peterson hier soir, reprit Reacher. Il est venu à 20 heures, au moment où nous pensions qu'il allait manquer un détenu à l'appel à la prison. Nous étions inquiets. Tendus. Il m'a pris à part et m'a demandé si j'étais armé. J'ai répondu que oui. Je lui ai aussi dit que Mme Salter l'était aussi. Des questions évidentes, dans une situation semblable. Mais vous, vous ne les avez pas posées à ce moment-là. Vous auriez dû.

— J'ai pu très bien le supposer. Je savais que Mme Salter avait des armes chez elle. Elle m'avait demandé des conseils pour les munitions.

— Et vous lui en avez donné d'excellents. Mais vous auriez dû vous assurer que ces armes étaient encore dans leur boîte hier soir. Au moins en posant la question, voire en vérifiant vous-même. N'importe qui l'aurait fait, sauf quelqu'un sachant avec certitude qu'il n'y en aurait pas besoin.

Holland ne disait rien.

— Au tout début, reprit Reacher, nous vous avons trouvé en mauvaise posture face aux deux bikers dans la rue. En fait, vous ne l'étiez pas, n'est-ce pas ? Vous les écoutiez. Ils vous donnaient leurs instructions. Briefing classique de dix minutes. Plato avait pris sa décision. Tuez l'avocat, tuez Janet Salter. Ils faisaient passer le message. Puis vous avez entendu arriver la voiture de Peterson et vous avez jeté votre pistolet dans la neige, juste pour vous donner une raison de rester planté là si longtemps. Ensuite, vous avez poussé l'un d'eux et déclenché une bagarre. Le tout mis en scène pour le bénéfice de Peterson. Et sans doute aussi pour le mien. Et cette histoire sur l'impossibilité de les coincer ? Ils n'auraient pas pu échapper bien longtemps à des contrôles faits au hasard si vous n'aviez pas été là pour les appeler et les tuyauter. Vous travailliez tous pour le même type. Raison pour laquelle vous les avez laissés quitter la ville sans lever le petit doigt.

Holland garda le silence.

— Ensuite, beaucoup plus tard, Peterson et moi vous avons mis en difficulté. Nous avons débarqué ici au moment où vous pouviez retirer la clef du poêle en toute sécurité. Vous saviez où elle se trouvait. Mais vous ne l'aviez pas deviné. On vous l'avait dit. Vous étiez là pour préparer les choses. Nous sommes descendus tous les trois dans le sous-sol. Parce que vous n'avez pas pu trouver d'argument assez convaincant pour nous empêcher de le faire. Et c'est comme ça que Peterson a vu des choses qui ne pouvaient pas ne pas le faire réagir. Raison pour laquelle vous avez balancé ces conneries à la radio, si bien que quand vous l'avez tué, tout de suite après, c'était soixante suspects qui se trouvaient sur le gril, et pas seulement vous. Après quoi vous m'avez menti à propos de Kapler. Vous avez essayé de me fourvoyer. Il n'y a aucune rumeur sur de l'argent sale à Miami. S'il y en avait eu, mon amie de Virginie en aurait eu vent depuis longtemps.

— J'aurais pu tuer Peterson ici, lui objecta Holland. À ce moment-là. Au sous-sol.

— Exact. Mais pas moi en prime. Vous le saviez. Vous aviez peur de moi. Vous avez vérifié mon dossier militaire. La femme de Virginie me l'a dit. Votre demande est jointe à mon dossier. Vous saviez que l'avocat, Peterson et Janet Salter étaient une chose, et vous saviez que j'en étais une autre. C'étaient des cibles faciles. Vous avez attendu sur la route, vous avez mis le gyrophare, vous lui avez fait signe, et l'avocat s'est aussitôt arrêté. Et pourquoi ne l'aurait-il pas fait ? Il vous connaissait, probablement. Le chef de police du comté voisin ? Je parie que vous avez pris le petit déj ensemble une bonne demi-douzaine de fois. Et Peterson vous aurait suivi n'importe où. Quant à Janet Salter, elle a dû être tout excitée de vous voir. Jusqu'à ce que vous sortiez votre pistolet.

Holland garda le silence.

— Trois douilles. Deux d'entre elles ici, dans cette voiture, et la troisième ramassée sur le plancher de Janet Salter. Quelque chose me dit que vous les avez jetées dans une des poubelles devant le commissariat. Vous voulez que j'appelle le vieux qui tient la réception pour lui demander d'aller jeter un coup d'œil ?

Holland se taisait toujours.

— Je suppose que la quatrième cartouche est déjà dans la chambre. Ma cartouche. Un vieux pétard quelconque. Perdu par quelqu'un, peut-être, ou pièce à conviction d'une affaire classée. Ou alors les bikers vous l'ont procuré. Vous ne voulez pas vider vos poches pour me prouver que je me trompe ?

Pas un mot de Holland.

— Mais ma cartouche va rester là où elle est, dans la chambre du pistolet. Parce que je ne suis pas comme les trois autres. Vous l'avez compris. Vous l'avez senti, peut-être même, et la lecture de mon dossier militaire vous l'a confirmé. Du coup, vous avez été prudent avec moi. C'était justifié. Je remarque les choses. Vous avez essayé de m'avoir ces trois dernières heures. En m'entraînant ici, en m'entraînant là, toujours à me parler, toujours à essayer d'estimer ce que je savais, toujours à gagner du temps, toujours à attendre le moment favorable. Comme en ce moment. Au commissariat, vous hésitiez. Vous ne vouliez pas m'amener ici, puis finalement vous avez voulu. Parce que le moment favorable pouvait se présenter. Mais il ne s'est pas présenté, il ne se présentera pas, et il ne se présentera jamais. Vous êtes intelligent et vous êtes bon tireur, Holland, mais je suis plus intelligent et meilleur tireur que vous. Croyez-moi. Tout au fond de vous, vous n'êtes qu'un péquenot du fin fond de la province au bout du rouleau. Vous n'êtes pas de taille. Comme en ce moment. Vous êtes tout ficelé et attaché et pas moi. Je pourrais vous tirer une balle entre les deux yeux avant que vous n'ayez mis la main sur votre pistolet. Et c'est comme ça depuis les trois dernières heures. Pas parce que j'avais vraiment compris. Mais parce que c'est comme ça que je suis.

Holland ne pipait mot.

— Mais j'aurais dû m'en douter, reprit Reacher. J'aurais dû m'en douter il y a trente et une heures. La première fois que la sirène s'est déclenchée. Je l'avais sous les yeux. Je ne pouvais pas comprendre que le gars m'ait vu sans que je le voie. Et je savais qu'il ne pouvait qu'arriver en voiture, par la rue, par la façade. À cause du froid. Et c'est exactement ce qu'il a fait. Et je l'ai vu. Je vous ai vu. Une minute après le départ de toute l'équipe, vous débarquez. Audacieux comme pas un, rapide et facile, dans une voiture, par la façade. Vous veniez tuer Janet Salter.

— Je venais la protéger.

— J'ai bien peur que non. L'émeute aurait pu durer des heures. Sinon des jours. Vous l'avez dit vous-même. Mais vous aviez laissé tourner votre moteur.

Holland garda le silence.

— Vous l'avez laissé tourner parce que vous aviez prévu de ne faire qu'entrer et sortir. Vous aviez calculé que vous pourriez être un peu en retard au commissariat. Comme vous l'avez été cette nuit, je suppose. Mais voilà, j'étais dans la maison. Vous avez été surpris de m'y trouver. Vous avez eu besoin de temps pour réfléchir. Alors vous avez un peu traîné, en proie à des idées conflictuelles. Mme Salter et moi pensions que ces idées conflictuelles concernaient vos devoirs qui s'opposaient. En réalité, vous vous efforciez de déterminer si je n'avais pas un des revolvers de Mme Salter à la ceinture et dans ce cas, si vous pouviez être plus rapide que moi. Vous avez conclu que j'étais armé et plus rapide. Bref, vous avez fini par partir. Vous avez décidé d'essayer plus tard. Je suis sûr que ça a dû énerver Plato. Il était probablement très impatient. Mais vous avez fini par faire le boulot.

Holland resta un long moment silencieux.

— Vous savez pourquoi, n'est-ce pas ? demanda-t-il enfin.

— Oui.

— Comment avez-vous su ?

— J'ai fini par le deviner. J'ai vu la photo, dans votre bureau. Elle ressemble beaucoup à sa mère.

— Alors vous comprenez.

— Elle n'était pas prisonnière. Ils ont fait une vague tentative pour la cacher, mais elle y était allée de son propre chef. C'était clair. Je crois qu'elle aime ce style de vie.

— Elle n'en est pas moins vulnérable pour autant.

— Ce n'est pas une excuse. Il y avait d'autres moyens de régler cette question.

— Je sais. Je suis désolé, dit Holland.

— C'est tout ? Trois morts, et vous êtes « désolé » ?

Holland ne répondit pas. Il resta un moment sans réaction. Puis il leva le pied du plancher et écrasa l'accélérateur. La voiture bondit. Du ciment sec sous les roues, un gros V-8 à double pot d'échappement, couple impressionnant, suspension renforcée, peu de débattement, zéro à cent en sept secondes. Reacher fut propulsé contre le dossier de son siège. Ils étaient à trente mètres du côté du baraquement. Pas plus. Les phares le rendaient éblouissant. Il remplissait le pare-brise. Il venait droit sur eux. Le moteur grondait.

Au bout de dix mètres, Reacher avait sorti le Smith & Wesson de sa poche. Au bout de vingt, le canon de l'arme était enfoncé dans l'oreille de Holland. Avant qu'ils entrent en contact avec le mur, il avait agrippé l'arrière du dossier de Holland, bras rigide, épaule bloquée. L'avant de la voiture défonça le revêtement de bois. Les airbags explosèrent. Le pare-brise s'émietta.

Les roues avant heurtèrent le bord du plancher et le véhicule quitta le sol. Le pare-chocs avant heurta un cadre de lit et, telle une queue de billard, l'expédia contre le poêle. Celui-ci se détacha de ses tuyaux et se mit à rouler bruyamment comme un tonneau au moment où la voiture touchait à nouveau le sol, labourait le plancher et heurtait à nouveau le cadre métallique, l'écrasant contre le lit en face, de l'autre côté de l'allée. L'avant du toit heurta la cheminée – détachée du poêle –, qui plia avec un grincement de métal, son extrémité déchiquetée griffant le toit sur toute sa longueur. La voiture se trouvait maintenant entièrement à l'intérieur du baraquement, avançant toujours vite, les chaînes fouettant et râpant le plancher de bois. Reacher donna un coup de pied au genou de Holland, forçant ainsi son pied à quitter l'accélérateur. La voiture écrasa encore des lits contre le mur d'en face, creva la deuxième paroi et se retrouva dans le clair de lune où elle atterrit brutalement, l'arrière encore dans le bâtiment, au milieu d'un fouillis de cadres métalliques tordus et de panneaux de contreplaqué défoncés. Les deux phares étaient éteints et on entendait toutes sortes de grincements en provenance du capot. Des sifflements, des halètements, le cliquetis d'un composant en train de rompre. Il y avait de la poussière et des débris tout autour, l'air glacial s'engouffrant tel un liquide par l'avant sans pare-brise.

Le canon du Smith était toujours douloureusement enfoncé dans l'oreille de Holland.

Reacher était toujours droit dans son siège, toujours solidement ancré par le bras au siège du conducteur. L'airbag s'était gonflé contre son épaule droite, puis s'était dégonflé.

— Je vous l'avais dit, Holland, vous n'êtes pas de taille.

Holland ne répondit rien.

— Vous avez endommagé la voiture, Holland. Comment je vais faire pour retourner à Bolton ?

— Qu'est-ce que vous allez faire de moi ?

— Allons marcher un peu. Gardez les mains bien en vue.

« J'aurai tout le temps de lire quand tout ce cirque sera terminé », avait dit Janet.

On récolte ce qu'on a semé.

***

Ils descendirent de la voiture réduite à l'état d'épave et passèrent dans le froid et le vent pour s'avancer dans l'étroite allée qui séparait les première et deuxième rangées de baraquements. Holland marchait devant et Reacher le suivait à trois mètres, tenant le vieux six-coups bas, sans se crisper. C'était celui qui était resté si longtemps dans la poche de Janet Salter.

— Parlez-moi de Plato, dit Reacher.

Holland s'arrêta et se retourna.

— Je ne l'ai jamais rencontré. Tout s'est fait par téléphone ou par l'entremise des bikers.

— Est-il aussi terrible qu'il en donne l'impression ?

— Pire.

— Qu'est-ce qui doit se passer cette nuit ?

— Ce que vous soupçonniez. Il va embarquer tous les bijoux et piquer une partie de la méth.

— Et vous êtes censé l'aider ?

— J'étais censé me trouver ici, oui. J'ai du matériel pour lui et la clef de la porte.

— Très bien, dit Reacher.

Sur quoi il brandit le revolver, appuya sur la détente et abattit Holland d'une balle entre les yeux. L'arme eut un léger recul et la détonation fut celle qu'a toujours ce type de cartouches de 158 grains dehors, dans l'air froid – un crac comme un aboiement interrompu qui roula au loin sur l'étendue plate, se perdant rapidement car le son n'avait rien contre quoi se répercuter. Holland dégringola dans un fort bruit de frottement, celui d'un Nylon rigide, la raideur de sa parka le faisant basculer de côté et le laissant allongé sur une épaule, le visage tourné vers la lune. Un trente-huit centième de pouce étant mathématiquement plus gros que neuf millimètres, ce troisième œil qu'il avait au milieu du front était un peu plus gros que celui de Janet Salter, mais son visage étant plus massif, l'effet était proportionné.

Le chef Thomas Holland. Qu'il repose en paix.

Son corps ne bougea plus, son sang se mit à couler et son portable sonna soudain dans sa poche.

CHAPITRE 42

Reacher récupéra le téléphone à la troisième sonnerie. Il se trouvait dans une poche de poitrine de la parka de Holland. Et avait gardé un reste de tiédeur. Reacher appuya sur le bouton vert, porta l'appareil à son oreille et dit :

— Oui ?

— Holland !

Pratiquement un cri. Mauvaise liaison, bruits de fond tapageurs, accent espagnol nasal et aigu.

Un petit homme.

Plato.

Reacher ne répondit pas.

— Holland ?

— Oui.

— Nous sommes à quinze minutes. Nous avons besoin des lumières pour l'atterrissage.

Et la communication fut coupée.

« Nous » ? Combien étaient-ils donc ? Des lumières pour l'atterrissage ? Quelles lumières ? Reacher resta une seconde immobile. Il n'avait vu aucune installation électrique sur la piste. Pas la moindre bosse indiquant la présence d'un feu de position sur toute sa longueur.

La piste n'était qu'une dalle de béton parfaitement plate. Il était possible qu'ils aient compté sur les phares de la Crown Vic, auquel cas Plato était dans la merde, les deux phares de la Crown Vic étant bousillés. Par ailleurs, des phares de voiture ne peuvent pas porter sur trois kilomètres. Pas même des halogènes réglés pleins phares.

Quinze minutes.

Et à présent quatorze et des poussières.

Reacher glissa le téléphone dans sa poche, puis fouilla celles de Holland. Trouva la clef en forme de T qui ouvrait la maison de pierre et un vieux Glock 17 éraflé. Le pistolet jetable. Quatorze cartouches dans le chargeur, une dans la chambre.

La sienne.

Il glissa la clef et le pistolet dans sa poche et prit le Glock dans l'étui de Holland. Son arme officielle. Plus récente. Chargeur plein. Il remit ses gants, empoigna ensemble les cols de la chemise et de la parka de Holland et tira le corps jusqu'au baraquement le plus proche, à l'intérieur. Et l'abandonna sur le plancher. Puis il revint rapidement vers la voiture.

Treize minutes et des poussières.

La Crown Victoria penchait vers l'avant, à moitié sortie du baraquement. Il se glissa par le trou qu'elle avait fait dans la paroi, se retrouva à l'emplacement du poêle et ouvrit le coffre.

Toutes sortes de trucs, là-dedans. Trois catégories principales : à leur place, les trucs normaux prévus par la Ford Motor Company, le matériel de dotation des flics bien rangé dans des plastiques et, enfin, d'autres objets jetés pêle-mêle sur le reste. Dans la première catégorie : une roue de secours et un cric. Dans la deuxième : une veste fluo, quatre feux de Bengale rouges, trois cônes de circulation emboîtés les uns dans les autres, une trousse de premiers secours, une boîte à appâts verte pour les petits objets, deux bâches, trois rouleaux de scène de crime, un sac de chiffons blancs, un casier à serrure pour une arme de poing. Dans la troisième catégorie : un gros rouleau d'une corde graisseuse, un treuil à moteur avec son tripode, des boîtes encore scellées de grands sacs-poubelle haute résistance.

Rien qui ressemble de près ou de loin à un projecteur.

Douze minutes et des poussières.

Il se représenta la scène du point de vue du pilote. Un avion de ligne, un Boeing 737 descendant en approche au-dessus d'une toundra plongée dans la pénombre gris-bleu du clair de lune. Visible, dans une certaine mesure, mais uniforme et sans éléments caractéristiques. Le type devait naviguer au GPS, mais il allait quand même lui falloir de l'aide au sol. C'était évident. Sans s'attendre pour autant au matos au grand complet approuvé par la FAA. Cela aussi était évident. Rien ne devait se passer comme dans le manuel.

De quoi allait-il avoir besoin ?

De quelque chose d'improvisé, évidemment.

Un feu ?

Les pilotes de la Seconde Guerre mondiale qui atterrissaient dans le brouillard anglais étaient guidés par de longues tranchées parallèles remplies d'essence à laquelle on avait mis le feu. Les petits avions qui déposaient des agents secrets en Europe occupée devaient chercher un champ avec trois feux de Bengale disposés en L.

Holland ne devait-il pas faire brûler quelque chose ?

Onze minutes et des poussières.

Non, pas exactement.

Reacher fit claquer le hayon du coffre et dispersa à coups de pied les débris qui se trouvaient derrière la voiture. Il se glissa de nouveau à l'avant, retira les cadres métalliques restés coincés sous le pare-chocs, les fragments de contreplaqué sur le capot. Le moteur tournait toujours. Il en montait une odeur d'huile brûlante et l'embiellage cliquetait bruyamment. Il ouvrit la portière du conducteur, se glissa à la place de Holland et mit le levier de vitesse sur Reverse. Enfonça l'accélérateur. La voiture s'ébroua, crachouilla et, dans une marche arrière laborieuse, repartit par où elle était arrivée. Par le second trou, par le milieu de la salle, par le premier trou. La Crown Vic toucha brutalement le sol, toujours à l'envers, Reacher tourna le volant, mit le levier sur Drive et prit la direction de l'angle nord-est de la piste. Le coin en haut à droite, du point de vue du Boeing. Il freina brutalement, descendit en voltige, rouvrit le coffre et sortit les quatre feux de Bengale rouges de leur plastique. Il en jeta trois en passant sur le siège passager et ficha le quatrième dans le béton. Le feu s'alluma automatiquement et se mit à brûler avec intensité. Une boule d'un rouge écarlate éclatant. Visible de loin sur une route, et probablement de plus loin encore depuis les airs.

Il remonta dans la voiture et fonça vers l'angle opposé. En haut à gauche. Il n'avait plus de phares, mais le clair de lune suffisait. Tout juste. Cent mètres. Il planta le deuxième feu. Puis il entreprit de remonter toute la longueur de la piste de trois kilomètres. Pas drôle du tout. Il n'avait plus de pare-brise et le vent était mordant. Et la voiture n'avançait guère. De moins en moins. Elle était sur le point de caler. Elle sentait l'huile brûlée. Le moteur cognait et vibrait. L'indicateur de température se rapprochait du rouge.

Pas bon.

Neuf minutes et des poussières.

Il aurait dû parcourir les trois kilomètres en deux minutes, mais le véhicule accidenté en mit plus de quatre. Reacher posa le troisième feu à l'angle sud-ouest. En bas à gauche, du point de vue du pilote. Il remonta dans la Crown Victoria. Recula, braqua, repartit. La voiture se mit à tressauter de manière incontrôlable. Commença à perdre toute sa puissance. L'aiguille du thermomètre était coincée sur maximum. De la vapeur et une fumée noire montèrent du capot. En nuages épais.

Cent mètres à parcourir. C'était tout. Un dernier angle.

La voiture roula encore sur cinquante mètres et cala. S'arrêta où elle était, refusa de faire un mètre de plus, siffla, inerte, au milieu de l'extrémité sud de la piste d'atterrissage. Il n'y avait plus de transmission, ou plus de pression d'huile, ou plus d'eau, ou plus de quelque chose, ou même plus rien du tout.

Reacher descendit et courut sur les cinquante derniers mètres.

Ficha le quatrième feu de Bengale et recula.

La lueur écarlate, aux quatre angles, était infiniment plus éclatante que toute autre chose dans le secteur. Elle se reflétait encore plus vivement sur les banquettes régulières formées par la neige repoussée. Convenable, depuis le cockpit du Boeing. Vus d'une certaine hauteur et obliquement, la disposition et l'emplacement de la piste d'atterrissage ne faisaient aucun doute. La voiture n'était qu'une masse sombre au milieu de l'extrémité sud de la piste, mais pas pire que n'importe quelle barrière d'aéroport.

Deux minutes et des poussières.

Mission accomplie.

À ce détail près que Reacher se retrouvait coincé à trois kilomètres de l'endroit où il aurait dû être et que la nuit était particulièrement froide pour se promener. Cela dit, il était à peu près certain de ne pas avoir à marcher. Il pourrait faire du stop, s'il le voulait, dans peu de temps. Avant même, peut-être, d'être complètement gelé. Ce qui était bien. Sauf que vu les informations dont il disposait alors, il était hautement probable que son moyen de transport le déposerait auprès de la maison de pierre un peu après que Plato y serait lui-même arrivé. Ce qui n'était pas bon. Pas bon du tout. Et en aucun cas ce qu'il avait prévu.

Plato va péter les plombs dès le premier coup de feu.

Il regagna la voiture défunte dans l'air glacial, s'adossa à son flanc et étudia le ciel nocturne en direction du sud.

Et attendit.

***

Une minute plus tard, il aperçut des lumières au-dessus de l'horizon. Comme des étoiles qui n'en auraient pas été. Comme de minuscules têtes d'épingle électriques suspendues en l'air et qui clignotaient, grandissaient, dansaient un peu, de haut en bas, de droite à gauche. Les phares d'un avion en phase d'atterrissage, aucun doute, d'un appareil qui approchait en ligne droite et se trouvait encore à une dizaine de kilomètres.

Puis il vit d'autres lumières, mais au-dessous de l'horizon. Jaunâtres, plus faibles, elles rampaient sur le sol, moins stables, tressautaient et se déplaçaient beaucoup plus lentement. Des phares de véhicules. De véhicules terrestres. Deux, en fait, roulant l'un derrière l'autre sur la route sinueuse enneigée, se rapprochant laborieusement à une cinquantaine de kilomètres à l'heure et se trouvant encore à sept ou huit kilomètres.

Son transport.

Proche, mais pas assez.

Il rentra la tête dans les épaules pour lutter contre le froid et attendit, en alerte.

***

Le Boeing arriva le premier. Petit et silencieux au début, il grossit et devint plus bruyant. Il se présenta à basse altitude, volant à plat, soutenu par sa vaste voilure dans les tourbillons de l'air surchauffé – gémissement assourdissant de ses moteurs, rayons lumineux tranchants de ses projecteurs. Nez relevé, train d'atterrissage baissé ; plus basses que celles du nez, les roues sous les ailes faisaient penser aux serres d'un oiseau de proie géant s'apprêtant à fondre sur la voiture estropiée comme l'aigle s'empare de l'agneau. Reacher se recroquevilla et l'avion passa juste au-dessus de sa tête, énorme, si proche qu'il aurait pu le toucher, eut-il l'impression, les tourbillons de l'air et le rugissement des moteurs dans son sillage manquant de peu de l'aplatir au sol. Il se redressa, se tourna et regarda par-dessus le toit de la voiture tandis que l'appareil effleurait le sol, flottait comme s'il délibérait, sur cent, deux cents, trois cents mètres, puis se posait d'un mouvement décidé dans un bruyant couinement de gomme et une bouffée de fumée noire. Puis son nez piqua et il roula vite, bien horizontal, impeccable, avant que l'inversion de poussée ne s'enclenche et ne le ralentisse dans un grondement violent.

Reacher se tourna pour faire face au sud.

Les véhicules terrestres se dirigeaient toujours vers lui. Ils avançaient lentement, avec précaution le long de la deux-voies éclairée par la lune, prudents à cause des virages, de la glace, de la surface inégale, mais avec détermination, convoi miniature qui n'avait qu'un objectif en tête : sa destination. Les faisceaux des phares balayaient à droite, balayaient à gauche, bondissaient en l'air, replongeaient vers le sol. Le premier de ces véhicules était un curieux camion à plateau chargé d'un tambour sur lequel était enroulé un gros tuyau fait d'un lourd matériau flexible, juste derrière la cabine, suivi d'une pompe montée sur un bâti en acier carré, elle-même suivie d'un deuxième tuyau sur son tambour. Le second véhicule, juste derrière, était à peu près de la même taille et du même genre, mais transportait un réservoir blanc, une nacelle d'élagueur et un long bras articulé replié et arrimé pour le transport.

Le premier camion portait le logo de la Shell Oil Company.

Le mot Isuzu s'étalait sur la calandre.

Le bulletin de la police de la route : « … une pompe Isuzu N-Series et un camion de salage volés sur un aérodrome commercial à l'est de Rapid City par deux employés en fuite… ». Volés probablement sur ordre de Plato pour pouvoir refaire le plein du Boeing 737 à partir du réservoir souterrain, avant de repartir en toute sécurité dans le ciel nocturne glacé.

Reacher s'écarta de la voiture d'un coup de reins et attendit. Se retrouva pris dans les phares du premier camion qui ralentit, puis passa de code en plein phare et s'immobilisa. Une seconde, Reacher prit conscience de sa tenue, pantalon foncé, bonnet kaki, parka marron. La parka était ancienne, mais ressemblait encore beaucoup à celles de la police de la route. Et la Crown Vic était garée en travers, comme pour bloquer l'accès à la piste. Or personne n'utilisait les Crown Victoria de série sinon les forces de police. Mais on avait dû dire aux types de Rapid City que ce serait un flic corrompu qui les attendrait sur place parce qu'au bout d'un bref instant, le premier camion redémarra, suivi de près par le second. Reacher leva la main en un geste qui était moitié salut, moitié demande de s'arrêter et, une minute plus tard, assis dans la chaleur de la cabine du camion qui portait la pompe, il remontait la piste d'atterrissage vers ce qui l'attendait au bout.

3 h 27. Restaient vingt-huit minutes.

CHAPITRE 43

Le Boeing avait roulé jusqu'au bout de la piste, fait demi-tour et s'était garé le plus près possible de la première rangée de baraquements. De près, il paraissait gigantesque. Énorme, haut, large, long, temporairement au repos au milieu de nulle part, surplombant l'alignement de bâtiments silencieux derrière lui, sifflant et chuintant, présence active et vivante dans un paysage pétrifié par le gel, passif. Ses moteurs tournaient encore bruyamment, ses feux de position rouges clignotant sous la carlingue et la porte, à l'avant, en position ouverte. L'intérieur de la cabine était éclairé. Une échelle d'aluminium reliait la cabine au sol. Elle paraissait fragile, frêle et arachnéenne à côté de l'appareil géant.

Sept hommes étaient maintenant à terre. Ou plutôt, ce qui donnait l'impression d'être six hommes et un garçon. On ne pouvait pas prendre Plato pour un autre. Un mètre quarante-sept, mais ce chiffre abstrait ne traduisait pas la réalité. Il avait la corpulence, l'épaisseur et la musculature d'un vrai costaud, la raideur et la posture d'un vrai costaud, mais la stature d'un enfant. Il n'avait rien d'un nain. Ni d'un monstre. Ses membres, son buste, son cou et sa tête, tout était raisonnablement bien proportionné. On aurait dit un joueur de rugby qui a perdu vingt-cinq pour cent de sa taille. C'est tout. C'était un gros costaud miniature. Comme un jouet.

On lui donnait entre quarante et cinquante ans. Il portait un gros duvet noir, un passe-montagne en laine noire, des gants noirs. Il semblait avoir très froid. Les six hommes qui l'accompagnaient étaient plus jeunes. La trentaine. Ils étaient habillés comme lui. Duvets noirs, passe-montagnes noirs, gants noirs. De type hispanique, mais pas de sang indien ; taille normale, ni grands ni petits, eux aussi avaient l'air d'avoir très froid.

Le premier camion décrivit un demi-cercle et vint se garer près de l'aile de l'avion, imité par le véhicule de dégivrage. Les deux conducteurs en descendirent. Ils ne paraissaient pas incommodés par la température infernale. Ils étaient de Rapid City. Le froid, ils connaissaient. Ils portaient eux aussi des duvets. Blancs tous les deux, de taille moyenne, minces. Des coriaces, d'origine rurale, réduits à l'essentiel. Des bras, des jambes, une tête, un corps. Ils n'avaient peut-être que trente ans, mais en paraissaient quarante. N'avaient peut-être quitté la ferme que depuis deux générations.

Reacher resta encore un moment dans la cabine, au chaud, étudiant la scène.

Plato s'agitait au milieu du cercle approximatif formé par ses six hommes. Sans véritable raison. L'habitude, peut-être, ou du cinéma. Plato et ses six hommes étaient armés. Tous avaient un Heckler &

Koch MP5K en bandoulière autour du cou. Des armes trapues, à canon court, noires, d'aspect sinistre. Chargeurs de trente cartouches. Elles reposaient, canon redressé, fières et bien visibles contre l'épaisseur des duvets. Crosse à droite, canon à gauche. Les sept types étaient droitiers. Tous les sept avaient un sac à dos, aussi. En Nylon noir. Des sacs qui auraient paru vides s'il n'y avait eu des objets petits et pesants tirant sur le fond. Des lampes torches, se dit-il. Pour le sous-sol. Et des chargeurs de rechange, sans doute. Pour les armes. Toujours bon d'en avoir un ou deux en plus. En tir automatique, les trente cartouches d'un MP5 disparaissent en deux secondes.

Des pistolets-mitrailleurs. Les meilleurs amis des fabricants de cartouches.

Reacher quitta la cabine du camion. Se retrouva dans le froid et le vent. Les deux types de Rapid City y paraissaient toujours insensibles, mais les sept Mexicains tremblaient de tout leur corps. Leur expression était celle d'une incrédulité absolue. Ils avaient quitté la douceur d'une soirée en sachant qu'ils allaient se retrouver dans le froid, mais comprendre le mot n'avait manifestement rien à voir avec ressentir la chose. L'arme de Plato lui rebondissait légèrement sur la poitrine tellement il grelottait. Il décrivait de petits cercles sur place et tapait des pieds. C'était aussi peut-être tout simplement de l'impatience. Il était manifestement tendu. Visage brun aux traits durs, bouche figée en un rictus.

Les types de Rapid City interprétèrent son expression de travers.

Le conducteur du premier camion s'avança, mains ouvertes, arborant un sourire qu'il espérait clairement malin.

— Nous voilà, dit-il.

Constatation redondante. Plato le regarda, l'air neutre.

— Et alors ?

— Nous voulons plus de pognon.

D'évidence, il n'improvisait pas. Il en avait forcément discuté avant avec son pote et ils étaient tombés d'accord. Conversation de bar. Irrésistible au bout de trois bières. Ou de quatre. Dire un prix, puis se reprendre et demander davantage.

Pouvait pas rater.

— Combien de plus ? demanda Plato.

Bon anglais, léger accent, un peu lent et indistinct à cause du froid qui lui paralysait le visage et du bruit des réacteurs en fond sonore.

Le conducteur du premier camion avait l'habitude de parler sur le bruit des réacteurs. Il travaillait dans un aéroport.

— Deux fois plus.

— Le double ?

— Exactement.

Le regard de Plato passa sur trois de ses hommes pour s'arrêter au quatrième. Il parla en espagnol, mais suffisamment lentement, à cause du froid, pour que Reacher puisse comprendre.

— Tu sais faire fonctionner ce matériel ?

— Je crois que oui, répondit le quatrième type.

— Tu le crois ou tu en es certain ?

— Je l'ai déjà fait. Le plein, je veux dire. Souvent. Mais le dégivrage, pas tellement. Ça n'a jamais été nécessaire. Mais ça ne doit pas être bien difficile. Il s'agit juste d'asperger les ailes.

— Réponds-moi par oui ou non.

— Oui.

Plato se tourna vers les types de Rapid City. Prit sa mitraillette entre ses mains et leur tira une rafale dans la poitrine. Comme ça. En tir automatique. Le premier, puis le second. Deux brèves rafales, à peines séparées. Neuf ou dix balles chacun. Une cadence de tir proprement infernale. Un boucan assourdissant. Un éclair vivant, brûlant d'une trentaine de centimètres qui sort du canon. Une pluie de douilles en laiton éjectées. Elles rebondirent et roulèrent dans tous les sens. Les deux types dégringolèrent dans un brouillard de sang et un nuage de plumes jaillit de leurs duvets déchirés ; l'un immédiatement après l'autre, la poitrine défoncée d'un trou inégal mais assez grand pour y loger un poing. Ils tombèrent côte à côte, morts avant d'avoir touché le sol, le cœur déchiqueté. Soudain immobiles, haillons et chairs, deux petits tas l'un près de l'autre.

Le vent emporta la fumée, l'explosion de bruit laissant de nouveau la place au gémissement bas et régulier des réacteurs.

À six mètres au-dessus d'eux, le pilote du Boeing regardait par la porte.

Reacher fut impressionné. Deux longues rafales, tirées coup sur coup. Contrôle exceptionnel de la détente, pointage exceptionnel, pas la moindre déviation du canon vers le haut. Et avec des gants, en plus. Plato l'avait déjà fait. Sans aucun doute.

Personne ne dit mot.

Du pouce, Plato dégagea le cran qui bloquait le chargeur en partie vidé et celui-ci tomba avec un bruit métallique sur le béton. Puis il leva la main et attendit. Le type le plus proche de lui se précipita derrière lui, fouilla dans son sac à dos et en sortit un chargeur plein. Le fit claquer dans la main tendue de Plato. Qui le glissa dans son arme, tira une fois dessus pour s'assurer qu'il était bien fixé, puis se tourna vers Reacher.

— Vous êtes le chef Holland, c'est ça ?

— Oui, répondit Reacher.

— Enfin, nous nous rencontrons.

— Oui.

— Comment se fait-il que la porte ne soit pas ouverte et que mon matériel ne soit pas disposé ?

Reacher ne répondit pas. *Quel matériel ?* se demandait-il.

— Votre fille est toujours sous mon contrôle direct, vous savez. Elle vit son rêve.

— Elle va bien ?

— Jusqu'ici, oui. Mais mes menaces tiennent toujours.

— Ma voiture est tombée en panne. Le matériel est toujours dans le coffre, dit Reacher.

— Et où est votre voiture ?

— À l'autre bout de la piste.

Plato ne s'adressa pas directement à lui. Aucune raison de faire des histoires pour quelque chose qu'on ne pouvait changer. Il se contenta de se tourner vers l'un de ses hommes et de dire en espagnol :

— Prenez le camion de dégivrage et allez chercher ce matériel dans le coffre du chef Holland.

Le type se dirigea aussitôt vers le second camion et Plato se tourna vers Reacher.

— Et où est la clef du bâtiment ?

Reacher la sortit de sa poche et la lui tendit. Plato franchit le cordon formé par ses hommes, qui n'étaient plus que cinq. Reacher envisagea deux formules. Enfoncer la clef dans l'œil de Plato, ou la laisser tomber et lui balancer au menton un uppercut massif qui lui romprait son petit cou.

Il ne fit ni l'un ni l'autre. Plato avait cinq MP5K derrière lui. En une fraction de seconde, soixante-quinze balles de neuf millimètres siffleraient dans l'air. La plupart manqueraient leur cible. Mais pas toutes.

Le camion de dégivrage enclencha bruyamment une vitesse et démarra.

Plato s'approcha de Reacher. Le sommet de son crâne arrivait à la hauteur du sternum de Reacher. Son menton à celle de la ceinture de son vis-à-vis. Un tout petit homme. Un gros dur miniature. Un jouet. Reacher réévalua l'uppercut. Mauvaise idée. Presque impossible d'ajuster un coup aussi bas. Autant lui enfoncer un coude verticalement dans le crâne, d'au-dessus.

Ou l'abattre.

Plato prit la clef.

— Et maintenant, enlevez votre manteau.

— Quoi ?

— Enlevez votre manteau.

— Pourquoi ?

— Vous discutez avec moi ?

Six mains se posèrent sur six pistolets-mitrailleurs.

— Je vous pose simplement une question, dit Reacher.

— Nous allons descendre là en bas, vous et moi.

— Pourquoi moi ?

— Parce que vous y êtes déjà descendu. Nous, non. Vous êtes notre guide local.

— Je peux très bien descendre avec ma parka.

— Exact. Mais vous êtes en civil. Donc pas de ceinturon. Il fait froid et votre parka est fermée jusqu'en haut. Autrement dit, vos pistolets sont dans vos poches extérieures. Je ne suis pas idiot. Autrement dit, je n'ai pas envie de me retrouver dans un environnement que je ne connais pas en compagnie d'un adversaire armé.

— Je suis votre adversaire ?

— Je ne suis pas idiot, répéta Plato. Je pars du principe que tout le monde est mon adversaire, c'est plus sûr.

— Il fait froid, lui objecta Reacher.

— La tombe de votre fille sera plus froide encore.

Six mains posées sur six pistolets-mitrailleurs.

Reacher descendit sa fermeture Éclair. Fit tomber la parka d'un mouvement d'épaule. Elle heurta le sol avec un bruit métallique étouffé. Les Glock, les Smith & Wesson, la boîte de cartouches, le téléphone. Du plastique, du métal, du carton. Plus de trente degrés sous zéro. Avec du vent. Un chandail en coton. En trois secondes, il grelottait plus que tous les autres.

Plato ne bougea pas. Dans pas longtemps, le camion de dégivrage serait de retour et le conducteur décrirait la Ford endommagée. Donc dans pas longtemps, quelqu'un explorerait les lieux et trouverait le baraquement endommagé. Dans pas longtemps, quelqu'un fouillerait les autres baraquements. Et dans pas longtemps, quelqu'un lui poserait des questions embarrassantes.

Fallait y aller.

— Allons-y, dit-il.

3 h 33. Restaient vingt-deux minutes.

CHAPITRE 44

Ils se dirigèrent vers le bâtiment de pierre, sept hommes à la file indienne en une étrange petite procession. Plato en tête, un mètre quarante-sept, puis Reacher, un mètre quatre-vingt-quinze, puis les cinq hommes de Plato, tous entre ces deux extrêmes. Le sixième homme était loin, dans le camion de dégivrage, occupé à piller l'épave de Holland. La maison de pierre attendait là, silencieuse et indifférente dans le clair de lune, comme elle attendait depuis cinquante longues années. Pierre, ardoise, fausses fenêtres, cheminées, moulures, parements, détails ornementaux.

Le portique, la porte lourdement blindée.

Plato glissa la clef dans la serrure. Tourna. Le ressort se déclencha. Puis le petit homme s'immobilisa et attendit. Reacher comprit. Il abaissa la poignée de soixante degrés – mécanisme de précision, comme un coffre de banque. Il tira la porte sur une courte distance. Les gonds grincèrent. Il passa derrière et la poussa pour finir de l'ouvrir, comme on pousse un camion.

Plato, toujours immobile, leva une main, paume ouverte. L'homme qui le suivait fouilla à nouveau son sac à dos et en retira une lampe torche. Il la fit claquer dans la main de Plato, l'infirmière de salle d'op qui donne un bistouri au chirurgien. Plato l'alluma, la transféra dans son autre main, claqua des doigts et montra Reacher. Le type derrière fit tomber le sac à dos de ses épaules, en tira sa propre lampe torche et la tendit à Reacher.

Une Maglite à quatre piles. Fabriquée à Ontario, Californie. Le nec plus ultra en matière d'éclairage transportable. Boîtier en alliage. Fiable et pratiquement indestructible. Reacher l'alluma. Fit passer le rayon lumineux sur toute la pièce en béton brut.

Aucun changement.

L'endroit était exactement comme l'avaient laissé les deux hommes, morts depuis, un peu plus de quatre heures et demie plus tôt. Le départ de l'escalier à vis, les deux évents de ventilation qui dépassaient du plancher. L'atmosphère sèche et confinée, le courant d'air, l'odeur de peurs anciennes oubliées depuis longtemps.

— Après vous, monsieur Holland, dit Plato.

Légère déception pour Reacher. Il n'avait plus sa parka, mais il avait encore ses bottes. Il avait envisagé de laisser passer Plato le premier et de l'expédier vingt mètres plus bas d'un bon coup de pied à la tête.

De toute évidence, Plato l'avait lui aussi envisagé. Non, il n'était pas idiot.

Reacher descendit donc le premier, avec autant de difficulté que la première fois. Grosses bottes, marches étroites, métal sonore. Le bruit des réacteurs s'estompant au fur et à mesure qu'il s'enfonçait dans la terre, il entendit Plato lancer toute une série d'instructions en espagnol :

— Attendez le retour du camion de dégivrage, montez le matériel, commencez le plein. Ouvrez les trois autres portes de l'avion et mettez les trois autres échelles en place. Trouvez comment fonctionne le dégivrage et trouvez combien de temps avant le décollage il faut le passer. Et postez un homme en sentinelle à cent mètres vers le sud. C'est la seule direction dont nous avons à nous soucier. Changez-en toutes les vingt minutes. Ou plus souvent, si vous voulez. À vous de voir. Je veux que le type soit en permanence sur le qui-vive, pas qu'il se gèle à mort.

Sur quoi Plato se tut et Reacher entendit le bruit de ses pas sur les marches, au-dessus de lui. Des pas plus petits, plus précis. Le métal résonnait toujours, mais moins fort. Les rayons des deux lampes torches suivaient le mouvement tournant vers le bas, dans le sens des aiguilles d'une montre, à sept ou huit mètres de distance verticale, mais sans être synchrones. Reacher allait lentement. Il était Holland à présent, et pas seulement par le nom. Il improvisait et espérait que l'occasion d'agir viendrait.

***

En surface, le camion de dégivrage revint avec le matériel empilé sur le siège passager. Le treuil à moteur, la corde, les sacs-poubelle renforcés. Le treuil était une solide machine en métal avec trois pieds et une flèche semblable à celle d'une petite grue de chantier. Il était conçu pour être placé à l'avant d'une voiture, la flèche au-dessus du compartiment moteur. Les poulies se chargeaient de multiplier l'effort en respectant les principes de physique vieux comme le monde qui permettent à une seule personne de soulever un poids considérable.

Trois des hommes de Plato portèrent le treuil à l'intérieur du bunker et l'installèrent de manière à ce que la flèche soit au-dessus d'un des conduits de ventilation. Genre pêcher dans un tonneau. Ils commencèrent à enrouler la corde sur les poulies. On n'a jamais rien sans rien. Porter plus de poids signifiait aller moins vite. En tirant sur un mètre de corde avec une seule poulie, un poids léger monte aussi de un mètre ; mais avec deux poulies, un poids plus lourd ne monte plus que de cinquante centimètres pour le même effort ; avec trois poulies, on le monte de vingt-cinq centimètres. Et ainsi de suite. Un compromis.

Ils décidèrent d'utiliser trois poulies. Équilibre entre vitesse et capacité de traction.

Le type qui avait conduit le camion ne parla pas de la Ford.

***

Deux cent quatre-vingts marches trop étroites. Au bout d'un tiers du chemin, soit soixante-dix marches, Reacher commença à accélérer. Il pensait tenir une fenêtre de temps pendant laquelle il pourrait agir. « Installez le matériel et faites le plein », avait dit Plato. Ce qui signifiait que ses hommes seraient occupés pendant quelque temps en surface avant que l'un d'eux ne descende connecter le tuyau de la pompe au réservoir de kérosène. Cinq minutes, peut-être. Voire dix. Et disposer de cinq ou dix minutes seul avec Plato en bas pouvait se révéler rentable. Raison pour laquelle il voulait prendre le plus d'avance possible avant d'arriver en bas. Pour se préparer. Il accéléra donc autant qu'il le put. C'est-à-dire pas beaucoup.

Et pas suffisamment, loin de là.

Plato épousait exactement son rythme. Gagnait même du terrain sur lui. Pour un homme de sa corpulence, l'escalier à vis était large, digne d'un palais. Genre superproduction hollywoodienne. Et il avait de petits pieds. Il était agile et à l'aise, en comparaison.

Reacher ralentit. Autant économiser son énergie et ne pas risquer de se fouler une cheville.

***

Le type qui s'était trouvé au siège 4A se tenait en compagnie du type du siège 4B à l'abri du premier camion, hors de vue du bâtiment de pierre comme du cockpit du Boeing et de la sentinelle postée à trente mètres de là, sur la piste. Le type du 4A avait envoyé un texto au Russe : *Voiture du flic endommagée. Pas de moyen de s'enfuir.*

À quoi le Russe avait répondu : *Je double votre prime.*

Le type du 4B jeta un coup d'œil au camion de dégivrage. Le type du 4A suivit son regard. Moteur Diesel, pas très maniable, pas très rapide, ne passant pas inaperçu et volé. Mais un véhicule.

Il ne dit rien.

Le téléphone vibra à nouveau dans sa main.

Nouvelle proposition du Russe : *Je triple la prime. Faites-le.*

Triplée, leur part constituait une fortune inimaginable. Mais même cette perspective perdait ses couleurs contre celle d'une vie sans Plato.

Le type du 4B fit oui de la tête. Il venait de conduire le camion. Il savait qu'il fonctionnait.

Le type du 4A tapa : *OK*.

***

Reacher arriva au deuxième seuil acoustique. Soit aux deux tiers de l'escalier. Les bruits produits par quatre pieds différents sur le métal se confondaient en un gémissement aigu, fantomatique, et dont les pulsations montaient et descendaient le long du puits, persistaient et ondulaient dans l'air calme et mort, telle une élégie pour une tragédie imminente. Reacher frissonna et continua de s'enfoncer dans l'obscurité en tenant sa lampe torche entre le pouce et l'index de son gant, ses trois autres doigts effleurant la paroi. Au-dessus de lui, le faisceau de Plato tournait, sautait et oscillait. Les talons de Reacher frappèrent la deux centième marche. Encore quatre-vingts.

***

La pompe embarquée sur le camion était fondamentalement un système simple. D'invention relativement récente. Autrefois, les camions-citernes faisaient directement le plein des appareils. Mais les aéroports modernes ont des citernes enterrées et ce sont des camions pompes qui circulent sur le tarmac pour relier les ajutages placés sous des plaques à ceux des ailes des avions. Le tuyau du premier tambour, juste derrière la cabine, était déroulé et relié à la source souterraine de carburant, le tuyau du deuxième tambour étant déroulé et relié à l'avion. Entre les deux, la pompe aspirait le carburant du réservoir souterrain et le refoulait dans les réservoirs de l'appareil. Système simple, linéaire.

Les types des sièges 4A et 4B rapprochèrent le camion autant qu'ils purent de la porte du bâtiment de pierre, ce qui le plaçait à peu près à mi-chemin entre le réservoir profondément enterré et le Boeing assoiffé. L'un d'eux cala le premier ajutage sur son épaule tandis que le deuxième lançait le moteur électrique chargé de faire tourner le tambour. L'homme à l'ajutage sur l'épaule entra dans la maison, entraînant avec lui le tuyau qu'il fit descendre dans le deuxième conduit de ventilation, à côté de celui qui venait d'être équipé du treuil.

***

Reacher atteignit le fond. Situation identique. Il se reposa sur la dernière marche, vingt centimètres au-dessus du sol de la chambre circulaire dont le plafond lui arrivait à hauteur de la taille, le haut du corps encore dans le puits de la cage d'escalier, le nez à deux ou trois centimètres de la paroi incurvée. Plato arriva derrière lui comme l'avait fait Holland la dernière fois. Reacher sentit le canon du H&K peser dans son dos.

— Avancez, dit Plato.

Reacher se pencha autant qu'il put, fit passer ses épaules sous le plafond et s'avança en canard, péniblement, les jambes douloureuses, le cou plié à quatre-vingt-dix degrés. Puis il se laissa tomber à genoux, s'inclina de côté et s'assit. Exécuta un demi-tour et reprit sa progression à l'envers, ridicule, lent, maladroit, pris de claustrophobie, sur les fesses, les talons et les articulations, une fois, deux fois.

Plato descendit de la dernière marche et s'avança dans la salle.

Fit trois pas, confiant, s'arrêta et regarda autour de lui, se tenant bien droit, sa tête séparée du plafond par quelques centimètres.

— Bon, où sont mes trucs ? demanda-t-il.

Reacher ne répondit pas. Il se sentait paralysé. Le monde s'était retourné sous ses pieds. Toute sa vie durant, être plus grand avait constitué un avantage. L'avait rendu plus dominant, plus puissant, plus impressionnant. On gagnait en crédibilité, on était traité avec respect, on était promu plus vite, on avait un meilleur salaire, on était élu à des postes. Les statistiques étaient formelles.

On gagnait dans les bagarres, on était moins sujet aux brimades, on était le coq de la basse-cour.

Naître avec le gène grande taille, c'était gagner à la loterie de la vie.

Avoir le gène petite taille, c'était avoir un handicap.

Mais pas ici, en bas.

Ici, en bas, être grand, c'était avoir tiré le mauvais numéro.

Ici, en bas, on était dans un monde où un type de petite taille pouvait gagner.

— Où sont mes trucs ? répéta Plato, la main sur son arme.

Reacher esquissa le geste de tendre la main, mais il y eut à cet instant deux coups sourds derrière lui, puis un claquement, puis un autre coup sourd. Il pivota sur lui-même et vit trois paquets de sacs-poubelle et l'extrémité d'une corde graisseuse. Tous objets qu'il avait déjà vus dans le coffre de la voiture de Holland.

— Nous avons un boulot à faire, reprit Plato. Pas besoin d'être un champion en math pour ça. On met les trucs dans les sacs, on attache les sacs à la corde et ils les montent.

— Ça représente combien, vos trucs ?

— L'avion peut transporter seize tonnes.

— Vous allez y passer la semaine.

— Je ne crois pas. J'ai environ dix heures. Le biker va sortir de sa planque à la prison, juste après le déjeuner. Et je me suis débrouillé pour que le directeur de la prison garde vos gens en alerte jusqu'à ce moment-là. On ne sera donc pas dérangés. Une tonne par demi-heure, ça devrait être possible. En particulier avec vous pour nous donner un coup de main. Mais ne vous inquiétez pas. Le plus dur se fera en surface.

Reacher garda le silence.

— Nous allons commencer par les bijoux. Où sont-ils ?

Reacher s'apprêtait à nouveau à lui montrer le tunnel lorsqu'un gros tuyau noir tomba à son tour de l'autre conduit de ventilation, juste à côté de lui. Il dégringola bruyamment, continua à descendre, s'enroula en anneaux sur le sol. Puis Reacher entendit des pas dans l'escalier, mais encore loin. Les tintements et les frottements tout d'abord indistincts devinrent de plus en plus forts et proches. Un homme descendait.

Le ravitaillement allait commencer.

— Où sont les bijoux ? répéta Plato.

Reacher ne répondit pas. Il calculait. Deux cent quatre-vingts marches. Le type serait là dans trois minutes, deux au minimum, même s'il se pressait. Et deux ou trois minutes devaient suffire. Cela faisait des lustres que Reacher n'avait pas pris part à une bagarre durant plus que ça.

Une occasion s'offrait.

— Où sont les bijoux ? répéta Plato à nouveau.

— Trouvez-les vous-même, lui renvoya Reacher.

Le bruit des pas dans l'escalier devenait plus fort.

Plato sourit. Repoussa sa manche et consulta sa montre avec affectation et nonchalance, en prenant tout son temps. Puis, agile et rapide comme l'éclair, il se précipita sur Reacher pour lui décocher un coup de pied au flanc. De sa position assise, Reacher repoussa le pied de Plato d'un revers de main et se mit à genoux pendant que son adversaire trébuchait de côté, puis il pivota et se jeta sur le petit homme.

Et heurta le plafond de la tête en s'écorchant les articulations avant de retomber à genoux. Plato se redressa après une petite foulée dansante et décocha son coup de pied à retardement, sèchement, dans les côtes de Reacher, côté dos.

Puis il s'éloigna de quelques pas et sourit à nouveau.

— Où sont les bijoux ?

Reacher ne répondit pas. Ses articulations saignaient et il était à peu près certain de s'être plus ou moins scalpé. Le plafond pesait sur lui.

Plato posa les deux mains sur son arme.

— Vous avez eu droit à un tour gratuit. Ce sera tout. Où sont les bijoux ?

Reacher se servit du rayon de sa lampe torche pour pointer le bon couloir. Même à cette distance, il y fit naître de sinistres reflets brillants. Plato prit leur direction d'un pas rapide et alerte, pas de problème, droit sur ses pieds, comme s'il était dans la rue avec seulement le ciel au-dessus de la tête.

Il lança par-dessus son épaule :

— Apportez des sacs.

Reacher se traîna sur le sol, prit un paquet de sacs, puis se traîna à nouveau derrière Plato tel un estropié, diminué, contraint, humilié, suivant le petit homme tel un grand singe en cage.

***

Plato entra dans le bon couloir. Et refit ce qu'avait fait Holland. Il promena le rayon de sa lampe torche sur toute la longueur de l'étagère, sur l'or, l'argent, le platine, sur les diamants, les rubis, les saphirs, les émeraudes, sur les horloges, les peintures, les plats et les chandeliers. Mais ce n'était ni de l'avidité ni de l'émerveillement qu'on lisait sur son visage. Il évaluait la tâche que représentait d'emballer tous ces objets, rien d'autre.

— Vous allez pouvoir commencer à mettre ces saloperies dans les sacs. Mais d'abord, montrez-moi la poudre.

Reacher le précéda dans la salle circulaire en reculant sur le derrière, les articulations et les talons, au ras du sol et déférent, jusqu'au troisième des trois tunnels remplis de méth. Vision toujours aussi sidérante. Des piles de dix briques sur dix de profondeur, tout un mur compact de paquets de poudre de trente mètres de long, resté intact depuis cinquante ans, l'ancienne glassine jaunissante ne renvoyant que des reflets atténués dans le rayon de la lampe torche. Quinze mille paquets. Plus de treize tonnes.

— Tout est là ? demanda Plato.

— Seulement un tiers, répondit Reacher.

Le bruit des pas dans l'escalier devint plus fort. Le type du carburant se pressait.

— Nous allons prendre ce qu'il y a ici. Et même un peu plus. Jusqu'à ce que l'avion soit plein.

— Je croyais que vous l'aviez vendue au Russe.

— C'est exact.

— Et vous allez l'emporter quand même ?

— Rien qu'une partie.

— Mais vous le roulez dans cette affaire.

— Vous avez tué trois personnes pour moi et vous êtes choqué parce que je vole quelqu'un ? Un crétin de Russe que vous ne connaissez même pas ?

— Je préférerais que vous teniez parole, c'est tout.

— Pourquoi ?

— Parce que je voudrais qu'il n'arrive rien à ma fille.

— Si elle est avec ces types, c'est qu'elle l'a bien voulu. Et dans dix heures, elle ne me sera plus d'aucune utilité, de toute façon. Je ne referai plus jamais d'affaires par ici.

— Moi non plus, je ne vous serai plus d'aucune utilité, lui fit observer Reacher.

— Je vous laisserai la vie, répondit Plato. Vous m'avez bien servi. Un peu lent, mais bien, en fin de compte.

Reacher garda le silence.

— Je tiens parole, reprit Plato. Sauf avec les Russes.

Derrière eux, le dernier pas bruyant sur les marches de métal se fit entendre, suivi des premiers pas étouffés sur le béton de la salle. Ils se tournèrent et virent arriver l'un des hommes de Plato ; il mesurait un peu moins d'un mètre soixante-dix, comme tous les autres, et devait donc se tenir simplement voûté. Il avait son arme en travers de la poitrine et une lampe torche à la main. Il regardait autour de lui. Mais sans curiosité. Le type qui fait son boulot. Il trouva le tuyau pour le carburant, le ramassa d'une main, le tira pour le redresser, le secoua en vagues serpentins pour en faire disparaître les boucles. Il demanda en espagnol où se trouvait le réservoir, et Reacher attendit que Plato ait traduit la question pour lui montrer, du rayon de sa lampe torche, l'entrée du bon tunnel. Le type y disparut en traînant le lourd tuyau derrière lui.

— Commencez à remplir les sacs avec les bijoux, dit Plato.

Reacher le laissa communier avec son gagne-pain et rebroussa laborieusement chemin, toujours sur les fesses. Vingt mille litres de carburant dans un réservoir bricolé. Il tenait à vérifier que l'embranchement était étanche. Il allait rester ici jusqu'à ce que Plato soit mort, soit au minimum quelques minutes de plus et au maximum dix heures, et il aimait autant s'occuper d'un seul problème à la fois.

Le type de Plato avait presque terminé. L'extrémité en laiton du tuyau s'emboîtait impeccablement dans l'élément femelle correspondant, également en laiton, qui dépassait de la paroi du réservoir. Le type essaya de faire bouger l'assemblage dans un sens puis dans l'autre pour vérifier qu'il n'y avait aucun jeu. Il parut ne pas en trouver et ouvrit donc le robinet au-dessus. Reacher entendit le carburant s'écouler dans le tuyau. Pas beaucoup. Dix, douze litres, peut-être. Pas davantage. Par effet de gravité, dans la longueur de tuyau qui reposait sur le sol, sous le niveau du réservoir lui-même. Pour le reste, la pompe devrait s'amorcer elle-même et aspirer avec force pour faire remonter le liquide.

Reacher étudia l'assemblage. Une unique grosse goutte de kérosène se forma à l'endroit ou étaient comprimés les joints souples. La goutte gonfla, s'étira un instant et tomba sur le sol, où elle fit une tache minuscule.

Ce fut tout.

Rien d'autre.

Bon boulot.

Le type de Plato s'accroupit un peu et, en marchant en canard, retourna jusqu'à l'escalier qu'il entreprit de remonter. Reacher, lui, se traîna dans le périmètre de la salle circulaire et disparut dans le corridor le plus éloigné des bijoux et de la méth.

CHAPITRE 45

« Faites-le. » Deux mots simples, ordre simple et bref. Ou simple et brève demande, ou simple et brève requête. Ou encore la simple et brève moitié d'un marché. Un marché très séduisant. Faites-le et devenez extrêmement riches, puis vivez longtemps heureux, respectés et vénérés par toute votre communauté. Ils seraient ceux qui les avaient débarrassés de Plato. Des saints. Des héros. On chanterait leurs exploits, on en ferait des récits.

Le type du siège 4A regarda le type du siège 4B. Ils déglutirent péniblement tous les deux. Ils étaient presque sur le point de le faire. Dangereusement près de le faire. Trente mètres plus au sud, une nouvelle sentinelle venait de prendre son poste. Elle leur tournait le dos, en alerte, sur ses gardes. Loin au-delà, à l'autre bout de la piste d'atterrissage, les feux de Bengale continuaient à brûler. À cinquante mètres de la queue du Boeing, le troisième feu continuait à brûler. Et à cinquante mètres au-delà du camion de dégivrage, dans l'autre direction, le quatrième feu était toujours une boule brillante écarlate. Lune bleue, neige blanche, flamme rouge.

Les trois autres types travaillaient dans l'avion. Ouvraient les portes, installaient les échelles, mettaient au point une chaîne humaine pour faire monter le chargement et l'arrimer sur le plancher de l'ancienne section économie de l'appareil.

Le type du siège 4A mit l'extrémité du second tuyau sur son épaule. Le type du siège 4B appuya sur un commutateur et le tambour commença à se dérouler.

3 h 44. Restaient onze minutes.

***

Reacher entendit Plato qui se déplaçait. Il l'entendit sortir du couloir pour passer dans la salle circulaire. Reacher était assis sur le sol du premier tunnel de liaison. Dans ce qu'il appelait l'anneau B. Tel un Pentagone miniature, mais rond et en sous-sol. La pièce centrale était l'anneau A. Puis venait l'anneau B, puis l'anneau C, puis, à la périphérie, l'anneau D. Partiellement interconnectés par les huit rayons rectilignes. Soit près de six cents mètres linéaires de tunnel. Vingt-quatre jonctions différentes. Douze coudes à gauche, douze coudes à droite, distribués au hasard. Plus un total de dix pièces creusées dans la roche, salles de bains, cuisines, remises.

Un vrai terrier.

Un labyrinthe.

Reacher l'avait déjà exploré, Plato, non.

Pas de signal pour son téléphone portable, ses types occupés à la surface, aucun renfort à attendre.

Reacher attendit.

— Holland ? lança Plato.

Le nom se répercuta en échos sonores selon un cheminement imprévisible, parut sortir de partout et de nulle part à la fois.

Reacher attendit.

— Holland ? Ramenez votre cul par ici. Votre contrat court encore. N'oubliez pas : je vais l'estropier, la mutiler et la laisser vivre ainsi encore un an avant de la liquider.

Reacher garda le silence.

— Holland ? lança Plato.

Aucune réaction de Reacher. Cinq secondes. Dix.

— Holland ?

Reacher se taisait. On en était au grand quitte ou double. Exactement à ce moment-là. Une chance sur deux. Vivre ou mourir. Un type intelligent voyant venir le problème aurait foncé dans l'escalier et envoyé ses petits soldats régler la question à sa place. Un imbécile, lui, resterait pour l'affronter.

Ce que pouvait aussi faire un type intelligent, mais trop imbu de lui-même, arrogant, se croyant supérieur et ayant un besoin irrépressible de ne jamais paraître faible parce qu'il ne mesurait qu'un mètre quarante-sept.

Une chance sur deux.

Vivre ou mourir.

Plato resta.

— Holland ? Où êtes-vous passé ?

Une pointe d'inquiétude dans la voix de Plato.

Reacher plaça sa bouche tout près de la paroi de béton incurvée et lança :

— Holland est mort.

Les mots roulèrent le long des murs et lui revinrent, de partout et de nulle part, dits d'une voix tranquille, sur le mode de la conversation mais pleins de menace. Reacher entendit le frottement des pas de Plato sur le béton. Il tournait sur lui-même, essayant de localiser la voix.

Puis il ne bougea plus.

— Qu'est-ce que vous dites ?

Reacher remonta un tunnel vide et se coula dans l'anneau C. Lentement, en silence. Aucun bruit, hormis le léger bruissement du tissu quand ses fesses touchaient le sol. Ce qui, de toute façon, était sans importance. Les sons étaient partout à la fois. Ils sifflaient, chantonnaient, se séparaient, voyageaient.

Reacher se replaça contre la paroi.

— Je lui ai collé une balle dans la tête. Et maintenant, je vais m'occuper de toi.

— Qui es-tu ?

— C'est important ?

— Dis-moi.

— J'étais un ami de Janet Salter.

— De qui ?

— Le témoin. Tu ne connaissais pas son nom ?

— C'est toi, le type de la police militaire ?

— Qui je suis, tu vas bientôt le découvrir.

Un type intelligent aurait couru jusqu'à l'escalier. Plato resta.

— Tu crois que tu seras plus fort que moi, peut-être ? lança Plato.

— À ton avis, est-ce que les ours chient dans les bois ?

— Tu crois pouvoir avoir le dessus, ici en bas ?

— Je crois que je pourrais l'avoir partout.

Long silence.

— Où tu es ? lança Plato.

— Juste derrière toi, répondit Reacher.

Voix forte, écho retentissant. Des pieds rapides frottèrent sur le béton. Pas de réponse. Reacher s'avança dans l'obscurité, lampe torche éteinte. Il entendit Plato entrer dans un couloir. Un des trois. Le bruit de ses pieds se perdit, s'accrut à nouveau, venant simultanément de la droite et de la gauche. Reacher fila sur sa gauche et tourna à droite. Dans un des couloirs en rayon. Voisin de celui de Plato, apparemment. Il vit la lueur de sa lampe torche passer sur l'entrée de l'anneau C. Reacher se déplaça sur une courte distance, puis s'immobilisa, allongé sur le côté, recroquevillé en forme de S, à l'entrée du couloir droit, à un mètre de la salle principale. Le plus bas possible sur le sol, pour offrir la cible la plus petite. Loin des surfaces verticales : les balles ricochent aussi sur les murs. Pas seulement le son. Tout ancien combattant le sait. Allées étroites, espaces confinés, les balles qui vous frôlent ne rebondissent pas n'importe comment. Elles creusent un sillon dans la pierre ou la brique. En s'aplatissant contre une surface dure, c'est à votre adversaire que vous rendez service, pas à vous. Ce qui va contre une intuition à laquelle il est difficile de résister, mais c'est vrai.

Reacher entendit Plato s'arrêter à l'entrée du couloir où il se tenait. Vit la lueur de sa lampe torche. Il était tourné vers la salle circulaire. Deux possibilités. Ou il tournait à droite et s'éloignait du tunnel où l'attendait Reacher. Ou il tournait à gauche, vers lui.

Cache-cache. Peut-être le jeu le plus vieux au monde.

***

Le type du siège 4A apporta le deuxième tuyau à la maison de pierre. Il le traîna laborieusement par terre et contourna le puits de l'escalier pour le placer au-dessus du conduit de ventilation contenant le premier tuyau. Puis il le remit sur son épaule, fit face au vide et, à coups de genou, fit tomber l'ajutage dans le tube vertical. Y enfourna le reste du tuyau, mètre après mètre, trois, dix, quinze, comme s'il faisait des tractions sans fin dans un gymnase. Dès qu'il eut introduit vingt bons mètres de tuyau dans le conduit, il se glissa dessous et le posa sur le rebord. Puis il l'ajusta à coups de pied par terre pour éviter les pincements.

Impeccable.

Montée par le conduit, passage par la pompe, retour direct par le même conduit.

Technique élémentaire, simple.

« Faites-le. »

Il ressortit dans le froid et retrouva son ami.

— Tu crois pouvoir descendre la sentinelle d'ici ? lui demanda-t-il.

Le type du siège 4B regarda son H&K. Canon de douze centimètres. Une arme sensationnelle, mais pas plus précise qu'une bonne arme de poing. Sans compter qu'il tremblait comme une feuille. Et pas seulement à cause du froid.

— Non.

— Alors prends-le par surprise. S'il te voit, dis-lui que tu viens prendre sa place. Baratine-le. Je m'occuperai des autres dès qu'ils quitteront l'avion pour venir ici. Dès que tu m'entends faire feu, descends-le.

Le type du siège 4B ne répondit pas.

— Fais-le pour ta mère. Et pour tes sœurs. Et pour les filles que tu auras un jour.

Le type du siège 4B hocha la tête. Fit demi-tour. Prit la direction du sud. Lentement tout d'abord, puis plus vite.

***

Plato tourna à droite. S'éloigna de l'endroit où l'attendait Reacher. Décevant. Mais peut-être pas. Rien qu'un délai, peut-être, et finalement un avantage. Parce que la lueur de la lampe torche augmentait et diminuait, augmentait et diminuait, lentement, régulièrement, rythmiquement. Ce qui apprit à Reacher que Plato faisait le tour de la salle circulaire dans le sens inverse des aiguilles d'une montre ; il éclairait chaque couloir l'un après l'autre et le vérifiait attentivement avant de passer au suivant. Reacher n'y perdait rien. Après tout, dans un espace circulaire, tourner à droite revient en fin de compte à tourner à gauche. Et dans le sens inverse des aiguilles d'une montre était mieux que dans le même sens. Beaucoup mieux. Pour un certain nombre de raisons qui n'allaient pas tarder à devenir évidentes.

Pour Plato, en particulier.

Reacher attendit.

Le faisceau de lumière se déplaça.

Puis, venant de loin au-dessus de lui, Reacher entendit des bruits minuscules. Des ronronnements brefs, assourdis. Quatre. Presque imperceptibles, à la limite de l'audible. La pompe embarquée sur le camion qui démarrait ? Peut-être. Ou l'engin de dégivrage. Ou quelque chose ayant à voir avec l'avion.

Ou rien du tout.

Mais si on avait obligé Reacher à dire le fond de sa pensée, il aurait parié pour une courte rafale de pistolet-mitrailleur.

On en comptait six à la surface.

Plato lui aussi l'avait entendue. Le rayon de sa lampe torche s'immobilisa brusquement.

Silence.

Pas d'autre bruit.

Une longue attente.

Puis le rayon de la torche reprit son mouvement.

Reacher vit Plato de dos à travers les croisillons métalliques constituant la partie visible de l'escalier. Il en était à six ou sept mètres. À l'opposé, à cent quatre-vingts degrés. Le faisceau de sa lampe plongerait droit dans le corridor faisant exactement face à celui de Reacher.

Reacher déplaça son bras droit. Le brandit derrière lui, prêt à l'action.

Plato continua à avancer, toujours en sens inverse des aiguilles d'une montre, toujours lentement. Il marchait droit, décrivant un circuit parfait. Il gardait la tête tournée. Il regardait sur sa droite à quatre-vingt-dix degrés dans chaque tunnel rayonnant. Il braquait sa lampe torche de la main gauche, le rayon passant devant son corps. Il tenait son arme avec la main droite. Il avait encore la bandoulière passée autour du cou. Autrement dit, le canon pointait sur la gauche, ce qui était fondamentalement la mauvaise direction pour un droitier décrivant un cercle en sens inverse des aiguilles d'une montre. Le canon était tourné vers l'intérieur et non vers l'extérieur. Grave erreur. Il lui faudrait fléchir le coude d'un geste gauche et risquer de s'emmêler avec la bandoulière pour la corriger rapidement.

Reacher sourit.

Pas si intelligent que ça, en fin de compte.

Plato continua d'avancer.

Restait un quart de cercle à parcourir. Deux autres tunnels rayonnants.

Un autre.

Puis, une vibration dans le tuyau couplé au réservoir. La pompe venait de démarrer tout en haut. Reacher entendit les gargouillis et les bruits de succion du liquide lorsque la pompe s'amorça, créant le vide d'air qui permettrait au carburant de monter. Puis le sifflement de l'air du réservoir qui commençait à se vider, faible au début, puis plus fort.

Le faisceau de la lampe torche se déplaça une nouvelle fois.

Arriva.

Il jouait le long du tunnel, juste au-dessus de la forme recroquevillée de Reacher. Mais le halo de lumière dispersé par la lentille trahit sa présence. À un mètre, Plato se pétrifia. Rien qu'une fraction de seconde. Reacher le sentit. Et l'utilisa pour lancer son bras droit devant lui. D'un geste désespéré, tel le joueur de base-ball qui, depuis l'autre côté du terrain, doit tenter d'atteindre le batteur sur le point de boucler son tour. La Maglite mesurait plus de quarante centimètres. Alliage pesant, quatre grosses piles rondes. Manche crénelé, pour la prise. Tenue impec. Accélération féroce. Puissance à l'impact impressionnante. Muscle, fureur, colère. Géométrie et physique.

La torche de Reacher atteignit Plato en plein front. Un coup solide. Reacher pivota sur ses hanches et, d'un ciseau des jambes, faucha celles de Plato sous lui. Plato tomba, aplati sur le sol. Reacher roula sur le dos, roula sur l'autre côté et se retrouva juste sur Plato.

Et le monde bascula à nouveau. À présent, l'horizontale était devenue la verticale et la verticale l'horizontale. Fini, l'inconvénient d'être grand. En réalité, tout le contraire. Au sol, les grands costauds l'emportent toujours.

Reacher commença à faire pleuvoir de puissants coups de poing sur la figure de Plato, un, deux, trois, de toutes ses forces, méchamment. Puis il chercha la H&K et posa la main dessus en même temps que Plato. Les deux hommes se lancèrent dans des efforts désespérés pour se l'arracher mutuellement. Plato était vigoureux. Incroyablement, phénoménalement vigoureux pour quelqu'un de son gabarit. Et insensible à la douleur. Reacher avait la main gauche sur l'arme et se servait de la droite pour marteler la tête de son adversaire. Quatre, cinq, six, sept. Plato se tortillait et se contorsionnait, se tordant un coup à droite, un coup à gauche. Reacher était sur lui et il l'étouffait, l'écrasait de ses cent dix kilos et se voyait pourtant sur le point d'être renversé. Le petit homme rageait, mordait, se recroquevillait et se détendait violemment. Reacher, la main sous le nez de Plato, lui cogna la tête sur le béton, une, deux, trois fois. Et quatre.

Sans résultat.

Plato tenta de porter des coups de pied à l'entrejambe de Reacher, se débattant en tous sens comme s'il nageait le dos crawlé. Bloquant la H&K, Reacher se dégagea et porta un coup de poing de la droite dans les côtes de Plato. Plato toussa une fois, toussa deux fois, et du sang moussa à ses lèvres. Il se détendit à partir de la taille, et tenta de porter un coup de boule à Reacher. Qui plaqua une main géante sur les dents de Plato et lui écrasa brutalement la tête contre le sol.

Les yeux de Plato restèrent ouverts.

Puis soudain, les clapotements et les gargouillis d'un liquide qui s'écoule. Puissant, violent, implacable. Comme un tuyau à incendie. Comme dix tuyaux à incendie. Comme cent. Comme une chute d'eau. Rugissant. La puanteur du kérosène. Reacher garda la main gauche sur l'arme, tâtonna de la droite pour retrouver la lampe torche de Plato puis, le coude lui écrasant la gorge, il dirigea le faisceau lumineux vers le bruit.

Le liquide pleuvait par le conduit de ventilation le plus proche. Flot torrentiel, inondation. Des centaines de litres. Un vrai déluge. Il martelait le béton, rejaillissait, éclaboussait, s'étalait en flaques et roulait sur le sol. Comme un lac. Comme une marée montante. En quelques secondes, tout le sol fut trempé. L'air était plein de gaz toxiques. Le rayon de la torche dansait, tremblait et nageait au milieu.

Du kérosène.

Du carburant pour jet.

Et il continuait à couler. Comme d'un robinet géant. Impossible à arrêter. Tel un barrage qui a cédé. Il jaillissait, se précipitait, noyait tout. Plato se tortilla, se secoua, se tordit et réussit à dégager sa gorge de sous le coude de Reacher.

— Bordel, qu'est-ce que c'est ? Une fuite ? demanda-t-il.

— Non, pas une fuite, répondit Reacher.

— Quoi, alors ?

Reacher regarda l'écoulement. Puissant et entêté. Pulsant. Au rythme de la pompe à la surface, tournant à fond. Deux tuyaux dans le même conduit. Un pour monter, l'autre pour descendre. L'un qui vide le réservoir, l'autre grand ouvert rejetant son contenu directement dans le sous-sol.

— Qu'est-ce que c'est ? dit Plato.

— Le doubleur a été doublé, répondit Reacher.

Les vapeurs toxiques lui faisaient déjà mal à la tête. Ses yeux commençaient à le piquer.

— Quoi ?

— Les Russes ont acheté quelques-uns de tes hommes. Tu n'es plus dans la course.

— Ils croient qu'ils vont me noyer ?

— Non, dit Reacher. Ils ne vont pas te noyer.

La noyade n'était pas possible. Il y avait trop de surface au sol. Vingt mille litres se traduiraient par une profondeur de moins de cinq centimètres.

— Ils vont te brûler à mort.

— Tu déconnes.

Reacher garda le silence. Plato s'arracha à sa prise. Se mit à genoux. Son nez cassé saignait. Du sang lui sortait aussi de la bouche. Il avait les dents brisées. Un œil fermé. Les deux sourcils entaillés.

Il mit les mains sur la H&K.

Puis il les enleva.

Reacher acquiesça.

— N'y pense même pas, dit-il. La flamme du canon dans ce truc-là ? Avec toutes ces vapeurs dans l'air ? Tu as envie de faire le boulot pour eux ?

— Comment ils vont s'y prendre ?

Reacher ne répondit pas. Il réfléchissait. Se représentait la scène en surface. Passait les possibilités en revue dans sa tête.

Vois ce qu'ils voient.

Sois eux.

Pas une allumette.

Plato avait raison.

Une allumette s'éteindrait.

***

Le type du 4B fit démarrer le camion de dégivrage, braqua le volant et prit vers l'est, vers l'angle supérieur droit de la piste d'atterrissage. Cinquante mètres. Quarante. Trente. Vingt. Il braqua de nouveau le volant, décrivit un arc de cercle serré, et le type du 4A sauta du siège passager, se baissa, saisit le feu de Bengale par sa base et en retira la pointe du béton. Puis, en tenant le pot loin de son corps, il remonta dans le camion et en garda la porte ouverte, le feu maintenu à bout de bras pour qu'il reste à l'extérieur. Le feu de Bengale se mit à brûler plus fort, à fumer et à brasiller. Mais il ne s'éteignit pas. Le camion revint à toute vitesse. Cinquante mètres. Quarante. Trente.

***

Le déluge continuait. Ça n'en finissait pas. Il dégringolait, rebondissait, envahissait tout. Le conduit de ventilation était semblable à un robinet de baignoire dont la taille aurait été multipliée par cent. Reacher était à genoux. Son pantalon était déjà imbibé de liquide. La couche de carburant atteignait plus d'un centimètre. Les vapeurs devenaient plus épaisses. Respirer se faisait laborieux.

— Alors, qu'est-ce qu'on fait ? demanda Plato.

— À quelle vitesse peux-tu monter un escalier ?

Plato se releva.

— Plus vite que toi.

Ils étaient face à face, nez à nez, Reacher à genoux, Plato debout.

— Je ne crois pas, dit Reacher.

« J'aurai tout le temps de lire quand tout ce cirque sera terminé. »

Reacher expédia l'uppercut à genoux. Coup de poing colossal, primitif, sans âge, armé depuis le centre de la terre, pulsant par le béton imbibé, passant par son genou, sa cuisse, sa taille, son buste, son épaule, son bras, son poignet, son poing, chacun de ses muscles, chacune de ses fibres musculaires se contractant rien qu'une fois dans une onde rapide, en une séquence propulsive sans le moindre hiatus.

La mâchoire de Plato explosa et sa tête partit en arrière comme celle d'une poupée de chiffon. Il resta immobile une fraction de seconde, puis s'effondra dans le liquide, brutalement, à la verticale.

Reacher fut à peu près certain qu'il était mort avant d'avoir touché le sol.

Mais il fit en sorte d'en être absolument certain.

Il agrippa Plato par les oreilles et lui secoua violemment la tête dans les deux sens, jusqu'à ce qu'il sente les vertèbres cervicales se séparer l'une de l'autre, et continua jusqu'à ce qu'il soit sûr que la moelle épinière était en bouillie.

Le déluge continuait, précipité, déchaîné, torrentiel. La salle circulaire, naguère silencieuse, sèche, ancienne, était envahie par la puanteur chimique des émanations de vapeurs toxiques, le carburant dépassant à présent les deux centimètres, de petites vagues se précipitant à toute vitesse vers les périphéries à partir d'un maelström bouillonnant d'écume, juste sous le tuyau rugissant.

« Tout le monde a peur de la mort, j'imagine », avait dit Janet Salter.

« Tout dépend de la forme qu'elle prend », avait-il répondu.

Il courut.

Il cavala sur les genoux, dans de grandes éclaboussures, il rentra les épaules et passa la tête dans la cage d'escalier, il rampa, s'agrippa et se remit sur ses pieds. Incliné vers l'axe central, il entreprit d'escalader les marches trois par trois, fonça comme un dément, la main gauche glissant contre l'acier, la droite tâtonnant follement le long de la paroi, se battant et s'agrippant pour grappiller la moindre seconde. Le claquement de ses chaussures sur le métal était noyé par le rugissement de cataracte du carburant montant d'en bas. Il chargea, trois à la fois, quatre à la fois, sans respirer, en apnée, plus haut, toujours plus haut, tournant et tournant sur lui-même sans compter, ne faisant que courir, courir, courir, grimper, tournoyer, marteler, donnant tout pour se projeter jusqu'à la surface.

***

Le camion de dégivrage s'arrêta brutalement et manœuvra pour se présenter à cul au bâtiment de pierre. Derrière lui, la fausse maison. Devant lui, la piste d'atterrissage. Le type du 4A descendit et courut accroupi, bras tendu, le feu de Bengale à la main. Il s'arrêta dans l'encadrement de la porte, se tourna, tint le pot en feu derrière lui pendant une seconde, puis son bras décrivit un arc et il le lança. Le pot décrivit plusieurs pirouettes et, telle une pièce de feu d'artifice d'un rose éclatant, siffla dans l'air. Heurta le rebord du conduit de ventilation jamais terminé, rebondit, exécuta une pirouette de plus et tomba droit dans le conduit, où il disparut.

3 h 55. Soixante et une heures écoulées.

CHAPITRE 46

Il fallut quatre jours avant que le site ait suffisamment refroidi pour qu'on puisse l'inspecter. À ce moment-là, il y avait déjà une longue liste d'agences gouvernementales piaffant pour se joindre à la curée. Les premiers sur place furent la Homeland Security, l'Air Force, le FBI, la police de la route et un groupe de spécialistes en incendies criminels engagés par le gouvernement. L'incident avait suscité un immense intérêt. Le commandement aérien de la région États-Unis Nord avait été le premier à repérer ce qui s'était passé. Leurs satellites avaient détecté un dégagement de chaleur d'une incroyable intensité que les ordinateurs avaient interprété comme un lancement ou une frappe de missile. Leur contrepartie russe avait repéré la même chose. En quelques secondes, la Maison-Blanche avait été au téléphone, se faisant rassurante pour les Russes, rassurée également par eux. Il y avait bien des silos à missiles au Dakota du Sud, mais pas à cet endroit. De même, les Russes juraient n'avoir lancé aucun missile sur les États-Unis.

On envoya la Garde nationale mettre en place un vaste périmètre de sécurité. Elle fut chargée de filtrer, les unes après les autres, les agences qui attendaient. Celles-ci installèrent leur base opérationnelle à huit kilomètres du site. Leurs patrouilles s'approchèrent autant qu'elles l'osèrent. Puis on apprit par la ville de Bolton qu'un étrange nuage toxique était porté par le vent d'ouest. On retira les patrouilles. On distribua des tenues anti-ABC[1]. On envoya des médecins à Bolton. Les symptômes signalés n'étaient pas très clairs. Tout se passait comme si toute la population s'était vu administrer une dose légère de psychotropes. On signala des manifestations temporaires d'euphorie et d'excitation, des troubles du sommeil, une augmentation du désir sexuel. On analysa l'air. Sans arriver à la moindre conclusion. Pendant des jours et des jours, le vent avait soufflé avec constance du Wyoming. On ne signala aucun de ces symptômes dans les villes plus à l'est de Bolton.

Les patrouilles reprirent leur progression prudente.

Leur première découverte fut celle d'un véhicule accidenté à six kilomètres au sud de l'épicentre. Un camion de dégivrage signalé comme volé dans un aérodrome commercial à l'est de Rapid City. Apparemment, il roulait vers le sud sur une ancienne route de campagne partant du site. Route enneigée à la surface traîtresse. Le camion aurait dérapé, quitté la route et fait au moins deux tonneaux. C'était un type de véhicule peu maniable.

On trouva deux corps à côté. Deux hommes non identifiés, de type hispanique et portant des tenues

1. Armes bactériologiques et chimiques.

noires apparemment achetées au Mexique sous des parkas matelassées flambant neuves. Les deux hommes présentaient des blessures graves, probablement provoquées par l'accident, mais ils étaient morts de froid, sans doute lorsqu'ils s'étaient dégagés de l'épave. Ils portaient l'un et l'autre des armes automatiques tout à fait illégales. L'une des armes paraissait avoir tiré trois cartouches et l'autre neuf. Du coup, le Bureau des alcools, du tabac et des armes à feu vint s'ajouter à la liste d'attente des agences.

Les patrouilles se rapprochèrent. Vers le milieu du deuxième jour, les bases opérationnelles furent redéployées en bordure sud d'une ancienne piste d'atterrissage de l'Air Force. Sur ce nouvel emplacement, on découvrit une voiture de police banalisée accidentée et réduite à l'état d'épave. La police de Bolton l'identifia formellement comme faisant partie de ses véhicules de dotation. Elle avait été attribuée au chef de police, Tom Holland. Tom Holland qui avait disparu la nuit de l'incendie. La police de Bolton était en plein désarroi. Elle avait à s'occuper de trois homicides récents, une des victimes étant l'adjoint du chef de police, Andrew Peterson.

Un spécialiste en incendies très observateur trouva au cours d'une prospection les restes de trois feux de signalisation routiers, à trois des angles de la piste, où ils avaient apparemment été disposés avec soin. Ce qui suggérait qu'il y avait peut-être eu un atterrissage nocturne clandestin. La FAA n'avait enregistré aucun plan de vol. À l'aide de jumelles, des agents prétendirent voir, au sud de l'épicentre, un tas de ferraille tordue qui leur donnait l'impression d'être l'épave d'un gros avion de ligne. Cette fois-ci, ce fut le service

Sécurité des transports aériens qui vint s'ajouter à la liste.

Au milieu du troisième jour, les satellites de la défense aérienne évaluèrent à vingt degrés la température à la périphérie du site. Les patrouilles se rapprochèrent. Le périmètre avait un diamètre d'une centaine de mètres. Il était manifeste qu'il y avait eu dégagement d'une boule de feu, que celle-ci avait brûlé et s'était éteinte, mais que sa combustion avait peu duré comparée à l'incendie principal. Les spécialistes en incendies criminels commencèrent à faire des simulations sur leurs ordinateurs portables. Une inspection détaillée à l'intérieur du périmètre révéla des dégâts importants. On trouva à une trentaine de mètres de l'épicentre un tas de cendres qui pouvait être les restes d'un être humain. Et encore des pièces d'aluminium calcinées et tordues qui, d'après la sécurité aérienne, auraient été les restes d'un avion de ligne, sans doute un Boeing, sans doute un 737.

Les patrouilles se rapprochèrent encore pour pénétrer dans un monde mort de fragments tordus et fumants, certains en fer, d'autres en acier, certains provenant peut-être d'un véhicule, d'autres plus petits pouvant provenir d'armes. Des débris de l'avion étaient empilés un peu partout. Aucun effort ne fut fait pour compter les restes humains. La tâche était impossible. La poussière à la poussière, la cendre à la cendre, littéralement.

La seule structure à peu près intacte était un petit bunker abritant un départ d'escalier et camouflé en maisonnette. L'Air Force s'en prétendit le propriétaire. Les plans en avaient été perdus, mais pour l'anecdote, elle fit savoir que la construction remontait à cinquante ans et avait été faite selon les normes anti-explosion en vigueur à l'époque. Elle avait bien résisté. Le toit, lui, était endommagé. L'intérieur était ravagé, écaillé et vitrifié, mais encore raisonnablement solide. On trouva trois conduits circulaires qui s'enfonçaient à travers la dalle de béton. On supposa qu'ils avaient eu des parois métalliques et qu'ils étaient destinés à la ventilation ; quant à l'escalier, il avait dû être aussi en acier, probablement, mais il avait d'abord fondu, puis s'était vaporisé.

Ce qui prouvait, d'après les spécialistes en incendies criminels, que le feu avait pris au sous-sol.

Ils s'équipèrent de tenues de protection et on les fit descendre sous terre sur une distance qui s'avéra être de soixante-trois mètres. Ils trouvèrent une série de petits tunnels et de salles, encore du béton couturé de cicatrices, écaillé et vitrifié, des cendres de quelque chose qui aurait pu être de la matière organique, et, à leur grande stupéfaction, plus de mille diamants intacts.

***

Les spécialistes en incendies criminels s'installèrent au commissariat de Bolton et connectèrent leurs ordinateurs portables à leur central. Et se mirent au travail. Ils élaborèrent une maquette en trois dimensions des installations souterraines. Firent quelques hypothèses, et quelques suppositions. Ils savaient, grâce aux relevés de la police, qu'un camion pompe avait été volé en même temps que le camion de dégivrage. Dans ce cas, si l'aluminium provenait bien d'un aéroplane, s'il y avait eu un réservoir souterrain, l'accélérant avait très bien pu être du carburant pour avion. Ce qui était cohérent avec les estimations de température de la chaleur dégagée, dont la limite supérieure pouvait être définie par la survie des diamants et la limite inférieure par le fait que la neige avait fondu partout dans un rayon de trois kilomètres. Le major Susan Turner regardait les informations tous les soirs à la télévision, lisait les journaux tous les matins, et suivait le déroulement des événements heure par heure sur Internet. Elle ne bougeait plus de son bureau de Rock Creek et attendait à côté de son téléphone. Elle dormait dans un des fauteuils réservés aux visiteurs, les pieds sur l'autre. Le téléphone ne sonna jamais.

***

Au bout d'une semaine, les spécialistes en incendies criminels publièrent leurs conclusions. L'embrasement était le résultat d'un accident survenu pendant qu'on refaisait le plein de l'avion. Il pouvait avoir été dû à une décharge d'électricité statique – un arc entre l'appareil et le tuyau –, ou, plus vraisemblablement, à une accumulation de vapeurs d'essence dans le sous-sol soudain enflammées par une étincelle produite par une botte contre le ciment. Le feu avait brûlé pour l'essentiel soixante-trois mètres sous la surface du sol, ses caractéristiques thermodynamiques étant alors améliorées par un étrange phénomène aérodynamique dans lequel une violente poussée d'air était descendue dans le puits de l'escalier, les produits de la combustion se précipitant alors dans les conduits de ventilation jumeaux, dans des directions parfaitement opposées mais avec des masses et une vitesse parfaitement égales, ce qui correspondait à une explosion prolongée et contrôlée dans un cylindre vertical étroit fait d'un matériau incombustible. Telle une fusée propulsée non pas vers le ciel, mais dans l'autre sens, vers le centre de la terre. Le toit endommagé en était la preuve. Deux protections temporaires placées sur les fausses cheminées bâties cinquante ans avant avaient été violemment soufflées et projetées à six cents mètres. On estimait que l'étroite chandelle de feu avait pu monter à trois cents mètres au-dessus du sol, par là même mimant la signature thermique d'un missile qu'on vient de lancer.

Il fut calculé que la phase initiale de l'incendie avait probablement duré quatre heures. Puis, lorsque la réserve de carburant avait atteint le niveau critique, la configuration avait changé et une boule de feu s'était déployée vers le haut à une température plus basse bien qu'encore extrêmement élevée, après quoi elle avait brûlé une heure avant de retomber, et finalement s'épuiser.

Aucune explication ne put être donnée pour le nuage toxique de Bolton. L'Air Force reconnut que l'endroit avait servi à stocker des surplus militaires de la Seconde Guerre mondiale, surplus constitués de matériel en cuir tanné tels des casques, des bottes et des blousons de pilote – et l'on supposa que les résidus chimiques du processus de tannage avaient été responsables de l'effet temporairement néfaste sur la santé de la population.

La présence des diamants fut également impossible à expliquer. On avança qu'ils avaient été volés en Europe dans les derniers jours de la guerre, sans doute confiés à un vaguemestre pour être importés en contrebande mais que, suite à une erreur d'aiguillage, ils avaient atteint une autre destination.

Après une série de discrets coups de téléphone du Pentagone, le FBI comme les agences locales du Dakota du Sud conclurent qu'en l'absence de restes pouvant être clairement identifiés comme humains, il n'y aurait aucune enquête pour homicide.

***

Quinze jours plus tard, Kim Peterson emménagea avec ses enfants dans une petite maison de location à Sioux Falls afin d'être près de son père et de son grand-père. Ce n'était pas exactement une métropole grouillante de vie, mais il y avait au moins des choses à voir de la fenêtre de la cuisine.

***

Quatre semaines plus tard, Susan Turner fut envoyée en Afghanistan. Des éléments du 110ᵉ y étaient en opération, et sa présence était requise. Lors de sa dernière journée en Virginie, elle glissa le vieux dossier militaire de Jack Reacher dans une enveloppe kaki, sur laquelle elle écrivit : *À retourner au service des ressources humaines*. Et laissa l'enveloppe au milieu du meuble endommagé. Puis elle sortit du vieux bureau de Rock Creek, en referma la porte au panneau vitré, parcourut toute la longueur de l'étroit couloir recouvert de lino, descendit l'escalier de pierre et gagna la voiture qui l'attendait.

Lee Child
dans Le Livre de Poche

Elle savait (Une aventure de Jack Reacher) n° 32823

Ancien de la police militaire, Jack Reacher est un loup solitaire, sans domicile fixe ni téléphone portable, un brin cynique et toujours aux aguets... Une nuit, dans une rame de la ligne 6 du métro new-yorkais, il remarque une femme dont l'attitude, selon les critères du Mossad, correspond point par point à celle d'une candidate à l'attentat suicide. Il tente alors de la raisonner et de la désarmer, mais elle se tue sous ses yeux. Tout pourrait s'arrêter là, sauf que sa mort semble intéresser beaucoup de monde : Al-Qaida, FBI, NYPD, des Ukrainiens, un sénateur au passé trouble, tous sont persuadés que Susan Mark a confié quelque chose à Reacher. Et, malgré la meute qui le poursuit, c'est tout naturellement que celui-ci décide de prendre les choses en main.

Du même auteur :

Du fond de l'abîme : les enquêtes de Jack Reacher, Le Livre de Poche, 1999 ; Ramsay, 2003.

Des gages pour l'enfer, Ramsay, 2000 ; Éd. de la Seine, 2001 ; Pocket, 2001.

Les Caves de la Maison-Blanche, Ramsay, 2001 ; Éd. de la Seine, 2002 ; Pocket, 2005.

Un visiteur pour Ophélie, Ramsay, 2001 ; Pocket, 2004.

Pas droit à l'erreur, Fleuve noir, 2004.

Carmen à mort : les enquêtes de Jack Reacher, Ramsay, 2004 ; Pocket, 2006.

Ne pardonne jamais, Fleuve noir, 2005.

Folie furieuse, Fleuve noir, 2006.

Liste mortelle, Fleuve noir, 2007.

Sans douceur excessive, Seuil, 2009 ; Points, n° P2412.

La Faute à pas de chance, Seuil, 2010 ; Points, n° P2533.

L'espoir fait vivre, Seuil, 2011 ; Points, n° P2750.

Elle savait, Calmann-Lévy, 2012 ; Le Livre de Poche, 2013.

La cause était belle, Calmann-Lévy, 2014.

Mission confidentielle. Les origines de mystère Reacher, Calmann-Lévy, 2015.

PAPIER À BASE DE FIBRES CERTIFIÉES

Le Livre de Poche s'engage pour l'environnement en réduisant l'empreinte carbone de ses livres. Celle de cet exemplaire est de :
900 g éq. CO_2
Rendez-vous sur www.livredepoche-durable.fr

Composition réalisée par Nord Compo

Imprimé en France par CPI
en juillet 2016
N° d'impression : 2023365
Dépôt légal 1re publication : mars 2014
Édition 04 - juillet 2016
LIBRAIRIE GÉNÉRALE FRANÇAISE
31, rue de Fleurus - 75278 Paris Cedex 06

31/7761/5